W9-APW-550

LA CONSPIRATION DARWIN

Titre original :
The Darwin Conspiracy
© Talespin, 2005
© Éditions Michel Lafon, 2006, pour la présente traduction.
7-13, boulevard Paul-Émile-Victor – Île de la Jatte,
92521 Neuilly-sur-Seine Cedex

John DARNTON

LA CONSPIRATIO
DARWIN

Traduit de l'anglais (États-Unis
par Jean-Pascal Bernard

Pour Bob

CHAPITRE PREMIER

Le soleil avait fendu la brume pour coucher sur l'eau son sabre incandescent. Les yeux plissés sous sa main en visière, Hugh regarda le minuscule point à l'horizon décrire un arc d'écume en direction de l'île.

Les oiseaux tournoyaient dans la cacophonie du festin matinal : des centaines de mouettes à queue fourchue, de noddis bruns et de fous s'élevaient des flots, poissons au bec. Une frégate prit en chasse un goéland, lui tira la queue pour lui ouvrir le gosier, puis plongea en vrille pour rattraper le butin – une violence acrobatique que Hugh ne remarquait même plus.

Curieusement, le bateau était un panga, alors que le ravitaillement n'était pas prévu avant plusieurs jours. Hugh examina la silhouette sombre du pilote. À cette façon de se coucher dans le vent, un bras sur la manette des gaz, cela ressemblait fort à Raoul.

Assommé de chaleur, Hugh lâcha son sac d'outils au pied du filet et descendit vers le rivage. Le guano striait de gris les roches noires, empuantissait l'air immobile et rendait la lave glissante. Mais Hugh savait par cœur où poser ses pieds.

Raoul l'attendait au pied de la falaise. Il avait arrêté le panga à quelques mètres de l'embarcadère, un étroit récif que l'eau submergeait toutes les trois secondes à hauteur de cheville.

– *Amigo* ! lança Raoul en souriant derrière ses lunettes noires.
– Salut, cow-boy, répondit Hugh avant de se racler la gorge.

Sa dernière conversation remontait à loin.

Raoul portait un short kaki fraîchement repassé et un polo bleu marine frappé de l'écusson du Parc national des Galápagos. Une casquette des Yankees était vissée de travers sur son épaisse chevelure noire.

– Je ne fais que passer. Quoi de neuf ?

– Pas grand-chose.

– Je me disais qu'à la longue tu seras devenu complètement dingue.

Son anglais presque parfait avait encore quelques failles.

– Non, pas complètement. Mais j'y travaille.

– Comment va l'*ermitano*, alors ?

– Le quoi ?

– L'*ermitano*. Comment on dit ça ?

– L'ermite.

Raoul hocha la tête.

– Sérieusement, tu vas bien ?

– Ça va, mentit Hugh.

– Je t'ai apporté deux *chimbuzos*, fit Raoul en pointant le menton vers deux bidons d'eau attachés au siège central. Tu m'aides à les décharger ?

Hugh sauta dans le bateau, dessangla un bidon et le hissa sur son épaule droite. Déséquilibré par le poids, il tituba tel un marin ivre et faillit tomber à l'eau.

– Pas comme ça, précisa Raoul. Passe-les par-dessus bord et jette-les sur le tapis rouge. Puis tu sautes et tu les ramasses.

Dans la bouche des chercheurs, le « tapis rouge » désignait le récif servant de quai. À force d'épauler ces hommes qu'il admirait, Raoul se mettait à parler comme eux.

Hugh parvint à débarquer les deux bidons et les traîna jusqu'au départ du sentier. Il revint dégoulinant de sueur.

– Ça te tente de rester un peu ?

La proposition n'était guère avisée. Les quatre-vingts pieds de fond interdisaient de jeter l'ancre, et si l'on amarrait le panga au rivage, les vagues le fracasseraient contre les rochers.

– Je ne peux pas rester. Je venais juste dire bonjour. Comment vont tes cinglés d'oiseaux ? Un peu soif, peut-être ?

– La chaleur fait du grabuge. Il y a déjà des morts.

Raoul secoua la tête.

– Ça fait combien de jours sans pluie ?

– Deux cents et quelques. Deux cent vingt-cinq, je crois bien.

Raoul siffla, secoua la tête de plus belle et alluma une cigarette.

Ils discutèrent de la mission, qui passionnait Raoul. S'il devait un jour renaître, avait-il déclaré, il choisirait cette voie-là : planter sa tente pour étudier les oiseaux. Mais aux yeux de Hugh, Raoul ne mesurait pas bien la réalité du métier – la solitude, la lassitude, les conditions extrêmes, les journées caniculaires suivies de nuits glaciales, où les grelottements défiaient toute fatigue. N'importe quel boulot peut faire rêver tant qu'on ne s'y essaie pas.

– À propos, lança Raoul, il paraît que tu attends de la compagnie ? Deux gars vont te rejoindre ?

– Ouais, c'est ce qu'on m'a dit.

Raoul parut surpris.

– Téléphone satellitaire, expliqua Hugh. J'ai reçu un coup de fil avant-hier. La sonnerie a failli m'achever.

– Et tu les connais ?

– Je ne crois pas. En vérité, je ne connais personne dans ce programme.

– Comment s'appellent-ils ?

– Aucune idée.

– Tu n'as pas demandé ?

– Non.

Raoul se tut quelques instants, puis examina le visage de Hugh.

– Tu vas bien, *hombre* ? Ça n'a pas l'air d'être la grande forme.

– Si, si… Je t'assure.

– Toute cette chair rose…

C'était une blague entre eux. Hugh avait tellement pris le soleil que sa peau avait l'aspect d'un vieux cuir brun. Ses lèvres étaient gonflées et gercées, malgré la pommade, et ses sourcils avaient blondi.

– Tu te sens capable de partager ton coin de paradis ?

– Et comment ! répondit Hugh d'une voix qui manquait d'assurance.

Raoul se tourna vers la mer. Au loin, le profil sombre d'un navire voguait à grande vitesse sous un ballet de mouettes.

– Le *Neptune*, indiqua-t-il. Plein de nouveaux touristes pour les « îles enchantées ».

– Celui qui a inventé ça mérite une médaille, ironisa Hugh.

Raoul parut blessé. Les Équatoriens étaient de fichus patriotes. Hugh sourit pour désamorcer sa remarque.

– Au moins, ça me fait croûter, dit Raoul en haussant les épaules. Allez, *tengo que trabajar.*

Il coula son mégot d'une pichenette et leva sa paume.

– *Ciao.*

– *Ciao.* Et merci pour la flotte.

– Ne l'engloutis pas trop vite !

Raoul manœuvra le panga, poussa le moteur et cabra la proue à la manière d'un surf. Hugh regarda le bateau disparaître au détour de l'île.

Il remonta les *chimbuzos* un à un par la face sud du volcan, puis dépassa le campement pour les redescendre dans le cratère – où il faisait en principe un ou deux degrés de moins, mais en principe seulement. Même ici, les jours de grand chaud, on voyait des fous à pieds verts se balancer d'une patte sur l'autre sur la roche brûlante.

Il consulta sa montre : bientôt 7 heures. Cette histoire de filet lui était complètement sortie de la tête. Il pensait avoir vu un oiseau pris au piège, peut-être même deux, et il fallait les délivrer avant qu'ils ne succombent à la chaleur suffocante. Quelques mois plus tôt, avant qu'il n'eût acquis tous les bons réflexes, il en avait perdu un de cette façon. Bien traités, ces volatiles étaient d'une résistance rare, mais à la moindre erreur ils se révélaient fragiles comme des brindilles. Ce jour-là, Hugh avait dûment consigné le décès dans le journal de bord, sans autre explication que le barbarisme « ornithocide ».

Le sommet de l'île était le point le plus chaud. Hugh considéra le filet. Il y avait bien deux piafs, deux petites boules sombres qui se mirent à gazouiller. Il en cala une contre sa poitrine, le temps de la désentraver. Ces fils noirs étaient si fins que les oiseaux s'y prenaient les ailes. Comme il dénouait l'écheveau de plumes et de Nylon, Hugh se rappela les parties de Badminton de son enfance, lors des longues soirées d'été, quand le volant de plastique allait s'emmêler dans le filet.

Le pinson révéla sa couleur, un noir marbré de gris et de blanc cendré. Un pinson des cactus – *Geospiza scandens* –, des plus ordinaire, dont la présence ici n'avait rien d'insolite. Il l'enferma dans son poing pour l'examiner de plus près. Les yeux d'un brun

profond soutinrent son regard, et il sentit le petit cœur lui cha-
touiller la paume. Il repéra les bagues – une vert et noir à la patte
gauche, une bleue à droite – et se reporta au registre. Matricule
ACU-906. Un précédent chercheur lui avait attribué, d'une écriture arrondie de fillette américaine, le sobriquet de Smooches
– *Bécots*.

Après tout ce temps, Hugh ne savait identifier qu'une dizaine
de pinsons par leur prénom, ceux qui traînaient autour du campement. Des anciens du métier lui avaient parlé de concours
entre collègues, à qui saurait débiter trente ou quarante noms
d'affilée. Tu les reconnaîtras en un rien de temps, lui avait promis Peter Simons, une sommité de la profession, lors du pot
d'avant-départ. Il suffit de tendre le bras pour qu'ils s'y per-
chent. Ce dernier point était vrai : dès sa première semaine, alors
que Hugh mesurait un pinson de petite taille, un congénère était
venu se poser sur son genou pour l'observer avec des mouvements de tête saccadés. Dans ces moments-là, les volatiles semblaient curieux et intelligents. Mais à d'autres moments
– comme lorsque Hugh avait oublié de couvrir la cafetière et
qu'un piaf avait failli s'y noyer –, on avait du mal à ne pas les
trouver stupides.

Cela, c'était avant le rapatriement de Victor. Se retrouver seul
fut d'abord un soulagement – la solitude faisait partie de ses
motivations, de sa pénitence –, mais, maintenant que les semaines devenaient des mois, l'isolement frôlait l'insoutenable.
Quand, par-dessus le marché, la saison des pluies s'était décom-
mandée et que l'île de lave s'était transformée en poêle à frire, il
avait failli renoncer. Mais il avait tenu bon, bien entendu. Hugh
n'avait jamais manqué de résistance physique. C'était au niveau
psychique que se situait le point faible.

Il sortit un compas, mesura l'aile de l'oiseau et nota le résultat
dans un vieux calepin gondolé. Il releva ensuite la longueur, la
largeur et la profondeur du bec, cet appendice ô combien crucial.
Depuis la première visite de Simons et de son épouse Agatha en
1973, plusieurs générations de thésards avaient bravé ces conditions de vie affreuses pour mesurer des milliers et des milliers de
becs, et chercher un sens à leurs infimes variations.

Sitôt relâché, le pinson s'installa sur un cactus pour secouer
ses plumes. Hugh s'occupa du second oiseau, puis gagna la crête

nord pour vérifier les pièges. Voyant au premier coup d'œil qu'aucun ne s'était refermé, il retourna au campement et prit son petit déjeuner : œuf lyophilisé et café tiré d'un marc usagé. Puis il remonta pour contempler la mer d'azur et ses vagues excitées par des courants sournois. Depuis son trône de pierres chaudes, il voyait à des kilomètres à la ronde.

Darwin n'était pas fou : lui non plus n'aimait pas cet endroit.

Parfois, Hugh parlait tout seul. Parfois, il ne savait pas s'il avait juste pensé les mots ou s'il les avait prononcés. Depuis peu, ses monologues intérieurs prenaient une forme décousue, surtout pendant les longues heures de labeur sous le soleil brûlant. Des embryons de pensées fusaient dans son esprit, des phrases qu'il se répétait sans fin, des soliloques amers qui tournaient en boucle. Du genre : Si c'est l'enfer que tu cherchais, mon pote, tu t'es pas trompé d'adresse.

Il avait désiré l'enfer, aucun doute là-dessus. Même le nom de cette île, Sin Nombre (« Sans nom »), l'avait séduit. Mais était-il prêt à partager cet endroit – ce paradis, blagua-t-il peut-être à voix haute – avec d'autres ?

Dix jours plus tard, ils arrivèrent par le bateau de ravitaillement. La cargaison de vivres et de matériel enfonçait la coque dans l'eau, et dans la lumière aveuglante Hugh n'apercevait que les trois silhouettes. Il sentit son pouls accélérer, son ventre se nouer. Allons, pourquoi paniquer ? Il scruta le campement d'un œil neuf. Sa tente, la vaisselle en plastique, les sacs de charbon, les provisions bâchées, tout paraissait minuscule et terne sous le soleil écrasant. Mais que pouvait-on y faire ? Il descendit jusqu'au tapis rouge.

Comme le panga s'approchait, l'un des passagers cria entre ses mains :

– Eh ! Mais c'est Robinson Crusoé !

Il avait un accent anglais, un accent de la haute. Hugh lui répondit d'un sourire fade, mais c'était son maximum.

Puis il vit une femme, et ce fut un choc. Il n'avait pas prévu ça. Elle sourit en lui lançant une haussière, qu'il passa dans l'anneau de fer fixé à la roche. Le pilote plaça deux pneus de voiture le long de la coque en guise de pare-battage, et Hugh tendit les bras pour aider la jeune fille à descendre.

– Elizabeth Dulcimer, dit-elle. Appelle-moi Beth.

Ils se serrèrent la main.

– Moi, c'est Hugh.

– Je sais. Hugh Kellem.

Elle se retourna pour aider à décharger. Svelte, baskets et tee-shirt, de longues jambes bronzées sous un short en coton. Ses cheveux bruns et soyeux ondoyaient dans son dos, au gré de ses mouvements pleins de grâce innocente. Le devant de sa casquette affichait « Peligro », et l'arrière un plus discret « New Orleans ».

L'Anglais sauta du bateau, qui se mit à tanguer.

– Nigel, annonça-t-il d'un air joyeux.

Il était grand et costaud, de longs cheveux blonds de part et d'autre d'un visage rose. Il portait une saharienne à quatre poches et une chaînette en argent lestée d'une loupe rétractable. Quand il broya la main de Hugh, celui-ci imagina les petits pinsons disparaissant sous ces gros doigts.

Nigel regarda la falaise, son visage exprimant le doute.

– Bon, on monte le matos ? lança-t-il.

Mauvais présage, pensa Hugh. Le gus n'est pas là depuis deux minutes qu'il me donne déjà des ordres.

Beth lui sourit de plus belle.

Il fallut du temps pour transporter toutes les affaires : trois voyages par personne. On regroupa le matériel en piles séparées – une pour lui, une pour elle, une pour la cuisine – puis le trio put enfin s'asseoir et souffler.

– Alors c'est ça, fit Nigel en considérant le campement d'un air déçu. Je m'attendais à plus gros. Vu le nombre d'étudiants qui sont passés par ici… Je pensais qu'ils auraient bâti un minimum. Ils devaient être obnubilés par les piafs – les piafs et le sexe, bien sûr. Mais dis-moi… ça chlingue, non ?

– C'est le guano.

– Ben merde alors, fit Nigel avant de rire de son bon mot.

– On s'y habitue, rétorqua Hugh. Je ne le sens même plus.

Nigel se tourna vers la mer.

– Au moins, on a une vue de première classe. C'est quoi, cette île, là-bas ?

– Santiago. L'une des plus grandes. (Hugh décrivit brièvement les autres.) Elles vous seront familières en un rien de temps.

– J'imagine… Alors, qu'est-il arrivé à ce gars qui te tenait compagnie ? Victor, c'est ça ? Il est reparti malade ?

– Oui. On l'a évacué. Une sorte de problème gastrique.

– Je vois. Et depuis, t'es tout seul ?

– Eh oui. Ça doit faire six ou huit mois.

– Mais c'est fini, maintenant, on est venus te sauver. La cavalerie est arrivée !

Nigel se couvrit la bouche, imita un clairon, puis lui tapa lourdement sur l'épaule. Après quoi il se leva pour errer au milieu des pierres, cherchant le meilleur emplacement pour planter sa tente. Celle-ci possédait des aérations latérales et un auvent, une pure merveille par rapport à celle de Hugh. Beth planta sa deux-places douillette un peu plus loin.

Nigel émergea de son igloo en brandissant un sac à dos.

– Au fait, j'allais oublier. Je t'ai apporté du courrier.

Hugh reconnut l'expéditeur : une enveloppe commerciale, son nom en lettres capitales… Il rougit comme sous le coup d'une gifle. C'était une lettre de son père.

– Merci.

Il plia la lettre et la glissa dans sa poche revolver.

Après le dîner, ils s'assirent autour du feu sur les souches d'arbres importées de San Isabel. Hugh était épuisé. Il avait passé la journée à présenter l'île et les points de repère de son monde rétréci : le fond du cratère, les buissons racornis, les nids pour la plupart vides, les pièges appâtés de morceaux de banane…

– Il reste combien de pinsons à baguer ? s'était enquis Nigel.

– Six. Et ils sont malins comme tout. Ça m'étonnerait que tu les attrapes.

– On verra ça.

Hugh se sentait barbouillé. Son estomac n'était plus rompu à la viande. Nigel avait emporté dans ses bagages deux beaux steaks, qu'il rissola à l'huile en les retournant comme des crêpes. Beth devait être végétarienne, car elle mangea son propre repas, avant de produire une bouteille de Johnny Walker Black et de remplir les trois verres. La gorge brûlée par l'alcool, Hugh s'allongea pour regarder la fumée et les braises crépitantes.

– Si j'ai bien compté, dit Nigel après avoir englouti la moitié de son whisky, cette sécheresse risque d'entrer dans le *Livre des records*. C'était quand, l'autre fameuse ?

– 1977.

– Et elle avait duré combien ? Un an ?

– Quatre cent cinquante-deux jours, répondit Beth.

La jeune femme était adossée à la souche, les jambes repliées sur le côté. Le feu allumait ses pommettes et ses yeux.

Nigel siffla d'un air épaté.

– Et celle-ci dure depuis quand ?

– Deux cent trente-cinq jours, indiqua Hugh.

– C'est bon pour l'étude, ça.

– Mais pas pour les oiseaux.

– Quels sont les effets, pour l'instant ?

– Les graines se raréfient. Peu d'accouplements. Des oisillons sont morts dans leur nid. Ils sont apathiques. Certains sont condamnés.

– Lesquels ? Quels sont les changements constatés ? La taille des becs ?

– Du calme, fit Beth, ce n'est pas ton étudiant !

– Y a pas de mal, répondit Hugh, qui était plutôt content de parler des oiseaux. Les fortis souffrent beaucoup, surtout les plus petits. Leurs becs minuscules ne leur permettent pas d'avaler le Tribulus. Ils attrapent le comprimé, se débattent avec, puis finissent par le lâcher. Certains s'aventurent dans une herbe, la *chamæsyce*, qui englue leurs plumes de latex blanc. Comme ça les gêne, ils vont se frotter le crâne contre les rochers, se retrouvent chauves, et se font cramer par le soleil. Alors on trouve des tas de petits cadavres pelés.

– Et la génération suivante ?

– C'est trop tôt pour le dire, mais on retrouvera sans doute le scénario de la dernière sécheresse. Survivront ceux qui auront les becs les plus profonds. Ils se maintiendront jusqu'à la prochaine année de lourdes précipitations, et soudain on verra pulluler les becs étroits.

– Le laboratoire vivant de Darwin ! lança Nigel d'une voix de bateleur. Approchez et regardez la sélection naturelle accomplir ses miracles quotidiens ! Son secret ? Comment disait le grand homme, déjà ? (Il renversa la tête, comme pour fouiller sa

15

mémoire, mais on voyait qu'il connaissait la phrase par cœur :) Elle «recherche à chaque instant, et dans le monde entier, les variations les plus légères; elle repousse celles qui sont nuisibles, elle conserve et accumule celles qui sont utiles; elle travaille en silence, insensiblement, partout et toujours, dès que l'occasion s'en présente».

Hugh ne s'agaça pas d'un tel étalage. L'alcool lui réchauffait les os et le rendait bon public. Derrière les flammes, le visage de Beth restait indéchiffrable.

– Mais comme chacun sait, reprit Nigel, ce n'est pas ici que Darwin a pigé quoi que ce soit, pas vrai? Il confondait les spécimens, mettait les pinsons de toutes les îles dans le même sac. Il a même fallu qu'il supplie FitzRoy de jeter un œil à ses piafs.

– Exact, confirma Beth.

– Et il n'y a qu'une seule phrase dans *Le Voyage d'un naturaliste* qui fasse allusion à la théorie.

– À ce qu'on dit, oui.

– Mais bon, faut reconnaître: il a fini par y arriver, même s'il a pris son temps. (Nigel tourna la tête vers Hugh.) Dis-moi un peu, d'où te vient ton intérêt pour Darwin?

Jetée comme un gant, la question prit Hugh au dépourvu. Il aimait tant de choses chez ce savant: sa rigueur méthodologique, son enthousiasme de grand enfant (jouer du basson pour voir si les lombrics entendent!), l'exigence des faits, rien que les faits, et la volonté de les suivre où qu'ils conduisent, quitte à s'enfoncer jusqu'aux genoux dans les flammes de l'enfer. Mais ce qu'admirait Hugh par-dessus tout, c'était cette faculté de penser non pas en termes de siècles ou de millénaires, mais à l'échelle d'ères entières. Darwin allongeait le temps, l'étirait, examinait les événements cataclysmiques par l'autre bout du télescope. Observant une chaîne de montagnes, il imaginait la croûte terrestre se plissant à une lenteur indescriptible. Découvrant des fossiles marins perchés dans les Andes, il devinait les mers antédiluviennes qui les avaient amenés là. Il avait de prodigieuses capacités rétrospectives, qui lui permirent de surprendre les infimes rouages du changement et du hasard, de la même manière que Galilée perça les révolutions célestes. Et l'immense courage de choquer son époque, d'admettre la vérité d'un monde sans Dieu et de l'insignifiance de l'homme. Une insignifiance que Hugh trouvait assez réconfortante.

– J'aime son sens du long terme, résuma-t-il.

Nigel se tourna vers Beth.

– Et toi ?

Hugh se pencha pour entendre la réponse. Elle but une gorgée de whisky et déclara :

– J'aime le fait qu'il n'ait emporté qu'un seul livre en venant sur ces îles.

– À savoir ?

– *Le Paradis perdu.* Il l'a lu, puis il a réfléchi à ses propres observations et il a synthétisé l'ensemble.

– C'est-à-dire ? demanda Nigel.

– Il a trouvé l'Éden, mangé le fruit de l'Arbre de la connaissance, et la face du monde s'en trouva changée à jamais.

– *Et ils virent qu'ils étaient nus, alors ils se couvrirent.* Mais je vois ce que tu veux dire : c'est un peu le paradis, ici.

– Je n'en suis pas si sûre.

Au bout de quelques minutes, Beth se releva, étira les bras vers le ciel, un peu comme une danseuse, et s'enfonça dans la nuit pour rejoindre sa tente.

Maintenant qu'ils se taisaient, Hugh trouva la présence de Nigel pesante. Mais le silence ne dura pas.

– Tu sais, murmura Nigel en indiquant le siège vacant de Beth, c'est très intéressant de l'entendre parler de Darwin. La rumeur prétend qu'elle aurait des liens de parenté avec lui, genre arrière-arrière-quelque chose.

– Mais elle est américaine, souligna Hugh.

– Eh oui, je sais. Une simple rumeur, je te dis. Certaines personnes font l'objet de tout un tas de légendes. Elle-même est une légende, du reste.

– Comment ça ?

– De la graine d'élite. Cambridge, Londres, les States. Et une beauté renversante, comme tu auras pu le constater. Elle a tout lu, tout fait. Fut quelque temps l'épouse d'un gars brillant, Martin Wilkinson, à qui tout réussissait – études d'histoire oxfordiennes à Saint John's, des diplômes dans toutes les disciplines imaginables, une famille sympa, le monde à ses pieds. Sauf qu'il avait un problème, un problème de dépression. Une grande plume et un grand orateur, mais mentalement instable. Il est tombé dans une spirale infernale, et ils ont divorcé. Ça a fait grand bruit par chez nous.

– Et vous vous connaissez depuis… combien de temps ?

– Oh, des lustres. Mais les choses se sont précisées depuis le divorce.

– Ah bon. Alors vous… quoi ? Vous sortez ensemble ?

– Pour ne rien te cacher, oui.

– Je vois. Mais c'est plutôt pauvre, ici, côté sorties.

Le silence revint. Hugh sentait sa langue s'épaissir sous l'effet du whisky. Il se leva et prit congé :

– Ne t'embête pas pour le feu. Tu peux le laisser mourir, il n'y a rien à cramer.

Comme il regagnait sa tente, il prit plaisir à sentir ses jambes engourdies. Ah, les bienfaits de l'alcool… Il se retourna vers la silhouette sombre de Nigel :

– Au fait, je te suggère de suspendre tes bottes à un piquet de tente. C'est pas les scorpions qui manquent, dans ce paradis.

En se glissant dans son duvet, Hugh sentit la lettre dans sa poche arrière. Il alluma la torche et décacheta l'enveloppe. Il se sentait assez ivre pour la parcourir et se rappeler qu'il avait une fois de plus négligé son père. Il ne fallait pas beaucoup de mots pour écrire ça. Mais Hugh avait appris à lire entre les lignes.

CHAPITRE 2

Charles Darwin sella son cheval favori pour gagner la propriété de Josiah Wedgwood, dans le Staffordshire. Évitant les villages aux rues pavées et les façades Tudor noires et blanches, il trotta sur de petites routes de campagne bordées de haies, à travers des prairies d'oseille. Parvenu à la forêt de chênes et de frênes, il lança l'animal au grand galop, et ses yeux fouettés par le vent se brouillèrent de larmes.

Jamais, en vingt-deux années d'existence, il ne s'était senti aussi malheureux. Dire qu'une semaine plus tôt il touchait à la félicité, couvert d'éloges par Adam Sedgwick, l'éminent géologue du Trinity College de Cambridge... Ils exploraient alors les ravines du Nord gallois, à deux, une expédition merveilleuse. Puis il était rentré chez lui pour découvrir la proposition, un cadeau du ciel propre à bouleverser sa vie, à lui donner enfin du sens. Mais voilà qu'on la lui refusait! Voir ses espoirs culminer pour s'effondrer l'instant suivant – comment le supporter? Il regarda filer le sol flou, la terre noire éclabousser les mauvaises herbes. Comme il serait facile de glisser le long du flanc d'Hérodote, de tomber la tête la première sous ces sabots impétueux...

De loin, le jeune Darwin n'avait pas vilaine figure. Quoiqu'un peu dodu, c'était un cavalier confirmé, qui accompagnait avec grâce les longues foulées du cheval. Son éducation à The Mount, la propriété familiale de Shrewsbury, avait scrupuleusement obéi à la sainte trinité de la *gentry* rurale: équitation, chasse et pêche. Mais de près, dans ces habits aux tons bruns provinciaux et ces bottes de cuir noir, l'épaisseur prenait le pas sur l'élégance. Il avait un front noble, des cheveux auburn prolongés de rouflaquettes soignées, des yeux marron clair, une bouche féminine et un nez qu'il jugeait trop gros. Il n'avait pas l'esprit hardi et mordant d'Erasmus, son frère aîné ; son élocution souffrait d'un léger bégaiement venu du côté paternel, et résistait aux six pence promis pour le jour où il prononcerait « *white wine* » d'une traite. Mais, l'un dans l'autre, on voyait en lui un jeune homme présentable, aimable et ouvert, qui à défaut d'être exceptionnel ferait un bon mari.

Les apparences sont parfois trompeuses. Car personne ne le savait dévoré d'ambition, et, en dehors de ses camarades de faculté, peu connaissaient sa passion pour l'histoire naturelle. Du plus loin qu'il s'en souvînt, celle-ci l'avait toujours habité, depuis le jour où son père, Robert Waring Darwin, lui avait offert deux ouvrages écornés ayant appartenu à son oncle, prénommé Charles comme lui, mort durant ses années de médecine. Le premier ouvrage traitait des insectes, le second de « l'histoire naturelle des eaux, de la terre, des pierres, des fossiles et des minéraux, avec leurs vertus, leurs propriétés et leurs usages médicaux ».

Cette passion pour la science faisait battre son cœur, vibrer chaque fibre de son être. Il manqua les cours d'anatomie à Édimbourg pour ramasser les coquillages au bord du Firth of Forth, et passa de longs après-midi hors des murs du Christ's College de Cambridge à buissonner dans la campagne, écorçant les arbres et martelant des pieux de clôture pour débusquer des insectes.

Une cohorte de mentors l'abreuvait de faits, de théories, et d'une chose irremplaçable : l'émotion. Voilà ce qui rendait Sedgwick si captivant. C'était un romantique, qui aimait raconter ses errances dans les hauteurs du Lake District en compagnie de son ami William Wordsworth, et avec qui l'étude des secrets de la nature devenait un projet fabuleux. Un jour qu'il étudiait le sol du pays de Galles, l'homme avait rempli son grand manteau de pierres rares, avant de lever les bras vers les arbres et d'exhorter ces cailloux à lui « maintenir les pieds sur terre devant cette beauté infinie ». Charles se souvenait aussi d'un dîner en tête à tête, à l'auberge Colwynn, devant une assiette de mouton et une chope de bière : le savant avait affirmé que leurs relevés allaient bouleverser la carte géologique nationale, et que lui, le jeune Charles, s'était montré brillant. Le disciple en conçut une fierté sans précédent, et une assurance qu'il n'avait jamais éprouvée devant son père.

Il filait à présent vers Maer Hall pour une partie de chasse à la perdrix, en espérant qu'elle apaiserait sa cuisante déception. Dans sa poche, un pli cacheté de son père attendait d'être remis à l'oncle Jos. Il renfermait une prescription de « pilules de térébenthine » pour un ennui digestif, ainsi qu'une lettre condamnant la dernière lubie de son fils, un « voyage de découverte » sur un navire baptisé le *Beagle*, que l'Amirauté envoyait explorer le monde deux ans durant. Le commandant, un aristocrate lunatique du nom de Robert FitzRoy, cherchait un compagnon de conversation pour tuer l'ennui en mer, et le réseau des anciens élèves de Cambridge avait désigné le jeune Darwin comme le candidat idéal. Joseph Henslow, le professeur de botanique qui avait adopté Charles lors de longues promenades au bord de la Cam – avant de l'introduire dans ses fameuses soirées du vendredi – l'avait recommandé à George Peacock, un mathématicien qui connaissait Francis Beaufort, le puissant hydrographe de l'Amirauté.

C'est ainsi que Charles avait trouvé la proposition dans le casier à courrier du grand vestibule de The Mount. À sa lecture, ses mains se mirent à trembler, son souffle s'accéléra, et il se jura de partir. Mais c'était compter sans son père, qui émit objection sur objection. En voilà, une idée stupide ! Tous les autres avaient dû la refuser ! Il allait nuire à sa carrière en s'improvisant moussaillon ! N'était-il pas temps de choisir une vocation et de s'y tenir ? Or Charles n'avait pas la force de s'opposer à son père. Pour lui, le Dr Darwin était un géant à tous points de vue, à commencer par sa corpulence : un mètre quatre-vingt-huit, et cent quarante-cinq kilos qui vous écrasaient contre l'accoudoir du siège lorsque, enfant, vous l'accompagniez dans ses tournées. Charles n'avait aucun souvenir de sa mère, Susanna, qu'il avait perdue à huit ans, hormis la chambre sombre où elle resta couchée pendant de longues semaines et la robe de velours noir dont on revêtit sa dépouille. Il avait été élevé par ses deux grandes sœurs, sous l'autorité distante du Dr Darwin, qui leur infligeait au repas des sermons de deux heures, avant d'être envoyé en pension dans sa dixième année. Malgré tout, Charles aimait son père et savait cet amour réciproque. Mais une cruelle ironie voulait qu'il le déçût sans cesse, alors même qu'il cherchait à lui plaire. Deux ans plus tôt, lorsqu'il avait abandonné la faculté de médecine d'Édimbourg – horrifié par les opérations sans anesthésie, malade à la vue du sang, scandalisé que l'on déterrât des cadavres pour les disséquer –, le regard désappointé de son père l'avait mortifié. Et il n'était pas près d'oublier ses paroles : « Tu n'as d'yeux que pour la chasse, les chiens... et tu t'amuses à traquer les rats. Tu y perdras ton honneur et celui de toute ta famille. »

Le cœur gros, Charles avait répondu à Henslow qu'il ne pouvait accepter le poste. Pour autant, songeait-il tout en se cramponnant au cheval glacé de sueur, il restait peut-être un espoir. Son père n'avait pas émis un non ferme et définitif, mais laissé poindre une ouverture : « Trouve-moi un homme sensé qui te conseille de partir, et je te donne ma bénédiction. » Or qui de plus sensé que l'oncle Jos, beau-frère et cousin germain du Dr Darwin ? Homme affable et posé, Josiah Wedgwood dirigeait l'empire de porcelaines fondé par son père. Ses avis avaient la force de l'entreprenariat moderne, des ferronneries et des moteurs à vapeur des Midlands. Charles adorait son oncle, de même qu'il adorait la propriété de Maer Hall, envahie de livres, des rires de ses cousins et de la chaleur de son patriarche bienveillant – un foyer si différent du sien qu'il l'appelait le « château du bonheur ».

Il confia Hérodote au garçon d'écurie et pénétra dans le manoir, talonné par une meute aboyante. Les jeunes Emma et Fanny l'accueillirent avec des cris de joie, et son cousin Hensleigh, de six ans son cadet, lui tapa dans le dos. Jos vit immédiatement la détresse sur le visage de Charles. Celui-ci expliqua sa situation et sortit la lettre de son père. L'oncle s'isola quelques instants dans son bureau, puis ils partirent chasser.

Le fusil calé sous le bras, les deux hommes flânèrent dans la lande sans beaucoup parler et Charles manqua sept perdrix sur neuf. Même son tir était moribond, se dit-il en ajoutant le deuxième et dernier nœud – un par cible abattue – à son cordon de veste. Lorsqu'ils rentrèrent en fin d'après-midi, tout Maer Hall bruissait des mésaventures de Charles, et même les invités de passage le conjuraient de saisir sa chance.

– Viens, dit Jos en le conduisant vers le bureau, tu vas me détailler les objections de ton père.

Charles rédigea une liste en huit points et la remit à son oncle. Celui-ci fronça théâtralement les sourcils, avant de démolir les arguments l'un après l'autre, avec tout l'esprit d'un avocat d'Old Bailey.

– Et si on écrivait à ton père?

Assis derrière son grand bureau d'acajou Nouveau Monde, Jos composa une réponse habile, retournant chaque objection en élément positif. Entre deux phrases, il lançait des clins d'œil à Charles, qui peinait devant sa propre feuille. Le jeune homme finit par tremper sa plume dans l'encrier et coucha d'une écriture hésitante :

« Mon cher père, je crains une fois de plus de vous mettre mal à l'aise. (…) Tous les Wedgwood jugent comme moi le danger limité. Je doute que la dépense soit élevée, et je pense, en tout état de cause, que je perdrais davantage mon temps en restant à la maison. Mais de grâce, n'allez pas croire que mon désir de partir me ferait hésiter une seconde, si après un court délai vous deviez maintenir vos réserves… »

Les lettres furent postées, et l'affaire débattue jusqu'après le dîner, autour d'un pot de tabac à priser.

Cette nuit-là, dans sa chambre au premier étage, Charles ne put fermer l'œil. Contemplant par la vitre le lac moiré par la lune et le jardin d'iris, de lobélies et de dahlias, il ruminait son angoisse. Lui restait-il une chance de partir? Cette expédition serait l'occasion unique d'approfondir ses connaissances en géologie et en zoologie, de découvrir des formations rocheuses absentes des cartes, de rapporter des spécimens de régions du monde où les spécialistes n'avaient jamais mis les pieds! Il avait soif de voyager, lui qui rêvait avec Henslow de partir pour les îles Canaries. Mais quelle bagatelle, comparée à ce projet! Une grande et dernière aventure avant de s'établir dans le confort et la vie de famille, sans doute comme pasteur de province.

Cependant, il y avait plus que cela. Le monde des sciences naturelles était en pleine expansion, de nouvelles découvertes inondaient les musées, et un tel voyage pouvait faire la renommée d'un jeune homme. Charles avait vu la façon dont les académies accueillaient le retour des explorateurs, les fêtaient en héros au sein de leurs clubs lambrissés, et comment, dans les meilleures maisons de Kensington et de Knightsbridge, les banquiers et les industriels à cigare buvaient leurs paroles, affligés soudain par la monotonie de leur propre existence, tandis que les femmes leur coulaient des regards admiratifs par-dessus les coupes de cristal. Le cœur de Charles rêvait de gloire...

Lui revinrent les paroles de l'oncle Jos, lâchées un peu plus tôt dans les lueurs de la cheminée gothique :

— Te rappelles-tu quand tu étais plus jeune, vers dix ou onze ans, et que tu racontais toutes ces sornettes ? C'étaient en fait des mensonges très élaborés : tu disais avoir vu des oiseaux rares lors de tes promenades dans la campagne. Tu rentrais en courant pour nous parler d'un étourneau des plus exotique, et nous étions tous très perplexes. Cette attitude curieuse avait commencé, je l'avais remarqué, lorsque tu t'étais aperçu que ton père s'intéressait à l'ornithologie. Je lui ai donc dit de ne pas y prêter attention, et petit à petit, ma foi, cette manie t'a quitté. Je pense que ces petites inventions trahissaient ton envie de le satisfaire.

Cette remarque avait touché un point sensible. Charles avait certes changé depuis lors, et son amour grandissant de la science lui avait appris à vénérer les faits. Mais il envisageait la vérité un peu comme un prêtre de campagne envisage Dieu : comme une abstraction supérieure qui, à l'occasion, pouvait être remodelée afin de ramener une ouaille vers l'Église. Il songea à son père, si sévère, si rigide. Mais comme il serait fier si son fils rapportait des spécimens inconnus et venait les présenter à l'académie des Sciences de Londres ! Toutes ces années à tirer les oiseaux et à chasser les insectes porteraient enfin leurs fruits. Comme son père serait fier...

Le lendemain matin, Charles se leva de bonne heure. Il était reparti chasser lorsqu'un domestique apporta un message de son oncle : ils étaient conviés d'urgence à The Mount. La question était trop grave pour rester en suspens. Ils prirent donc un cabriolet, franchirent les bosses de la route en un temps record et atteignirent vers midi la propriété surplombant un coude de la Severn.

Ils trouvèrent le Dr Darwin dans le salon, seul devant une tasse de thé, perdu dans ses pensées.

– J'ai reçu vos lettres, dit-il en fronçant les sourcils.

Quand l'oncle Jos fit signe à Charles de les laisser entre adultes, ce dernier se rendit au jardin pour faire les cent pas entre les plates-bandes. Cinquante minutes plus tard, on le rappelait à l'intérieur, où, d'un air solennel et par-dessus les gloussements de l'oncle Jos, son père annonça qu'il avait changé d'avis. Charles était libre de partir en mer, « si toutefois tel était toujours son souhait ».

Charles exulta. Il bégaya sa gratitude, moins élégamment qu'il ne l'aurait voulu, puis courut à l'étage pour écrire à Francis Beaufort, expliquant qu'il serait « très heureux d'avoir l'honneur d'accepter » la proposition.

Comme il donnait l'accolade à son oncle dans la cour, il lui demanda comment il avait pu « accomplir ce miracle ».

– Rien de plus facile, répondit Jos avec un bonheur manifeste. J'ai simplement fait valoir que, étant donné tes centres d'intérêt, ce voyage ne pouvait que servir ta carrière. Et que, de tous les moyens permettant à un jeune homme de se distinguer, c'était de loin le plus sûr.

Ce soir-là, Charles dîna en compagnie de son père et de son frère Erasmus, qui leur faisait le plaisir d'une de ses rares visites. À son arrivée, Erasmus lui avait tapé sur l'épaule, pour le féliciter d'avoir si bien su « traire la vache » – c'est-à-dire soutirer de l'argent au parcimonieux maître de maison. Au dîner, la conversation fut laborieuse et superficielle, comme s'il n'était rien arrivé d'important. Leur père se montra aussi taciturne qu'à l'ordinaire, et Charles n'osa qu'une allusion à son départ imminent :

– À bord du *Beagle*, je devrai redoubler d'astuce pour dépenser plus que mon pécule.

Son père consentit un demi-sourire :

– Je ne m'inquiète pas pour ça.

Le repas terminé, Charles jeta quelques affaires dans un sac, serra virilement la main de son père, embrassa Erasmus, et après quelques heures de sommeil prit l'express de 3 heures pour Cambridge, où il s'installa à l'hôtel Red Lion.

Le lendemain matin, Henslow fut surpris de le voir – et de son propre aveu, assez jaloux. Les yeux baissés sur le tapis, le mentor avoua qu'il avait lui-même songé à prendre le poste, avant de se raviser devant la mine épouvantée de son épouse. Il ne pouvait, disait-il, l'exposer à un «veuvage précoce».

Mme Henslow leur servit des crêpes, et les deux hommes bavardèrent avec feu. Gagné par l'enthousiasme de Charles, Henslow alla chercher un atlas dans son bureau. C'est alors qu'un messager sonna et lui remit un billet.

Henslow ouvrit le pli, le lut et blêmit. Il s'assit, la main plaquée sur le front.

– Eh bien? dit Charles. De quoi s'agit-il?

– Cela vient du commandant FitzRoy. Il me remercie de tout cœur de l'avoir aidé à chercher un compagnon de voyage, et il espère que je ne me serai pas donné trop de mal, car il n'en a plus besoin. Il semble qu'il ait offert la place à un ami.

Charles en resta muet comme une carpe.

CHAPITRE 3

Ils établirent vite une petite routine, se répartissant les corvées ainsi que le travail de terrain. Hugh fut obligé d'admettre que cela lui facilitait la vie. On instaura des tours de cuisine – Nigel était le plus doué, surtout pour inventer des sauces – ou encore de lessive – frottage à l'eau salée pure et rinçage dans une bassine d'eau douce. Le deuxième jour, Hugh descendit ainsi un petit tas de linge jusqu'au tapis rouge et lava entre autres deux ravissantes culottes blanches, avec un minuscule isthme de coton pour l'entrejambe. Il les étendit sur une pierre, où leur blancheur éclata au soleil.

Le programme aussi gagna en efficacité. On tournait par tandems, l'un capturant et mesurant les oiseaux, l'autre annotant le registre. Beth faisait des merveilles avec les pinsons, qui semblaient séduits par son calme. Ils restaient imperturbables dans le creux de sa paume, et certains s'y attardaient même lorsqu'elle rouvrait la main, se balançant d'avant en arrière pour garder l'équilibre. Nigel la surnomma « sainte Françoise ».

Le quatrième jour, ils allèrent se baigner en plongeant du quai. Beth étendit son paréo sur les rochers. Hugh s'interdit d'abord de regarder ses seins, mais cette fille assumait pleinement sa nudité, ignorant les commentaires grivois de Nigel.

La plupart du temps, Hugh ne portait qu'un short et des chaussures de randonnée. Son corps était souple et doré. Nigel, lui, tenait à ses tee-shirts blancs qui se gorgeaient de sueur et montraient sa bedaine rose lorsqu'il se traînait sur la roche. L'Anglais n'aimait rien tant que de bavarder autour du feu après le dîner.

27

Dans ces moments-là, Hugh observait Beth et cherchait à deviner ses pensées. Une nuit, en se relevant pour aller uriner, il s'aperçut que Beth avait rejoint Nigel : une lampe au kérosène projetait leurs ombres sur la toile. Il vit leurs silhouettes se fondre, puis entendit un murmure et se détourna aussitôt.

Quand Hugh en avait assez de Nigel – phénomène fréquent –, il allait se réfugier sur la pointe nord de l'île : le bout du monde, aimait-il à imaginer. Il avait découvert cet endroit quatre mois plus tôt, en poursuivant un pinson coriace parmi les buissons rabougris et les cactus desséchés. Derrière deux gros rochers, une voie naturelle creusait la falaise. Négociant prudemment ses prises et ses appuis, il parvint à descendre, et atteignit au bout d'une trentaine de pieds une saillie d'environ deux mètres de large. Elle surplombait un profond à-pic au pied duquel l'océan se fracassait en fontaines d'embruns.

Beth avait apporté des livres, et lui avait conseillé un roman de W.G. Sebald. Il l'emportait sur sa corniche pour les longs après-midi où la touffeur interdisait le travail. Au moins, là-haut, il profitait des rares brises. Par moments il se sentait presque bien, à lire et à méditer, ou à regarder les nuages promener leur ombre sur l'eau : un gigantesque ballet de flaques gris-vert, bleu marine et noires.

Le premier matin de la troisième semaine, Beth demanda s'il voulait bien lui montrer sa « cachette ». Il accepta d'emblée, avant de se mordre la langue. Il n'était pas certain de vouloir partager.

– Au fait, comment es-tu au courant ?

– C'est une petite île, répondit Beth. Il n'y a pas de place pour les secrets.

– N'en sois pas si sûre.

Tous deux consacrèrent la matinée à recenser des graines. À l'aide de ficelle et de piquets, Beth délimita un mètre carré de terre, la passa au tamis, puis identifia les graines à l'aide d'un manuel avant de les disposer sur un tissu blanc. Hugh faisait de même quelques mètres plus loin. Ils échangèrent à peine quelques mots – comme un vieux couple cultivant son potager, songea Hugh. Le soleil tapait fort, un piston de chaleur qui lui trempait le torse, et au contact de ses doigts le sol s'humidifiait. Beth se releva pour s'étirer, puis s'accroupit. Son short bâillait à la taille, et Hugh vit la sueur lui perler au creux des reins. Assommé par le soleil, il sentait le sang palpiter à ses tempes.

Ils se mirent en route après le déjeuner, laissant Nigel ranger et nettoyer sa tente. Il avait bricolé un petit ventilateur à piles, et branché sa radio sur la BBC. Les informations crachotées semblaient venir d'un autre monde : terrorisme, politique, l'Afrique face au sida...

Hormis les mouettes qui planaient, rien ne bougeait dans l'après-midi de plomb. Passé les deux rochers, Hugh montra à Beth où placer les mains et les pieds. Elle descendit à sa suite, deux mètres au-dessus de lui, et ils mirent cinq bonnes minutes à atteindre la saillie. Hugh mesurait combien le chemin était ardu.

Beth s'assit à côté de lui sur la pierre, dégagea les mèches de son front et sourit.

– Je commençais à regretter d'être venue ! dit-elle.

Il savait qu'elle n'en pensait pas un mot.

Elle se pencha pour jauger la profondeur du précipice et se redressa, l'air faussement affolé. La marée haute jetait son écume dans le creux de la falaise, puis refluait vivement comme si l'île pompait ses cales. Au loin, là où les courants devenaient violents, les vagues se disloquaient en une myriade de capsules blanches.

– C'est donc ici que tu viens faire le vide ?

– Eh oui.

– Je te comprends : le bruit, la crasse, les gens...

– Nigel...

Le regard de Beth vacilla un instant.

Ils discutèrent de l'île et de la mission, puis abordèrent enfin des sujets plus personnels. Il l'interrogea sur sa vie, sur les raisons de sa venue...

– Eh bien, fit-elle d'un ton indécis, par où commencer ?

Elle évoqua son enfance dans le Midwest américain. Elle y avait été très heureuse, avant de se sentir de plus en plus exclue, à cause de son image de bonne élève. Seule de sa classe à intégrer Harvard, elle avait obtenu sa licence puis était entrée à Cambridge, où elle avait décroché un doctorat de biologie évolutionniste. Elle avait ensuite travaillé quelque temps à Londres puis avait postulé pour ce programme. Et, du jour au lendemain, elle s'était retrouvée sur cette île, à l'aube de la trentaine.

– Je me sentais dans une impasse, conclut-elle. Voilà pourquoi je suis venue, en vérité. Pour faire une coupure, pour prendre du recul.

– Et tes parents ?

– Ils sont toujours profs à Minneapolis. On se parle souvent, jusqu'à maintenant, en tout cas. On est très proches.

Un ange passa.

– J'ai entendu dire que tu étais mariée, reprit Hugh.

Elle eut un léger sursaut.

– Tu tiens ça de Nigel ?

– Exact.

– Oui, je l'ai été. En Angleterre. C'était une erreur, et je le savais dès le début. Mais rien à faire, comme on dit. Les bons moments étaient toujours gâchés par les mauvais, jusqu'à ce que les mauvais l'emportent.

– Nigel parlait d'un mari dépressif…

– Nigel parle beaucoup, n'est-ce pas ? Mon mari était en dépression, effectivement, mais ce n'est pas cela qui a coulé notre mariage. Les torts étaient partagés.

Elle contempla l'océan. Hugh observa la main de Beth sur la roche, tout près de la sienne. L'aura de cette fille semblait électriser l'air.

– Je ne devrais pas autant parler de moi, soupira-t-elle. Je regrette que Nigel t'ait raconté tout ça.

– Tu le dis toi-même : il parle beaucoup.

– C'est quand même un chic type.

À son tour, Beth voulut savoir ce que Hugh avait fait.

– Pas grand-chose, répondit-il. J'ai grandi dans le Connecticut, dans un bourg du comté de Fairfield. À l'époque, ce style de vie me convenait parfaitement : le camping dans les bois, les tournois de base-ball, les virées en stop à la plage. Puis je suis parti dans un lycée privé, à Andover. La première année a bien marché, mais après j'ai déconné, et je me suis fait virer un mois avant la remise des diplômes.

– Pour quel motif ?

– Rien de méchant. Là-bas, ils ont ce qu'ils appellent les « cinq règles fondamentales ». Un week-end, pour célébrer ma pré-admission à Harvard, je les ai toutes enfreintes d'un coup, en me sauvant du campus pour aller dans un bar. Comme j'avais signé le cahier de présence de mon dortoir, ils m'ont aussi épinglé pour mensonge. Ils m'ont même opposé la cinquième règle : se comporter en gentleman.

– Qu'est-il arrivé, alors ?

– Je suis rentré chez moi en train – le plus long voyage de ma vie – et dès mon arrivée j'ai compris. Mon père osait à peine me regarder.

– Et pour Harvard ?

– Ils m'ont jeté. J'ai renouvelé ma candidature, mais ça n'a pas marché. Alors j'ai atterri à l'université du Michigan.

Là-dessus il décrivit son père, un brillant avocat new-yorkais, puis sa mère, qui était partie avec un autre quand Hugh avait quatorze ans.

– C'est pour cette raison qu'on t'a envoyé en pension ?

– Eh oui.

– Ça n'a pas dû être facile.

– Pas vraiment, non. Deux ans après son départ, j'ai perdu ma mère. Elle vivait avec quelqu'un, ils allaient se marier, et puis hop ! elle fait une rupture d'anévrisme. Elle se coiffait tranquillement dans son lit, et l'instant d'après elle était morte.

– Comment tu l'as pris ?

– J'étais déconcerté. J'y ai vu un châtiment du ciel.

– Tu n'y crois pas sérieusement ?

– Non, plus maintenant.

– C'est donc ton père qui t'a élevé ?

– Si on veut.

– Et il s'est remarié ?

– Oui, il y a trois ans.

– En somme, il n'y avait aucune figure maternelle dans ton adolescence.

C'était dit sur le ton de l'affirmation. Hugh n'y avait jamais pensé.

– Non, admit-il.

– Et vous êtes proches, ton père et toi ?

Il considéra la question, la plus difficile de toutes.

– Il est affectueux, sans doute, tout en étant assez distant. Il fut un temps où il buvait beaucoup. Aujourd'hui il a arrêté, mais… Je ne sais pas. Il basculait sans arrêt dans son monde intérieur, passait toutes ses nuits à dériver dans une mer d'alcool.

Je ne pouvais jamais lui parler à cœur ouvert ni lui confier mes sentiments, ma crainte de le décevoir, de trahir ses attentes.

« Et s'il n'y avait que ça… », ajouta Hugh in petto.

– D'après ce que j'entends, répondit Beth, c'est plutôt lui qui t'a trahi. C'est fou comme les enfants ont l'art de culpabiliser, comme s'ils étaient responsables de tout.

Hugh opina d'un grognement.

– Pas de frères ou de sœurs ?

– Non.

Plus maintenant.

Il faillit changer de sujet, puis lâcha :

– J'avais un frère, un frère aîné. Il est mort dans un accident. Une noyade. Mais c'est une longue histoire… Je te raconterai ça un autre jour, si tu veux bien.

– Bien sûr.

Un silence, et elle lui prit la main.

– La vie ne t'a pas ménagé, dis-moi.

– Je n'avais pas l'intention de pleurnicher comme ça.

– C'est moi qui t'ai poussé à parler. J'étais curieuse de savoir. Ça permet de comprendre beaucoup de choses.

– Du genre ?

– Ta présence sur une île déserte. Enfin, jusqu'à ce qu'on rapplique.

– Je suis content que vous soyez là.

– Moi aussi.

Il eut envie de l'embrasser, et le regard de Beth exprima le même désir. Pourtant, elle se ressaisit :

– Je suis avec Nigel, murmura-t-elle en lui touchant le bras.

Ils décidèrent de repartir. Parvenu au sommet de la falaise, Hugh lui tendit la main.

– Prête à retrouver le monde réel ?

Cette nuit-là, dans son sac de couchage, Hugh pensa à tout ce qu'il avait passé sous silence. À commencer par l'essentiel : qu'en perdant son frère il avait tout perdu – son modèle, son phare, son énergie. Il songea à toutes ces sinistres soirées après la fuite de leur mère, lorsqu'il fallait extirper le paternel de son fauteuil – tu prends les jambes, je prends les épaules – pour le coucher comme un bébé. Ou lorsque père et fils allaient chercher l'aîné au basket, que la voiture zigzaguait sur la route et que le jeune Hugh se couchait sur la banquette en priant pour arriver entier. Et le soulagement quand, au sortir du gymnase, le grand frère prenait le volant, collait son nez au pare-brise et mettait à profit ses quelques heures de conduite pour rouler jusqu'à la maison à trente kilomètres-heure.

Son frère n'avait pas seulement trois ans de plus que lui: il était plus costaud, plus alerte et meilleur en tout. Il courait toujours plus vite, sautait plus loin, tenait plus longtemps. C'était le fils parfait, celui qui rapportait les bonnes notes, se faisait élire délégué, tenait même une chronique hebdomadaire dans la gazette locale. Il incarnait aux yeux de Hugh l'exemple inatteignable – grand, beau, athlétique. Sur un terrain de base-ball, c'était un demi-dieu, le commandant de son équipe, et lorsqu'il frappait une balle tendue vers le champ extérieur, Hugh voyait du coin de l'œil le regard goulu de leur père.

« Viens, fiston, on va se faire quelques lancers. » L'odeur de gazon tondu, les ombres qui gagnaient les soirs d'été, le grincement des cigales. Ils enchaînaient tous les types de balles possibles, du roulant à la flèche en passant par la chandelle. « Une difficile, papa! Par-dessus ma tête! » Sur ces mots il pivotait, s'élançait à toutes jambes en fixant le projectile par-dessus son épaule, et l'attrapait in extremis d'un superbe plongeon. « Neuvième et dernière manche, un homme sur chaque base, le *pitcher* lance… Le batteur frappe! C'est une longue chandelle… Sera-t-elle cueillie au vol? Le défenseur recule, recule… Il l'a! C'est tout pour les Yankees, qui passent en défense sans marquer. »

Hugh aussi rejoignit l'équipe, mais il quitta rarement le banc des remplaçants. En quelques occasions il put jouer champ droit, esseulé sur son immense tapis herbeux, palpant sa patte de lapin porte-bonheur avant chaque mise en jeu: « S'il vous plaît, Seigneur, faites qu'elle n'arrive pas par ici. Ou bien faites que je la rattrape. » Un jour, il promit de remplacer son frère pour la distribution du journal, mais les sacoches étaient si lourdes qu'il ne put parcourir un mètre sans renverser le vélo. Il essaya de coincer des exemplaires sous la selle et autour des rayons, mais rien n'y fit, alors que le match allait bientôt commencer. Pris de panique, il laissa la bicyclette dans les buissons et oublia sa tâche.

33

Quand son frère lui demanda comment il s'en était sorti, Hugh crut défaillir. On retrouva le vélo dans la nuit, et leur père assura la tournée en voiture, secouant rageusement la tête, son humeur aggravée par quelques verres de trop.

Quand le téléphone satellitaire reprit vie, d'une plainte aiguë et insistante, Hugh mit un moment à émerger de ses songes. La voix du correspondant lui parvint faible et décalée.

– Puis-je parler à Beth Dulcimer? Je m'excuse d'appeler si tard, mais c'est une urgence.

Accent américain, timbre assez jeune...

Hugh enfila son short et traversa le campement, pieds nus sur les pierres. Les dernières braises du feu terminaient de se consumer. Il ouvrit la tente de Beth et entra. Elle se réveilla aussitôt, se redressa dans son duvet et le dévisagea, les yeux gonflés de sommeil. Hugh lui remit le téléphone et ressortit. Il l'entendit s'exprimer d'une voix chaleureuse mais inquiète, puis elle poussa un cri.

– Quoi? Qu'est-ce qui se passe? questionna Nigel avant d'accourir.

Hugh alluma une lanterne, raviva le feu et fit du café. Lorsqu'il apporta une tasse à Beth, elle annonça que sa mère venait de mourir d'une crise cardiaque. Elle but son café d'un air hagard, les yeux mouillés et les joues en feu.

– Je dois partir, dit-elle. Sur-le-champ.

Le matin venu, Beth rassembla ses effets pour embarquer sur le panga dépêché à son intention. Nigel avait décidé de la suivre, se refusant à l'abandonner dans un moment pareil. Si elle le souhaitait, il l'accompagnerait même jusqu'à Minneapolis pour les obsèques.

Elle appela son père depuis sa tente et sanglota beaucoup. Hugh et Nigel se regardèrent, impuissants.

– Je m'en veux de t'abandonner, Hugh. Mais t'inquiète pas, je suis certain que le programme t'enverra de la relève.

– Sans doute, répondit Hugh, bien que ce fût le cadet de ses soucis.

Beth toucha à peine aux gâteaux préparés par Nigel. Malgré son teint pâle et ses traits tirés, Hugh ne put s'empêcher de la trouver encore plus belle.

Le panga arriva aux alentours de 10 heures. Beth embrassa Hugh sur la joue et lui sourit d'un air triste. Il la serra dans ses bras, puis l'aida à descendre son barda jusqu'au bateau, avant de serrer la main de Nigel. Les deux amants disparurent en quelques minutes, sans même se retourner, et les mouettes qui les avaient suivis revinrent survoler l'île.

La solitude eut un goût bizarre – aussi bizarre que familier. Néanmoins, Hugh ne reprit pas ses vieilles habitudes, n'alla même pas dresser le filet. Perché sur sa corniche face à l'océan, il comprit que rien ne serait plus comme avant. L'équilibre de son isolement avait été rompu, de manière irréversible.

Une heure plus tard, il joignit le quartier général du programme pour demander Peter Simons.

– J'actionne le signal d'alarme, annonça-t-il dans le jargon du métier.

L'évacuation immédiate – sans questions, ou si peu – était prévue au contrat. Simons ne put toutefois s'empêcher de demander :

– Que prévois-tu, ensuite ?

Dans ce tourbillon d'émotions, comment formuler ses véritables attentes ? Hugh espérait vaguement sauver quelque chose de cette longue épreuve, par exemple en surmontant son éternel sentiment d'échec. Il s'entendit répondre :

– J'ai envie de bosser ma thèse. Pas du travail de terrain, mais un autre type de recherche, peut-être sur Darwin. Avec ton aide, bien sûr, si tu veux bien me l'accorder.

Simons lui promit que oui.

Les responsables tinrent parole. Deux étudiants débarquèrent, un garçon et une fille avides de découvertes. Hugh leur montra tout ce qu'il fallait savoir. Le matin de son départ, il gagna la pointe nord et passa une dernière heure sur sa corniche. Puis il empaqueta ses affaires à la hâte, emportant un seul sac essentiellement rempli de livres. Les étudiants l'accompagnèrent le long du sentier, lui tendirent son bagage depuis le tapis rouge et le saluèrent de la main, ravis d'être enfin seuls.

– T'as fini par avoir ton compte, hein ? cria Raoul par-dessus le raffut du moteur.

– On peut dire ça.

– T'es content de rentrer ?

– Je suis content d'aller quelque part.

– Et tu vas où ?

– En Angleterre.

– Tu vas te raser la barbe en retrouvant la civilisation ?

– Sûrement.

– T'as bonne mine, *hombre*.

Hugh fut surpris par ces mots. Comme il fut surpris d'entrevoir une lueur d'espoir. Son séjour sur l'île n'avait pas été inutile, et il n'avait à rougir de rien – c'était grâce à lui, après tout, que le programme avait survécu.

Il se retourna vers Sin Nombre. Les oiseaux scintillaient dans la lumière, des taches argent et cendre tournoyant dans le soleil. À force d'étudier la forme de chaque pierre et de chaque crevasse, il avait oublié l'aspect général de l'île, et constatait avec stupeur qu'elle était symétrique : ses flancs retombaient harmonieusement, comme ceux d'une fourmilière.

De loin, son île paraissait petite et sombre : un vieux volcan éteint perdu au milieu de l'océan.

CHAPITRE 4

La vie, se disait Charles, est une partie de vingt-et-un. Trois jours après le revers qui avait ruiné ses espoirs, il se retrouvait entre les murs de l'Amirauté, à Whitehall, dans une pièce tout en boiseries truffée de pendules et de chronomètres marins, devant le bureau feutré du commandant Robert FitzRoy. Il ne savait pas bien pourquoi on l'avait convoqué, mais à en croire l'excitation qui lui dévorait le ventre, il restait peut-être une chance qu'on voulût de lui sur le *Beagle*. Ce fameux « ami » n'était sans doute qu'un écran de fumée, une porte de secours ménagée par l'homme assis devant lui, au cas où le jeune Darwin ne lui conviendrait pas. Charles avait l'impression de passer un examen, et peinait à se détendre car le commandant était à l'évidence en train de le jauger : il le toisait d'un œil sombre, et semblait intrigué par son nez.

À vingt-six ans, soit à peine quatre de plus que Charles, FitzRoy était un homme plein d'assurance. Mince, brun, avec de longs favoris, un nez aquilin et une voix rompue à aboyer des ordres, il avait l'autorité d'un homme deux fois plus âgé. Il n'en était pas moins spirituel, imaginatif et – qualité suprême aux yeux de Charles – passionné de sciences naturelles. Charles tenait tout cela de la bouche de Henslow, qui n'avait omis aucun détail. FitzRoy avait accompli une carrière fulgurante dans la marine, sans doute favorisée par son ascendance aristocratique, qu'il faisait remonter aux amours illicites entre Charles II et Barbara Villiers ; favorisée, aussi, par ce que l'Amirauté appela délicatement une « vacance décès », lorsque le précédent commandant du *Beagle* se fit exploser la cervelle avec un pistolet à crosse de

37

nacre, aux abords de la Terre de Feu, après avoir écrit dans le journal de bord : « L'âme de l'homme meurt en lui. »

– FitzRoy s'est vu charger de ramener le navire au pays, expliqua Henslow. Il s'en est fort bien sorti, d'autant plus que l'équipage était persuadé que le fantôme du commandant rôdait à bord…

À propos de suicide, tu te souviens certainement que la carrière de lord Castlereagh a connu une fin peu glorieuse, quand il s'est tranché la gorge voilà une dizaine d'années. Ce monsieur n'était autre que l'oncle de FitzRoy, qui avait alors quinze ans. Décidément, l'autodestruction semble être un motif récurrent dans la vie de ce garçon. Je ne serais pas surpris que cela contribue à son besoin de compagnie.

Mais le commandant ne semblait guère accablé de mélancolie. Ses yeux de jais pétillaient sous de longs cils féminins, et sa voix devenait légère lorsqu'il décrivait la beauté parfaite du *Beagle*, qui allait bientôt quitter le bassin de radoub de Plymouth, ou encore l'âpre liberté de la haute mer. Le voyage devait durer deux ans, mais qui sait ? peut-être serait-il prolongé d'une année ou deux. Le but premier, expliqua-t-il, était de relever la côte sud-américaine ; le second visait à affiner les calculs longitudinaux grâce à des mesures chronométriques tout autour du monde.

– Mais pourquoi l'Amérique du Sud ? demanda Charles, conquis.

– C'est une route périlleuse : des courants puissants, des vents capricieux. L'Amirauté veut des cartes à jour, aussi précises que possible. Elle veut le détail de chaque rivage, jusqu'à la plus petite crique… Le commerce se développe, voyez-vous, surtout avec le Brésil. Le chapitre espagnol se referme, et nous devons occuper le terrain, maintenir les ports ouverts à nos vaisseaux. Nous avons les Malouines. L'Argentine est en perpétuel soulèvement. Les Américains se mettent à fouiner. Nous avons d'ores et déjà une flottille militaire au large de Rio.

Le tour pris par la conversation était de bon augure. Pourtant, Charles fut bientôt désarçonné quand FitzRoy se pencha en avant pour lui demander de but en blanc s'il était le petit-fils d'Erasmus Darwin, le célèbre médecin, philosophe et « libre penseur ».

Ces deux derniers mots furent prononcés avec un soupçon de dédain. Charles acquiesça.

– Je n'apprécie pas sa philosophie, expliqua le commandant d'un ton péremptoire, et je n'ai pas pu finir *Zoonomia*. Cette façon d'insister sur la loi naturelle et la transmutation des espèces… C'est très jacobin, si vous vous voulez mon avis, et proche de l'hérésie. Ne pensez-vous pas qu'il porte atteinte à cette opinion générale et incontestable selon laquelle chaque insecte, chaque feuille et chaque nuage sont l'œuvre du Créateur ?

Charles répondit :

– Je n'ai rien d'un athée, monsieur, si tel est votre souci. Et je ne crois pas qu'une espèce puisse se muer en une autre, malgré des similitudes évidentes. Je crois en l'autorité divine, et je pense qu'un voyage comme celui que vous me décrivez peut concourir à étayer les enseignements de la Bible. Je dois cependant ajouter que, depuis peu, je tends à penser que le monde dont nous avons hérité a traversé plusieurs phases successives, avec chacune sa propre flore et sa propre faune.

– Ah ! s'écria FitzRoy en plaquant sa main sur la table. Comme je m'en doutais, vous n'adhérez pas à la théorie de l'horloger de M. Paley.

– Au contraire, commandant. J'ai lu trois fois sa *Théologie naturelle*, et son grand horloger me convainc tout à fait. C'est l'ancienneté de la montre que j'estime sujette à débat. Voyez-vous, j'ai un faible pour les effets longitudinaux de l'âge…

FitzRoy bondit de son siège pour faire les cent pas dans la pièce.

– Le monde est vieux, assurément, puisqu'il fut créé le 24 octobre 4004 avant Jésus-Christ. Vous verrez, nous trouverons des preuves irréfutables du Déluge.

– Sans aucun doute.

– Eh bien, lâcha FitzRoy, vous êtes un homme selon mon cœur. Défendez vos convictions, mais restez fidèle à la Sainte Parole. Nous aurons maints sujets de discussion dans notre minuscule cabine. Un whig et un tory, prisonniers du combat intellectuel en haute mer !

C'est ainsi que Charles fut admis à bord.

En le reconduisant à la porte, FitzRoy lui demanda si Henslow disait vrai en prétendant qu'il avait mangé un scarabée. Alors l'intéressé lui raconta qu'un jour, pendant ses études, il avait découvert sous une pierre deux scarabées hors du commun.

Il en prit un dans chaque main, puis soudain en aperçut un troisième. Pour ne pas le laisser filer, il glissa l'un des deux premiers dans sa bouche, où jaillit aussitôt une douleur intense : le pauvre insecte avait sécrété son âcre fluide.

— Je n'ai rien pu avaler pendant des jours ! conclut-il alors que les éclats de rire de FitzRoy résonnaient dans le bureau.

— Ça, répondit le commandant, vous ne pourrez pas le faire avec les insectes tropicaux. Ce sont eux qui vous goberont !

La gaieté poussa Charles à risquer une question :

— Dites-moi, commandant, j'ai eu l'impression — ou est-ce mon imagination ? — que vous regardiez beaucoup mon nez...

— Mais certainement. Je suis phrénologue, voyez-vous, et donc très attentif à la physionomie des gens, d'où mon intérêt pour votre appendice. Aussi dois-je vous dire qu'il vous dessert plutôt. J'ai mis du temps à comprendre qu'il m'induisait en erreur... que vous étiez tout à fait digne de confiance.

Ils se revirent le lendemain, pour déjeuner au club de FitzRoy sur Pall Mall, et le commandant lui fit de nouveau forte impression. On aurait cru par moments que les rôles s'inversaient, que la crainte d'un refus se déplaçait vers FitzRoy. Comme ils buvaient un cognac devant la cheminée, celui-ci pressa le bras de Charles :

— Vos amis vous diront que les commandants au long cours sont les pires brutes qui soient. Que puis-je y faire, sinon espérer que vous me laisserez une chance ?

— Une chance ? Un millier, oui ! répondit Charles.

— Prions pour que ce ne soit pas nécessaire.

FitzRoy rumina quelque pensée morose avant d'ajouter :

— Supporteriez-vous d'entendre, au dîner ou ailleurs, que je souhaite avoir la cabine pour moi tout seul ?

— Bien sûr.

— Si nous savons nous respecter, nous pouvons être confiants. Autrement, autant s'envoyer au diable dès maintenant.

FitzRoy ne cacha pas les rigueurs d'une telle expédition : les couchages exigus, la nourriture insipide, les redoutables tempêtes du cap Horn et les risques que l'on courait sur le sol sud-américain. Mais plus il parlait, plus Charles était persuadé d'avoir sa place — et son destin — sur le *Beagle*.

Un peu plus tard, le commandant baissa la voix pour confier qu'il avait des intérêts personnels dans ce périple. Lors de son précédent voyage en Terre de Feu, il avait acquis trois sauvages – pris comme otages suite au vol d'une baleinière – et souhaitait à présent les ramener pour établir un avant-poste chrétien sur leur côte.

– N'avez-vous jamais entendu parler de ce projet?

– Mais si, répondit Charles.

Comment aurait-il ignoré l'événement? Cela faisait des mois que Londres s'entichait de ces Indiens. On les avait introduits à la cour, et la reine en personne s'était prise d'affection pour eux.

– Je suis au courant, poursuivit-il, et j'applaudis des deux mains. Une colonie chrétienne permettrait de sauver les marins naufragés.

– Et c'est ce qu'elle fera! promit FitzRoy.

Ils s'entendirent sur les frais de Charles – 30 livres par an pour le mess – et dressèrent la liste de ce qu'il devait emporter, dont douze chemises en coton, six culottes épaisses, trois manteaux, des bottes, des chaussures de marche, des traités d'espagnol, un manuel de taxidermie, deux microscopes, une boussole, des filets, des bocaux, de l'alcool et toutes sortes d'outils pour capturer et manipuler les spécimens.

Puis ils partirent en ville acheter des armes à feu. Les foules envahissaient les rues à la veille du sacre de Guillaume IV et de la reine Adélaïde. Les drapeaux pendaient aux fenêtres, les illuminations au gaz brasillaient; les façades étaient festonnées de couronnes, d'ancres et du sigle *W. R**. Mais Charles n'avait d'yeux que pour son fusil et ses deux pistolets à silex flambant neufs. Il les fit livrer à son hôtel et ne put s'empêcher d'indiquer au réceptionniste que ces armes allaient servir dans les contrées sauvages d'Amérique du Sud.

Plus tard dans la journée, il écrivit à sa sœur Susan pour lui demander d'acquérir des chiens, des ressorts et des fiches de rechange chez l'armurier de Shrewsbury.

Après avoir pris congé de FitzRoy, Charles acheta sur un coup de tête une place pour le défilé du couronnement. Le lendemain, il prit son siège sur le Mall, face à St James Park, et fut fasciné par le spectacle, une interminable ribambelle de serviteurs en livrée cramoisie. Au passage du carrosse royal, il se persuada que

---

* Pour *William Rex*, le roi Guillaume. (*N.d.T.*)

le monarque lui avait adressé un petit signe de tête, et son cœur se gonfla de fierté royale. Quel bonheur d'être anglais ! Puis les spectateurs attroupés de l'autre côté de la rue commencèrent à s'agiter, se poussant et se bousculant pour mieux voir, et la garde montée vint rétablir l'ordre. Les chevaux se cabrèrent en piaffant. Un homme resta inerte dans le caniveau, avant d'être jeté dans une voiture tel un sac de pommes de terre.

Cette nuit-là, Charles se mêla aux badauds des quais de Westminster. Il regarda les fusées rouges, bleues et blanches jaillir au-dessus de la Tamise, éclairer les deux Chambres, enjamber les ponts majestueux et mourir dans l'eau noire et glacée. La brume apparut d'un coup, étouffant le claquement syncopé des sabots, dissimulant quelques instants les grappes de passants. Charles avait la troublante impression que tout cela lui était dédié, comme une scène géante que l'on démonterait dès son départ le lendemain. Il marchait d'un pas léger, ivre d'être unique et de savoir que son existence, sinon son être même, allait changer à jamais.

Nous étions le 8 septembre 1831.

CHAPITRE 5

Le responsable des manuscrits de la bibliothèque universitaire de Cambridge triait sa paperasse sans un regard pour Hugh. Quand il daigna enfin lever les yeux, Hugh déclara :

– Je cherche une bonne biographie de Darwin.

Le bibliothécaire marqua un temps d'arrêt.

– Toutes nos biographies sur Darwin peuvent être qualifiées de bonnes, rétorqua-t-il en battant des paupières.

– Parfait. Dans ce cas, je les voudrais toutes.

Derrière le préposé, un jeune employé se couvrit la bouche pour rire.

– Je vois. Et comment souhaitez-vous les recevoir ?

– Par ordre alphabétique.

– Par titre ?

– Par auteur.

Cinq minutes plus tard, une pile d'un mètre vingt de haut s'élevait sur le comptoir des retraits. Hugh remplit les fiches, déplaça les livres vers une table de coin et les disposa autour de lui.

Mal remis du décalage horaire, il s'était réveillé tard et en sursaut. Il s'habilla à toute vitesse pour foncer au salon de sa pension de Tenison Road. Avant d'accepter son argent, la logeuse avait insisté sur le fait que les visites étaient interdites dans les chambres. Il trouva sur le buffet du thé fort et un scone ; il les engloutit puis s'aventura sous le crachin froid. Après trois jours à Cambridge, il n'oubliait plus d'emporter un parapluie.

La lettre de Simons avec l'en-tête de l'université de Cornell avait suffi à lui obtenir une carte de lecteur pour le deuxième

43

étage de la bibliothèque, un vaste bâtiment de brique ceinturant une grande tour.

Il feuilleta les ouvrages, piocha des bribes de-ci de-là, mais sans grande méthode, pour la raison qu'il ne savait pas bien ce qu'il cherchait. Deux heures plus tard, il remplit de nouvelles fiches et réceptionna un lot de fines enveloppes brunes et de petites boîtes bleues : des manuscrits, des notes et des croquis laissés par Darwin, ainsi que des livres et des revues annotés de sa main. La veille, il s'était penché sur la correspondance du savant, riche de milliers de lettres. Celles écrites sur le *Beagle* étaient souvent froissées et tachées. Hugh les avait approchées de son nez pour chercher l'odeur du vent et du sel. Dans d'autres, écrites plus tard à son bureau, Darwin quémandait des spécimens, réclamait des données à des éleveurs de pigeons et à des passionnés de mollusques, ou se répandait en flatteries afin d'obtenir des critiques élogieuses.

Hugh épluchait ces documents en quête d'un plus grand mystère, d'une pépite à même d'éclairer la façon de travailler de Darwin ou le moment crucial où il avait inventé sa théorie. Mais il ne trouva pas de tels indices, seulement de banals énoncés d'histoire naturelle, une brève considération sur les expressions faciales d'un singe, quelques cancans sur un rival – bref, le pain quotidien d'un naturaliste.

Hugh comprit qu'il naviguait à l'aveugle et qu'il perdait son temps.

Peu après 13 heures, il déjeunait à la cafétéria de la bibliothèque lorsqu'un jeune homme se planta devant lui avec son plateau.

– Je peux me joindre à vous ?

Hugh le reconnut : l'employé qui avait ricané. Bien qu'il ne fût pas d'humeur bavarde, il referma son livre et acquiesça. Le garçon était mince, les traits fins, et avait tendance à pointer le menton de biais, comme un chien aux aguets. Une vilaine barbe lui poussait au milieu du menton.

– C'est quoi ? demanda-t-il en indiquant la lecture de Hugh.

– *Voyage d'un naturaliste autour du monde.*

– Ah bon ? Je pensais que vous l'auriez lu depuis longtemps.

– Je le relis.

Le jeune homme entama sa viande baignée de sauce.

– Vous permettez que je vous demande sur quoi portent vos recherches ?

Hugh préférait cacher son jeu, mais il ne trouva pas de formulation assez obscure.

– C'est encore flou. Je cherche quelque chose sur Darwin. Je gratte un peu partout, mais je n'ai rien découvert de palpitant. Pour tout vous dire, ma thèse me donne du fil à retordre.

– Je m'appelle Roland, fit le garçon en tendant la main par-dessus les plateaux.

– Moi, c'est Hugh.

– Américain ?

– Oui.

– Où ça ?

– New York. Enfin, pas loin de New York. Le Connecticut.

– Je connais bien. J'y ai passé un an dans le cadre d'un échange scolaire. À New Canaan. J'ai adoré. Le lycée américain est un vrai paradis. J'ai adhéré à tous les clubs et j'ai décroché cinq photos dans l'annuaire. Si je vous en parle, c'est parce qu'on en faisait une sorte de compétition, à qui en obtiendrait le plus. C'est très américain, comme truc.

Que répondre à ça ? Hugh sourit.

– Donc, reprit Roland, vous avez fait… quoi ? Consulté sa correspondance ?

– En gros, oui.

– Elle a été hyper-décortiquée, vous savez. On sait que Darwin a écrit quatorze mille lettres, et neuf mille sont conservées ici. Chacune a dû être lue cent fois.

– Cent une, avec moi.

– Vous devriez peut-être chercher quelque chose de nouveau. Tenez, saviez-vous qu'il ne reste que trente pages du manuscrit de *L'Origine des espèces* ? Et que dix-neuf se trouvent ici ? Vous pourriez peut-être essayer d'exhumer les autres.

Hugh dressa l'oreille.

– Vous avez l'air de vous y connaître.

– Je n'ai aucun mérite. Ça fait huit ans que je bosse ici, et il faut bien tuer le temps. Vous pourriez vous intéresser à ses manuscrits de 1858 avec Wallace, au sein de la Société linnéenne. On ne les a jamais retrouvés et ils ne figurent dans aucune collection.

— Et vous commenceriez par où ?

— Je chercherais dans un autre fonds. Ou chez ses éditeurs. Mais pas ici. Nos archives ont déjà rendu tout ce qu'elles renfermaient. En tout cas, si vous cherchez à percer les mystères de cet homme, ce n'est pas le choix qui manque !

— Comment cela ?

— Un petit branleur part courir le monde, vit toutes sortes d'aventures, va même cavaler avec les gauchos d'Amérique du Sud, puis il rentre à la maison et n'en bouge plus ! Et toutes ses maladies… C'est simple, il les a toutes faites – une vraie clinique ambulante ! Pire : il pond une théorie qui bouleverse le monde entier et fera sa renommée, mais en vingt-deux ans il n'a pas été fichu d'écrire une ligne ! Vous ne trouvez pas ça bizarre ?

Si, Hugh jugeait cela bizarre, comme la plupart des spécialistes de Darwin. Mais c'était aussi pour cette raison que le savant le fascinait : c'était d'abord un homme, avec ses forces et ses faiblesses.

— On invente sans cesse de nouvelles excuses à ses atermoiements : sa femme était très pieuse ; il savait que son travail briserait les murs de Jéricho ; il avait besoin de temps pour organiser toutes ses données ; son propre corps se rebellait contre ses activités… Foutaises, oui ! On lui passe tout et n'importe quoi.

Plus Roland parlait, plus ses manières se relâchaient. Lorsqu'il en vint aux questions tendancieuses sur les fréquentations et les hobbies, Hugh repoussa ses avances, mais avec gentillesse. Au fond, il commençait à l'apprécier.

— Quoi qu'il en soit, conclut Roland, je pense que Darwin avait un côté louche.

— Comment ça ?

— Pour commencer, il faisait une fixation sur les hermaphrodites. Il tombait sans arrêt sur des anatifes à deux pénis et ça le débectait. L'idée même lui faisait horreur. Je crois que cette phobie tenait au nombre élevé de mariages consanguins dans sa famille. Puis il a compris que l'hermaphrodisme était la preuve que la nature pouvait produire des mutants, ce qui a été un concept phare de sa théorie.

— Comment savez-vous toutes ces choses ?

— Le sujet me branche. Pas Darwin. L'hermaphrodisme.

Hugh ne put s'empêcher de rire.

– Mais c'est Hugh !

La voix féminine venait de derrière, imprégnée d'un accent mi-anglais, mi-américain. Il la reconnut et se raidit, plein d'appréhension. Comme il se retournait lentement, un groupe traversa le passage voûté de Burlington House, en contre-jour du jardin ensoleillé, de sorte qu'il aperçut la femme au tout dernier moment. Elle reprit :

– Que fais-tu ici ?

Il l'embrassa sur la joue ; elle allait l'imiter, mais il recula.

Sa première réflexion fut qu'elle avait vieilli. La rondeur de ses joues élargissait son visage, et ses cheveux blonds paraissaient plus fins. Puis l'impression se dissipa lorsqu'il la regarda dans les yeux et retrouva ce mélange familier de chaleur et de réserve. Elle était un peu comme une sœur perdue de vue. Non que leur dernière rencontre fût si ancienne : elle datait de l'enterrement, six ans plus tôt, quand il avait eu toutes les peines du monde à lui parler, à elle comme aux autres. Elle lui avait écrit pour rester en contact, mais il n'avait pas répondu. Il avait préféré s'enfermer dans sa douleur, se rendre indisponible au monde. Et à bien y regarder, c'était toujours le cas.

Il faillit oublier que Bridget avait posé une question.

– Je me promène, marmonna-t-il en désignant la porte qu'il venait de refermer.

– Je veux dire ici, à Londres.

– Je pense entreprendre certaines recherches. Et toi ?

– J'habite ici, voyons.

– Oui, bien sûr, mon mère m'a appris ça. Je voulais dire là, à l'instant ?

– Je sors de l'expo Hogarth, dit-elle en inclinant la tête vers la Royal Academy. Et toi, tu visitais quoi, exactement ?

– Pas grand-chose. La Société linnéenne.

– Tiens donc. Et en quoi la Société linnéenne peut-elle bien t'intéresser ?

Cette fille ne lâchait jamais prise.

– Je m'intéresse à Darwin. Alors je me suis dit que j'allais jeter un œil ici. Bien sûr, ce n'est pas entre ces murs que Darwin et Wallace ont présenté leurs travaux. La société a déménagé depuis – et de toute façon, il n'est jamais venu faire son exposé. Il était

47

souffrant, comme d'habitude. N'empêche qu'ils ont de jolis portraits. Regarde, j'ai acheté des cartes.

Il sortit deux reproductions de dix centimètres sur quinze. L'une montrait Darwin, voûté sous le poids d'un monde imbécile, austère comme un dieu avec sa longue barbe blanche et son manteau sombre. L'autre montrait Wallace se reposant dans un fauteuil près d'une peinture de forêt tropicale. Le livre ouvert sur ses genoux présentait un papillon vert vif et son regard brillait derrière ses lunettes à monture métallique.

— Je ne les appellerais pas les Frères Sourire, commenta Bridget.

L'intérieur de la carte reproduisait une plaque commémorative :

CHARLES DARWIN
et ALFRED RUSSEL WALLACE
firent leur première communication
sur
L'ORIGINE DES ESPÈCES
AU MOYEN DE
LA SÉLECTION NATURELLE
lors d'une réunion de la Société linnéenne
le 1ᵉʳ juillet 1858
1ᵉʳ juillet 1958

— Allons boire un verre, dit Bridget tout à trac. Je pense que ça te fera du bien.

Hugh n'eut pas le temps de bredouiller une excuse qu'elle le traînait sur Piccadilly tout en scrutant les devantures.

— Aucun pub, constata-t-il. Ils ne sont jamais là quand on en a besoin.

— C'est-à-dire les trois quarts du temps, si ma mémoire est bonne ?

L'accent de son New Jersey natal affleurait sous le vernis britannique.

Ils optèrent pour un petit restaurant et Hugh choisit une table près de la vitre, afin de pouvoir se divertir du spectacle de la rue. Une serveuse en tablier blanc s'approcha ; Hugh opta pour une bière, et Bridget commanda un xérès en mangeant la moitié des mots.

— Alors, quand es-tu devenue anglaise, exactement ? Y a-t-il eu un moment précis où tu t'es sentie basculer ?

— Très drôle. Si tu fais allusion aux deux bises, sache que c'est une habitude londonienne.

— Et tu as tout de suite pris le pli.

— Alors, cet amour pour Darwin ? Ça t'a pris quand ?

— Je ne sais pas trop. Je continue à prospecter.

— Pour savoir ce que tu veux faire quand tu seras grand ?

— C'est un peu ça.

— On m'a dit que tu avais été barman. Puis tu as bougé vers l'ouest… Ramasseur de pommes, garde forestier, ce genre de plans terriblement adolescents…

Hugh goûta sa bière sans répondre.

— Ensuite, tu es parti pour ce drôle d'endroit. Cette île des Galápagos…

— Sin Nombre.

— Voilà. Tu parles d'un nom. Ton Darwin s'y était rendu, lui aussi ?

— Non. C'est une toute petite île. On y mène un programme d'études. On observe les pinsons de Darwin, on les mesure – au niveau du bec, notamment – pour voir comment ils évoluent en fonction du climat.

— Je vois. Mesurer des becs. Et tu faisais ça dans le cadre d'une thèse ?

— Oui. Mais je ne suis pas allé jusqu'au terme du contrat. C'était assez dur, en fait – psychologiquement, j'entends. Alors je suis rentré.

— Comment ça ? Tu as claqué la porte ?

— En quelque sorte.

— Alors tu n'as pas eu ta thèse.

— Non, pas encore. J'en ai parlé à mon directeur – il bosse à Cornell – et je lui ai dit que j'aimerais venir ici. Pour me pencher sur Darwin, par exemple.

— Je vois.

– Le problème, c'est que des millions de choses ont déjà été écrites sur lui. Il va falloir se lever tôt pour pondre des révélations fracassantes.

– Ton père doit être ravi d'avoir claqué tout ce fric dans tes études.

Hugh la fixa d'un œil sombre. Elle avait toujours revendiqué une certaine rudesse, et s'était crue en droit de lui faire la morale. D'un instant à l'autre elle allait lui parler de son frère.

– Elles n'ont pas coûté si cher, se défendit-il. Bien moins que Harvard.

Il mesurait toute la faiblesse de cette réplique, mais Bridget ne releva pas.

– Écoute-moi, dit-elle en rapprochant son visage. À ce qu'il paraît, tu continues à végéter ? Tu as combien… trente ans ?

– Vingt-huit.

– Vingt-huit ans. Tu ne crois pas qu'il serait temps…

– De quoi ? De se prendre en main ?

– Oui. Comme les autres.

– Comme toi ?

– Comme moi, oui.

– Et qu'entends-tu par : « À ce qu'il paraît ? » Qui peut bien te parler de moi ?

– Des gens, Hugh. Le monde est petit.

Baissant les yeux, il vit qu'elle portait une alliance. Il le savait déjà par son père.

– Oui, fit-elle en remarquant son regard, je suis mariée. Et je suis globalement satisfaite. Je mentirais si je te disais que je ne pense pas à ton frère de temps en temps – et même souvent, pour être franche. Mais que veux-tu, la vie continue. Je ne suis pas sans cœur, juste réaliste. Il faut savoir tourner la page, Hugh.

– J'en suis bien conscient, seulement… je fonctionne diffé-remment.

– Parce que tu as toujours pensé que ton frère valait mieux que toi. Et parce que tu t'estimes responsable de sa mort.

Hugh en resta sans voix. Il savait qu'il n'aurait jamais dû s'as-seoir avec elle.

– Excuse-moi d'être aussi directe. Mais il faut bien que quelqu'un se dévoue. Tu dois surmonter ce drame. C'est absurde de s'en vouloir à ce point. Ce n'était pas ta faute, tout le monde le sait.

– Tout le monde n'était pas là. Moi, si.

À ces mots son esprit revit les images : les rochers, la cascade, l'ombre du corps qui chute, le bouillon des bulles sous le soleil… Il voulait que Bridget réponde, ne serait-ce que pour abréger ces pensées.

Il ne fut pas déçu :

– Tu sais, l'apitoiement ne mène nulle part. Et cela n'a rien de séduisant, surtout chez toi. Tu es jeune, Hugh. Tu as de l'allure. La moitié des femmes que je connais étaient amoureuses de toi, bon sang !

– Et où étaient-elles quand j'avais besoin d'elles ? ironisa-t-il avant de regarder sa montre.

– Tu as quelque chose de prévu ?

– Oui, je dois filer d'ici quelques minutes.

Il but une nouvelle rasade. Il aurait bien repris une bière, mais l'envie de partir était plus forte.

– Pourquoi n'as-tu pas répondu à ma lettre ? lâcha Bridget.

Aïe. Il pouvait prétendre n'avoir rien reçu, mais elle ne serait pas dupe.

– Je ne sais pas. Pour ne pas remuer tout ça. Pour éviter d'y penser, sans doute.

– Alors tu as mis les voiles pour vivre en ermite au bord de l'océan. C'est un bon moyen de se changer les idées.

– Peu importe, ça n'a pas marché.

– Tu m'étonnes.

Hugh décida de changer de sujet :

– Alors, il est comment ? Ton mari ?

– Il s'appelle Erik, c'est un homme très chic. Il travaille dans la City et nous possédons un pavillon à Elgin Crescent.

– Super. Des gosses ?

– Non.

– Et tu… tu as un boulot ?

– Je mène une vie de loisirs, dit-elle en se renversant sur son dossier tout en frottant son alliance.

C'était un geste faux, censé sous-entendre quelque compromis bourgeois. Un silence s'installa, que Hugh s'interdit de briser. Il s'écoula trente secondes et Bridget reprit la parole :

51

– Et ton père, comment va-t-il ?

– Il s'est remarié. (Elle leva les sourcils.) Une femme chouette, apparemment. Elle s'appelle Kathy. Cela fait déjà trois ans.

– Ça alors ! Après toutes ces années de célibat… Ta mère était partie quand, déjà ?

– Il y a des lustres. J'étais à peine ado.

– Et tu t'entends bien avec Kathy ?

– Ça va. Mais je ne les vois pas tellement. Ils ont l'air bien ensemble. De là à dire qu'il s'est métamorphosé…

– Il n'a jamais été très démonstratif.

– Non. Mais il a su rester sobre, et il fait des efforts pour s'investir davantage, y compris avec moi. Je pense que Kathy le pousse dans ce sens. Il m'a tanné pour que je reprenne des études. Alors je me suis inscrit en biologie évolutionniste, et j'ai fini par y prendre goût.

Il se garda bien de lui confier le fond de sa pensée. Même si son père allait mieux, même s'il avait « tourné la page », comme aurait dit Bridget, Hugh restait persuadé qu'il lui en voulait toujours et ne lui pardonnerait jamais.

Elle parut préoccupée.

– Il y a certains éléments que tu ignores, Hugh. Je ne sais pas s'il faut que tu les apprennes, mais cela t'aiderait peut-être.

– Tu pourrais être plus claire ?

– Non, désolée. Mais si tu acceptais de voir les choses différemment…

– De quoi tu parles, enfin ? Si tu as quelque chose à dire, dis-le.

– Un jour, peut-être. Laisse-moi y réfléchir.

– Comme il te plaira. (Il reposa son verre et se leva.) Navré, mais je dois y aller.

– C'est moi qui suis navrée. Je n'aime pas faire de mystères. Mais l'affaire est trop grave.

– Bien sûr. Je ne sais pas de quoi tu parles, mais tu as sans doute raison.

Il régla l'addition, et lorsqu'ils franchirent la porte, Bridget débordait de résolution. Comme elle exigeait un numéro de téléphone, il retrouva au fond de sa poche celui de la pension de Cambridge, et le lui dicta tandis qu'elle pianotait sur son Palm Pilot. Puis elle promit de l'inviter à dîner.

– Jure-moi que tu viendras.

– Peut-être. J'aviserai le moment venu.

Elle lui fit la bise – une sur chaque joue –, se dit ravie de cette rencontre inopinée, puis s'éloigna dans la rue en claquant des talons. Hugh trouva qu'elle avait pris des hanches et se demanda un instant si elle n'était pas enceinte.

Et si elle avait eu un enfant avec son frère ? imagina-t-il alors. À quoi aurait-il ressemblé ? Le mélange de deux ADN surpuissants, l'intelligence du papa et l'énergie de la maman...

Ils auraient engendré un petit dieu, presque trop parfait pour cette planète.

Et dire qu'ils n'avaient pas une seule fois prononcé son nom.

Hugh le murmura pour lui-même : Cal.

Cal, Cal, Cal.

Il repéra sans mal le 50, Albemarle Street, où une plaque discrète situait les éditions John Murray. Il recula d'un pas pour examiner cet hôtel particulier du XVIIIe siècle. Quatre étages, des barreaux courant de part et d'autre d'une haute entrée. Les portes-fenêtres du premier dominaient la rue, et la morne façade de l'agence bancaire attenante ne donnait que plus de charme au vieil immeuble.

Hugh tenta de se figurer les cohues d'acheteurs criant vers les balcons, quelque deux siècles plus tôt, pour obtenir les premiers chants du *Don Juan* de Byron. Ou le messager de Jane Austen apportant le manuscrit soigneusement emballé d'*Emma*. Ou encore la frêle silhouette d'un Darwin en haut-de-forme, prématurément vieilli, s'agrippant à la grille pour gravir les marches du perron et négocier une nouvelle réédition de *L'Origine*.

Il avait appelé pour prendre rendez-vous. L'archiviste s'était dite « enchantée » à l'idée de le rencontrer – même si le ton de sa voix suggérait le contraire –, non sans souligner le caractère « fort spontané » de sa requête. Hugh ignora le sarcasme et poussa son avantage en promettant d'arriver sur-le-champ.

En chemin, il fut assailli par des souvenirs de Cal. Bénéficiaire de la prestigieuse bourse d'études Rhodes, Cal avait étudié à Oxford, où il avait attrapé le virus des sciences. Fraîchement renvoyé d'Andover, Hugh passait alors une année à Paris, et il prenait souvent le ferry pour de brèves escapades anglaises. Les deux frères convenaient d'une heure et d'un lieu de rendez-vous

– Piccadilly, la Tour de Londres, le pub situé à quarante pas du 10, Downing Street – puis chacun s'efforçait de piéger l'autre en arrivant incognito, le dos tourné ou le col relevé. Une fois, Cal s'affubla même d'une perruque bouclée. Ils faisaient la tournée des grands-ducs, puis regagnaient Oxford par le dernier train, après quoi Hugh s'écroulait sur le divan de la chambre.

Loin de leur pays, ils se sentaient libérés : deux vagabonds du Nouveau Monde, écumant les hauts lieux européens tout en échangeant des confidences. Leurs quatre années d'écart fondaient comme neige au soleil, et Hugh gardait le souvenir d'une époque de complicité où tout semblait possible. Sachant son frère irrésistible, il n'osait pas lui disputer les filles et se consolait en cultivant leurs différences : si son frère était sérieux, lui serait un clown ; si son frère était responsable, lui serait un rebelle. Il fumait des Gauloises qu'il laissait pendre à ses lèvres ; il perfectionnait son français, arborait des cols roulés et conservait dans son sac un exemplaire de *Guerre et Paix*.

Puis Cal avait rencontré Bridget, de passage en Angleterre avec une amie.

– J'aimerais te la présenter, Hugh. Nous serons bientôt à Paris, une semaine entière à boire du vin, à traîner dans les musées et à faire semblant d'adorer la poésie française.

Ce fut une vraie fête. L'incontournable sandwich baguette-camembert sur le quai Voltaire. Le hameau de Marie-Antoinette à Versailles. Se perdre dans la forêt de Fontainebleau. La visite des catacombes, et même des égouts. Trois jours durant, Hugh tint compagnie à Ellen, l'amie de Bridget, mais par bonheur elle repartit plus tôt, et dès lors le trio devint inséparable. Le dernier jour, Cal laissa Bridget et son frère se soûler sans lui dans un café algérien, pour qu'ils fassent « plus ample connaissance ». Bridget plut immédiatement à Hugh, et peut-être tomba-t-il amoureux puisqu'elle aimait Cal et que Cal aimait Bridget. Il se sentait si bien avec cette fille, tellement à l'aise, tellement à sa place… En plus d'un grand frère, il avait gagné une grande sœur : tous trois formaient une invincible trinité.

Qu'étaient devenus tous ces beaux serments ? Étaient-ils vraiment tombés en poussière par un brusque après-midi d'été ?

Depuis sa loge vitrée, la réceptionniste dirigea Hugh derrière un escalier en colimaçon, dans une minuscule salle d'attente coiffée d'une coupole de verre. Hugh patienta quelques instants jusqu'à l'arrivée d'une jeune femme en tailleur de tweed.

– Bonjour, dit l'archiviste d'une voix enjouée.

– Bonjour, je suis ravi de…

Il s'interrompit, troublé d'entendre ses paroles se fragmenter en de curieux échos. Il leva la tête : un disque suspendu répercutait sa voix.

– La petite surprise de bienvenue, sourit son hôtesse.

S'excusant pour le désordre – la maison était en plein déménagement –, l'archiviste précéda Hugh dans l'escalier puis contourna des piles de cartons. Ils passèrent devant un buste de Byron, sous une rangée de portraits sombres éclairés par d'épais cadres dorés. Hugh examina les noms : Osbert Lancaster, Kenneth Clark, John Betjeman. Et toute une lignée de John Murray.

– Voici celui de Darwin, dit la jeune femme devant le regard fixe d'un John Murray III plein d'assurance. Il a pris les rênes de la maison en 1843 et l'a orientée vers les sciences, son grand dada. Il a publié Darwin, Lyell, David Livingstone, et bien sûr les célèbres guides de voyage, qui furent les premiers du genre et connurent un immense succès. Grâce à eux, l'entreprise est restée à l'abri du besoin.

Ils traversèrent un petit salon tapissé de papier doré – fabriqué au Japon en 1870, indiqua-t-elle – pour pénétrer dans un bureau envahi de boîtes et de dossiers. L'éditeur venait d'être racheté et s'apprêtait à rejoindre son nouveau siège.

– Le besoin a fini par vous rattraper, commenta Hugh.

Le sourire s'effaça. Il lui remit la lettre de Simons, qu'elle lut deux fois de suite.

– Bon, fit-elle enfin, tous les documents importants concernant Darwin sont conservés dans des archives confidentielles, que nous ne divulguons pas. Nous avons en réserve quelques cartons de matériaux annexes que vous êtes libre de compulser, mais je doute que vous y trouviez quoi que ce soit. Il s'agit essentiellement de papiers financiers – factures, relevés, etc.

Hugh se souvint que Darwin était un maniaque de la comptabilité. Une année, trop faible pour noter les recettes et les dépenses du ménage, il autorisa sa femme Emma à tenir le registre – et s'en mordit les doigts en constatant une incohérence de sept livres.

Une fois averti qu'il ne pourrait fouiller directement dans les cartons, Hugh fut conduit au salon principal, où il serait surveillé tout le temps de sa consultation.

La luxueuse salle était bordée de vitrines et de portraits. Hugh reconnut les portes-fenêtres aperçues depuis la rue.

On l'installa devant une table ronde tapissée de feutre, et l'on déposa une boîte à côté de son fauteuil. L'archiviste précisa que seul le crayon à papier était autorisé dans cette pièce et qu'un observateur viendrait sous peu s'asseoir derrière le bureau de la fenêtre. Il y eut alors un instant de flottement, comme si quelque chose la tracassait. Peut-être ne l'avait-il pas suffisamment remerciée.

– Je vous suis reconnaissant de…

– Oh ! je vous en prie, nous sommes là pour ça. Nous prenons soin de nos auteurs même après leur mort… Savez-vous que ce salon n'a pas bougé depuis près de deux cents ans ? Et vous êtes en bonne compagnie : Southey, Crabbe, Moore, Washington Irving, sir Arthur Conan Doyle, Mme de Staël. (Elle montra la fenêtre du milieu.) C'est ici que sir Walter Scott fut présenté à lord Byron en 1815. Et c'est là (elle pointa le menton vers une cheminée de marbre) que les mémoires de lord Byron furent brûlés après sa mort. Les personnes concernées jugeaient cela préférable, à commencer par lady Byron.

C'était donc cela : l'archiviste craignait de ne pas l'avoir assez impressionné.

Elle le laissa enfin. Il promena ses yeux dans la salle, comme pour s'en imprégner, puis une autre employée apparut et prit place près de la fenêtre. Sous ses regards intermittents, Hugh ouvrit la boîte et parcourut les documents.

L'archiviste avait dit vrai : il n'y avait rien de passionnant. Des actes de vente, des relevés de droits d'auteur, des contrats de traduction, des registres financiers, etc.

Hugh les compulsa pendant une heure. Puis il ouvrit un livre de comptes et trouva de longues colonnes de petits chiffres soignés – une liste de dépenses. Il prit le cahier par la tranche et fit défiler les pages avec le pouce. Soudain, comme par magie, les colonnes noires disparurent et les pages s'animèrent de mots, tel un film surgissant sur un écran blanc.

Il y regarda de plus près. C'était une écriture de fille, à la fois ronde et élégante. Un océan de pleins et de déliés, de voyelles penchées telles des vagues gagnant la côte, de hampes et de boucles gonflées comme des voiles.

Le premier texte commençait par une date.

CHAPITRE 6

4 janvier 1865

Papa m'a offert ce livre pour la nouvelle année afin que je tienne mes comptes, et je m'en acquitterai avec loyauté. Je dois, sur une colonne, consigner mes dépenses (qui sont ridiculement modestes) et les soustraire au fur et à mesure jusqu'à atteindre le chiffre magique de zéro ; alors il reconstituera mon pécule mensuel. Mais ce petit livre servira aussi un autre dessein, secret celui-là. Je l'utiliserai comme un journal, pour coucher mes pensées et observations les plus personnelles dès lors que je les jugerai assez dignes d'intérêt, et je prierai pour qu'il ne tombe pas entre de mauvaises mains, ce qui serait source d'embarras.

J'ai en effet de nombreux songes d'ordre intime que je ne puis confier à personne – et certainement pas à ma douce mère, incapable de médire de quiconque, ni à ma sœur Etty, qui, pour être de quatre ans mon aînée, ne me dépasse guère en sagesse. Je tiendrai ce journal dans les dernières pages du présent livre de comptes, et je fais le pari qu'il restera au fond de mon secrétaire, avec moi pour seule lectrice. Comme dit papa, la dissimulation est la ruse de la nature, et nous pouvons tous en tirer des enseignements.

Du jour où papa est devenu célèbre, c'est un véritable déluge de visiteurs qui s'est déversé sur Down House, et certains viennent de très loin. Je prends plaisir à leur compagnie, non seulement parce qu'ils sont souvent d'une remarquable distinction, ces penseurs modernes et scientifiques de tous horizons qui par leur tempérament sont eux-mêmes des spécimens uniques, mais aussi parce qu'ils m'offrent une distraction, ce dont j'ai cruellement besoin.

Le matin d'une visite, chacun se démène pour montrer son meilleur visage, telle une armée se préparant à partir pour la Crimée. Maman commande la maisonnée avec sa douceur coutumière. Mme Davies hisse ses marmites sur le feu avec force cris affolés, et bientôt les effluves d'agneau aux herbes et de patates au four emplissent la maison jusqu'aux chambres des domestiques. Parslow prépare le vin dans l'office. Comfort, le jardinier, attelle les chevaux au break et file à Orpington accueillir le ou les invités (puisqu'ils sont souvent plusieurs).

Maintenant que j'ai dix-huit ans, je suis contrainte de revêtir l'une de mes crinolines et de souffrir la torture d'un laçage serré (vingt-quatre pouces autour de la taille, pas un de plus!).

Je puis à peine bouger ou respirer, moi qui n'aime rien tant que de courir sans entrave dans les champs ou de me cacher dans les bois et les argilières. Etty, en revanche, est dispensée du corset, eu égard à sa faible constitution.

Bref, nous sommes tous fort occupés, à l'exception du pauvre papa qui doit généralement garder le lit, perclus de maux de ventre à l'idée de ces mondanités qu'il ne peut esquiver.

Cet affairement donne l'impression, fût-ce le temps d'un après-midi, que les Darwin forment une famille normale et heureuse. D'une certaine façon, c'est sans doute vrai, quoique parfois je perçoive une faille sous la joie et les bonnes manières. Je ne saurais dire ce qui cloche. Mais un observateur perspicace convié à notre grande table pourrait trouver à nos rires un côté forcé, et, fût-il aussi fin que certains des romanciers modernes que nous apporte la bibliothèque itinérante de Mudie, tels que Mme Gaskell ou encore Trollope, il parviendrait peut-être à en percer la raison. Notre vrai visage n'est pas celui que nous montrons aux hôtes de passage. J'ai même l'impression, parfois, que nos efforts d'hospitalité et de gaieté ne sont que pure comédie.

John Darnton

6 janvier 1865

Comme toujours, papa est le centre de notre foyer. Il me semble que son humeur s'est nettement dégradée au cours des six années qui ont suivi la publication de L'Origine. *Il se retranche dans son bureau plusieurs heures d'affilée, mais sans la façon d'autrefois, dont le souvenir m'enchante tellement. À l'époque, il se plongeait dans l'étude d'anatifes ou d'autres créatures, déambulant joyeusement dans son fauteuil à roulettes, émergeant de temps à autre pour priser le tabac noir rangé dans le pot du couloir, relevant des yeux curieux lorsqu'un de ses enfants venait réclamer une règle ou une épingle, sans jamais se plaindre du dérangement. Aujourd'hui, il passe tout ce temps caché. C'est à se demander s'il ne cherche pas à nous fuir, et malgré tous mes efforts les raisons m'en échappent.*

Voilà trois jours, comme je cherchais du sparadrap, je l'ai trouvé assis dans son fauteuil de cuir noir garni de crin. Il était si perdu dans ses pensées moroses que mes paroles l'ont fait bondir comme une biche. Se levant, il m'a accusée de le « surprendre sournoisement » et de lui dénier tout « moment de tranquillité ». Il a tonné si longuement sur ce registre que, même après avoir refermé la porte, j'entendais sa voix résonner dans le couloir, ce qui a poussé Camilla à interrompre les leçons d'allemand d'Horace pour accourir en haut de l'escalier.

Récemment, papa a demandé à Parslow de fixer un petit miroir rond au battant de la fenêtre, de façon à pouvoir observer le perron depuis son fauteuil. Le but est en principe d'apercevoir le facteur, mais l'argument ne me convainc guère. Je pense que cette installation lui sert à épier tous les visiteurs, pour mieux faire accroire qu'il est absent. Mon souci, c'est que cette attitude n'est pas dictée par la seule peur d'être dérangé, mais par quelque chose de plus profond, de plus inquiétant.

La santé de papa ne s'est pas améliorée. Au contraire, elle a sensiblement empiré ces derniers temps. Il en est à vomir deux ou trois fois par jour ; il se plaint régulièrement de gaz et d'autres problèmes intestinaux, et ses flatulences sont si malodorantes qu'il refuse de voyager. Outre la dyspepsie, il souffre de vertiges, d'évanouissements et de maux de tête. Certains jours, il est rongé d'urticaire ou d'eczéma. Notre pauvre maman se retrouve dans la peau d'une Florence Nightingale, se sacrifiant à toute heure pour lui apporter du thé, lui frotter le dos et lui faire la lecture afin de le distraire de ses diverses affections. Il a fait aménager dans son bureau une sorte de cabinet, sous la forme d'une cuvette encastrée dans une plate-forme. Cachée par une demi-cloison et un rideau, celle-ci repose à moins de dix pieds de ses précieux livres et de ses minuscules tiroirs. Cet accessoire est destiné aux urgences : en jaillissant de son siège et en repoussant sa planche à écriture, papa peut s'y jeter pour vomir. Dans ces moments-là, alertés par les bruits atroces, les domestiques s'attroupent dans le couloir en échangeant des regards anxieux, et Parslow est le seul autorisé à offrir son aide. Il arrive même que le majordome doive porter le corps pâle et transpirant de mon père jusqu'à sa chambre à l'étage.

11 janvier 1865

J'ai toujours connu papa malade. Quand il part se coucher, une chape lugubre s'abat sur la maison, et nous osons à peine murmurer. Maman dit que ses crises sont causées par son travail, que son intense réflexion scientifique l'épuise. À l'appui de son hypothèse, elle note que sa première attaque, qui remonte à presque trente ans, survint alors qu'il esquissait sa théorie sur la transmutation des espèces et la sélection naturelle. Pendant vingt-deux ans, celle-ci resta confinée dans ses carnets, sauf lors de discussions avec des amis et collègues comme M. Lyell, le géologue, ou M. Hooker, botaniste à Kew, ou dans encore sa correspondance avec M. Asa Gray de Harvard.

Imagines-tu, poursuit maman, le poids qu'il a porté pendant toutes ces années ? On comprend que papa se soit tourné vers la cure miracle du Dr Gully. Un jour, je l'ai accompagné à Malvern, et j'ai été saisie de voir avec quelle volonté il se soumettait aux bains froids ou à la torture glacée du « drap trempé », supposé envoyer le sang d'un organe à l'autre.

J'ai ma propre idée quant à la maladie de papa, car j'ai repéré les moments où elle devient le plus aiguë. Cela ne se produit pas seulement lorsqu'on se réfère à sa théorie, mais aussi lors d'événements rappelant sa genèse. Papa a ainsi eu une longue et sévère

61

John Darnton

crise de vomissements après avoir reçu, en 1858, la fameuse lettre des Indes néerlandaises par laquelle M. Alfred Russel Wallace proposait une théorie quasi identique à la sienne, au point que ses phrases auraient pu, de l'aveu même de mon père déconfit, fournir les têtes de chapitre de son propre ouvrage. Papa reprit des forces afin de rendre publics ses travaux sur la sélection naturelle et accepta, comme l'exigeaient M. Huxley et d'autres, que les deux thèses – la sienne et celle de Wallace – fussent exposées conjointement devant la Société linnéenne. Puis il s'escrima comme un fou pour hâter la publication de L'Origine, qu'il faillit ne jamais achever tant il était fatigué. Mais la vraie maladie se déclara peu après, non pas lorsque la théorie fut contestée en soi, mais lorsque fleurirent des doutes sur son élaboration, du fait de la coïncidence de ses deux auteurs. Cet affreux Richard Owen, qui rêve de diriger un nouveau muséum et compte parmi les principaux détracteurs de papa, aurait lancé lors d'un dîner à Eaton Place : « Quoi de plus inconcevable qu'un enfant ayant deux pères ? » À quoi l'on répliqua, au grand amusement des invités : « Surtout si l'un d'eux est un singe. »

Je ne comprends pas que les gens réagissent de cette manière, même si M. Wallace est de fait parvenu à des conclusions similaires. Peut-être faut-il considérer que cette simultanéité confirme, plus qu'elle n'infirme, la validité de la théorie : dès lors qu'affleure une idée probante, il est inévitable que plusieurs personnes s'en saisissent. C'est d'autant plus vrai pour la théorie de la sélection naturelle qu'elle possède l'élégance de la simplicité. En tout état de cause, c'est papa qui s'est démené pour la rendre présentable et compréhensible. Sensible comme il est, je sais qu'il abhorre toutes ces controverses, y compris ces caricatures parues dans Punch et les monstrueux dessins de Vanity Fair ; il est immensément peiné de voir M. Wallace si peu reconnu, ou encore qu'on puisse le croire, lui, capable d'actes fâcheux pour supplanter un rival.

Je regrette que mon père ne voyage jamais, car à mon avis rien ne détend mieux les nerfs que de nouveaux horizons. Mais ces derniers temps, c'est à peine s'il se rend à Londres, et il ne veut pas entendre parler de traverser la Manche, lui qui a pourtant couru le monde et vécu toutes sortes d'aventures exotiques dans sa jeunesse. Il y a peu, trois anciens camarades du Beagle *sont venus pour le week-end, et papa s'est mis dans de tels états qu'il a dû leur fausser compagnie au bout de dix minutes. Bientôt mon frère Leonard l'a rejoint au jardin et ils ont fait quelques pas sur la pelouse, mais papa a coupé court à la conversation et s'est détourné, le visage miné par une expression si affreuse que Léonard me confia plus tard : « Soudain m'est venue la conviction qu'il aurait voulu être mort. »*

20 janvier 1865

J'avais espéré pouvoir faire état de jours meilleurs à Down House, mais hélas! il n'en est rien. Notre maison ressemble à un sanatorium. Papa a décidé de reprendre le traitement hydrothérapique, allant jusqu'à remettre en usage la cabane fabriquée par John Lewis voilà une quinzaine d'années. Située près du puits, cette chose ingénieuse est surmontée d'une petite tour pouvant contenir quatre ou cinq gallons d'eau. Papa se dévêt à l'intérieur, puis tire sur un cordon qui précipite le paquet d'eau sur sa tête. Horace et moi allons parfois nous poster à l'extérieur, et les grognements qui nous parviennent semblent être ceux d'un mourant. Au bout de cinq minutes, papa ressort d'un pas vif, entièrement rhabillé mais transi de froid, et son air piteux nous pousse souvent l'un ou l'autre à l'accompagner le long du Sandwalk, le sentier de méditation qu'il a fait tracer au fond de la propriété.

Avant-hier, papa et moi nous sommes querellés. Comme je me trouvais seule dans son bureau, j'ai saisi son gourdin, qui était posé à sa place habituelle sur la cheminée. L'objet consiste en un segment de câble d'un pied de long, fermé à chaque extrémité par un bouton d'acier, et assez lourd pour servir d'outil ou même, en cas de besoin, repousser un animal. Papa le garde en souvenir de l'Amérique du Sud, où il le portait à la ceinture lors des excursions.

C'est alors que papa est entré. Voyant le gourdin dans ma main, il s'est mis à m'admonester, arguant qu'il m'avait dit de ne jamais y toucher – alors que je suis certaine du contraire. Puis il m'a traitée une nouvelle fois de « petite espionne », ce qui m'a paru aussi blessant qu'injuste. J'ai reposé le gourdin sans répondre puis, quand j'ai frôlé papa pour regagner la porte, j'ai fait volte-face et lui ai lancé une méchanceté, à savoir qu'il était excessif et cruel. Etty m'a entendue et l'a rapporté à maman, qui m'a sommée de m'excuser sous peine de ne pas dîner. J'ai choisi cette dernière solution, et suis donc restée dans ma chambre pendant la rituelle soirée familiale au salon. J'ai voulu lire ce nouveau livre écrit par un mathématicien, Alice au pays des merveilles, *mais j'avais du mal à me concentrer sur le texte, même si j'ai fini par succomber à son charme. Parfois je me sens comme Alice : étrangère à ce monde, comme si j'étais moi-même tombée dans un terrier de lapin. Tantôt j'ai l'impression de mesurer vingt pieds de haut et de percevoir des choses qui échappent à tous les autres, tantôt je crains de n'être pas plus grande qu'une souris, forcée de courir en tous sens pour ne pas être piétinée.*

22 janvier 1865

J'ai entendu mon père dire un jour : « Un bon scientifique est un détective sur la piste de la nature.» Je ne n'ai rien d'une scientifique, mais au risque de me ridiculiser, je pense que je ferais une excellente détective.

*Pour être honnête, il m'arrive d'épier, même si ce n'est pas le terme que je préfère. Je m'y adonne car, sitôt ma curiosité piquée, je ne me maîtrise plus. Je n'aime rien tant, lorsque nous recevons des invités, que de me tapir dans l'ombre pour écouter les conversations. C'est le seul moyen de savoir ce qui se passe dans le monde, et c'est autrement intéressant que l'*Edmonton Review *ou le* Times. *Voilà comment j'ai appris la troublante affaire de Peter Barratt et James Bradley, les deux garçons qui ont assassiné le pauvre petit Georgie Burgess : ils l'ont obligé à se dévêtir dans un ruisseau, puis l'ont rossé à coups de bâton jusqu'au trépas. L'un des convives a souligné que les deux garçons étaient si petits que leurs têtes dépassaient à peine du fossé ; un autre s'est félicité qu'ils fussent condamnés à cinq bonnes années de maison de redressement.*

Le mieux, c'est lorsque ces messieurs se retrouvent dans la salle de billard, où un recoin près du divan offre une cachette idéale. Tout à leur partie, ils m'oublient complètement. En été, ils laissent les fenêtres ouvertes, et je m'assieds sous la jardinière de primevères et de coucous. C'est là que j'ai pris connaissance de la mutinerie en Inde, il y a quelques années ; d'après M. Huxley, elle débuta lorsqu'on força les Maures à mordre dans des cartouches enduites de graisse de porc – mais j'avoue ne pas avoir tout compris. Pas plus tard que cette semaine, j'ai entendu papa déclarer que la guerre entre la Confédération et les États du Nord entraînait des troubles en Jamaïque. Il a dit : « Les nègres sont prêts à se soulever contre nous. » Mais M. Thomas Carlyle faisait confiance au gouverneur Eyre pour les maîtriser.

Il apparaît que papa est partisan du Nord. Je sais qu'il tient l'esclavage pour une abomination – je l'ai entendu narrer ses différends avec le commandant FitzRoy à ce sujet – et je suis persuadée qu'il aimerait voir cette institution rayée de la carte. Mais je l'ai aussi entendu parler des Américains du Sud comme d'un peuple aristocratique et raffiné, proche des Anglais par son attitude et sa sophistication, à l'opposé des manières rustres et vulgaires des nordistes. Et papa de noter qu'une victoire sudiste signifierait du coton bon marché pour nos manufacturiers. Quand il parle ainsi, je ne puis m'empêcher de penser que son cœur penche plutôt pour le Sud.

25 janvier 1865

J'ai compris que j'avais un rare talent pour percer les secrets d'autrui. Ce don m'est apparu spontanément, de la même façon qu'Etty est douée pour les mots, ou George fort en calcul.

Quand nous étions enfants, nos cousins nous rejoignaient pour les jours fériés, et notre nombre faisait de nous les maîtres de Down House. Nous jouions à cache-cache dans toute la maison et le jardin, et j'étais toujours la première à débusquer les autres, comme la dernière à l'être. Plus d'une fois je suis restée des heures dans mon nid éphémère, le cœur palpitant comme celui d'un oisillon, à écouter les cris de mes poursuivants tandis que progressait le crépuscule. Parfois, je restais cachée longtemps après la fin du jeu, pour reparaître par la porte de derrière sous les acclamations.

La clef, avais-je compris, était de se glisser dans l'esprit des adversaires ; une fois que l'on a deviné où ils peuvent se cacher, il n'est pas bien difficile de trouver l'endroit auquel ils ne songe-raient jamais. Être une reine de la dissimulation ne doit rien à la ruse : c'est une aptitude, proche de l'intuition. J'ai découvert qu'avec de la concentration et une réflexion profonde, je pouvais me transporter dans la tête d'un autre, et anticiper ainsi ses actes et pensées.

Je possède moi-même de nombreux secrets, que je n'oserais confesser à aucune âme vivante. L'un concerne l'un des fils (je tairai son nom) de sir John Lubbock, que nous visitions parfois à High Oaks avant que je ne devinsse tout à fait jeune fille – ou avant que je ne souffrisse d'indisposition, dirait maman. Lui et moi nous esquivions dans le pré jusqu'au vieux noyer foudroyé, une immense souche de six mètres de haut que la nature avait lentement évidée. Nous en faisions notre maison imaginaire, et nos rôles respectifs de mari et d'épouse nous poussaient à des gestes dont la seule pensée me fait rougir. Je lui permettais, lorsqu'il partait pour son travail, de planter un baiser sur ma joue, et par une ou deux fois nous sommes allés plus loin – mais je n'ai, bien entendu, à me repentir d'aucun excès. Il n'empêche, quand je l'aperçois à l'église, je suis gênée. Au moment du credo, prière que maman ne reconnaît pas, nous nous détournons de l'autel et nous retrouvons face aux Lubbock. Une fois ou deux j'ai vu l'effronté me regarder d'une façon des plus provocante, et j'ai senti le feu me monter au visage. Il est peut-être bien né, mais le traitement qu'il m'inflige n'est pas celui d'un gentleman – même si, pour être tout à fait franche, je ne désavoue pas totale-ment ce que cela éveille en moi.

28 janvier 1865

Maman et moi avons fait une longue promenade, l'hiver étant ce matin d'une exceptionnelle clémence. Malgré ce temps promet-teur, je sentais que ma mère nourrissait quelque tracas dont elle souhaitait me parler, et comme nous approchions des bois vers le sud, elle s'ouvrit à moi d'une voix douce. Elle me dit que la santé de papa s'améliorait, mais moins qu'elle ne l'avait espéré. Et qu'elle me soupçonnait d'aggraver son état par mon comporte-ment, qu'elle jugeait irrespectueux. Là-dessus elle m'a engagée à prendre des «leçons de bienséance» auprès d'Etty, au motif que ma sœur ne causait jamais de soucis – mieux, qu'elle faisait la joie de son papa, dont elle corrigeait même les manuscrits.

Je crains d'avoir réagi de manière un peu dure. À mon avis, ai-je répondu, Henrietta pouvait prendre exemple sur moi dans d'innombrables domaines, à commencer par le bien-être, car à cet égard Etty est bien la fille de son père, sujette à toutes les maladies possibles. Papa l'a envoyée à Moor Park suivre la cure hydrothérapique, et depuis sa rechute à Eastbourne elle est invalide elle aussi – et de ce fait le centre de toutes les attentions. Papa la dorlote et se rend à son chevet pour s'enquérir de son état, le visage pétri de sollicitude. En vertu de tout ceci, ai-je rappelé à maman, Etty jouit de nombreux privilèges.

Ces mots ont irrité ma mère, qui a exigé un exemple. J'ai donc rappelé que nous étions allés à Torquay pour que ma sœur profite de l'air marin et qu'elle avait effectué le trajet dans une voiture-lit spéciale, mais aussi qu'on l'avait laissée se baigner dans cette sorte de machine tirée par des chevaux, comme toutes les femmes élégantes. Ma mère a répliqué : «Tu devrais t'estimer heureuse d'avoir un corps sain, au lieu de jalouser les traitements destinés à la guérir ou à alléger ses souffrances.» Cela m'a réduite au silence.

Je sais que maman et papa préfèrent Etty. Ils ne cessent de lui dire combien elle est belle, combien telle robe lui sied à ravir, quelle merveilleuse épouse elle fera un jour, autant de compliments auxquels je n'ai moi-même jamais droit. Quand j'étais petite, ils me trouvaient sans grâce parce que j'aimais courir vite, descendre l'escalier en glissant sur la rampe, et quitter la nursery par le mûrier de la cour. Maman me reprochait de me conduire en garçon. Il est vrai que parfois, lorsque nous ouvrions la vieille malle pour nous déguiser, Etty revêtait les perles et les longues robes de maman, quand je préférais les costumes de boucanier ou d'explorateur. Mais je n'en restais pas moins une fille, et en tout état de cause je n'ai jamais bénéficié des avantages dévolus à mes frères, comme d'aller à Clapham School plutôt que d'être instruite à la maison. Il me paraît évident que j'ai perdu sur les deux tableaux, bien que je ne puisse m'en plaindre à quiconque : on aurait tôt fait de croire que je ne pense qu'à ma petite personne.

Vers le fin de notre promenade, comme nous approchions de la berge, j'ai aperçu un gros scarabée sous un rondin, et l'espace d'un instant j'ai pensé le capturer pour le rapporter à papa. Jadis, des deux filles et des cinq fils de la famille, j'étais la meilleure pour attraper les asticots et les insectes. Quand j'y repense aujourd'hui, j'ai presque envie de pleurer en revoyant le regard de papa lorsque j'ouvrais ma petite main sale pour lui offrir ma jolie prise, et qu'il me prenait dans ses bras en m'appelant sa Diane chasseresse. Ce furent là, je crois, les plus beaux moments de toute mon enfance.

CHAPITRE 7

Le jour où le *Beagle* prit enfin la mer, Charles et le commandant FitzRoy passèrent l'après-midi dans une taverne, à se gaver de mouton et de champagne, puis ils quittèrent la digue à la rame pour rejoindre le navire. Ils le voyaient s'avancer majestueux dans la Manche, sa mâture fièrement dressée, gonflant ses voiles dans la brise généreuse. Stupéfait, Charles constata que cette vision ne l'émouvait point. Où était l'euphorie attendue ? Après des mois de reports et de sorties avortées, il allait enfin embarquer pour sa grande aventure, et il n'éprouvait que de la peur ! Il tremblait en fait d'un funeste pressentiment, persuadé que le voyage tournerait à la catastrophe.

Ses craintes prirent bientôt une apparence humaine. Quand il quitta le canot pour accrocher son pied à l'échelle de corde, il leva les yeux et vit un visage familier. McCormick ! C'était bien la dernière personne qu'il souhaitait rencontrer.

Quel cruel coup du sort avait placé Robert McCormick sur ce vaisseau ? Charles savait depuis le début que le médecin de bord portait ce nom, mais il avait espéré que ce ne serait pas son vieil ennemi d'Édimbourg. Il se souvenait de lui comme d'une bête de somme mesquine et ambitieuse. Ils avaient suivi le même cours de géologie, que les amis de Charles jugeaient aussi aride que les flocons de poussière que l'on montrait aux étudiants. Mais McCormick, qui était le genre d'homme à confondre information et savoir, y avait au contraire pris grand plaisir, ainsi que des montagnes de notes. Quand Charles lui avait barré l'entrée d'une société savante, McCormick n'avait pas digéré l'affront, et leur inimitié était devenue réciproque.

Le temps que Charles eût atteint le pont, McCormick avait disparu. Le novice se dirigea d'un pas hésitant vers la dunette et croisa son compagnon de cabine, l'aspirant de dix-sept ans Phillip Gidley King, dont le père avait commandé le vaisseau frère du *Beagle* lors du précédent voyage.

– Enfin nous partons, dit Charles.

– Pour sûr, répondit le jeune homme en ôtant son bonnet.

C'était un gaillard sympathique – qui se disait fervent admirateur de lord Byron –, mais il n'avait rien d'un grand esprit.

Charles aperçut au bout du pont le commandant en second, le lieutenant John Wickham.

– C'est un fichu barda que vous apportez là ! sourit ce dernier.

S'il était encore tôt pour nouer des amitiés, Charles se sentait attiré par la personnalité d'Augustus Earle, un artiste embauché par FitzRoy pour réaliser le journal du voyage. Il appréciait de même une autre recrue civile, George James Stebbing, dont la mission consistait à entretenir les vingt-deux chronomètres réunis dans une cabine à part, suspendus à des cardans à l'intérieur d'un coffre lui-même plongé dans de la sciure.

Les simples matelots, quant à eux, étaient une bande de fauves en guenilles. Lors d'une bruyante soirée à terre, ils avaient tout fait pour mettre Charles mal à l'aise, le noyant sous des tombereaux d'argot marin, ou l'effrayant avec des fables sur les vents froids de la Terre de Feu. Au point que Wickham avait éprouvé le besoin de rassurer Charles :

– Je t'assure que ce sont de braves gars. Mais ils ont du mal à te situer dans le tableau d'ensemble. Tu n'es pas officier, ni vraiment passager. Et puis, si tu me permets, cela ne facilite rien que tu frayes trois fois par jour avec le commandant. Sans oublier, bien entendu, le fait que vous ne parliez pas le même type d'anglais.

Charles pénétra dans sa cabine de dix pieds sur dix. Au centre s'étalait la grande table, qui servirait aux topographes sitôt atteinte l'Amérique du Sud. De part et d'autre étaient fixés les crochets du hamac, si bas qu'il suffirait, la nuit, de laisser pendre un bras pour atteindre la table. Côté tribord s'alignaient des casiers remplis de centaines de livres de navigation. Contre la cloison du fond étaient groupés une table de toilette, un placard à instruments et un coffre à tiroirs; et juste avant, transperçant la cabine tel un chêne tombé du ciel, se dressait l'épais mât d'artimon.

On frappa à la porte. Charles ouvrit et s'étonna de trouver McCormick, une bouteille de rhum sous le bras.

— Salut, mon vieux, fit le médecin. Je me suis dit que j'allais prolonger la traditionnelle bienvenue en mer.

Ils se serrèrent la main avec un brin de gêne, puis Charles sortit deux verres que McCormick remplit. Ils s'assirent, trinquèrent, et McCormick refit le service.

— À un bon voyage! lança-t-il. Je vois que l'équipage paraît sobre. C'est une chance inespérée.

— Capitale, oui.

Par trois fois au cours des cinq semaines passées, des vents d'hiver avaient contraint le *Beagle* à rentrer au port. Et le seul matin où les conditions avaient été parfaites – le lendemain de Noël –, les hommes s'étaient trouvés malades à cause de l'alcool de la veille.

Charles finit son rhum, reposa son verre sur la table et considéra McCormick. Il avait une dizaine d'années de plus que lui, maigre et noueux, le crâne allongé. Son visage était fendu d'un sourire nerveux, fait de dents blanches et acérées, à l'orée d'une barbiche noire. Charles se demanda si FitzRoy lui avait appliqué son examen phrénologique.

McCormick semblait chercher la conversation:

— Je n'arrivais pas à choisir la peinture de ma cabine: gris français ou blanc mat? J'ai fini par opter pour le blanc – c'est plus apaisant, tu ne crois pas? (Il promena son regard dans l'espace étriqué.) Je vois que le commandant t'offre le grand luxe... Tout en acajou précieux. Il a changé beaucoup de choses sur ce navire, il l'a considérablement amélioré. Il a rehaussé le pont, installé des lucarnes et des œils-de-bœuf. Et ceci. (Il tapa le mât.) Il a rajouté ceci.

— C'est bien ce qu'il me semblait, répondit Charles en entamant son troisième rhum. Beau petit brick, n'est-ce pas? Douillet, bien aménagé...

— Ce n'est plus un brick, mais un trois-mâts. Un brick possède deux mâts, à voiles carrées, et le grand mât comporte en sus une voile aurique. Sur un trois-mâts, la voile aurique est enverguée au mât d'artimon.

– Ah bon. (Les années n'avaient pas rendu McCormick moins pointilleux.) J'ai pourtant entendu un matelot parler de « brick-cercueil ».

– Disons que l'appellation est incorrecte, mais l'épithète méritée. C'est vrai qu'ils coulent facilement par mer démontée. Ils flottent très bas et se font submerger par les vagues, surtout si les plats-bords sont fermés.

– Prions pour que cela n'arrive pas.

– Le ciel t'entende, soupira McCormick en remplissant le verre de Charles malgré un geste de refus. Je suis assez jaloux de ces conditions. Mais dis-moi, tu n'as pas l'air bien…

Charles sentit monter un goût de suc gastrique, et son estomac remua avec les mouvements du bateau. Renversant sa chaise, il bondit sur ses jambes, écarta brutalement McCormick, se pencha sur la cuvette et vomit tout son repas. Puis, gémissant, en nage, il étreignit le mât tel un homme surpris par la tempête.

– Je ferais mieux de te laisser.

Du coin de son œil humide, Charles vit McCormick déguerpir, tenant par le goulot la bouteille à moitié vide.

Charles parvint à suspendre son hamac et retira le premier tiroir du casier pour pouvoir y loger ses pieds, comme le lui avait conseillé FitzRoy. Toujours selon les instructions du commandant, il s'assit au milieu du filet, puis se coucha sur le côté tout en hissant les jambes. Une fois allongé, il eut presque l'impression d'aller mieux.

Cinq minutes plus tard, King jaillit dans la cabine, excité comme un enfant. Il lui raconta ses aventures de la journée, avant de froncer les narines.

– Pouah! fit-il en s'approchant de la table de toilette, ça empeste, ici.

Il avisa les deux verres, en saisit un pour le renifler.

– Ne me dis pas que tu as bu! C'est la dernière chose à faire, du moins tant que tu n'es pas acclimaté. Seuls les idiots et les gredins boivent du rhum le premier jour de mer.

Bon camarade, King prit un chiffon et nettoya la cuvette.

Ce soir-là, bien que faible, Charles se risqua sur le pont – pour quelques instants seulement, car l'air était glacial. La lune pleine et immense creusait dans l'eau des rides jaunes, et les nuages lumineux filaient à toute vitesse. Au loin, il repéra le phare d'Eddystone, ultime vestige de son Angleterre chérie. Il le regarda s'effacer, puis rejoignit sa couche le cœur gros.

Le lendemain matin, comme le *Beagle* tanguait et roulait en direction du golfe de Gascogne, Charles luttait dans son hamac pour surmonter ce mal de mer qu'il avait tant redouté. Il craignait de s'y enliser, de ne jamais en voir le bout.

Depuis son ventre, la nausée se propageait dans tout son être comme une créature maléfique, une pieuvre déroulant ses tentacules, un organisme microscopique expulsant ses œufs dans ses veines, afin qu'ils envahissent les organes et lui taraudent la cervelle.

Il connaissait bien les symptômes, qui l'avaient obsédé durant la longue attente à Plymouth, au point que sa bouche s'était couverte de plaies et qu'il avait cru, au rythme effréné de son cœur, être victime d'une crise cardiaque.

Ce n'était pas le glorieux départ dont il avait rêvé.

Charles se réconforta par un petit soliloque. Certes, le voyage s'engageait sous de mauvais auspices, mais les choses allaient forcément s'arranger. Il allait recueillir des spécimens, se vouer corps et âme à l'étude ! N'était-il pas venu pour cela ? Le navire mouillerait dans des ports tropicaux riches d'une flore et d'une faune insolites, et d'ailleurs la première escale ne serait autre que Tenerife, l'île que Henslow et lui avaient tant rêvé d'explorer en lisant les aventures du baron von Humboldt. Ah ! ce bon vieux Henslow... Il faudrait penser à prendre des notes pour le combler de détails.

Soudain, le bateau se déroba d'un trait vertigineux. La cabine parut chuter de dix pieds avant de presser un ressort et de repartir vers le haut. Charles eut l'impression d'être une balle de cricket soumise aux moulinets du lanceur. Au faîte de sa remontée, le navire heurta une nouvelle vague, et le choc ébranla toute la carcasse de Charles – la balle touchait terre. Il vomit une nouvelle fois et passa dix longues minutes blotti sous la table de toilette.

Il finit par se relever, retint le hamac d'une main et grimpa sur la toile. C'est alors qu'il entendit du vacarme sur le pont, suivi d'un claquement et d'un cri épouvantable. Cinq secondes plus tard, le claquement se répétait, puis un nouveau cri, un autre encore, et des sanglots qui se muèrent en geignements. Après quoi tout recommença.

King surgit dans la cabine. Charles se redressa tant bien que mal.

– Que se passe-t-il, pour l'amour du ciel ?

– Flagellation, répondit le jeune homme. Quatre gars, punis pour les folies de Noël. Le bon vieux chat à neuf queues. Ordre du commandant.

– Et combien a-t-il requis de coups de fouet ? demanda Charles avec effroi.

– C'est variable. La plupart en récoltent vingt-cinq pour ivresse et altercations. Le second du charpentier en reçoit trente-quatre pour abandon de poste. Davis, trente et un, pour manquement à son devoir. Et le vieux Phipps, qui l'a vraiment cherché, quarante-quatre pour abandon de poste, ivresse et insolence. Je te conseille de te dépêcher si tu veux voir quelque chose.

Étourdi et tremblant, Charles se laissa retomber sur son hamac et sombra dans l'abattement. Dans quel vertigineux supplice s'était-il fourré ? Pour quelle sorte de monde avait-il signé ? Loin de son Shropshire bien-aimé, cet éden fleuri de prés et d'oiseaux, il avait culbuté dans un cauchemar de sang et de violence, tel un ange de Milton chassé du paradis et entraîné par Lucifer dans une chute éternelle.

Ce soir-là, Charles quitta de nouveau sa cabine. Il n'était pas tard, mais un brouillard tenace avait devancé la nuit. Malgré la vue réduite, comme il longeait l'imposante baleinière retournée sur ses cales, il devina une silhouette tapie près du gaillard d'avant. McCormick.

S'appuyant à la baleinière – il était loin d'avoir acquis la démarche souple du marin –, Charles s'avança vers la proue. McCormick venait d'entrer dans le gaillard et se penchait d'un air louche sur la malle affectée par FitzRoy aux spécimens de Darwin.

Bonté divine ! se dit Charles. *Ce bandit m'espionne !*

Il se rapprocha encore, puis se racla la gorge tout en regardant la mer. McCormick sursauta et agrippa le garde-fou. Il resta interdit, puis lâcha d'une traite :

— Ben, mon vieux, il en faut, du temps, pour connaître ce navire de fond en comble. J'en ai fait plusieurs fois le tour, et il me reste des lacunes !

Charles hocha la tête d'un air soupçonneux.

— Tu te sens mieux ? fit McCormick.

— Un peu, mentit Darwin.

— C'est fou comme le mal de mer peut être redoutable.

— N'est-ce pas ?

McCormick se tut quelques instants, avant de lancer de but en blanc :

— Ta famille connaît FitzRoy depuis longtemps ?

— Non, nous ne le connaissions pas.

— Ah bon. Je me disais qu'il y avait peut-être un lien.

Ils observèrent en silence la brume autour du bateau, puis McCormick s'éclaircit la voix et montra un sourire crispé.

— Je crois qu'il vaut mieux crever l'abcès tout de suite, si nous voulons prévenir un regrettable malentendu. Comme tu le sais sans doute, je suis ici en qualité de médecin de bord. Et à ce titre, c'est moi qui suis officiellement chargé des fonctions de naturaliste. Maintenant, je crois savoir que tu nourris certains intérêts ou penchants dans ce domaine, à savoir celui des sciences naturelles…

— En effet.

— Aussi je pense qu'il vaudrait mieux, dans l'intérêt de toutes les personnes concernées, pour l'harmonie au sein de l'équipage, pour le bien de la mission elle-même…

— Au fait !

— Le fait, comme tu dis, est le suivant : j'aimerais que tu me reconnaisses la primauté en matière de collecte, de classification et d'expédition des spécimens. C'est aussi pour cela que l'État me paie. Je serais toutefois ravi de te prendre comme assistant.

— Moi, ton assistant ? Mais tu as l'esprit mal tourné ! Je n'ai pas plus envie de t'assister ou de te céder mes prérogatives que d'épouser le diable !

McCormick se décomposa.

– Tu n'es pas en position de me tenir tête. Je dispose de lettres signées. Étant médecin du navire, je suis habilité à prélever des spécimens pour le compte de l'État.

– Dans ce cas, je propose que chacun procède de son côté. Et que nous fassions de notre mieux pour maintenir des relations cordiales au sein de l'équipage.

McCormick se dressa de toute sa hauteur, bien qu'il mesurât une tête de moins que Charles.

– Très bien. Tu auras compris, je l'espère, qu'il s'agissait d'un geste d'ouverture. Né du désir sincère d'éviter tout conflit. Je n'aimerais pas voir se reproduire ici les dissensions qui t'ont opposé au Dr Grant. Car ce bateau n'est pas bien grand…

Accroché à la rambarde, Charles bouillait de rage. Comment ce pendard osait-il raviver ce pénible épisode ? À Édimbourg, du temps où il était le protégé de l'éminent Robert Grant, Charles avait fait une découverte mineure mais palpitante : le mode de reproduction d'un zoophyte des milieux algueux, la flustre. Mais son mentor s'était empressé de publier ses conclusions sous son propre nom, et Charles s'était juré qu'on ne l'y reprendrait plus.

McCormick tourna les talons et disparut.

– S'il croit que je vais baisser l'oreille comme un chien ! maugréa Charles tout en repartant maladroitement vers sa cabine.

Le lendemain, Charles fut convié à déjeuner dans la chambre du commandant. Quoiqu'il se sentît incapable d'avaler grand-chose, il honora l'invitation, fidèle à son devoir de divertir FitzRoy.

Il fut surpris de découvrir une cabine plus restreinte encore que la sienne, mais mieux dotée, avec un sofa, une vraie couchette, un petit secrétaire et une lucarne.

La table était dressée pour deux, côté bâbord, et une bouteille de vin gardait le frais dans un seau rempli d'eau de mer.

D'humeur affable, FitzRoy fit signe à Charles de s'asseoir et lui versa un verre dont il n'avait aucune envie. Comme ils trinquaient en silence, le commandant dévisagea son jeune ami, et Charles eut de nouveau l'impression d'être jugé.

– Je me demande, déclara FitzRoy sans détour, si vous comprenez bien la nécessité des flagellations sur un navire. Je pense dire vrai en affirmant que le spectacle d'hier vous a choqué.

Frappé par la clairvoyance de FitzRoy, Charles ne put que lui donner raison.

— N'attendez pas que je ne m'en excuse, reprit le commandant. Personnellement, j'abhorre les châtiments corporels, mais certaines natures rebelles ne peuvent être maîtrisées autrement, surtout chez les êtres les moins élevés. C'est, je le regrette, un indispensable outil de commandement pour qui veut satisfaire à sa mission.

— Est-ce vraiment la seule méthode possible ? N'auriez-vous pas d'autres moyens d'imposer votre volonté et d'obtenir le respect ?

— Ah ! Vous apprendrez, mon cher, que l'indulgence et les cajoleries sont inefficaces en mer. Vous ne trouverez aucun whig sur ce bateau, en dehors de vous-même, et m'est avis que, à la première tempête, vos scrupules se rallieront à ma fermeté.

D'un demi-sourire, FitzRoy suggéra que le débat était clos, et sans nulle rancune de sa part.

L'attitude de cet homme ne laissait pas de dérouter Charles. Certes, le commandant lui témoignait beaucoup d'égards et l'avait pris sous son aile. Il veillait à son confort, lui fournissait des livres, prévenait ses inquiétudes – si la situation devenait trop dure, Charles pourrait ainsi débarquer au premier port (même s'il préférait mourir plutôt que de rentrer au pays l'échine basse). Mais, à d'autres moments, FitzRoy s'évertuait à sonder sa fragilité, comme pour mieux l'extirper. Il ne cachait pas qu'il attendait courage et stoïcisme face à l'adversité – les petits ennuis de mal de mer n'étaient pas son affaire –, et qu'il exigeait l'obéissance.

Charles ferait de son mieux pour plaire à cet homme si cultivé, si plein de métier et d'assurance.

— Au fait, dit Darwin pour changer de sujet, avez-vous lu les *Principes de géologie* de Lyell ?

— Mais comment donc ! C'est un ouvrage essentiel. Le second tome doit paraître dans quelques mois et j'ai demandé qu'on nous l'envoie à Buenos Aires.

Charles le considéra par-dessus la table. Après toutes ces semaines, FizRoy demeurait une énigme. Tantôt bonhomme et exalté, tantôt brutal et véhément. En un éclair, ses éclats d'humour laissaient place à un regard glacial, quand bien même un sourire s'attardait sur ses lèvres.

Ce matin-là, Charles avait surpris cette phrase entre deux officiers : « Tu as bu du café chaud, ce matin ? ». King lui expliqua peu après qu'il s'agissait d'un code désignant la colère du commandant, laquelle se manifestait surtout au lever, lorsqu'il arpentait le pont à l'affût du moindre bout de corde mal rangé ou d'un nœud imparfait.

Charles pouvait lui-même témoigner des sautes d'humeur de FitzRoy. Lors d'emplettes à Plymouth, furieux qu'un commerçant refusât de lui échanger une pièce de vaisselle, il s'était acharné sur lui, s'enquérant du prix de tout un service en porcelaine avant d'annuler ce faux achat, par pure vengeance. Puis, sur le trottoir, saisi d'un remords tout aussi stupéfiant, il avait présenté de plates excuses à Charles. Plus d'une fois, le jeune Darwin s'était souvenu des mises en garde de Henslow : cet homme souffrait de mélancolie suicidaire.

Charles mangea lentement et tenta de cacher son manque d'appétit en dispersant dans son assiette sa portion de bœuf trop cuit, ou en glissant quelques morceaux sous la lame de son couteau. Il n'avait pas touché à sa soupe.

Il devinait FitzRoy embarrassé par son propre sermon. Avec douceur, le commandant demanda :

– Hormis les considérations sur le crime et le châtiment, les équipements sont-ils à votre goût, le voyage répond-il à vos attentes ?

– Assurément. Si ce n'est que…

Il ne termina pas sa phrase.

– Oui ? Je vous écoute.

– Il y a un problème dont j'estime, à contrecœur, devoir vous faire part.

– Parlez donc !

– C'est au sujet du médecin du navire, un certain McCormick, que j'ai eu le privilège – si j'ose dire – de fréquenter voilà quelques années.

– Oui, je le connais. C'est bien lui que j'ai choisi. Et après ?

– Il estime être le seul en droit de recueillir des spécimens. Or, comme vous le savez, je nourris moi-même une grande passion pour cette activité, aussi je crains que nos desseins respectifs ne provoquent des conflits.

FitzRoy jeta sa serviette et attrapa le poignet de Charles.

– Laissez-moi vous rassurer. Aussi longtemps que je serai le commandant de ce navire, vous aurez la priorité absolue en la matière. Demandez-le-moi, et je le mets aux arrêts.

– Non, non… Ce ne sera pas nécessaire. Il pourra même opérer certains prélèvements s'il le souhaite, pourvu qu'il soit bien clair que je suis le naturaliste officiel du *Beagle* et que j'assume seul la responsabilité de ce titre.

– Plus un mot! Vous avez ma parole d'honneur: il en sera ainsi. Et tout ce que vous récolterez sera expédié à qui vous voudrez, aux frais de Sa Majesté.

Et FitzRoy d'ajouter, porté par son exubérance:

– La quantité ne sera pas un problème.

Charles était abasourdi par tant de générosité. Comme avait-il pu douter de lui?

L'émotion gagna les deux hommes. FitzRoy reprit la parole:

– Moi-même, je dois être une sorte de naturaliste à l'envers. Comme vous le savez, le *Beagle* transporte trois de mes propres spécimens, sauf que je ne les recueille pas mais les renvoie à leur état naturel.

– Absolument, opina Charles, bien qu'il n'aimât guère parler d'êtres humains en ces termes.

Au vrai, depuis qu'il avait embarqué, Charles pensait sans cesse aux trois sauvages de la Terre de Feu. Il ne les avait aperçus qu'une seule fois, lorsqu'ils étaient arrivés à Plymouth en paquebot avant d'être cantonnés à l'hôtel Weakley. Quel étrange spectacle que ces corps bruns et ces larges visages affublés de parures anglaises et de parapluies noirs! Dans leur sillage se hâtait Richard Matthews, le missionnaire qui s'était porté volontaire pour diriger la station à la pointe sud du Nouveau Monde. Ce n'était encore qu'un adolescent aux cheveux longs et à la mine éclairée par l'œuvre de Dieu, qui tenait sa bible sous son pardessus, de peur de la mouiller.

Le repas terminé, Charles salua FitzRoy d'une inclinaison de tête et reprit le chemin de sa cabine, tout en songeant, philosophe, que les qualités du commandant l'emportaient sur ses défauts. Même si une voix intérieure lui soufflait de rester sur ses gardes.

Le surlendemain, Charles fit la connaissance de Jemmy Button, l'expansif Fuégien de quinze ans devenu la coqueluche de l'équipage. Alors qu'il dormait dans son hamac ballant, plus malade que jamais, Charles avait tressailli en sentant un doigt courir sur son front fiévreux.

Il n'en revenait pas : à moins d'un pied de distance se dressait la plus étrange des apparitions, une face noire comme de la suie, avec un nez en spatule et des yeux écartés. Jemmy recula. Il portait un manteau noir, un gilet croisé, un long pantalon, des bottes lustrées et une chemise blanche à haut col fermée par une cravate noire – le parfait gentleman anglais.

Le visage de Jemmy s'affaissa en un sourire crispé, ce que Charles prit pour de la pitié.

D'une voix de stentor, le sauvage articula :

– Pauvre, pauvre homme !

CHAPITRE 8

Quel coup de chance! Ce journal lui était tombé entre les mains comme un cadeau, un fruit mûr lâché par les dieux. Il lui avait fallu un temps ridiculement long pour comprendre de quoi il s'agissait. L'espace d'une seconde, il s'était dit que ces pages avaient pu être noircies par un éditeur ou un faussaire. Mais cette écriture soignée était d'un autre âge. Il referma l'objet pour examiner la couverture. C'était un simple livre de comptes, tout ce qu'il y avait de plus banal. En bas à droite, la même plume noire avait écrit et entouré le chiffre 1.

En lisant le premier chapitre, qui parlait de Down House et de la célébrité de «papa», Hugh prit la mesure de sa découverte, comme si une porte s'ouvrait en grand – et même plusieurs d'un coup. Le document datait de 1865. Il semblait authentique... et rédigé par l'un des enfants de Darwin!

Il poursuivit sa lecture. La langue, les descriptions, les noms, tout sonnait vrai. Cet auteur à l'écriture ronde et élégante était une femme – elle parlait de ses crinolines – et se disait la sœur d'Etty. Elizabeth Darwin, alias Lizzie, la seconde fille du savant? Ce ne pouvait être qu'elle. Mais que savait-on à son sujet? Hugh fouilla dans sa mémoire. Lizzie était l'«autre» fille, celle dont personne ne se souvenait. L'oubliée de l'histoire. Darwin avait eu dix enfants – pas mal, pour un grand souffreteux. Mais trois d'entre eux étaient morts jeunes, dont la petite Annie qui brisa le cœur de son père en disparaissant à l'âge de dix ans.

Dans l'excitation du moment, les autres noms lui revinrent pêle-mêle: William, George, Francis, Leonard, un cinquième garçon dont le prénom lui échappait, et Henrietta, la bien-aimée, la préférée de la famille. Celle qui relisait les manuscrit de son père et marchait sur ses pas d'éternel malade. Elle incarnait la femme parfaite de son époque et alla jusqu'à réaliser l'aspiration suprême des femmes victoriennes, c'est-à-dire le mariage. Lizzie, elle, était passée sous silence. Mais quel avait été son destin ? S'était-elle seulement mariée ?

Hugh était charmé par cette voix et par son habile dissimulation, digne de *La Lettre volée* de Poe. Combien de temps la ruse avait-elle payé ? Cent quarante ans ? Et c'était à lui que revenait l'insigne honneur de l'éventer !

Il se replongea dans le texte, en jetant parfois un œil vers sa guetteuse, sagement postée près de la fenêtre. Elle l'ignorait du mieux qu'elle pouvait, tel un gardien de musée se défendant de croire que l'on puisse voler le Renoir. Mais il en était capable, et il le savait. Déjà l'esprit cachottier de Lizzie déteignait sur lui ; il brassait des documents d'un air détaché, tout en argumentant dans sa tête : un éditeur assez pusillanime pour brûler les mémoires de Byron ne méritait pas un tel trésor. Fallait-il pour autant dérober ce cahier ? Et s'il se contentait de l'emprunter ? Oui, c'était le mieux. Il trouverait bien un moyen de le restituer, en prétendant par exemple l'avoir mélangé à ses notes.

Une sonnerie de téléphone le fit tressauter. La femme répondit d'une voix basse, puis se tourna vers Hugh :

– Je suis terriblement navrée, mais nous fermons plus tôt en raison du déménagement. Il ne vous reste hélas que cinq minutes.

Ce serait amplement suffisant. Hugh réunit ses papiers, les empila devant lui et glissa le journal sous sa chemise. Il reprit quelques notes puis rangea ses affaires, sourit poliment à la préposée, la remercia et descendit les marches jusqu'à la sortie.

En retrouvant la fraîcheur de la rue, il avait l'impression de quitter la Tour de Londres avec les joyaux de la Couronne.

Hugh atteignit King's Cross avec quelques minutes d'avance, sauta du taxi et courut pour attraper le train de Cambridge. Il monta dans un wagon de deuxième classe et s'assit près de la fenêtre tandis que les portes se refermaient. Dehors, des poteaux se succédèrent à un rythme paresseux, suivis de hangars en bois, de tas de charbon, de logements ouvriers crasseux. La nuit tombait déjà.

Perdu dans ses pensées, Hugh ne prêtait aucune attention à son environnement. Son regard embrassait les autres passagers, mais il ne les voyait pas. Il posa son sac à dos sur ses genoux et tapota la toile, pour sentir sous ses doigts l'épaisse couverture du journal et ses coins arrondis. L'excitation le piquait d'un nouveau frisson.

Des formes abstraites filaient dans le crépuscule ; des images vagues se réfléchissaient dans la vitre. Hugh tâcha de rassembler ses pensées. Sa fièvre n'était pas, il le savait, vierge de toute arrière-pensée. Dans un coin de son cerveau, l'idée germait que sa découverte allait lancer sa carrière et faire grand bruit parmi les biographes. L'exceptionnel, ce n'était pas le contenu de ce journal – les maux et les manies de Darwin étaient désormais légendaires –, mais son point de vue : le sein même du cercle familial. Restait juste à connaître son degré de fiabilité. Lizzie dressait du pater familias un portrait complexe, nuancé, et somme toute peu flatteur. À l'en croire, le vieil homme trouvait auprès des siens une manière de refuge. Le moindre contact extérieur ravivait son hypocondrie et secouait le foyer – ou plutôt l'étouffait d'une brume dépressive. Son tempérament et sa mélancolie étaient redoutables, comme en témoignaient l'épisode du gourdin, celui du miroir pour épier les visiteurs, ou encore la détresse de Darwin face à ses anciens compagnons. Lizzie faisait une excellente conteuse et savait parer son héros d'une aura terrifiante. On pensait aussitôt au locataire de Robert Louis Stevenson, qui tremblait chaque fois que Long John Silver faisait claquer sa jambe de bois.

Nul n'est prophète en son pays, médita Hugh. Mais il arrive aussi que ledit pays soit aveugle…

Il essaya de se figurer Lizzie, âgée de presque vingt ans, assise en robe à haut col devant son journal intime, dans la froide lueur hivernale d'une fenêtre. Ou bien allongée dans son lit, en chemise de nuit, tandis qu'une bougie faisait danser des ombres sur les murs. Il l'imaginait cherchant ses mots pour exprimer ses sentiments tumultueux ; ses yeux brillaient d'intelligence, et soudain il la vit vraiment, qui lui retournait un regard intense. Il soupira, congédia sa rêverie, mais le regard était toujours là, bien vivant, réfléchi par la vitre sombre du train. Stupéfait, Hugh tourna la tête en même temps qu'une main se posait sur son bras.

– Je me demandais quand tu allais me remarquer, dit Beth.

Il n'en croyait pas ses yeux. Elle lui souriait avec un air de sphinx.

– Beth ! Ça alors… Mais que fais-tu ici ?

– Je me rends à Cambridge. Et toi ?

– Pareil. Il y a longtemps que tu es assise là ?

– Je t'ai précédé d'une minute. Tu es passé devant moi pour t'asseoir, plongé dans une espèce de transe.

– Je suis désolé. J'étais perdu dans mes pensées.

– Sans blague. J'ai failli ne pas te reconnaître. Qu'as-tu fait à ta barbe ?

– Je l'ai rasée.

– Nouvelle vie, nouveau look ?

– Je commence par les petites choses – la vie – avant d'affronter le gros morceau, comme les coupes de cheveux.

– Ah, d'accord. C'est marrant, tu n'as plus l'air d'un vagabond. Tu parais plus… normal. Bref, tu as belle allure.

– Toi aussi.

Elle portait un jean, un pull à col rond, et s'était relevé les cheveux.

– C'est fou de se croiser comme ça…

– À qui le dis-tu ! La dernière fois que je t'ai vu, tu étais une minuscule silhouette plantée sur une île au milieu de nulle part.

– Et toi, tu disparaissais à l'horizon. Mon Dieu ! j'avais oublié pour ta mère. J'espère que… ça n'a pas été trop dur.

– Si, j'avoue que j'ai eu du mal, et même plus que prévu. C'était tellement inattendu… Il s'est avéré qu'elle avait des antécédents cardiaques, mais elle nous l'avait caché.

– Je suis navré, tu sais.

– On ne pense jamais qu'on peut perdre ses parents – c'est un lieu commun, mais c'est vrai. Nous étions si proches…

Elle avait dit cela d'un ton posé, sans une once d'apitoiement. Hugh ne sut que répondre. Il se remettait à peine de ces retrouvailles.

Beth reprit :

— On apprend beaucoup sur soi, dans ces moments-là. Les écailles nous tombent des yeux. Et des tas de cadavres sortent des placards. Des sentiments. Des conflits non résolus. Des choses dont on n'avait jamais soupçonné l'existence. Tu as sans doute connu ça.

— C'est vrai. Et ton père, il s'en sort comment ?

— Mal. Ils étaient mariés depuis trente-sept ans. Rencontrés en deuxième année de fac. Ça a été un vrai choc, et maintenant que la stupeur est passée, sa douleur est encore plus vive. Tant de petits détails lui rappellent qu'elle n'est plus là… Il ne peut se résoudre à effacer l'annonce de maman sur le répondeur. Je vais devoir m'organiser pour être plus présente.

— C'est un parent qui t'a prévenu ? Sur l'île, j'entends.

— Oui, mon frère Ned, qui est de cinq ans mon cadet. Il vit en Californie, alors il ne peut pas faire grand-chose. Le coup classique… Et toi, alors ? Quand as-tu quitté Sin Nombre ?

— Depuis bientôt trois semaines. J'en ai eu ras le bol. Ce n'était plus pareil après votre départ.

— La foule te manquait ?

— Non, mais il me manquait un truc.

Le sourire de Beth lui parut un peu triste.

— Et le programme ? Qui a pris le relais ?

— Un couple, plutôt sympa. Sérieux et tout.

— Tu t'es retrouvé encore une fois dans le rôle du type bizarre ?

— Si on veut. À propos, que devient Nigel ?

— Je n'en sais trop rien.

— Ah bon ?

— On a cessé de se voir.

Hugh se sentit revivre.

— Que s'est-il passé ?

— Il a tenu à assister aux obsèques, malgré mes réserves. Mon ex-mari est venu, lui aussi, et du coup il y a eu une certaine… tension. À un moment je les ai regardés en train de s'ignorer cordialement et je me suis dit que je voulais me débarrasser des deux. Alors on est rentrés, et nos routes se sont séparées. Je suppose qu'il m'a déjà remplacée.

— Bonne nouvelle. Je trouvais que tu méritais mieux.

Elle rit.

– Mieux comme toi, par exemple ?

– Par exemple.

Elle souriait toujours lorsque le train fit son premier arrêt. Ils se levèrent pour laisser descendre une vieille dame, et Hugh lui porta sa valise jusqu'au quai. À son retour, Beth avait posé les pieds sur le siège d'en face, en le protégeant avec un exemplaire de l'*Evening Standard*.

– Et donc ? fit Hugh. Qu'est-ce qui t'amène à Cambridge ?

– Des recherches. Et toi ?

– Des recherches.

Hugh nota le changement : s'ils n'avaient eu aucun mal à se confier sur l'île, un mur invisible les séparait désormais. Il avait l'impression de jouer aux échecs – bloqués pion contre pion.

– Quel genre de recherches ? demanda Beth. Ça concerne Darwin ?

– Gagné. Et toi ?

– Darwin.

– Et c'est d'ordre… biographique ?

– Dans une certaine mesure. Et toi ?

– Idem.

Un ange passa, le temps pour chacun d'étudier l'échiquier. Hugh sentait dans son sac la surface rigide du journal. Si seulement elle savait ce qu'il avait déniché… Mais il ne pouvait rien avouer, ni à Beth ni à personne. Et elle, qu'avait-elle en tête ?

Au bout d'une ou deux minutes, il se jeta à l'eau :

– Nigel m'a dit qu'on te prêtait des liens de parenté avec Darwin.

– Pourquoi il t'aurait raconté ça ?

– Aucune idée. Mais c'est vrai ? Tu es de sa famille ?

– Ne crois pas tout ce que tu entends, fit-elle d'un ton sans réplique.

Échec et mat.

Ils bavardèrent jusqu'à la gare de Cambridge, où tombait un fin crachin. Ni l'un ni l'autre n'avaient de parapluie, et Hugh vit des gouttelettes se poser sur les cils de Beth.

– Tu veux boire un verre ? proposa-t-elle.

Il consulta sa montre. La bibliothèque fermait une heure plus tard, et puis il avait hâte de lire la suite du journal.

– J'aimerais bien, mais…

Elle termina à sa place :

– Tu as des choses à faire.

– Oui. Je suis vraiment désolé.

– Arrête d'être désolé tout le temps !

– Et demain ?

– Parfait. Mon planning n'est pas rigide – à ma grande honte.

Ils convinrent d'un rendez-vous – 19 heures au Prince Regent Pub – et partagèrent un taxi. Ils profitèrent du trajet pour échanger leurs adresses et numéros de téléphone. Beth logeait chez une amie sur Norfolk Street, non loin de la pension de Hugh. Elle le fit déposer en premier, et refusa qu'il paie sa part de la course. Elle observa la façade de sa pension.

– Ça ne paie pas de mine, dit-elle, mais j'aime bien le nom : Twenty Windows. Tu les as comptées ?

– Évidemment.

– Allez, à demain.

Hugh déposa son sac dans sa chambre et repartit pour la bibliothèque. Il enfila de petites rues étroites, frangées de tristes maisons en brique. La pluie avait redoublé, mais il appréciait la fraîcheur sur ses joues. À Market Square, il pénétra dans un monde gothique de flèches et de voûtes, puis emprunta un passage derrière les murs de Trinity et traversa la Cam par le pont couvert d'ardoises. La rivière ondoyait comme un tapis vert, et trois cygnes noirs glissaient entre les branches des saules pleureurs. La vie paraissait soudain pleine de possibilités, remplie de hasards et de coïncidences. On ne pouvait jamais prévoir la croisée des chemins, ni repérer les virages dangereux – pas même au moment de s'y engager.

Il grimpa à vive allure les marches de la bibliothèque, montra sa carte, passa le tourniquet et gagna la salle des manuscrits. Roland était là, noyé de formulaires de requêtes ; il salua Hugh d'un signe, regarda sa montre et hocha la tête d'un air faussement réprobateur.

– Il me faudrait un ouvrage sur la vie de famille de Darwin. Que peux-tu me conseiller ? Je m'intéresse en particulier à Elizabeth, ou Lizzie pour les intimes.

– Ah oui. La mystérieuse attardée…

– Pourquoi tu dis ça ?

– Je ne fais que répéter ce qu'on raconte.

Dix minutes plus tard, Hugh était installé dans un coin de la pièce, à fouiller la demi-douzaine de livres fournis par Roland.

Il y avait peu à apprendre sur Lizzie. Née le 8 juillet 1847. Jamais mariée. Morte le 8 juin 1926. Voilà pour l'essentiel. Son père écrivait quelque part qu'elle fut sujette, enfant, à de curieux tremblements. Et Henrietta laissa quelques lignes suggérant chez sa sœur une certaine « lenteur ». Voilà d'où était née la calomnie, pensa Hugh, car le journal de Lizzie démentait toute idée de déficience mentale. Mais il savait où pouvaient mener les rivalités entre frères et sœurs...

L'un des livres signalait qu'en 1866 (soit l'année suivant l'écriture du journal), Lizzie se détourna de la religion, déclarant à sa mère : « Le cœur n'y est plus. » La même année, elle décida qu'on devrait dorénavant l'appeler Bessie au lieu de Lizzie. Était-ce un caprice ? Ou traversait-elle une crise affective la poussant à faire peau neuve ? Quatre ans plus tard, juste avant qu'Henrietta n'épouse un dénommé Litchfield, Elizabeth se fit oublier : elle partit seule pour l'étranger et disparut séance tenante des chroniques familiales.

Hugh s'interrogea. Dans quelle mesure Lizzie faisait-elle une observatrice crédible ? N'était-ce qu'une jeune victorienne à l'imagination fébrile ? Était-elle obsédée par son père ? Jalouse d'Etty ? Un premier portrait semblait s'imposer, celui d'un garçon manqué frondeur et débordant de vie – mais mâtiné, de son propre aveu, d'une fille timide et suspicieuse, qui aspirait à se fondre dans le décor. Et doublée d'un fin limier ! Sans savoir pourquoi, Hugh s'enivrait de sentiments protecteurs envers Lizzie, voulait la défendre contre sa sœur parfaite, sa mère obtuse et son despote de « papa ».

En tout cas, elle n'exagérait en rien les affections qui empoisonnaient l'existence de son père, car les livres n'en omettaient aucune : crises de surmenage et de nausées, vertiges et migraines, fatigue et insomnie, eczéma, anxiété... Ces maux étaient trop nombreux pour relever d'une seule pathologie. D'aucuns suggéraient qu'il avait contracté la maladie de Chagas, suite à une piqûre de vinchuca en Amérique du Sud, épisode que Darwin lui-même avait décrit dans les plus atroces détails (Hugh prit note : 26 mars 1835, *triatoma infestans*), mais les symptômes ne correspondaient pas. Darwin était bien tombé malade en Argentine, mais antérieurement à la piqûre de punaise. C'est pourquoi nombre de biographes penchaient pour l'explication psychosomatique, arguant d'un mélange de tristesse, de peur et de culpabilité ; ainsi Janet Browne évoquait une « peur viscérale d'être percé à jour ». Mais que pouvait-il y avoir de si secret dans sa vie ? Quelle révélation pouvait-il bien redouter ?

Hugh fut tiré de ses songes par Roland :

– Plus qu'une demi-heure avant la fermeture.

– Dis, Roland, tu aurais des lettres de Lizzie ? Je pourrais les voir ?

– Je crains que non.

– Tu n'en as aucune ?

– Si. Mais elles sont déjà réservées.

– Réservées ? Par qui ?

Roland inclina la tête d'un air de connivence.

– Le personnel n'a pas à divulguer les recherches des autres. C'est comme à Las Vegas : ce qui se passe ici ne sort pas d'ici. Mais la coïncidence est tellement troublante…

– Quoi ?

– Ça faisait une éternité qu'Elizabeth Darwin n'intéressait personne. Puis, voilà quelques jours, une nana se pointe, et comme toi elle veut tout savoir sur elle. Encore une Américaine, du reste.

– Elle ne s'appellerait pas Beth Dulcimer, par hasard ?

– Ah, tu la connais ?

– Un peu, oui.

– Alors j'espère que vous n'êtes pas ennemis. Un canon pareil…

Sur le trajet du retour, Hugh se demanda ce que Beth mijotait. Lui-même était resté discret, mais parce qu'il avait quelque chose à cacher. Et elle, que cachait-elle ?

Il fit halte au Hawks Head, un pub moite, bruyant et enfumé. En s'approchant du bar il remarqua, perché sur un tabouret, un jeune qui ressemblait à Cal dans sa période harvardienne – le dos fin, les bouclettes sombres au ras du col… Surgit une familière sensation de confusion et de vide, suivie d'une douleur de plomb.

Hugh emporta sa bière vers une table, ignorant les œillades d'une blonde au teint cireux. Il vida sa pinte, puis une deuxième. L'alcool parvint peu à peu à endormir son chagrin, et il laissa remonter les souvenirs d'Andover.

À la vérité, son renvoi de l'établissement ne l'avait pas anéanti, bien au contraire. En son for intérieur, il fut ravi, grisé. La situation allait enfin se décanter. Il avait été inscrit sur la foi des résultats de Cal – dans l'espoir que le cadet serait aussi brillant que l'aîné –, et comme d'habitude il n'avait pas fait le poids. Mais son exclusion était aussi une forme de succès – un exploit aussi grand, bien qu'inversé. Au diable les sentiers battus ! Hugh était un rebelle, lui. Ce matin-là, il avait passé une demi-heure à graver son nom sur un banc du campus, pour reproduire la légende du jeune Wordsworth dans le Lake District.

– Nom de Dieu, Hugh ! Dis-moi que c'est pas vrai.

Lorsque Cal téléphona le lendemain matin pour se rassurer, Hugh dut lui avouer la vérité – que le chef de dortoir était parti à sa recherche, avait senti son haleine alcoolisée et prévenu aussitôt le conseiller d'éducation. Fin de l'histoire. Cal grogna dans le combiné, car il se sentait fautif. Il était venu à Andover pour fêter la préadmission de Hugh à Harvard et l'avait emmené dans un bar.

Ils se retrouvèrent dans le train pour le Connecticut, sans savoir lequel des deux était le plus à consoler. Ils avaient décidé d'affronter leur père ensemble, mais celui-ci ne s'emporta pas outre mesure, comme s'il avait prévu l'échec de Hugh. Sa colère, il la réservait à Cal.

La pluie avait cessé quand Hugh quitta le pub. Il regagna la pension, et trouva glissé sous la porte un mot de la logeuse. Bridget cherchait à le joindre et il devait la rappeler, quelle que soit l'heure.

Hugh empoigna le téléphone du hall.

– Dieu merci, c'est toi…

– Que se passe-t-il ?

– J'ai beaucoup réfléchi. Il faut qu'on se voie, et tu ne peux pas refuser.

– D'accord. Mais dis-moi pourquoi.

– Je te le dirai quand je te verrai. Demain à midi, St James Park ? L'entrée la plus proche du château ? Tu es toujours là, Hugh ?

– Oui, oui.
– Alors ? Tu y seras ?
Une seconde d'hésitation.
– J'y serai.

CHAPITRE 9

7 février 1865

Nous venons d'accueillir M. Alfred Russel Wallace pour le week-end, et sa venue n'a pas manqué de précipiter une atmosphère de crise. Avant même son arrivée, papa s'est mis à bégayer, comme si souvent en présence de ce monsieur. C'était à prévoir, sans doute, puisque papa ne souffre aucune forme d'obligation sociale, et dans le cas présent le malaise se nourrit de ce que M. Wallace revendique à bon droit la co-parenté de la théorie de la sélection naturelle.

Comme il nous l'a expliqué (lors de son premier séjour chez nous, il y a trois ans), cette théorie germa dans son esprit alors qu'il cartographiait une frontière invisible entre deux tribus ennemies de l'île de Gilolo, dans l'archipel des Moluques. Frappé de malaria, il gisait fiévreux sur une natte, dans une hutte de palmes, quand l'idée l'assaillit soudain. Dans la continuité des travaux de Thomas Malthus, dont papa est également imprégné, il conjectura que les épidémies, les guerres et les famines qui tenaient les populations en échec rendaient nécessaire l'amélioration de la race, « car dans chaque génération, les inférieurs seraient inévitablement tués, et les supérieurs resteraient ».

M. Wallace est un homme grand et plutôt distant. Il donne l'impression de ne pas s'être tout à fait adapté à la société anglaise, après huit années d'errances parmi les sauvages des Moluques et de Papouasie-Nouvelle-Guinée. Il dégage quelque chose d'aussi fort que l'acier ; son naturel énigmatique éveille en

92

moi des soupçons, quoique je sois bien en peine de les expliquer, parce qu'il a toujours traité papa et notre famille avec gentillesse et déférence. Aux yeux d'Etty, c'est un plébéien aux manières vulgaires, un homme sans importance. Mais je ne puis m'empêcher de le trouver aussi vif et matois que l'une de ses glorieuses espèces capables de vaincre par le seul instinct de survie.

Lui et papa entretiennent des rapports cordiaux et dignes en apparence, mais je sais que leur relation ne va pas sans tensions. Lorsque papa répondit à la fameuse lettre où M. Wallace exposait sa théorie, il reçut lui-même une réponse très tardive, et sitôt qu'il l'eut parcourue, retranché dans son bureau, il la jeta rageusement au feu. Je puis moi-même en attester puisque je suis entrée peu après et que je l'ai vue se consumer dans la cheminée.

Pour faciliter ce week-end particulier, papa a invité d'autres personnes, dont M. Lyell et M. Huxley. Le premier est un peu ennuyeux et parle d'une voix si basse qu'il faut tendre l'oreille pour l'entendre. En revanche, j'apprécie M. Huxley, un homme aussi divertissant qu'énergique, spirituel et plein d'entrain. Il est devenu le plus ardent défenseur de papa, se présentant lui-même comme le « bouledogue de M. Darwin » (bien qu'à mes yeux il tienne davantage du fox-terrier). Je l'imagine parfois en général révolutionnaire, en Napoléon de l'histoire naturelle, menant une campagne militaire contre l'Église et les institutions scientifiques, sous la bannière de la raison pure.

Nos invités se présentèrent en ordre dispersé tout au long de la matinée, et Comfort épuisa nombre de chevaux en multipliant les navettes. Pour ne pas nous avoir dans les jambes, maman nous envoya, Etty, Horace, Leonard et moi, passer l'après-midi chez la grand-tante Sarah. Nous sommes rentrés juste à temps pour le dîner. La conversation était animée, et M. Huxley chantait les louanges des sciences naturelles. À un moment, il déclara que, pour le profane, une promenade champêtre revenait à « marcher dans une galerie d'art remplie d'œuvres merveilleuses, mais dont les neuf dixièmes seraient tournées vers le mur ».

Il parla ensuite des dernières attaques contre la théorie de papa et de ses propres efforts pour déjouer les critiques – efforts qui, à l'écouter, furent couronnés de succès. Il souligna par ailleurs qu'un nouveau mot avait fleuri dans les clubs de Londres, celui de « darwinisme ». En entendant cela, je ne pus m'empêcher de risquer un regard dans la direction de M. Wallace pour voir comment il prenait la chose, car je me demande parfois s'il éprouve de la jalousie. Mais son visage était un masque de placidité. Peu après, il fit une recommandation visant à permettre la pleine compréhension de la théorie.

Il commença ainsi :

— Je me permets d'estimer que le terme de sélection naturelle, pour pertinent qu'il soit d'un point de vue scientifique, tend à induire le grand public en erreur.

À ces paroles, papa se redressa sur son siège :

— Dieu du ciel ! Et comment cela ?

— L'expression prête à confusion, puisqu'elle semble impliquer que ces forces naturelles, que vous et moi jugeons impersonnelles et aléatoires, opèrent comme par l'action d'une puissance supérieure. De fait, le terme même de sélection sous-entend qu'elle obéit à quelque entité sensible.

— Et quel terme emploieriez-vous à la place ? s'enquit M. Huxley.

— Je propose une expression empruntée à Herbert Spencer. Elle résume la théorie avec une parfaite concision, sans y mêler la moindre idée de force supérieure.

— Voulez-vous nous dire laquelle ?

— La survie des plus aptes.

La réponse de papa fut si vive que j'eus peur qu'il ne fît une attaque. Il devint blême, et plaqua sa main sur sa poitrine comme si son cœur allait lâcher. Alors il se leva, tremblant, pria les convives de l'excuser et se retira dans sa chambre pour le reste de la soirée.

M. Huxley, qui est l'irrévérence incarnée, prit l'incident à la légère. Au moment du café, il glissa à M. Wallace :

— Si c'est une réaction forte que vous cherchiez, ce fut très réussi.

Cet épisode m'a beaucoup marquée. Que cache-t-elle donc, cette maudite expression, pour mettre papa dans de tels états ?

8 février 1865

Aujourd'hui s'est produit un incident dont la seule pensée me fait rougir. En début d'après-midi, alors que papa restait terré dans sa chambre et que M. Wallace avait repris le chemin de la gare, M. Huxley et M. Lyell se sont rendus dans le bureau de papa. Comme je leur trouvais un petit air mystérieux, laissant entendre qu'ils allaient s'entretenir de choses confidentielles, inévitablement ma curiosité s'enflamma. Au bout de quelques minutes, je me suis aventurée dans le couloir pour me planter derrière la porte. Mon intuition fut bientôt récompensée, car je saisis quelques bribes d'un échange ardent et pour le moins étonnant.

À un point de la discussion, M. Huxley déclara : « Il est devenu très autoritaire », ce dont convint M. Lyell. J'ignorais de qui ils parlaient – de mon tendre papa, ai-je d'abord craint – jusqu'à ce que M. Lyell ajoute : « Il ne fallait pas lui dire qu'on l'avait écarté de la seconde édition. Il l'a manifestement mal pris, et c'était une erreur. » Alors j'ai su que cela concernait M. Wallace : par le passé, il m'était revenu aux oreilles que papa avait omis de citer son concurrent dans le nouvelle édition de L'Origine, *et qu'il avait dû y remédier en catastrophe. Les scientifiques sont très sensibles à ce genre de choses.*

Puis M. Huxley lâcha, d'une voix pleine de conviction : « C'est un renard qui rôde dans notre poulailler. Il aurait pu nous créer les pires ennuis, et entraver notre cause. » Alors M. Lyell demanda : « Que suggérez-vous ? » Un bref silence précéda la réponse : « Pour l'instant, je ne suis pas trop inquiet. Il n'a pas beaucoup d'amis, n'est membre d'aucune société savante – nous y avons veillé – et il a constamment besoin d'argent. C'est là sa grande faiblesse, et avec un peu d'astuce nous pouvons jouer là-dessus. »

J'avais conscience d'être témoin d'une captivante conspiration, et j'osais à peine respirer, de peur de manquer un mot. Je me rapprochai de la porte, mais au même instant une personne déboucha de l'escalier, qui n'était autre que papa ! Je m'esquivai, mais j'étais sûre qu'il m'avait surprise dans la plus inconvenante des acticités : écouter aux portes. La preuve en est qu'il me suivit jusqu'au salon et m'attrapa le poignet en me demandant ce que je faisais. Mes protestations d'innocence ne furent d'aucun effet : et pour cause, il m'avait prise sur le fait. Puis il tourna brusquement les talons et quitta la pièce.

Je suis devenue écarlate, et du reste de l'après-midi je fus incapable de regarder l'un de ces messieurs dans les yeux, sans bien savoir si cela était dû à mon péché ou à leur infâme complot. Quoi qu'il en soit, maman me prit à part peu avant le repas pour m'expliquer que mon père était très fâché et que j'allais rester à Londres, chez l'oncle Ras, le temps que retombât sa colère.

10 février 1865

Je dois dire que la maison de ville de mon oncle est l'un de mes endroits favoris sur terre. Sa table attire des cohortes de personnages raffinés et passionnants : benthamiens, chartistes, catholiques, et même des athées – toutes les couleurs de la libre-pensée. Le vin coule à flots, la parole aussi, et contrairement à Down House, où papa a l'habitude de me congédier dès que la discussion s'anime (ce qui est somme toute rare), ici j'ai le droit d'assister aux vibrantes passes d'armes.

Ce soir étaient des nôtres Thomas et Jane Carlyle, Hensleigh et Fanny Wedgwood, ainsi que trois ou quatre notables parmi lesquels Harriet Martineau, qui a autrement plus de verve que son journalisme. Mais quelle ne fut pas ma surprise lorsqu'un dernier couple nous rejoignit après le dîner : ma stupeur de les voir surgir pour un simple café et un verre de cognac se transforma en pure honte lorsqu'on me présenta Mary Ann Evans, et que je compris avec un temps de retard qu'il s'agissait d'un des êtres que j'estime le plus au monde : l'auteur du Moulin sur la Floss *et de* Silas Marner, *plus connue sous le pseudonyme de George Eliot. Pour ajouter à ma déconvenue, il a fallu que j'adresse la parole à son amant, George Henry Lewes qui, en dépit du scandale qu'entraîne leur liaison, m'a fait l'effet d'un parfait gentleman. J'admire mon oncle d'ouvrir sa maison à ces personnes qui osent défier les conventions – surtout Mlle Evans, qui vit au grand jour avec un homme marié.*

À peine étions-nous installés que la conversation prit un tour exalté. Mlle Martineau enfourcha son cheval de bataille en qualifiant l'esclavage d'« abominable institution », et les Américains de « peuple incivilisé ». Sans doute pour jeter de l'huile sur le feu – car je l'ai rarement vu s'inquiéter du sort des miséreux –, l'oncle Ras lui demanda si cette compassion envers les « enchaînés » était assez large pour embrasser les pauvres ouvriers et ouvrières d'Angleterre. Un autre affirma que la servitude des travailleurs des Midlands n'était pas tellement éloignée de celle des plantations du Sud américain.

Hensleigh protesta d'une manière détestable, en déclarant que les pauvres étaient les seuls responsables de leur dépravation et que le christianisme avait ceci de pervers qu'il choyait les pécheurs. Mlle Martineau émit des réserves et cita ses propres recherches sur les accidents en usine.

Pendant ce temps, j'échafaudais une pensée liée à la première question et cherchais le courage de la formuler à voix haute. Car si j'ai le privilège d'être admise aux soirées de l'oncle Ras, je n'y ai encore jamais exprimé d'opinion, en vertu de quelque tacite règle de silence, et je me demandais si mon oncle se formaliserait d'une telle entorse. Devinant mon dilemme, Mlle Evans se pencha pour me tapoter la main et lança à l'assistance : « Il me semble que Mlle Darwin a quelque chose à dire. » Aussitôt les regards convergèrent sur moi, et je n'eus d'autre choix que d'énoncer mon propos. À mon avis, expliquai-je, un autre groupe encore se trouvait sous le joug. « Et de quel groupe s'agit-il donc ? », s'enquit M. Carlyle. Je savais risqué de me mesurer à un si grand penseur, mais avant même d'avoir pu peser le pour et le contre, deux mots jaillirent de ma bouche : « Les femmes ».

Cette remarque provoqua l'hilarité générale et me mit le rouge au front. Mais Mlle Evans vola à mon secours en estimant que les faits et la raison parlaient pour moi, et comme les rires reprenaient, elle haussa la voix d'une façon qui ne lui ressemblait guère : « Je me suis souvent fait la réflexion – qu'il me coûte d'avouer, et qui pour cette raison me pèse beaucoup – que j'aurais préféré naître garçon. Car personne ne niera que, à tous les points de vue, le sort d'un homme est infiniment préférable à celui d'une femme dans l'Angleterre d'aujourd'hui. N'est-il pas exact, poursuivit-elle, que les biens et la fortune d'une femme reviennent à son époux à la minute même de leur mariage ? Et n'est-il pas exact qu'une femme peut être promptement répudiée sur une simple accusation d'adultère ? (En prononçant ces mots, Mlle Evans ne montra aucun signe de honte quant à sa propre conduite.) Et une fois devant la cour, n'est-il pas exact qu'elle se retrouve sans droits légaux ? »

Ces paroles incitèrent Harriet Martineau à rappeler le cas de la pauvre Caroline Norton, qui fut battue par son mari pendant neuf ans, avant que celui-ci ne lui volât ses revenus, la traînât devant les tribunaux suite à leur séparation et l'empêchât de voir ses trois fils.

De là, nous évoquâmes le Contagious Disease Act, que j'estime scandaleux pour ce qu'il autorise l'arrestation d'une femme au seul motif qu'elle se trouve à proximité d'une garnison militaire. Mais les hommes en prirent tous la défense, arguant que la seule façon d'éradiquer l'horrible épidémie était de traiter au mercure les femmes de petite vertu.

Du reste, ajouta M. Carlyle, la mesure ne vise pas les femmes comme vous. Elle ne concerne que celles des classes inférieures.

Ces propos créèrent un malaise manifeste, puisqu'ils revenaient à comparer, même de manière indirecte, Mlle Evans à une femme perdue. Je m'attendais que M. Lewes fonde sur Carlyle en montrant les poings (scène qui m'eût procuré une certaine délectation), mais, heureusement pour notre invité, personne ne causa d'incident.

Tout au long de la soirée, je sentis les yeux gris-bleu et le doux visage rond de Mlle Evans pointés sur moi, et je savourais son regard chaleureux. Au moment de me souhaiter bonne nuit, elle s'approcha si près qu'une mèche de ses cheveux me caressa la joue, et elle me chuchota à l'oreille que j'étais une femme merveilleuse – je faisais honneur à mon sexe, affirma-t-elle – et que je ne devais surtout pas renoncer à mes convictions.

L'oncle Ras dut entendre quelque chose, car après le départ des convives il me fixa d'un drôle d'air et déclara que j'étais pour lui un éternel mystère, une «vraie boîte de Pandore». Ceci, que je reçus comme un compliment, fut toutefois suivi de mots plus douloureux, même s'ils étaient dits sans malice : l'oncle Ras ne comprenait pas pourquoi mon papa était si fou d'Etty, alors qu'il avait sous la main un deuxième et tout aussi beau trésor.

13 février 1865

Jamais repu de distractions, l'oncle Ras me demanda au petit déjeuner quelle avait été la plus heureuse période de mon enfance. Les yeux tournés vers la fenêtre, le visage immobile *voilé d'une ombre, le ton de sa question respirait la tristesse, comme s'il ruminait la solitude de son célibat. Aussi me suis-je efforcée de répondre avec légèreté.*

J'ai fait l'éloge de mes premières années, notamment de ses visites à Down House, quand nous lui collions aux talons telle une meute de chiots et que nous le suivions tout au long de la journée. Je garde en effet un souvenir ému des amusements qu'il nous prodiguait, avec ses récits d'aventures extravagantes en Afrique ou en Inde, ou les dessins de diables, de singes et de lutins qu'il exécutait de ses doigts effilés. Voyant que ces souvenirs semblaient le revigorer, j'ai continué dans cette veine, en évoquant notre voyage à Londres à l'occasion de l'Exposition universelle – bien que je n'en possède que des souvenirs rapportés, si ce n'est que je m'étais agrippée à sa main par peur de la cohue. J'ai également parlé de nos sorties au Jardin zoologique, où j'étais fascinée par le langoureux hippopotame, et à la ménagerie de Wombwell, avec son orang-outang vêtu d'habits d'enfant.

— Fameux! s'écria mon oncle, mais son enthousiasme me parut presque forcé, et je craignis qu'il ne cherchât à dissimuler un spleen plus profond.

Réveiller mon enfance me plongea moi-même dans une mélancolie tenace. Je songeai aux heures plus sombres de ma lointaine jeunesse, sans parvenir à les concilier avec les périodes gaies. Le plus troublant, c'est que j'étais incapable de trouver le moindre motif de tristesse, et pourtant je savais que malgré tous les moments de joie et de rires, mes premières années restaient enfouies sous je ne sais quels alluvions. À force d'y réfléchir, je finis par établir un lien avec les nombreuses affections de papa, et avec la chape de souffrance et de mort qui se déployait sur la maison.

14 février 1865

Et si la cause de notre affliction était la mort de la pauvre petite Annie, survenue voici quatorze ans? Je mentirais en disant que je me souviens d'elle, puisque je n'avais pas plus de quatre ans à l'époque, et pourtant j'arrive parfois à me la figurer: une douce créature de dix printemps, aux lèvres vermeilles et aux

*boucles dorées. On dit qu'elle ne s'est jamais remise de la scar-
latine, qui frappa en même temps toutes les filles de la maison, et
qu'elle connut d'atroces souffrances, des semaines entières
d'agonie à Malvern, où elle suivait le traitement hydrothérapique. Papa veilla à son chevet, mais n'assista pas aux obsèques,
ce que je trouve étrange. Je tiens tout ceci de ma tante Elizabeth
et non de mes parents, car ils ne parlent jamais de la disparition
d'Annie, ni d'Annie elle-même.*

*Le fait est que nous autres les Darwin avons eu notre part de
décès prématurés. Il y eut la pauvre Mary, menue comme un
écureuil, qui ne vécut pas même une année entière, et le petit
Charles Waring, qui n'atteignit jamais son deuxième anniversaire. Nous passons devant leurs minuscules pierres tombales
chaque dimanche en allant à la messe. Puis il y eut, bien sûr, le
décès du père de papa, c'est-à-dire mon grand-père Robert, qui
nous laissa bouleversés. À son inconsolable regret, papa arriva
trop tard à Shrewsbury et manqua l'enterrement de l'homme
auquel il devait tout.*

*Nous sommes pareils à notre reine, Victoria, qui perdit son
Albert bien-aimé voici quatre ans, et qui pourtant, à ce qu'on
raconte, demeure écrasée de douleur, ne porte que du noir et fait
préparer chaque matin les habits de son défunt mari.*

*Bien que nous ne parlions jamais d'elle, la présence
d'Annie plane dans la maison à la manière d'un spectre. Il y a
quelques années, j'ai découvert au fond d'une grande malle
son coffret de correspondance, et quand je suis seule il m'arrive de le ressortir. Il est fait d'un beau bois dur et contient un
papier à lettres crème à liseré cramoisi, des enveloppes assor-
ties, des plumes en acier avec un porte-plume en bois, deux
plumes d'oie, un couteau à plume au manche nacré. S'y trouvent aussi de la cire rouge et des sceaux, rangés dans une
petite boîte portant les inscriptions « Le plaisir est pour moi »
et « Dieu vous garde »[1]. Il reste de l'encre sur les plumes, et
j'aime à les tenir en m'imaginant dans la peau d'Annie, trem-
pant l'instrument dans l'encrier tout en cherchant le mot juste.*

*De toutes les morts et souffrances de la famille Darwin, la plus
déchirante pour papa fut la disparition d'Annie. Pour je ne sais
quelle raison, il semble s'estimer fautif, comme si la disparition*

---

1. En français dans le texte. (*N.d.T.*)

de sa fille tenait lieu de sanction. Un jour, Etty me confia qu'elle avait regardé papa composer son long éloge funèbre, en couchant lentement ses souvenirs entre de silencieux sanglots, et qu'elle lui avait trouvé une expression coupable.

Ce ne serait pas la première fois qu'il se blâme indûment. Jadis, portée par sa foi religieuse, maman lui écrivit une lettre pour lui avouer un profond et secret tourment : s'il ne se tournait pas vers Dieu, craignait-elle, ils n'accèderaient pas ensemble à la vie éternelle. J'ai déniché cette missive dans un tiroir du bureau de papa, et je sais qu'il la relit parfois. Un jour qu'il n'avait pas remarqué ma présence, je le vis céder à une vive émotion et l'entendis murmurer ceci : « Si seulement elle savait la raison ! Si seulement elle savait ! ». Ces paroles m'ont longtemps laissée perplexe.

Quelque temps plus tard, j'ai voulu savoir quand et pourquoi il était devenu athée. Je me demandais si ce n'était pas la conséquence de la mort d'Annie. Mais sa réponse fut d'un tout autre ordre, et pour le moins surprenante. Posant ses mains sur mes épaules, il me dit : « Cela remonte à loin, très loin, lorsque j'étais un jeune homme sur le Beagle. *Mais il n'y a rien à ajouter. »*

15 février 1865

J'ai discrètement emprunté à mon oncle un livre qui enthousiasme le Tout-Londres, et je comprends son succès. Cet opuscule se compose d'un unique poème, intitulé Goblin Market. *S'il contient des passages effrayants, notamment par la description qu'il fait de ces horribles petits lutins, sa morale me paraît des plus encourageante. Tout est bien qui finit bien, en quelque sorte. L'ouvrage était posé sur une table en bois de rose dans le petit salon de l'once Ras, et je l'ai emporté là-haut sans sa permission. À ma connaissance, il ne l'a jamais réclamé, aussi ai-je envie de le garder. Il est si petit qu'il tient dans le coffret d'Annie.*

John Darnton

16 février 1865

Je suis rentrée à Down House sous une pluie diluvienne et, le temps que je coure de la voiture jusqu'à la maison, mes jupes étaient trempées. Une fois à l'intérieur, je fus accueillie par une bien joyeuse nouvelle : tout est pardonné. Maman m'a offert une tasse de thé, puis papa a interrompu sa partie de billard avec Parslow pour me défier au backgammon. Je l'ai laissé gagner, et dans son ravissement je crois qu'il n'a rien vu.

Malgré tout, j'ai le plus grand mal à refréner ma curiosité. Cet après-midi, j'ai décidé d'examiner les spécimens que papa avait expédiés du Beagle. Il ne nous a jamais formellement interdit d'y toucher, et ils sont éparpillés aux quatre coins de la propriété. J'en ai ainsi exhumé toute une collection, dans deux tiroirs, sous la serre où papa mène des expériences sur ces pestilentiels droséras mangeurs d'insectes (il a appris aux plantes à dévorer de la viande crue, et elles prennent grand plaisir à le satisfaire). Eh bien, j'ai découvert une chose inhabituelle. Si un grand nombre de ces spécimens – os, fossiles, etc. – sont étiquetés et datés de la main de papa, d'autres portent des initiales différentes : « R. M. ». C'est assez troublant, mais je n'ose demander à papa ce que signifient ces deux lettres.

CHAPITRE 10

Assis à la grande table avec Charles, Jemmy Button scrutait les serpents, léopards et autres animaux du livre d'histoire naturelle. Dès qu'il en reconnaissait un, il se tortillait d'aise et posait sur l'image son petit index grassouillet.

– Moi connais lui. Moi voir lui dans mon pays, s'ébaudit-il tout en saisissant le livre pour approcher une autruche de son nez.

Charles rit avec lui. Jemmy essayait-il de flairer la bête? Dans de tels moments, on se demandait si son goût d'apprendre était instinctif ou s'il se nourrissait des mille merveilles découvertes dans le monde civilisé. Pouvait-on prendre par la main n'importe quel sauvage tant soit peu dégourdi et l'éduquer comme un enfant? Et si oui, jusqu'où pouvait-on le pousser? Selon toute vraisemblance, Jemmy ne dépasserait jamais le niveau d'un petit Anglais de douze ans.

Le chasseur de spécimens devait être bien frustré pour s'éprendre à ce point des trois Indiens Yamanas. Même malade, Charles les voyait fréquemment depuis une semaine, afin d'observer leur adaptation à la vie du navire. Celle-ci ne leur était pas nouvelle – ils avaient passé huit mois à bord du *Beagle* deux ans plus tôt –, et cependant ses règles semblaient encore les stupéfier. Ils cachaient leur perplexité sous des paupières lourdes de léthargie et quittaient rarement le pont inférieur, ne s'aventurant en haut que par mer plate ou pour le coucher du soleil, auquel ils prêtaient sans doute une signification mystique. Ils formaient alors un curieux trio, tirés à quatre épingles dans leurs tenues anglaises, les yeux écarquillés sur le disque orange qui sombrait sous l'horizon et embrasait leur peau noire.

Charles ne pouvait s'ôter de l'esprit que ce vernis civilisé restait bien mince et qu'à la première occasion ces créatures renoueraient avec leurs origines sauvages. Sauf Jemmy, peut-être.

Les deux autres étaient Fuegia Basket, une fillette de onze ans joviale mais sotte, et York Minster, un homme morose et revêche d'une bonne vingtaine d'années. Tous avaient reçu un nom anglais au moment de leur rapt. Celui de Jemmy Button faisait allusion aux circonstances de sa capture : dans un curieux accès d'équité, FitzRoy avait arraché un bouton de nacre à sa tunique pour dédommager le vieil indigène en canot auquel il venait de ravir le sauvage. Charles avait appris que Jemmy appartenait à une autre tribu, des Indiens des hauts plateaux à la fois plus petits et plus avancés, qui se considéraient comme un peuple éclairé. À écouter FitzRoy, Jemmy avait connu des premiers jours pénibles sur le *Beagle*, en butte aux persécutions et aux moqueries des deux autres Fuégiens. Ils le traitaient de « Yapou », ce qui signifiait apparemment « ennemi ».

Malgré son intérêt pour les Yamanas, FitzRoy leur témoignait un étonnant mépris. Il les appelait parfois les Yahoo, comme les primitifs des *Voyages de Gulliver*.

Charles regarda Jemmy s'extasier devant les images. Ce garçon faisait un parfait dandy. Même sous un vent de sud-ouest, il paradait sur le pont en queue-de-pie et gants blancs, et prenait grand plaisir à se regarder dans un miroir. Il aimait souligner la blancheur aveuglante de son col de chemise, et à la moindre tache sur ses bottes il disparaissait dans sa cabine pour les cirer. Mais si l'on osait railler sa préciosité, il levait le menton pour répliquer : « Trop de gaieté ! ».

Charles ne savait que penser. Jemmy était intelligent mais peureux, tantôt fier et tantôt servile. Il parsemait son anglais d'expressions pittoresques, et lorsqu'un marin s'enquérait de sa santé, il répondait avec un sourire obséquieux : « Vaillant, monsieur, comme jamais. » D'autres fois, il affectait de ne pas comprendre. D'un naturel brutal, il traitait Fuegia Basket avec le dernier mépris, au grand déplaisir de York Minster, qui la considérait comme sa femme. Sa vue était bien meilleure que celle d'un

Britannique, si bien qu'un jour, furieux que le cuisinier lui refusât une deuxième part de pudding, il menaça : «Quand moi voir bateau frenchie, moi pas dire.»

Pour mieux l'étudier, Charles l'appâtait avec ses instruments, et l'Indien ne se lassait jamais d'observer un cheveu ou une poussière au microscope. Quand il plaça sous l'objectif un insecte trouvé dans la cale, Jemmy sauta au plafond en voyant bouger une patte. Il se sentait lié à Charles par une complicité particulière, et le jeune Anglais trouvait cocasse qu'un sauvage pût se considérer comme son frère de science. Saisissait-il seulement le sens de ce mot?

Soudain, Jemmy ferma le livre et – fait rare – regarda Charles droit dans les yeux, comme s'il venait de prendre une grande décision.

– Moi t'emmener dans mon pays. Toi rencontrer mon peuple. Toi parler beaucoup avec homme sage. Beaucoup science, beaucoup parler, beaucoup beaucoup.

Quoique touché, Charles rit à l'idée de débattre des avancées de la connaissance avec un cénacle d'hommes noirs et nus.

– Ce serait avec plaisir, répondit-il néanmoins.

Jemmy précisa qu'il faudrait tenir à l'écart York Minster et Fuegia Basket :

– York homme méchant. Toute sa tribu très méchante.

Il fit alors un sourire vorace, mima un mouvement de scie sur ses phalanges, puis ouvrit grand la bouche et y plongea ses doigts. Bien après son départ de la cabine, Charles comprit le sens de cette scène : la tribu de York Minster était cannibale.

Un après-midi, installé dans le canapé du commandant avec un livre de Humboldt, Charles entendit FitzRoy et Wickham chuchoter devant la cabine. Le lieutenant disait :

– Je suis dans l'obligation de vous dire, commandant, qu'à mon avis il ne tiendra jamais jusqu'à la fin du voyage. Au premier accostage il prendra la poudre d'escampette, croyez-moi.

Charles attendit la réponse du commandant, mais le silence revint. Il savait qu'on parlait de lui et sa réaction fut partagée. Il se jura d'abord de faire mentir Wickham – il tiendrait bon, bien décidé à gagner l'estime de FitzRoy ! Puis, rattrapé par des songes de vie fastueuse à terre, il se sentit fléchir, estimant que le pessimisme des deux chefs à son endroit était une raison supplémentaire de renoncer : il ne pourrait les décevoir, puisqu'ils n'attendaient plus rien de lui.

Depuis son départ, Charles dépérissait. Cela faisait dix jours que son ventre ne tolérait que les raisins secs et les biscuits, et son dernier repas chez le commandant avait encore fini à l'eau. Il maigrissait à vue d'œil et n'aurait bientôt plus que la peau sur les os. Lorsque le navire était passé à portée de voix de Madère, l'île où tant de ses compatriotes venaient en vacances, il n'avait même pas trouvé la force de regarder.

C'est alors que FitzRoy entra dans la cabine. Sa gêne en découvrant Charles prouva qu'ils parlaient bien de lui. Le commandant fit diversion par une annonce censée lui mettre du baume au cœur :

– Savez-vous où nous serons demain à l'aube ? À Santa Cruz, mon bon ami ! Il n'existe pas, à mes yeux, de plus belle ville portuaire, avec ses cimes et ses sommets enneigés. Ce doit être l'œuvre du Créateur lui-même !

Cette nuit-là, oscillant dans son hamac sous les ronflements de King, regardant les étoiles encadrées par la lucarne, Charles se sentait perdu, médiocre. Les douces collines vertes de Shrewsbury lui infligeaient une nostalgie inconcevable. Alors il arrêta son choix : il quitterait le navire à Santa Cruz et les autres pouvaient tous aller au diable ! Il n'était pas taillé pour la vie en mer, voilà tout. Le problème n'était pas sa force d'âme mais son maudit ventre, et on ne pouvait rien y changer.

Le lendemain matin, comme le *Beagle* jetait l'ancre dans le port, Charles monta sur le pont et remplit ses poumons d'air salé. Devant lui s'étalait un paysage grandiose. Des montagnes volcaniques tachetées de vert s'élevaient derrière la ville ; les habitations éclataient de blanc, de jaune ou de rouge, et l'on distinguait des drapeaux portugais en haut des bâtiments publics ou sur les chariots tirés au trot sur le quai.

Un bateau vint transmettre les ordres du consul, qui donnèrent lieu à un bref conciliabule. Puis FitzRoy se retourna vers ses hommes d'un air dépité. Si l'on voulait descendre à terre, expliqua-t-il, il fallait observer douze jours de quarantaine.

– De quarantaine ! bredouilla Charles sans réfléchir. Mais pourquoi ? Quelles maladies redoutables peuvent-ils bien avoir ?

– Aucune, répondit le commandant. Ce sont eux qui redoutent l'Angleterre. Ils craignent que nous n'apportions le choléra.

Comme il rôdait sur le pont, Jemmy Button entendit l'échange et se détourna d'un air moqueur. Dans l'esprit de ces gens, l'Angleterre ne pouvait jamais être prise en défaut.

Ils levèrent l'ancre sans délai.

La vie à bord du *Beagle* s'améliora à mesure que l'on descendait vers les îles du Cap-Vert et que les eaux tropicales atténuaient le tangage. Le matin, le soleil semblait jaillir dans le ciel comme une flèche enflammée, pour mieux replonger le soir telle une boule de feu orange, juste avant que la lune ne fît frissonner les eaux.

Charles commençait à être séduit par le rythme de la navigation. Il aimait le spectacle des marins grimpant au gréement, dont on ne voyait parfois que les ombres sur la toile. La nuit, il savourait le bruit des vagues clapotant contre la proue, et le froissis des voiles de part et d'autre des mâts. Ses compagnons le surnommaient Philos – comme « Philosophe » – pour son amour des sciences naturelles, et ce sobriquet avait l'avantage de régler une épineuse question : comment s'adresser à un civil de bonne famille dépourvu de grade officiel ?

Avec la santé, Charles retrouva l'espoir, et travailla même un peu. Il fabriqua un filet à plancton, profond de quatre pieds et maintenu ouvert par un bâton incurvé. Lorsqu'il le remonta de la poupe après deux heures de dragage, il déversa sur le pont toutes les formes de vie marine, dont une méduse et une physalie qui lui piqua le doigt.

– Tu es sot de l'avoir touchée, commenta McCormick.

Le médecin proposa son aide, mais en vain. Charles mit son doigt dans la bouche, puis s'efforça de cacher le brusque élancement dans son palais.

Relevant les yeux vers McCormick, il pensa : *Cet homme sans âme ne comprend pas mieux l'art de la collecte qu'un chien d'arrêt. Je ne vois pas qui pourrait l'éveiller aux charmes des sciences naturelles.*

– Regarde toutes ces créatures, lança-t-il d'une voix émue. Si basses sur l'échelle de la nature, et pourtant si raffinées par leur forme, si riches par leurs couleurs ! N'y a-t-il pas quelque mystère à voir de telles beautés servir un but en apparence si dérisoire ?

McCormick le fixa bouche bée avant de tourner les talons.

Le *Beagle* mit moins d'une semaine pour atteindre la côte ouest de São Tiago et la baie de Porto Praia. Charles sentit son pouls accélérer quand le canot à rames s'approcha du rivage. Il allait enfin poser le pied sur la terre ferme ! Pourtant, une fois sur l'île, il nota peu de différences, et ce ne fut pas le soulagement espéré. Peut-être avait-il acquis le pied marin, en fin de compte.

Il accompagna FitzRoy dans ses obligations, qui les amenèrent devant le gouverneur portugais et le consul américain. Puis il alla visiter la ville, qui fourmillait de soldats noirs munis d'armes en bois, d'enfants à demi nus, de chèvres et de cochons parqués dans des enclos. Enfin il déboucha sur une vallée profonde et découvrit le paradis tropical de Humboldt.

L'air humide et chaud lui happa le visage. Des insectes inconnus butinaient des fleurs aux couleurs vives. La végétation luxuriante, le concert d'oiseaux inconnus, les voûtes d'arbres fruitiers et de palmes, l'entrelacs des vignes, l'ensemble criblé de traits de soleil brûlant – ce foisonnement exotique submergeait le jeune Charles. Voilà ce dont il avait rêvé, comme un aveugle peut rêver de voir.

Le lendemain matin, le commandant et lui ramèrent jusqu'à l'île aux Cailles, une bande aride de roche volcanique. Charles examina les formations géologiques et inspecta quelques flaques riches en spécimens, parmi lesquels une pieuvre qui le ravit en changeant de couleur. De retour au navire, il tendit un panier aux premières mains qu'il trouva, sans s'apercevoir que c'étaient celles de McCormick. L'homme jeta le fardeau sur le pont avant de se renfrogner. Mais Charles était trop excité pour y prêter attention. Sans attendre, il commença de disséquer une partie de ses trophées, et plongea les autres dans l'alcool en vue d'un envoi au pays.

Trois jours plus tard, dans un élan magnanime, Charles mit de côté son antipathie pour McCormick en lui proposant une excursion à l'intérieur des terres. Le médecin accepta, ce qui était plutôt surprenant, car il semblait rongé de jalousie depuis que Charles envahissait de spécimens le gaillard d'arrière du *Beagle*.

À peine s'étaient-ils mis en marche que McCormick se plaignit de la touffeur. Pour lui changer les idées, Charles décrivit une étrange formation géologique repérée sur l'île aux Cailles, une bande horizontale de couleur blanche courant le long de la côte rocheuse, à une trentaine de pieds du sol ; vérification faite, il s'agissait d'un amas de coquillages et de coraux broyés. Mais comment expliquer qu'ils se retrouvent perchés si haut ?

McCormick ôta son chapeau et s'essuya le front. La réponse lui semblait aller de soi :

– À une époque, la mer atteignait ce niveau puis, comme tu t'en doutes, elle est redescendue.

– Tout l'océan, donc ? Ces îles volcaniques me paraissent trop jeunes pour accréditer cette hypothèse.

– Je n'en vois pas d'autre.

Alors Charles suggéra sa propre théorie, inspirée de Lyell : la côte avait été soulevée par une puissante activité souterraine. Cette bande était en outre assez régulière, ce qui suggérait un mouvement graduel et progressif.

McCormick prit un air horrifié :

– La terre qui s'élève dans le ciel ? Comme une catapulte, en d'autres mots ? Encore une de ces hérésies cambridgiennes… Du reste, il m'eût été plus aisé d'expliquer la chose si j'avais, au préalable, eu le privilège de visiter l'île en question.

Agacés l'un et l'autre, ils continuèrent en silence pendant une quinzaine de minutes, jusqu'à un baobab sinueux d'environ seize pieds de diamètre. Le tronc était couvert d'initiales gravées au couteau. Ils s'y abritèrent pour souffler et burent à la bouteille que Charles portait à l'épaule.

– Tu sais sans doute que le commandant FitzRoy s'est rangé de ton côté, glissa soudain McCormick.

– De mon côté ? Explique-toi.

– Allons, allons. Tu dînes avec lui. Tu lis dans sa cabine. Tu l'accompagnes en expédition. On ne joue pas à armes égales.

– J'ignore de quel jeu tu veux parler.

– Tu dois également savoir qu'il m'a réprimandé. Il m'a pris à part, voilà cinq jours, pour me reprocher de te contrarier et de « croire » mes ambitions aussi légitimes que les tiennes.

McCormick se mordit la lèvre, sans que Charles sût si c'était de colère ou de dépit.

– Pourrais-tu au moins m'accorder une petite faveur ? reprit-il après quelques instants.

– Bien sûr.

– Me permettrais-tu de joindre quelques spécimens à tes envois ? Avec les quantités que tu vas amasser, je n'imagine pas que tu me dénies un tout petit peu d'espace. Pour moi, ce voyage était une chance de me faire un nom dans le monde des collecteurs…

Charles réfléchit avant de répondre. Il ne voulait pas formuler de promesses qu'il regretterait plus tard. Mais le visage lugubre de McCormick exhortait à la charité chrétienne. Il lui tapa sur l'épaule avec une feinte jovialité :

– Accordé ! Mais alors avec mesure.

– Avec mesure.

Ainsi réconciliés, ils se mirent à débattre des dimensions du baobab : Charles le trouvait immense, quand McCormick n'y voyait qu'une illusion due à l'épaisseur du tronc. Ils décidèrent de parier.

Quelques jours passèrent, puis un incident marqua Charles comme nul autre auparavant. Fidèles à leur trêve, McCormick et lui étaient partis en excursion. Ils traversèrent un plateau aussi lisse qu'une table et parvinrent à la colline de la Hampe, un promontoire connu pour ses alentours sauvages. Au nord de l'éminence, ils trouvèrent un étroit ravin, profond de quelque deux cents pieds. Ils cherchèrent un moyen d'y descendre et finirent par repérer un sentier rocheux.

Le vallon où ils pénétrèrent était un monde nouveau, abondant de végétation. Des vignes couraient de part en part ; des arbres poussaient sur les saillies, tapissés de plantes grasses. Faucons et corbeaux venaient frôler les intrus en croassant d'un ton vindicatif. Ils virent même un oiseau de paradis s'élever d'un nid caché pour disparaître dans la béance du ciel bleu.

Cette plongée dans les ténèbres angoissait Charles, qui avait l'impression de se jeter dans l'antre d'une bête inconnue. Peu porté à la superstition, il combattit ses peurs, mais sans succès. Parvenu au fond du précipice, McCormick lâcha un cri. Charles accourut et vit son compagnon figé devant une jonchée d'ossements, dont certains offraient encore un peu de viande.

– Sans doute des chèvres, avança McCormick. Il doit y avoir un gros prédateur dans le coin.

Résolus à en savoir plus, ils empoignèrent les fusils, et comme ils progressaient vers le centre du ravin, Charles entendit un bruit. Virevoltant, il se retrouva face au canon de McCormick, à seulement dix pieds de distance. Le médecin avait un visage froid et calculateur.

– Dieu du ciel, baisse ça ! lança Charles.

Le canon dévia ; Charles perçut un bruissement dans son dos, en même temps que partait le coup de feu. Il se retourna juste à temps pour voir filer un trait de couleur – les pattes arrière d'un animal se terrant dans une grotte. Un grand félin, devina-t-il.

Ils remontèrent en hâte, et une fois en haut Charles poussa un long soupir. Il venait d'échapper à la mort, même si l'origine de la menace – homme ou fauve – demeurait obscure.

Le lendemain, toute une expédition reprit le chemin du baobab. FitzRoy mesura l'arbre par deux fois, d'abord à l'aide d'un sextant de poche, puis en grimpant jusqu'au faîte pour dérouler une ficelle. Les deux méthodes rendirent la même sentence : ce baobab était beaucoup moins grand qu'il n'y paraissait. FitzRoy traça un croquis grossier pour expliquer la chose, tandis que McCormick, exultant de son triomphe, s'empressait de réclamer ses gains. Comme il cherchait une pièce au fond de sa poche, Charles vit resurgir le regard froid de son adversaire.

La suite fut encore plus troublante. Pendant le retour vers la chaloupe, McCormick se glissa jusqu'à Charles pour annoncer avec une feinte connivence :

– Au fait, j'ai visité l'île aux Cailles hier, et j'ai vu la couche rocheuse dont tu me parlais. Eh bien, crois-le ou non, je pense que tu dis vrai quant à sa formation.

Charles s'étonna d'une volte-face aussi soudaine.

– Et as-tu remarqué, poursuivit McCormick, que les coquillages de cette couche étaient les mêmes que ceux de la plage ?

Non, Charles ne l'avait pas vu.

– Et alors ?

– À mes yeux, cela indique que l'activité géologique à l'origine du phénomène – un tremblement de terre, par exemple, ou tout autre mouvement du sol – doit être relativement récente.

– Là, c'est moi qui m'incline, répondit Charles en touchant son chapeau. Il va de soi que tu as raison.

Si le verbe était gracieux, les pensées de Charles l'étaient moins. Cet homme n'a rien d'un imbécile, se disait-il. Il apprend vite la leçon, et s'en sert pour aller plus loin. Il faudra veiller à ce que l'élève ne dépasse pas le maître…

Après vingt-trois jours au Cap-Vert, qui permirent à FitzRoy de relever la position exacte des îles, le *Beagle* hissa les voiles. La température s'élevait de jour en jour à mesure qu'ils poussaient vers le sud. En plus de la nausée qui le quittait rarement, Charles se sentait drogué par la torpeur, et il confia à King sa sensation de « mijoter dans du beurre fondu ».

On fit une brève halte aux rochers de Saint-Paul, au large du Brésil, pour s'approvisionner en aliments frais. FitzRoy et Charles gagnèrent l'île en baleinière, et ce fut un nouvel enchantement. Les oiseaux étaient si peu farouches qu'on pouvait les assommer d'un coup de bâton, et l'on en attrapa même quelques-uns à mains nues. Une seconde équipe comprenant McCormick voulut les rejoindre mais en fut empêchée par les vagues. À la place, elle partit pêcher dans les eaux du port. Les marins lancèrent leurs lignes et remontèrent des mérous tout en agitant les rames pour éloigner les requins voraces.

Enfin, le *Beagle* atteignit l'Équateur. Charles avait entendu diverses histoires sur cette vieille cérémonie teintée d'humour de dortoir, dite du « passage de la ligne ». Ses camarades se complaisaient dans des allusions aussi vagues qu'effrayantes. Le 16 février, lui et trente-deux autres « griffons » – les nouveaux – furent enfermés sur le pont inférieur, toutes écoutilles baissées, dans une prison noire et étouffante. Pour avoir entraperçu le gaillard d'arrière, Charles se dit qu'ils avaient perdu la raison : déguisé en Neptune avec toge et trident, FitzRoy présidait une tribu d'hommes à moitié nus et couverts de peintures, qui dansaient furieusement au son de flûtes et de tambours.

Puis la trappe s'ouvrit et quatre envoyés de Neptune descendirent. Ils fondirent droit sur Charles, lui saisirent les épaules et les jambes. L'ayant dévêtu jusqu'à la taille, ils lui bandèrent les yeux et le remontèrent sur le pont supérieur. L'air vibrait de chants et le plancher tremblait sous les coups de pied rythmés. Il manqua de s'étrangler sous une tempête de seaux d'eau, puis dut grimper sur une planche.

Là, on lui enduisit le visage de poix et de peinture, avant de le « raser » à l'aide d'une pièce de fer rouillé. Il sentit sa barbe tomber par touffes entières. Au signal – sans doute donné par FitzRoy –, on le projeta dans une voile remplie d'eau de mer. Là, deux hommes lui noyèrent la tête, et l'un d'eux se montra particulièrement brutal. À peine Charles eut-il repris son souffle qu'on l'immergea de plus belle, pour des minutes entières semblat-t-il, et il faillit se noyer pour de bon. Enfin, on le relâcha et il cracha comme une baleine. Le baptême était terminé.

Il reçut une serviette et se sécha, sans lâcher la rambarde tant le pont était glissant. En regardant la suite de la cérémonie, il estima que la plupart de ses compagnons étaient encore plus mal traités, sauf lors de l'immersion finale, qui leur fut plus clémente. L'une des deux brutes postées dans la voile n'était autre que McCormick.

Cette nuit-là, Charles eut l'impression d'avoir franchi un grand pas. Il savait que l'équipage l'acceptait, le considérait comme l'un des siens. On admirait sa capacité à tirer un oiseau du premier coup, et l'on s'égayait à le voir courir sur le pont pour admirer un dauphin ou toute autre créature marine.

Près de la proue, le visage caressé par une brise tiède, Charles leva les yeux et reconnut la Croix du Sud. Il comprit alors que son choix était fait. Il poursuivrait le voyage, resterait sur le *Beagle* jusqu'au bout, quoi qu'il advînt. Aucun endroit ne l'attirait comme ce vaisseau de quatre-vingt-dix pieds et dix canons, avec ses soixante-quatorze âmes qu'il estimait et appréciait – à l'exception d'une seule.

CHAPITRE 11

Plus Hugh avançait dans le journal de Lizzie, plus le mystère s'épaississait. Pourquoi Darwin se conduisait-il aussi bizarrement? Pourquoi quitter la table à la seule mention des mots «survie des plus aptes»? Et que penser de cet échange entre Lyell et Huxley au sujet d'Alfred Russel Wallace? S'il était véridique, il battait en brèche l'histoire officielle, car, d'après tous les spécialistes, Wallace se satisfaisait de son second rôle avec une humble déférence, «content d'être la lune du soleil darwinien» pour citer l'un d'eux. Or, d'après ce document, Wallace créait des difficultés, se faisait impérieux, semblait devenir un danger, au point que Lyell et Huxley s'était ligués contre lui. Pouvait-on s'y fier? Quelques phrases saisies au vol par un jeune esprit fébrile ne suffisaient pas à remettre en cause l'histoire du clan darwinien...

Hugh s'était endormi avant d'avoir lu la fin. Il se réveilla tard, sauta dans un taxi puis dans un train pour King's Cross et prit le métro jusqu'à South Kensington. Il parcourut Cromwell Road, franchit la grille en fer forgé et monta les marches du musée d'Histoire naturelle.

Devant cette majestueuse façade de brique ouvragée, Hugh eut une pensée ironique pour Richard Owen. Aveuglé par l'ambition, ce brillant comparatiste n'avait pas vu l'éclatante vérité des thèses de Darwin et de Huxley. Il avait pris les deux savants en grippe et raillé leurs assertions invérifiables. Chef du département d'histoire naturelle du British Museum, il avait tracé les plans de ce temple dédié à la science et levé les

114

fonds nécessaires à sa construction. L'ironie de l'histoire, c'est que son nom n'y fut gravé nulle part. Et celle du sort, c'est qu'en 2002 la nouvelle aile consacrée aux spécimens zoologiques fut baptisée... centre Darwin.

Le vieux Charles avait toujours le dernier mot.

Dans la grande salle du rez-de-chaussée, une demi-douzaine d'enfants écarquillaient les yeux devant un tyrannosaure articulé. L'escalier central se déployait vers l'entresol à la manière d'un éventail, et les hautes voûtes réverbéraient les voix à cinquante mètres à la ronde. Depuis l'accueil, Hugh appela l'administration du musée : un chargé de relations publiques lui passa une conservatrice adjointe qui consentit à le rencontrer.

Elle s'appelait Elizabeth Fallows et le reçut chaleureusement, émergeant d'un bureau couvert de papiers et de squelettes de chats pour lui serrer la main. Sa tête dodelinait avec ferveur et sa frange noire oscillait sur son front. «Ravie» de lui montrer les lieux, elle ouvrit la marche d'un pas athlétique, en déclamant par-dessus son épaule à la manière d'un guide.

— On l'appelle la «collection alcools», car l'on conserve les spécimens dans ce liquide afin de tuer les bactéries qui dégradent les tissus. Elle comprend 450 000 bocaux, dont 25 000 de plancton.

Ils pénétrèrent dans un sas étanche : la porte se verrouilla derrière eux, et quelques secondes plus tard la suivante s'ouvrit.

— Pour contrôler la température, expliqua-t-elle. Nous la maintenons à 13° Celsius, sous le point d'ignition de l'alcool. Cela limite aussi l'évaporation, et des capteurs nous signalent la moindre fuite d'alcool. Cette collection est unique. Elle remonte au commandant Cook – 1768 – et même au-delà.

Ils s'avancèrent parmi des rangées de placards métalliques. La conservatrice poursuivit :

— Nous possédons 22 millions de spécimens répartis sur sept niveaux, ce qui en fait également la plus grande collection au monde. Nous sommes tout particulièrement fiers de nos spécimens types – c'est-à-dire les archétypes dont une espèce tire son premier nom et sa première description. Nous en avons près de 877 000, et ils sont tellement précieux qu'ils ont été secrètement entreposés dans des caves du Surrey, à l'abri des bombes allemandes, pendant la dernière guerre. C'est dire leur importance.

Hugh hocha la tête pour montrer qu'il était impressionné – il l'était réellement.

– Le principe du spécimen type n'a plus cours aujourd'hui, reprit la jeune femme. Cela participait de cette manie, très XIXe siècle, de tout classifier. Dieu bénisse tous ces scientifiques amateurs qui cherchaient à expliquer la nature – chaque chose à sa place, une place pour chaque chose. Mais la religion jouait elle aussi un rôle dans cette affaire. Car si le Seigneur avait créé chaque espèce, et que celles-ci revêtaient une forme immuable, il était judicieux de leur chercher les meilleurs représentants. C'était la seule façon de trancher les débats sur qui appartenait à quoi. On trouvait un oiseau, on ouvrait un tiroir, on le comparait aux autres, et on était fixé. Les collecteurs ne faisaient que documenter l'œuvre de Dieu. Les choses s'emboîtaient parfaitement, aucune contradiction entre science et religion... Puis arriva Darwin, qui affirma que chaque organisme vivant s'inscrivait sur un « arbre de vie » en constante évolution et aux innombrables branches. Voilà pourquoi il appela sa théorie la « transmutation des espèces ». En fait, il n'a parlé d'évolution qu'à partir de 1871, dans son ouvrage *La Filiation de l'homme*.

– Et ses spécimens à lui, il vous en reste beaucoup ?

– Des milliers. Il n'envoyait pas que des bocaux de bestioles, mais absolument tout ce qu'il trouvait. Nous avons des oiseaux, des reptiles, des poissons, des os, des œufs, des coquilles, des pollens... En voilà un exemple, ajouta-t-elle en sortant d'un tiroir une fiole étiquetée à l'encre noir. Un bébé poisson-perroquet. Ces bêtes-là mâchent du corail, ce qui conduisit Darwin à suggérer qu'on leur devait les plages de sable... Personne n'est infaillible.

– Et auriez-vous l'un de ses pinsons ?

Hugh aurait pu employer le nom exact, *Geospiza*, mais il s'en garda. Les scientifiques britanniques ne cultivaient guère la pédanterie.

– Sur les treize espèces recensées, douze sont représentées ici, sous la forme de cinq cent cinquante peaux, de soixante spécimens en bocaux et de dix squelettes.

– Dont ceux qu'il a recueillis lui-même ?

– Bien sûr. Il en a collecté trente et un, dont vingt-deux sont parvenus jusqu'au musée. Il nous en reste aujourd'hui dix-neuf.

– Et comment sont-ils étiquetés ? Je crois savoir qu'il les avait tous mis dans le même sac, au sens propre du terme, sans se soucier de leur île d'origine. Au point qu'il dut, des années plus tard, supplier FitzRoy d'y jeter un œil.

– Vous connaissez la faille ! répondit-elle en souriant. Pour ce qui est de leur localisation, nous nous en sommes tenus aux hypothèses de Darwin. Qui, en définitive, devaient être assez hasardeuses.

– Vraiment ?

– Cela prouve que sa théorie n'avait pas encore germé. Si elle lui était apparue aux Galápagos, il n'aurait jamais commis une telle erreur, vous ne croyez pas ?

– Sûrement.

– Nous savons que l'idée lui est venue après son retour à Londres, ainsi qu'il l'a raconté. Il n'y eut pas de moment clef, de grand déclic, mais juste une ou deux années de travail. Il est revenu parmi nous en 1836, et a ébauché une esquisse de trente-cinq pages en 1842.

– Mais pourquoi a-t-il fallu vingt-deux ans pour écrire ce fichu machin ?

– C'est ce que les Américains appellent la « question à soixante-quatre mille dollars ».

La conservatrice adjointe le reconduisit jusqu'au sas, où ils s'enfermèrent de nouveau quelques secondes.

– À mon avis, confia-t-elle, je pense que l'explication est somme toute assez simple.

– Je vous écoute.

– Il suffit de remettre les choses en perspective. Le christianisme était là depuis plus de mille huit cents ans, et Darwin n'aura mis que deux décennies à le renverser. Un rapport d'un pour quatre-vingt-dix, c'est plus qu'honorable…

La porte se rouvrit. Elizabeth Fallows accompagna Hugh au premier étage, jusqu'aux marches du grand escalier. Leurs têtes arrivaient à la hauteur des dinosaures.

– Dites-moi, fit Hugh, auriez-vous des spécimens du *Beagle* étiquetés « R. M. » ?

– En effet, répondit la jeune femme. Ils viennent d'un certain Robert McCormick. Vous aurez peut-être entendu parler de lui…

C'était le cas, mais seulement depuis quelques heures. Deux jours plus tôt, Hugh avait trouvé sur Internet la liste de l'équipage du *Beagle*. Elle commençait par «Ash Gunroom, steward» et finissait par «York Minster, passager». En l'épluchant dans le train le matin, il avait repéré le nom correspondant aux initiales «R. M.»: Robert McCormick, médecin.

– Il n'en existe que quelques dizaines, continua-t-elle. Certains furent mélangés à ceux de Darwin au retour du *Beagle*. Mais il y en a peu, bien sûr, puisque ce McCormick a quitté le navire à Rio.

– Ah bon?

– Oui. Darwin l'a rapporté dans ses écrits: le médecin s'éloigne sur le quai, un perroquet sur l'épaule… C'est comme ça que nous le savons.

– Et ces spécimens sont datés?

– Évidemment. McCormick avait une formation de scientifique, même s'il n'était pas un génie.

– Et quelles sont ces dates?

– Elles se concentrent dans les tout premiers mois, avant l'escale à Rio. Je ne vois pas comment elles seraient postérieures…

– Sans doute.

– Cela me paraît fiable, vous savez.

Hugh flaira un soupçon de reproche, comme si elle l'accusait de mettre en doute la parole du grand homme.

– D'accord. Et que lui est-il arrivé?

– À McCormick? Je n'en suis pas bien sûre. Je crois savoir qu'il a poursuivi ses voyages, et passé de longues années à l'étranger. Puis il aurait connu une fin tragique, dans un naufrage, peut-être.

Mlle Fallows serra la main de Hugh aussi gaiement qu'au début, avec force frissons de frange.

– Ça n'a pas grande importance, conclut-elle à mi-voix. C'est un personnage tout à fait secondaire.

Bloqué dans les embouteillages par la relève de la garde à Buckingham, Hugh retrouva Bridget avec vingt minutes de retard. Lorsqu'il atteignit le parc en se faufilant dans la foule, il l'aperçut adossée aux barreaux de l'entrée, dans une robe à fleurs serrée aux cuisses. Ses cheveux brillaient au soleil.

L'image de cette femme frappa Hugh par sa beauté, et il s'empressa de refouler cette impression licencieuse – non parce que Bridget était mariée, mais parce qu'elle était l'ex de son frère.

Sitôt qu'elle le vit, elle s'approcha d'un pas déterminé.

– Ce n'est rien, lança-t-elle avec un sourire crispé.

– Les bouchons…

– C'est ce que je me suis dit. (Étrangement, elle s'abstint de tout reproche.) Allons par là.

Bridget l'entraîna sur un chemin qui s'écartait à gauche sous les frondaisons. Elle avait dû choisir l'itinéraire à l'avance.

– Belle journée, dit Hugh en notant une éclaircie.

– Oublie les lieux communs, répliqua Bridget, toutes intonations britanniques envolées.

– D'accord, c'est un temps pourri.

– Comment appelle-t-on ça, déjà, ce procédé littéraire où la nature reflète vos sentiments profonds ? Tu sais, Wordsworth et tous ces poètes assommants…

– L'anthropomorphisme.

– Voilà. Eh bien là, c'est le contraire. La nature ne reflète en rien mes sentiments. Et je me sens très, très mal.

– Tu avais l'air perturbée au téléphone.

– Perturbée ? Un peu. Beaucoup. Et j'estime que c'est ta faute.

– Ma faute ?

– Tu surgis de nulle part, sans prévenir. Tu ne sais pas ce que tu fais, ni où tu vas. Et tu restes obsédé par ton frère. Forcément, ça remue des tas de choses.

– Quelles choses ?

– Des émotions, idiot. Des émotions.

Hugh se tut.

– Si seulement tu avais répondu à ma lettre, nous aurions pu entretenir un semblant de relation ; aborder certains démons et, qui sait, nous aurions peut-être trouvé la paix intérieure à l'heure qu'il est…

Il avait bien deviné, à l'époque, que Bridget écrivait dans ce but-là. Et c'est pour cette raison, comprit-il soudain, qu'il n'y avait pas donné suite.

Ils côtoyèrent une plate-bande de fleurs épanouies tournées vers le soleil. L'atmosphère vibrait de senteurs et de bourdonnements d'insectes. Hugh songea combien Bridget avait dû aimer Cal; cette pensée souleva une bouffée d'affection et de gratitude qui lui rappela leur rencontre à Paris.

— Au fond, tu n'as peut-être jamais tourné la page, dit-il avec douceur.

— Le problème n'est pas là. Le problème, c'est que toi, tu ne l'as pas tournée. Du coup, tu m'empêches de le faire.

— Voyez-vous ça! On ne s'est pas croisés pendant six ans, Bridget. Quel rapport y a-t-il entre ma vie et la tienne?

— Un grand rapport. N'oublie pas que nous étions comme frère et sœur.

— Je sais: trois mois de plus et vous étiez mariés…

Elle se tut un instant, le regard détourné.

— Je n'en suis pas si sûre.

— Quoi?

— Écoute, il y a certaines choses que tu ignores. Des tas de choses, même.

Ils arrivèrent à un pont si bondé qu'ils durent marcher l'un derrière l'autre. Hugh accabla de questions l'épaule de Bridget:

— Quelles choses? À quoi fais-tu allusion?

— Justement, Hugh. Je ne sais rien. Je n'ai que des interrogations. Il y aurait tant de choses à t'expliquer…

— Du genre?

— Des choses dont tu n'as pas la moindre idée.

Elle s'assit sur un banc; il l'imita, en lui faisant face. De l'autre côté de l'allée, des détritus flottaient au bord d'une mare et des canards se dandinaient sur les pierres, fondant sur les bouts de pain lancés par un gamin.

Il regarda Bridget ruminer ses pensées.

— Écoute, lâcha-t-elle enfin. C'est assez gênant, et je ne sais pas par où commencer. Mais il faut que tu saches que tout n'était pas rose avec Cal les derniers temps.

Ce prénom sonna comme un rappel à la réalité. Bridget s'expliqua:

— Quand il est rentré aux États-Unis, tu pensais que c'était une simple visite, mais moi je n'étais pas certaine qu'il rentre.

Lui-même n'était pas fixé. Quand nous nous sommes dit au revoir, chacun de nous savait que ce pouvait être un adieu.

– Vous alliez pourtant vous marier en Angleterre. Sa vie était ici. Et tu prétends qu'il voulait rompre ?

– Pas vraiment. Mais il se comportait bizarrement. Ce n'était plus lui.

– Dans quelle mesure ?

– Tu restes bloqué sur l'image du grand frère sûr de lui. Mais ce n'était pas toujours le cas. Il avait ses démons, lui aussi.

– Qu'essaies-tu de me dire ? Qu'il n'était plus certain de vouloir se marier ?

– Non. Mais il avait du mal à parler.

– À parler de quoi ?

– De ce qui lui gâchait l'existence.

Dans un demi-soupir, Bridget ouvrit sons sac et produisit une carte postale écornée : une photo de la statue de la Liberté, dorée de soleil sur une eau d'un bleu outré. Hugh la retourna, et tressaillit en reconnaissant l'écriture de son frère, à peine déchiffrable tant elle était minuscule.

Ma B. chérie,

Désolé de ne pas écrire plus souvent, mais pas grand-chose à dire. Rien n'est réglé. Je n'ai pas encore parlé du labo à papa. Ni pris de décision. Sois patiente, je t'en prie. Des moments difficiles, surtout la nuit. Le chien noir de Churchill m'aboie toujours dans les chevilles. Aucun mot ne peut exprimer combien je t'aime. Un jour peut-être, si la chance nous sourit, tout ceci ne sera plus qu'un rêve lointain – ou plutôt un cauchemar. Pardonne-moi, pardonne-moi…

Je t'aime, C.

Il y avait un post-scriptum, qui le laissa interdit : *Vivement que je parle à Hugh.*

– Au moment de son départ, expliqua Bridget, Cal était au trente-sixième dessous. Il avait démissionné du labo. Il sortait d'un sale accident de voiture. Il doutait de tout, il déprimait. Mais il ne voulait rien montrer, et il m'arrive encore de pleurer quand je repense à ses efforts pour sauver les apparences. Je ne sais même pas s'il connaissait la cause de sa souffrance – il savait juste qu'il allait mal.

– Et le « chien noir de Churchill » ?

– C'est ainsi qu'il désignait son état – la dépression.

Hugh n'en revenait pas. Cal déprimé ? Cal ayant besoin de son frère ?

– Et le labo, alors ? Il adorait ce boulot. Pourquoi raccrocher ?

– Je l'ignore. Un soir, il est rentré en disant qu'il ne voulait plus bosser là-bas. Qu'il n'y croyait plus, qu'ils s'écartaient de leur mission.

– À savoir ?

– Aucune idée. C'était un labo public, dans le secteur de la biologie.

Ils se remirent en marche et dépassèrent bientôt le kiosque à musique.

– Jamais je n'aurais cru qu'il souffrait à ce point.

– Vraiment ? Quand il est revenu vous voir, tu n'as rien remarqué de… changé ? Rien d'anormal ?

– Non, Bridget.

Mais un doute l'étreignit.

– Alors vous n'en avez jamais parlé ?

C'était la question qu'il redoutait.

– Non. Nous n'avons pas eu le temps. Il n'était là que depuis deux ou trois semaines lorsque… lorsque c'est arrivé. Et puis je n'étais pas toujours là. Je courais à droite à gauche, pour trouver du boulot.

– Je comprends, acquiesça-t-elle sans grande conviction. En d'autres termes, on ne connaîtra jamais le fin mot de l'histoire.

– Sur ses angoisses, tu veux dire ?

– Entre autres.

Ils atteignirent le Mall, où des colonnes de voitures se croisaient à vive allure, le long d'une majestueuse rangée de bâtiments officiels.

– Il y a forcément quelqu'un qui sait, protesta Hugh. Un collègue, un patron, un ami…

– En vérité, oui, il y a bien quelqu'un. Si tu veux le rencontrer, je devrais pouvoir arranger ça. Je l'invite à dîner et vous prenez rendez-vous pour la suite.

– Ce serait génial, Bridget.

– Entendu.

Ils s'embrassèrent et repartirent dans des directions opposées, Bridget vers Buckingham Palace, Hugh vers Trafalgar Square. Au bout de quelques mètres, il se retourna et attendit qu'elle en fasse autant, pour lui adresser un petit signe comme lorsqu'elle et Cal avaient quitté Paris. Mais elle s'éloignait d'un pas ferme.

Beth l'attendait au Prince Regent, assise dans un coin, dos à la glace. Elle portait un chemisier blanc, un short en jean et des baskets. Comme la veille, ses cheveux étaient relevés sur sa tête, mais quelques boucles retombaient devant son visage. Sur la table gisait une chope vide.

Elle sourit ; Hugh l'embrassa.

– Désolé pour le retard, dit-il.

– Tu n'es pas en retard.

– Et je ne suis pas désolé. Je vérifiais si mes excuses t'agaçaient toujours autant.

Il partit chercher des bières. Le pub était bondé, bruyant, et un nuage de fumée stagnait à ras des têtes. Il se fraya un chemin jusqu'au bar à la force des coudes et rapporta deux pintes d'une seule main, sans en renverser une goutte.

– J'ai l'impression que tu as une certaine pratique, commenta Beth.

– En effet.

Un nouveau sourire, et elle souleva son verre.

– Ça marche comme tu veux ? demanda-t-il.

– Mes recherches ? Oui, oui. Et toi ?

– Ça roule.

Le mur invisible se relevait...

Beth promena ses yeux dans la salle.

– Je me demande comment ce troquet s'en sortirait à New York.

– Il coulerait dans l'heure. Trop convivial, trop éclairé.

– Je n'ai jamais été une inconditionnelle des pubs.

– Moi non plus. Mais j'aime bien leurs noms : la Couronne dorée, Éléphant et Château...

– Limace et Laitue. C'est mon préféré.

– New York se défend en matière de bars. Un coin sombre, des verres à whisky, un Irlandais méfiant derrière le comptoir, des tabourets vides autour de soi. Et Frank Sinatra qui chante *Come Fly With Me* dans le juke-box.

— Arrête, je vais devenir nostalgique.

— Si tu veux de la nostalgie, j'ai l'endroit qu'il te faut. Viens.

Elle le suivit dehors. Ils traversèrent quelques carrefours et s'arrêtèrent devant le Mickey Flynn's American Pool Hall.

— Ça devient intéressant, dit Beth.

Ils remportèrent chacun une partie de billard, avant de parier 5 livres sur la belle. Dopée par l'ambiance, Beth l'emporta, et glissa fièrement dans sa poche les pièces que lui tendit Hugh.

En ressortant, ils marchèrent jusqu'à Parker's Piece et s'assirent dans l'herbe pour suivre un match de cricket.

— Je n'ai jamais rien pigé à ce jeu, avoua Hugh.

— C'est comme du base-ball en plus long, et avec des règles plus idiotes.

Ils bavardèrent un peu, puis flânèrent dans le parc avant de s'approprier un banc près de Regent Terrace. Le jour déclinait.

— Parle-moi de ton mariage, lança-t-il.

Il regretta ce cliché, très j'aimerais-mieux-te-connaître. Mais après tout, telle était bien son intention.

— Que souhaiterais-tu savoir ? demanda Beth.

— Pourquoi ça n'a pas marché, par exemple.

— Si seulement les gens savaient répondre à ça…

— Essaie toujours.

— Au début c'était parfait, tout nouveau tout beau. Je tenais beaucoup à Martin. Il était fin, charmant, le plus cultivé de tous. Il avait cette façon très britannique de vous éblouir, à la fois subtile et retenue. On ne pouvait pas parler d'un livre sans qu'il l'ait lu, mais il ne le montrait pas tout de suite. Il te laissait improviser une explication sur le sens profond du bouquin, puis te livrait une analyse nettement supérieure.

« Moi, j'étais l'Américaine, la bouffée d'air frais, celle qui disait tout haut ce que les autres pensaient tout bas. Je m'entichais de Londres, et Martin faisait partie du tableau. Les bons dîners, les amis à la pelle, les discussions de haute volée. Les dimanches pluvieux au coin du feu, à côté d'une immense pile de journaux. Les week-ends à la campagne dans de vieilles maisons pleines de courants d'air. La table d'honneur à Oxford, avec une dizaine de vins différents. Des convictions politiques pleines de rigueur et de jugement – sur n'importe quoi et n'importe qui. Tout cela était très… sécurisant.

– Ça avait l'air chouette.

– Pendant un certain temps, oui. Puis Martin est tombé malade. Il allait de colères en déprimes, et ses proches m'ont expliqué qu'il traversait ce genre de crises depuis des années, de manière cyclique. Notre relation était encore jeune, et ce n'était pas la passion dévorante ; malgré tout je me suis mariée sans inquiétude, en pensant que mon amour grandirait et se renforcerait avec le temps. Hélas, ce ne fut pas le cas. Mon amour n'a pas grandi, et nous sommes devenus de simples amis. Puis un beau jour tout a pris fin, devant les tapis à bagages de Heathrow.

– Tiens donc !

– Nous étions partis à l'étranger. Cela faisait un an que nous nous disputions sans interruption ou presque, alors nous avons entrepris l'un de ces voyages de la dernière chance, du genre « on se tire d'ici et on recolle les morceaux ». Nous avons choisi une petite île du Monténégro, Svedi Stefan, où d'anciennes maisons de pêcheurs avaient été reconverties en gîtes. L'endroit était magnifique, mais nous avons recommencé à nous disputer. La moindre chose nous mettait en furie. Martin devenait violent, puis morose. Un jour, pendant que je nageais, il a saccagé la chambre et brisé tous les carreaux. Nous avons dû partir en catastrophe. Dans l'avion du retour, il a refusé de s'asseoir à côté de moi, puis nous avons tenté de nous rabibocher et nous avons échangé de belles promesses, mais je les savais sans lendemain. Pendant que nous attendions nos bagages à l'aéroport, je l'ai observé. Sa mâchoire était contractée d'une manière tristement familière, et j'ai soudain compris que c'était sans espoir. Alors nous en avons discuté et j'ai décidé d'arrêter. Cela fait déjà deux ans que nous avons divorcé. Nous nous entendons beaucoup mieux aujourd'hui, nos rapports sont presque amicaux. J'ai parfois le sentiment qu'il est le seul à me connaître aussi bien.

Les yeux de Beth quittèrent le vague pour se fixer sur Hugh.

– Et ça recommence, marmonna-t-elle en se passant la main dans les cheveux. Il faut toujours que je raconte ma vie. Allez, à toi, un peu.

– C'est curieux, ce besoin d'échanger des confidences, tu ne trouves pas ? Comme si on devait suivre une espèce de schéma pré...

– N'essaie pas de noyer le poisson ! À toi d'expliquer.

– Expliquer quoi ?

– Parle-moi de ton frère.

Il considéra Beth. Elle était suspendue à ses lèvres. Il mit quelques secondes à se décider.

– Il s'appelait Cal. C'était l'aîné, et je l'admirais. Je voulais devenir comme lui. En un sens, il tenait le rôle que mon vrai père ne remplissait pas. Et puis, il y a six ans, il est mort dans un accident. Le pire, c'est que c'était évitable – j'entends par là que j'aurais pu le sauver.

Voilà, il l'avait dit. Le mot était lâché.

– De quelle façon ? s'étonna Beth.

– Il était venu passer des vacances à la maison, dans le Connecticut, alors qu'il travaillait dans un labo d'Oxford. C'était un biologiste brillant, très investi dans son boulot. On avait toujours été proches, mais cette fois-là, pour une raison quelconque, il y avait une sorte de gêne entre nous, peut-être parce qu'on ne s'était pas vus depuis des années. Ce jour-là, on est retournés à Devil's Den, le coin où on aimait nager quand on était petits. Il y a des rochers, un à-pic et une grande cascade au beau milieu des bois, à une heure de marche de la route. J'imagine qu'on voulait resserrer les liens, retrouver la complicité d'antan... Comme tous les enfants du coin, on avait toujours su qu'il ne fallait pas nager au pied de la cascade. Le problème était la façon dont l'eau se gazéifiait en s'écrasant en bas : les bouillons d'écume ne vous portaient plus, on se retrouvait à nager dans le vide. Une histoire circulait sur un gamin qui avait tenté le diable et coulé comme une pierre. Bref, tout le monde connaissait le danger.

« Donc, ce jour-là, Cal et moi on décide de se rendre à Devil's Den, en souvenir du bon vieux temps. Il faisait très chaud, et j'avais emporté un pack de bière. Nous avions même enfilé nos maillots de bain au cas où nous aurions envie de nager en haut de la cascade, là où ça ne craignait rien. On arrive au bord de la chute d'eau et Cal commence à ralentir l'allure. Ça m'agace un peu, parce qu'on crève de chaud et que j'ai hâte d'arriver là-haut pour plonger les bières dans l'eau. Alors je pars devant.

Hugh se tut un instant.

– Après, je ne sais pas bien ce qui s'est passé. Je marchais en tête quand soudain j'ai entendu quelque chose dans mon dos, une sorte de cri, et en me retournant j'ai vu Cal tomber. Il chutait contre les pierres, mais presque au ralenti, comme s'il pouvait encore se rattraper. Mais le mouvement s'est accéléré, et Cal a basculé pour tomber droit dans l'eau. J'ai vu l'éclaboussement. J'ai vu sa tête émerger, puis un bras... il se débattait, puis il a disparu sous la surface. Plus rien, nulle part. J'ai dévalé la pente à toute vitesse, mais une fois sur place j'étais désemparé. Je fixais l'eau, sombre, pleine de petites bulles, et je me disais... je me disais que je devais plonger pour le secourir. Mais je n'osais pas. Car je savais que je n'en réchapperais pas. Alors voilà, je l'ai laissé se noyer. Sans même tenter de le sauver. J'ai cherché un bâton ou un bout de bois mort pour le planter dans l'eau, dans l'espoir que Cal s'y agripperait, mais je n'ai rien trouvé. Ensuite, tout est allé très vite. Je me rappelle m'être demandé combien de temps il pouvait retenir son souffle. Combien de temps un être humain pouvait vivre sans respirer. Quelles étaient les séquelles. À quel moment le cerveau était endommagé. Puis j'ai pensé : C'est déjà trop tard. Je suis descendu en aval du ruisseau pour voir s'il refaisait surface, mais il n'y était pas. Il n'était nulle part, il n'y avait personne dans le secteur, il régnait un grand calme. Même la cascade semblait se taire.

« Il a fallu que je reparte. J'ai rejoint la route, repris ma voiture et filé jusqu'à la première cabine téléphonique pour alerter la police. Les flics ont débarqué, on a repris le chemin de la cascade, et ils ont scruté les lieux un petit moment avant d'appeler des renforts. Là-dessus, l'un d'eux s'approche de moi, me passe un bras autour des épaules et me passe un téléphone mobile pour que je puisse prévenir quelqu'un. Alors j'appelle mon père – il a fallu que je m'isole dans les bois pour rassembler mon courage – et je me souviens que je regardais les arbres et les feuilles tout en me demandant : Comment on fait, qu'est-ce qu'on dit ? Comment annonce-t-on qu'on était deux mais qu'on n'est plus qu'un, que l'autre est parti ? Quels mots employer ? Comment dire : « Je l'ai laissé mourir » ? Mon père a décroché. Je ne sais plus comment je lui ai annoncé ça, mais il a rappliqué. Il connaissait l'endroit. Entre-temps les renforts étaient arrivés ; ils draguaient la rivière, et ils ont repêché Cal par la jambe ; il était livide. Ses cheveux étaient plaqués sur son crâne, son corps semblait rempli d'eau. Il était si lourd qu'il a fallu trois hommes pour le hisser sur les rochers. Ils n'ont même pas tenté de le ranimer.

La nuit était tombée et les voitures de Gonville Place perçaient les feuillages avec la lumière de leurs phares. Beth lâcha la main de Hugh pour accueillir sa tête sur sa poitrine.

– Si je n'avais pas été si puéril, si je ne l'avais pas laissé à la traîne, je l'aurais peut-être sauvé. En le rattrapant à temps, en le retenant d'une manière ou d'une autre.

– Cela paraît peu probable, souffla Beth.

Hugh était au bord des larmes. Ils restèrent un long moment sans parler.

– Tu sais, Beth, je n'avais jamais raconté cette histoire à quiconque… pas de cette façon, en tout cas.

– Nous avons tous un grand secret, comme disait ma mère. Certains sont bons à dévoiler, d'autres non. Le tien fait partie des bons.

– J'ai toujours eu l'impression, comment dire, que mon père préférait Cal. Il valait tellement mieux que moi, à tous points de vue. Du coup, le songe qui m'a hanté ce soir-là, et le lendemain, et à peu près chaque jour depuis, c'est que… c'est que la mort s'était trompé de fils.

– Ton père ne t'a pas sorti ça, quand même ?

– Non, jamais en paroles. Mais je parie qu'il l'a pensé.

– Tu as peut-être raison. Certains parents ont une préférence. Il est même possible que certains aiment davantage l'un ou l'autre de leurs enfants. Mais ce qui est sûr, c'est qu'il y a beaucoup plus d'enfants qui se croient à tort mal aimés, surtout parmi ceux qui ont grandi dans l'ombre d'un aîné. Autrement dit, il y a de fortes chances pour que tu te trompes. Partant de là, regarde toutes les souffrances inutiles que tu t'es infligées – ou que tu auras éventuellement infligées à ton père. Au fait, une remarque en passant: si tu avais plongé pour secourir Cal, ton père se serait retrouvé seul au monde.

– Ça ne s'arrête pas là, Beth. Je viens d'apprendre de nouveaux éléments.

– Lesquels ?

— Cal avait démissionné du labo. Il était déprimé, il avait besoin d'aide.

— Tu cherches à connaître le fin mot de l'histoire ?

— Absolument.

Ils repartirent dans la nuit vers l'adresse de Beth. Les réverbères projetaient sur le sol des cônes de lumière jaune. Perdu dans ses méditations, Hugh n'avait pas même remarqué qu'ils se tenaient par la taille, le pouce de Beth coincé dans sa ceinture.

Devant la maison, elle le salua d'un baiser intime mais bref. Elle ne lui proposa pas d'entrer, et c'était tout aussi bien. Le cerveau de Hugh était en pleine effervescence.

CHAPITRE 12

À la neuvième heure d'un matin moite de février, deux mois après avoir quitté l'Angleterre, le *Beagle* atteignit l'Amérique du Sud. Des eaux calmes d'un opulent rivage de bananiers et de cocotiers, il se glissa dans la baie de Todos Os Santos, au pied de Salvador, l'antique cité de Bahia.

Ce jour n'arrivait pas trop tôt pour Charles, qui avait découvert le revers de la médaille : un brick qui le lundi semblait pouvoir accueillir une armée devenait dès le mardi une prison étouffante, et il suffisait d'avoir un ennemi à bord pour le croiser sans cesse. Ses rapports avec McCormick s'étaient aggravés au-delà de l'impolitesse, vers une animosité à peine déguisée.

La veille au soir, Charles avait fait part de cette aversion à son compagnon de cabine, Phillip Gidley King, tandis que le bateau balançait doucement les hamacs.

— Il me cherche sans arrêt des poux dans la tête, je ne sais pour quelle raison. C'est un âne bâté qui ne mérite pas le titre d'homme de science. Pas une once de curiosité, et vulgaire encore. Voyons les choses en face : pour autant que ces mots me déplaisent, cet homme est un plébéien.

— C'est évident.

— Mais pourquoi diantre m'en veut-il à ce point ?

— Cela aussi, c'est évident. Tu te mets sur son chemin. Tu fais obstacle à son but.

— Et quel serait-il, ce but ?

— Qui sait ? La gloire, peut-être, ou l'ascension sociale. Les aspirations vaines et stériles de l'homme…

130

Charles ne répondit rien mais songea à tous les naturalistes qui s'étaient servis de leurs travaux pour gravir l'échelle sociale. Il était certes possible, en rassemblant une belle collection et en se forgeant une réputation d'expert, d'acquérir un certain prestige. D'aucuns pouvaient même prétendre à l'anoblissement.

Mais Charles était loin de ces appétits, à l'abri du besoin. Il avait les moyens de sa passion, et se dévouait à la science au seul nom de la connaissance. Il ne s'estimait point vaniteux, et se faisait fort de s'entendre avec des gens de toutes conditions, même s'il s'étonnait d'être plus à l'aise avec un sauvage comme Jemmy Button qu'auprès de certains compatriotes.

Se tournant vers le mur d'un air désabusé, tel un homme rompu à la laideur du monde, le jeune King mit fin à la conversation en déclarant :

– De toute façon, je suis pour Byron, et qu'ils aillent tous au diable.

Charles était impatient de débarquer. Lorsqu'il put enfin quitter la yole pour le quai, ses jambes flageolèrent sur la terre ferme. Il flâna dans les rues étroites, en direction de la grand-place et de sa cathédrale. Il se sentait perdu parmi cette foule de prêtres à chapeau pointu, de mendiants, de marins anglais à la démarche fanfaronne, de femmes splendides au dos parcouru de longs cheveux noirs.

Bien vite cependant, d'autres images révélèrent un enfer autrement pire que celui du bateau : des esclaves d'Afrique, noirs comme du cirage, malmenés sans pitié. Sur les bateaux de service du port, ils poussaient des rames sous la terreur d'un fouet ; à terre, ils trottinaient derrière leurs maîtres, en ployant sous des charges insensées.

On traitait mieux les bêtes de somme, se dit Charles, qui fut consterné par leur façon de s'écarter devant lui et de baisser les yeux. Son sang s'échauffa de toutes les diatribes abolitionnistes ouïes à la table de l'oncle Jos, de tous les discours enflammés, de tous les sermons entendus sur le sujet. Alors il pensa à John Edmonstone, l'esclave affranchi qui lui avait appris la taxidermie à Édimbourg, et la colère le submergea.

Pendant ce temps, sur le *Beagle*, McCormick débattait de cette même question avec Bartholomew James Sulivan. Le médecin

131

s'était installé sur le pont inférieur, de façon à être entendu par le commandant FitzRoy tout en feignant d'ignorer sa présence.

– Ne saviez-vous pas, disait McCormick, que la famille de notre bon M. Darwin était à la pointe du mouvement abolitionniste ?

– Je l'ignorais, répondit le sous-lieutenant.

– Il se trouve que les Wedgwood, qui sont liés aux Darwin par le sang et par le mariage, furent des membres actifs de l'Anti-Slavery Society. C'est à eux que l'on doit cette porcelaine montrant un petit nègre enchaîné et à genoux, sous les mots : « Ne suis-je pas un homme et un frère ? ».

– Oui, j'ai vu ça quelque part.

– Sans aucun doute. Elle est très célèbre.

– L'esclavage est une chose fort troublante, mais aussi fort complexe, considéra Sulivan. Interdire la traite est une chose ; abolir la détention d'esclaves dans les territoires d'outre-mer en est une autre.

– Je suis d'accord, mais je crains que M. Darwin ne partage pas cet avis. C'est un fanatique sur ce sujet.

– Vraiment ?

– Pour sûr ! Je l'ai même entendu dire qu'il ne supportait pas la compagnie de ceux qui pensent différemment. Et qu'il répugnait à prendre ses repas avec un homme dont la moralité était si éloignée de la sienne.

Sulivan ouvrit de grands yeux.

– Faites-vous référence à notre commandant ?

– En effet. M. Darwin est fort marri que FitzRoy refuse d'engager le *Beagle* dans la bataille contre les négriers espagnols et portugais. Je ne vous cacherai pas qu'à cet égard il tient envers le commandant des propos d'une insolence et d'une présomption peu communes.

FitzRoy recula dans l'ombre du grand mât, l'air courroucé.

Ce soir-là, une fois rentré de sa promenade, Charles retrouva un commandant muet. Pas un mot ne fut échangé de tout le repas, et Charles se sentit une nouvelle fois jugé par ce regard sombre.

Quelques jours plus tard, ils reçurent à déjeuner un certain Paget, le commandant du *Samarang* qui stationnait dans le même port. Par le plus grand des hasards, cet homme était obsédé par les horreurs de l'esclavage qu'on lui rapportait de tous côtés. Il reput ses deux compagnons de toutes sortes d'histoires sur des esclaves battus jusqu'au seuil de la mort, de familles brisées par les acheteurs, de fugitifs traqués comme des chiens.

Certains maîtres, concédait le commandant Paget, se conduisaient de manière humaine, mais ils n'en restaient pas moins aveugles aux affres de la séparation. Et de citer les paroles de tel esclave : « Si je pouvais revoir mon père et mes deux sœurs ne serait-ce qu'une seule fois, je serais un homme heureux. Je ne les oublierai jamais. »

En guise de riposte, FitzRoy livra l'exemple d'un propriétaire d'estancia qui, pour lui prouver que ses esclaves n'étaient pas malheureux, les avait appelés un par un en leur demandant s'ils eussent préféré être libres.

– Eh bien, du premier au dernier, ils ont tous répondu non. Ils préféraient vivre sous son joug plutôt que de mourir de faim dans le plus grand abandon !

Sur ces mots, FitzRoy termina son mouton, vida son verre de vin et abattit sa serviette comme pour clore le chapitre. Paget ne s'attarda pas.

Indigné, Charles revint à la charge au moment du cognac, en demandant au commandant s'il ne partageait pas sa révolte contre une institution qui réduisait des êtres humains au rang d'animaux.

– Loin de moi l'intention de défendre l'esclavage, expliqua FitzRoy. Ce que je ne partage pas, c'est l'idée que leur sort soit forcément une misère. Sur mes terres familiales, j'ai vu toute la gratitude des paysans envers ceux qui veillaient à leur bien-être. Aussi, j'estime qu'un bon maître peut être une bénédiction pour des personnes mal nanties, et beaucoup en conviendront.

Prêt à éclater, Charles demanda si, de l'avis du commandant, il n'était pas prévisible qu'un esclave interrogé devant son maître fournît la réponse attendue par ledit maître.

FitzRoy entra dans une colère noire.

– Allez rôtir en enfer ! tonna-t-il. Vous êtes convaincu d'être le champion de la morale ? Mais votre mépris ne vous sied guère ! (Il se leva et fracassa son verre contre le mur.) Si vous persistez à lancer à tous vents vos idées obtuses de petit whig, je serai contraint de supprimer nos tête-à-tête.

Il quitta la cabine, furieux, laissant Charles hébété sur son siège. Le jeune homme sortit à son tour – comme la violence de la scène semblait l'exiger – et, sitôt qu'il fut dehors, il vit FitzRoy gourmander le pauvre Wickham pour quelque infraction imaginaire. Le premier des officiers supérieurs n'avait d'autre choix que d'acquiescer, les yeux baissés et le feu aux joues.

Plus tard, Wickham proposa à Charles de dîner au mess avec les autres officiers, mais, dans un nouveau retour d'humeur, FitzRoy lui fit remettre un billet d'excuses plein de contrition. Dans l'intérêt du voyage, Charles décida d'oublier. Ses sentiments envers FitzRoy furent néanmoins modifiés. Débarrassé de toute admiration, Charles se promit qu'une fois à Rio de Janeiro – leur future base pour sonder la côte –, il s'installerait à terre.

Dès que le bateau fut à quai, Charles mit ses plans à exécution en louant une petite maison à la lisière de la ville, dans la baie de Botofogo, au pied du piton de Corcovado. Il partagea les lieux avec King et Augustus Earle. L'artiste du navire connaissait bien Rio, et il leur montra ses bas-fonds livrés au vice et au péché.

Charles passa une semaine à remplir des caisses de spécimens pour les expédier à Henslow, en Angleterre. Puis, curieux de découvrir l'intérieur des terres, il se lia avec un expatrié irlandais, Patrick Lennon, qui le conduisit à cheval jusqu'à sa plantation de café, à une centaine de kilomètres au nord.

« Me voici enfin dans mon élément », songea Charles lorsque la nature lui offrit ses atours les plus exotiques. Il vit des papillons courir au sol, des araignées tisser des manières de voiles pour voler dans les airs, des armées de fourmis dénuder en quelques minutes des squelettes de lézards ou d'autres animaux. Il dormit sur des paillasses dans des *vendas* en bord de chemin, bercé par des chœurs de cigales et de grillons, avant d'être réveillé par des singes hurleurs, des perroquets verts et des toucans aux yeux de fouine dotés de gigantesques becs rouges. Tout l'émerveillait : les nuées de colibris, les tatous qui creusaient la terre en moins de temps qu'il n'en fallait pour descendre de cheval, les éclairs nuptiaux des lucioles, l'innocente ingéniosité de mouches déguisées en scorpions…

Il se risqua dans la jungle tapissée de mousse espagnole, où les orchidées sortaient de troncs pourris et où les lianes pendaient comme des cordes. Il marcha sous des feuillées si denses qu'elles arrêtaient tout aussi bien le soleil que les averses. Ses muscles étaient fermes, son esprit lucide, son corps vigoureux et bronzé.

À son retour d'expédition, il trouva King assis sur la terrasse, les pieds sur la balustrade. Le jeune aspirant lui servit un verre de rhum et considéra d'un œil moqueur les montagnes de spécimens que portait un pauvre mulet.

– Vous, les Anglais, lança-t-il comme s'il ne l'était pas lui-même, avec votre manie d'observer des insectes au microscope et votre amour des ossements... Vos préoccupations sont tristement futiles.

Charles le regarda d'un air amusé. Il était habitué à ces piques. King continua :

– Mais qu'êtes-vous, en vérité, face au noble Romain, au Grec instruit, et même, j'ose le dire, au fier sauvage de ce continent ? Au seul motif que vous avez maîtrisé le moteur à vapeur – un bout de métal qui remue d'autres bouts de métal –, vous vous croyez fondés à gouverner le monde entier. Vous êtes persuadés de trôner au sommet de la pyramide, sans même savoir qui l'a bâtie, ni pourquoi !

– Dis, pourrais-tu m'aider à ranger mes acquisitions ?

– Mais certainement, Charles.

King sauta de la terrasse, souleva une caissette et annonça une nouvelle :

– Au fait, je te défie de deviner qui a renoncé.

Cet euphémisme marin désignait un départ volontaire pour cause de divergences inconciliables. Charles sut immédiatement de qui l'on parlait, mais King ne lui laissa pas le temps de répondre :

– McCormick.

– McCormick ?

– Eh oui ! Il s'est rendu la semaine dernière à l'amirauté de la station et a obtenu la permission de rentrer au pays à bord du *Tyne*. Il est parti tôt ce matin, ses bagages sur le dos et un perroquet à l'épaule.

Charles eut du mal à cacher sa joie.

– Et quelle en est la raison ?

– Une algarade avec le commandant te concernant, toi et tes maudits spécimens. McCormick criait au favoritisme, se plaignait que tu puisses suspendre toutes sortes de filets et de chaluts alors que lui, le premier médecin du vaisseau, se voyait démis de ses fonctions de collecteur. Le comble a été atteint il y a deux semaines, quand tu as fait appel aux charpentiers du navire pour expédier tes bocaux et tes caisses. Ce fut houleux, à ce qu'il paraît.

Charles leva son verre à sa bonne étoile.

– Ma foi, ajouta King, ses doléances ne sont pas entièrement infondées…

– C'est possible. Mais la nature sourit à ceux qu'elle chérit.

– Byron ne l'aurait pas mieux dit.

Après le dîner, Charles confia son allégresse à son journal.

«Je me sens soulagé d'un grand poids, écrivit-il. L'homme n'est pas dépourvu d'arguments ; la coutume veut que le médecin soit le collecteur du bateau. Mais il s'était dressé comme mon rival, et j'ai souvent eu l'impression qu'il tentait de saper mes rapports avec le commandant. En outre, il m'a à peine remercié d'avoir inclus ses spécimens dans mes envois. C'est un gaillard, en résumé, des plus désagréable. »

Il relut la page, fronça les sourcils, l'arracha du cahier et la jeta dans la corbeille, préférant écrire une lettre à sa sœur Catherine. Parmi une avalanche de nouvelles, il l'informa du départ de McCormick, avec pour seul commentaire : «Ce n'est pas une grande perte. »

Ce même soir, McCormick était assis au bar de la Table d'Hôte[1] en compagnie de Sulivan, le seul qui ne lui avait pas tourné le dos. Le médecin démissionnaire n'était pas au mieux – devant lui reposaient quatre grands pichets vides –, et il se demandait si le tenancier accepterait de lui louer une chambre. Le perroquet était perché sur une table voisine, à picorer des miettes.

Ils parlaient depuis un long moment quand McCormick se mit à susurrer d'un ton de comploteur :

– Le secret, dans ton cas, c'est d'obtenir ton propre commandement. C'est la seule façon de survivre dans cette misérable

---

1. En français dans le texte. (*N.d.T.*)

marine – sans quoi les commandants te broieront comme un moulin et… et jetteront tes restes au vent.

Sulivan hocha la tête dans le nuage de fumée. Les mots « ton propre commandement » piquaient son intérêt.

– Mais comment s'y prendre ? s'enquit-il. Les rangs regorgent de lieutenants, et l'attente est interminable.

– Eh bien, suis donc l'exemple de FitzRoy.

– Quoi ? S'arranger pour qu'un commandant se fasse sauter la cervelle ?

– Tu n'y es pas. Prouve ta valeur. Exhibe ton courage.

– Comment ?

– Comme l'a fait le commandant : en impressionnant son supérieur. Mets la main sur un bateau identique et montre que tu peux le commander. Hisse-toi en position d'autorité, puis surpasse-toi de telle sorte qu'ils t'applaudissent. Endosse le commandement telle une veste d'amiral.

– Voilà qui est bien joli, mais nous n'avons pas d'autre vaisseau.

– Eh oui, c'est là que l'intrigue s'impose. Toi qui connais bien FitzRoy, pousse-le à en acheter un, insiste, explique-lui que le succès de l'étude l'exige. Dis-lui que nous ne terminerons jamais les relevés sans ce deuxième navire. Il possède les fonds nécessaires et il en a le désir. Ce sera comme d'enfoncer une porte ouverte.

Sulivan se tut quelques instants. Le stratagème pouvait porter, et il ne coûtait rien d'essayer. Quand bien même FitzRoy resterait sourd à ces instances, il les mettrait sur le compte de l'enthousiasme.

– Sans oublier, bien entendu, une dernière considération, reprit McCormick d'un air sombre.

– Laquelle ?

– Tu y faisais référence toi-même. Je ne surprendrai personne en disant que FitzRoy n'est pas un parangon de santé mentale. Tu connais son inconstance : il sombre dans l'abattement à la moindre provocation. S'il lui arrivait quoi que ce soit… disons qu'il faudrait redistribuer les cartes.

Sulivan le fixa par-dessus la table.

– Et qu'aurais-tu à y gagner ? Tu n'es même plus sur ce bateau.

– Non, mais on pourrait me convaincre de revenir. Surtout s'il est question d'un deuxième vaisseau. Qui dit nouveau vaisseau dit nouvelle place de médecin.

– Il te faudra toujours composer avec Philos.

– Ce sera beaucoup plus facile avec un peu d'eau entre nous.

– Le commandement du second bateau pourrait échoir à Wickham – il arrive en deuxième position.

– Dans ce cas tu te retrouves, au pire, commandant en second du *Beagle*. Cela n'a rien d'une déchéance.

Sulivan reconnut que l'argument était sensé :

– Paie-moi une autre bière, et j'y souscris de bon cœur.

– Une dernière chose, glissa McCormick.

– Oui ?

– Si tu devenais commandant, j'attendrais de toi que tu m'accordes tous les privilèges traditionnellement dévolus au médecin. Dont la responsabilité exclusive des collectages, qui sont en principe expédiés aux frais de l'État.

Ils choquèrent leurs verres pour un toast silencieux, sans renverser une seule goutte.

Des semaines avaient passé quand le *Beagle* leva l'ancre pour continuer vers le sud. L'équipage était en deuil de trois marins, par suite d'une maladie contractée sur le fleuve alors qu'ils tiraient la bécassine. Charles avait ses propres motifs de désespoir, mais la décence l'obligeait à les taire : comme il patientait sur le quai, il avait reconnu non loin de là les bagages de McCormick, augmentés d'une cage à oiseau.

« Bonté divine ! pensa-t-il. Je pensais en avoir fini avec cet affreux personnage. »

Bientôt reparut le médecin, souriant comme si de rien n'était.

– Je vois que tu as pris toutes tes affaires, lança Charles. Tu t'attends à un long voyage ?

– Oui. On ne connaît jamais la durée de ces expéditions…

Ce soir-là, renouant avec le roulis et les nausées, Charles évoqua au dîner la surprenante réapparition de McCormick. Perdu dans ses songes, le commandant fronça les sourcils, agita la main, puis son visage s'illumina :

– Ah, oui, il a demandé à revenir, m'a supplié plutôt, et je me suis dit : « Bah ! rien ne s'y oppose. » Et donc oui, le revoici.

Voyant son ami déconfit, il lui tapota le bras.

– Ne vous tracassez pas, Philos. Vous demeurez le naturaliste du *Beagle*. Vos collections submergent mes ponts et rejoignent l'Angleterre aux frais de Sa Majesté. Ne suis-je pas un homme de parole ? Ne mériterai-je pas un petit hommage d'ici quelques années, quand vous serez devenu un conférencier de renom ?

Charles ne put que lui donner raison.

Après de longues semaines de mer, le navire entra dans les eaux argentines, pour découvrir une terre bien plus sauvage et accidentée que les précédentes. À l'approche du port de Buenos Aires, une corvette fit feu par-dessus la proue du *Beagle*, façon peu amicale d'imposer une quarantaine. Fou de rage, FitzRoy menaça d'envoyer cette canonnière *ad patres* et se rabattit sur Montevideo, où il persuada un bâtiment britannique de se rendre sur place pour laver cet affront à l'Union Jack.

Comme le bâtiment s'éloignait, le chef de la police locale rama jusqu'au *Beagle* avec la dernière énergie. Sitôt à bord, il implora l'aide de FitzRoy : des soldats nègres s'étaient emparés de l'arsenal de la ville. Près du commandant, Charles sentit son sang s'échauffer. Enfin un peu d'action !

FitzRoy envoya cinquante marins armés jusqu'aux dents, et Charles sauta dans l'un des canots. Coinçant ses pistolets dans sa ceinture, il avait hâte d'atteindre la côte. Leur groupe remonta les rues empoussiérées, sous les vivats de marchands postés au seuil de leurs échoppes. Charles souriait jusqu'aux oreilles, porté par le feu de la camaraderie, et lorsqu'il avisa McCormick par-dessus son épaule, il constata que cette flamme le rapprochait même de lui. Les deux hommes échangèrent un sourire, et Charles leva un pistolet en faisant semblant de tirer.

Hélas ! la rébellion ne dura pas. Les insurgés renoncèrent très vite, et le temps que l'équipage gagnât l'arsenal, il ne restait plus qu'à regrouper les prisonniers. Le soir venu, on grillait du bœuf à la flambée dans la cour du fort. Malgré sa déception, Charles dévora les steaks saignants et se prêta à la fête.

– Si seulement ils n'avaient pas capitulé, grommela-t-il à l'adresse de McCormick qui, un sabre au côté, en imposait bigrement.

Ils se partagèrent un fond de rhum.

Darwin avait acquis le goût de l'aventure. Quand le bateau eut parcouru les 400 miles menant jusqu'à Bahia Blanca et commença pour de bon à relever la côte, Charles passa ses journées à terre, où les activités de son enfance lui furent d'une grande utilité. Il explora à cheval les plaines venteuses de la pampa, chassa l'autruche, le cerf, le cobaye ou le guanaco. Il rapporta de la viande fraîche à son commandant et à un équipage, tous ravis de troquer les gâteaux et le bœuf séché contre un tatou rôti dans sa carapace. Charles se prit de passion pour le grand air, et s'enfonça dans des territoires d'Indiens sauvages réputés pour torturer ou tuer les voyageurs étrangers.

Il chevaucha avec les gauchos, qui louèrent son adresse au tir, et voulut apprendre à lancer les *bolas* – trois pierres reliées par des lanières de cuir –, jusqu'au jour où il fit trébucher son propre cheval. Ce soir-là, un *cigarrito* à la bouche, il écrivit à sa sœur : « Les gauchos ont ri à gorge déployée, en criant qu'ils avaient vu toutes sortes de bêtes se faire capturer, mais jamais un homme se capturer lui-même. »

Il embaucha le mousse Syms Covington pour l'aider à tuer et à dépouiller ses spécimens ; maintenant qu'il avait un acolyte pour témoigner de ses exploits, on ne pouvait plus l'arrêter.

Par une belle journée de septembre, Charles, FitzRoy, McCormick (toujours aussi charmant) et deux autres compagnons étudiaient les bancs de boue du littoral lorsqu'ils firent une découverte majeure. Comme leur chaloupe contournait Punta Alta, McCormick lança :

– Qu'est-ce donc, là-bas ?

Les yeux sur le rivage, il montrait une digue naturelle haute d'une vingtaine de pieds, incrustée d'étranges petits corps blancs scintillant entre les roseaux. On aurait dit, de prime abord, une carrière effondrée de marbre pur. Mais en se rapprochant, les hommes trouvèrent une réponse bien plus intéressante : des agrégats d'ossements dans le limon solidifié.

Darwin bondit du canot et pataugea vers le talus, écartant les roseaux et les crabes avec son gourdin. Le temps que les autres le rejoignent, ses mains avaient entamé la digue, qui renfermait une couche tendre de gravier et de glaise. Il enfonça ses bras jusqu'aux coudes, et parvint au prix d'un dernier effort à libérer un os de trois pieds de long, qu'il brandit comme un trophée.

– Par le Seigneur! s'écria-t-il. De quoi s'agit-il, d'après vous? D'un immense fémur? Se peut-il que ce soit... un fossile?

Les hommes regardèrent autour d'eux. Ils étaient cernés de restes d'animaux : des défenses, des fémurs, une carapace arrondie, saillant du sol comme suite à un glissement de terrain – un ossuaire naturel où les os fossilisés dataient vraisemblablement d'une autre ère, car ils étaient bien plus gros que ceux des bêtes actuelles. On consacra le reste de l'après-midi à fouiller ce cimetière et à exhumer d'immenses restes qu'on entreposa sur la plage avant de regagner le navire.

Ce soir-là, Charles fut incapable de parler d'autre chose, spéculant sur l'origine des ossements, consultant des traités de zoologie, de biologie et de paléontologie, esquissant une théorie, l'abandonnant pour une autre, revenant à la précédente...

À la fin du dîner, amusé par la fièvre de son ami, FitzRoy le mit à la porte de sa cabine :

– Vous ressemblez à un possédé qui va ruminer toute la nuit en faisant les cent pas. Accordez-moi un peu de répit, et ne me réveillez que si les os reviennent à la vie !

Le lendemain matin, Charles regagna le site avec McCormick, dont l'engouement était proche du sien. Covington et quelques autres apportèrent des pioches, et l'on travailla jusqu'au soir, en ne s'interrompant que pour déjeuner de bœuf salé et de biscuits – un repas dont Charles se fût volontiers passé. Au crépuscule, les deux hommes de science contemplèrent les vingt pièces alignées sur le sable et parvinrent à la même conclusion : espèces préhistoriques et éteintes. Certains os évoquaient des animaux contemporains comme le guanaco, à ceci près qu'ils étaient deux ou trois fois trop grands. Un crâne que l'on avait mis des heures à déterrer correspondait pour Charles à un mégathérium, alors que McCormick penchait plutôt pour un mégalonyx. Épuisés sur la grève, le visage zébré de terre et la barbe maculée de boue, ils tâchèrent de rassembler leurs souvenirs d'Édimbourg. Puis ils eurent un sourire, et ce fut l'hilarité. Charles se mit à bondir comme un paresseux, tandis que McCormick vacillait, coiffé d'un crâne démesuré, sous les éclats de rire du reste de l'équipe.

Lors du retour en chaloupe, Charles regarda son compagnon en se disant qu'au fond ce n'était pas un mauvais bougre.

Huit jours plus tard, l'accumulation de fossiles rendait le pont impraticable. Le lieutenant Wickham grognait contre « la confiscation » de son navire, « transformé en je ne sais quel musée », mais c'était seulement pour la galerie. L'entreprise fascinait les marins, qui écoutaient Charles théoriser sans fin sur l'extinction de ces animaux. Il leur parlait de changement d'habitat, de formations montagneuses, de l'émergence d'un isthme entre les Amériques du Nord et du Sud. Le seul à s'inscrire en faux fut FitzRoy, qui expliqua lors du sermon dominical que ces espèces avaient disparu faute d'avoir pu monter dans l'arche de Noé.

Jemmy Button semblait très attiré par ces fossiles. Il ne manquait jamais une occasion de les toucher, et d'aucuns l'entendirent déclarer qu'il en avait déjà vus près de son village. Charles admirait la façon dont le sauvage savait ramener l'attention sur lui.

Au bout de deux semaines, FitzRoy mit un terme aux fouilles en décidant de lever l'ancre. Le commandant souhaitait reprendre l'exploration et, non moins important, poursuivre son propre projet : rendre les Indiens Yamanas à leur terre natale et semer les graines du christianisme dans cette région désolée.

Le départ de Buenos Aires fut des plus mouvementé. Charles souhaitait confier sa collection d'ossements à un navire qui partait pour l'Angleterre le jour où le *Beagle* devait remonter le fleuve pour faire des provisions – parmi lesquelles des bocaux, des alcools de conservation et des chaussures de marche dont il avait lui-même besoin. La solution s'offrit en la personne d'Edward Lumb, un vieil expatrié anglais qui prit le transbordement à son compte. Charles revint le payer le surlendemain et fut soulagé d'apprendre que ses colis étaient bien partis. Comme il tendait une liasse de livres à Lumb, celui-ci déclara :

– Au fait, monsieur, j'aurais dû poser la question plus tôt, mais j'ai remarqué que vous étiez deux… comment dites-vous… « naturalistes » ? Vous et l'autre gars, je ne sais plus son nom.

– McCormick. Pourquoi ?

– Voyez-vous, monsieur, le bordereau ne prévoyait qu'un seul nom, alors j'ai inscrit le vôtre. J'espère que j'ai bien fait.

Charles ne respirait plus. Ainsi les fossiles expédiés à Henslow ne porteraient qu'une seule signature : la sienne ! Mais cette joie soudaine fut ternie d'une note coupable. Charles ne pouvait s'attribuer le mérite de ces découvertes, car c'était McCormick qui avait repéré le site.

On ne pouvait toutefois rien faire dans l'immédiat, et ces questions de droits allaient devoir attendre. L'important, c'était que ces fossiles parviennent à Cambridge. Et puis ces découvertes ne seraient sans doute pas les dernières.

— Soyez sans crainte, répondit-il à Lumb. Nous ferons le tri en Angleterre.

CHAPITRE 13

10 avril 1865

J'ai récemment mis la main sur une chose fort curieuse. Depuis longtemps, papa a l'habitude de laisser du papier dans le placard de l'escalier afin que les enfants puissent dessiner ; parcimonie oblige, il s'agit souvent de vieux brouillons. Voici deux jours, en venant chercher quelques feuilles pour Horace et Leonard, l'idée me prit d'en lire le recto. Il s'agissait de bribes d'un premier jet de son Voyage d'un naturaliste autour du monde. *Or je ne pus m'empêcher de noter des divergences avec la version finale. Pour une raison quelconque, papa a opéré quelques remaniements.*

Des pages que je lus, je vis qu'il avait retranché des passages entiers. Il élimina notamment plusieurs conversations entre lui et un certain Robert McCormick, lequel, si ma mémoire est bonne, était le médecin de l'équipage. En comparant ces pages manuscrites aux cahiers imprimés, j'ai vu que l'essentiel de leurs échanges, dont certains furent assez âpres, n'avait jamais été publié. Cela vaut particulièrement pour les chapitres où transparaît la jalousie de M. McCormick face aux égards du commandant FitzRoy pour papa. Ainsi cet épisode où, furieux que celui-ci ait proposé à mon seul père de visiter telle île, McCormick tourne les talons alors même que papa lui parle. La raison de ces coupes m'échappe, quand on sait quel souci du détail a présidé au reste. Papa aura peut-être estimé que ces passages montraient de ce McCormick un

144

visage peu flatteur – il y apparaît en effet comme un homme atrabilaire et fort désagréable.

Il n'empêche, ces omissions m'ont laissée pensive et m'ont poussée à en chercher d'autres. Profitant de ce que mes frères dessinaient et que papa faisait sa promenade sur le Sandwalk, je me suis faufilée dans son antre. Là, sur une étagère surplombant le bureau en bois, se trouvaient alignés plusieurs carnets de voyage. Puisqu'ils étaient numérotés, je vis du premier coup d'œil qu'il en manquait. J'examinai quelques tomes, les attrapant avec maintes précautions de façon à pouvoir les replacer à l'identique, et je fus stupéfaite de constater que papa avait remplacé des passages après coup. C'était très net, car l'encre utilisée était différente et homogène, alors que celle d'origine variait au gré des semaines. Qui plus est, d'autres rectifications étaient inscrites de façon maladroite, parfois même dans les marges – preuve qu'il s'agissait bien d'ajouts ultérieurs. Enfin, vers le début, quelques pages avaient été entièrement biffées.

Ces modifications auraient pu être de celles que l'on fait à la relecture d'un texte, afin d'apporter quelques réflexions ou précisions complémentaires. Mais elles semblaient d'un autre ordre, car il suffisait d'une lecture, même hâtive, pour comprendre qu'elles altéraient le sens même du récit. Certaines concernaient le commandant FitzRoy, d'autres Jemmy Button, l'infâme sauvage dont la déloyauté ne connaît aucune limite. D'autres encore se rapportaient au susdit McCormick.

Je n'ai guère osé m'attarder, car, pour être honnête, j'avais mauvaise conscience de lire ces choses qui ne m'étaient pas destinées – ni à personne d'autre, du reste. Sitôt que j'entendis la canne de papa taper sur le perron, je replaçai les carnets et refermai le bureau, quelques secondes à peine avant qu'il ne surgît dans le couloir. À l'heure où j'écris ces mots, j'envisage de tenter de nouveau ma chance demain, peut-être lorsque papa retournera au Sandwalk, pour continuer mon enquête.

John Darnton

11 avril 1865

Il me faut trouver un moyen de rencontrer le commandant FitzRoy. Je dois lui parler, l'interroger, lui quémander des explications, car c'en est trop! La tête me tourne devant tant de mystères. Je veux savoir ce qui s'est passé lors du voyage du Beagle. À la lecture du journal de papa – la version non abrégée, je m'empresse de le préciser –, il est évident que certains événements, et de la plus haute importance, n'ont pas été correctement rapportés. Je n'ai aucune idée de leur nature, mais qu'ils aient été décisifs quant à l'issue du voyage, je n'en doute pas un instant.

Il se sera produit quelque chose en Amérique du Sud. Papa y fait allusion avec des mots prudents mais évocateurs. Il parle ainsi d'une certaine «nuit de feu»[1]. Il n'en dit pas davantage, mais ces mots me suggèrent quelque soulèvement de nature violente. Peut-être lors de la rencontre avec les Indiens sauvages, dont papa dresse un portrait terrifiant: plantés sur la plage, bavant telles des bêtes, les cheveux emmêlés, grimés de traits rouges et blancs, nus et enduits de graisse sous des capes en peau de guanaco...

Ou alors plus tard, quelque terrible incident impliquant un membre d'équipage. À moins que cela ne concerne Jemmy Button, dont nous savons que, loin d'ouvrir son cœur à la civilisation chrétienne, il fut capable d'une barbarie sans nom.

Le commandant FitzRoy sera peut-être ma pierre de Rosette. Mais je ne sais comment l'approcher, et j'avoue que cette perspective m'effraie. Si j'en crois tous les bruits circulant à Down House, beaucoup jugent cet homme un peu dérangé. Sans oublier sa profonde inimitié envers papa, qu'il accuse de vouloir renverser les fondements du christianisme – et sa désolation d'avoir commandé le navire qui permit un tel dessein.

Je tiens tout ceci de première main, car j'étais présente à Oxford lors du légendaire affrontement entre M. Huxley et Soapy Sam Wilberforce devant la British Association for the Advancement of Science, où l'on vit le commandant FitzRoy se donner en spectacle. J'en garde un souvenir si vif que j'ai du mal à croire que cela remonte à cinq ans déjà, quand j'en avais à peine quatorze. L'oncle Ras m'y avait introduite à la dérobée, et

---

1. En français dans le texte. (*N.d.T.*)

146

j'avais eu toutes les peines du monde à rester cachée derrière son dossier tout en écoutant les débats.

Environ cinq cents personnes étaient massées dans le suffocant amphithéâtre du nouveau musée. L'évêque attaqua point par point la théorie de papa, puis prononça la célèbre saillie : M. Huxley descendait-il du singe par son grand-père ou par sa grand-mère ? Ces mots firent littéralement bondir M. Huxley, qui défendit les travaux de papa avec sa rigueur coutumière, et conclut par une réplique qui fit date : s'il devait choisir entre un ancêtre singe et un ancêtre humain que la nature eût doué de raison, mais qui s'en servirait pour instiller du ridicule dans une discussion scientifique, alors, dit-il, « j'affirme sans hésitation ma préférence pour le singe ». S'ensuivit un immense tohu-bohu. Les uns applaudissaient, les autres huaient. Certains lançaient leur programme en l'air. J'ai levé la tête pour observer la scène par-dessus le dossier de mon oncle. Juste devant nous, un groupe d'étudiants tapageurs scandait : « Oh, le singe ! Oh, le singe ! ». Deux rangées plus loin, une femme enceinte se leva de son siège avant de perdre connaissance.

C'est alors que j'ai vu FitzRoy, vêtu d'un uniforme de vice-amiral usé jusqu'à la corde qui lui donnait l'air d'un prophète de l'Ancien Testament. Il errait dans la foule tel un possédé, agitant sa bible d'une main tremblante, l'écume aux lèvres et les cheveux en bataille. Il traita papa de « blasphémateur », déclara regretter le jour où il avait accepté d'emmener « cet homme » sur son bateau, cet homme dont l'ingratitude était « plus aiguë qu'une dent de serpent ». Il voyait en lui le « joueur de flûte du diable, guidant les esprits candides sur la pente de l'enfer et de la damnation ». À un moment donné, fixant avec fureur la foule galvanisée, il assena : « Mais tout cela est faux – cet homme est une canaille. » Il poursuivit dans ce registre, marmottant toutes sortes de jurons et d'imprécations à peine audibles, sauf lorsqu'il lança par-dessus son épaule, dans notre direction : « Alors c'est comme ça, monsieur Darwin, hein ? ». Il répéta plusieurs fois cette phrase absconse : une aigre mélopée qui me glaça le sang.

Je ne pus m'empêcher de noter que M. Huxley, qui contemplait la scène avec la satisfaction d'un général ayant défait l'ennemi, devint blanc comme un linge en reconnaissant le commandant. Sans délai, il chargea son jeune voisin de recon-

duire le pantelant FitzRoy vers une porte latérale, sans que je comprisse si c'était par exaspération ou par charité.

L'antienne du commandant résonna longtemps dans ma tête : « Alors c'est comme ça, monsieur Darwin, hein ? ». Quel était donc le sens de ces mots ? Il fallait sans doute y voir le babil absurde d'un esprit dépité, malade jusqu'à la démence. Son teint pâle et hagard faisait assurément de FitzRoy un personnage pathétique – à la fois triste et déroutant, pour ne pas dire menaçant. Je n'en éprouve pas moins l'impérieux besoin de lui parler, afin d'obtenir des éclaircissements. Les secrets s'accumulent, mais je suis prête à tout pour trouver la vérité !

15 avril 1865

La chance me sourit ! Ce week-end, nous avons reçu les Hooker – Joseph, le botaniste de Key, et son épouse Frances, qui est la fille de ce bon vieux Henslow, le maître vénéré de papa, qui nous quitta voici quatre ans. Or donc, cette Frances, femme brillante s'il en est, m'a suggéré une stratégie pour atteindre le commandant FitzRoy.

Nous éloignant dans le jardin à la faveur d'un temps clément, nous nous sommes livrées l'une à l'autre. Frances m'avoua sa colère de n'avoir pas vu mon père aux obsèques du sien, et me rappela que ce dernier avait intercédé pour que papa embarquât sur le Beagle, et qu'il avait aussi gardé ses fameuses caisses de spécimens. Je fus obligée de trouver des excuses à papa, liées bien entendu à sa mauvaise santé, puis j'ai indiqué que, de toute façon, il évitait toujours les enterrements, jusqu'à celui de son propre père ! Un étrange défaut, commentai-je, avant d'énumérer ses autres travers. Quel soulagement de pouvoir se confier à quelqu'un…

Peu après, sans rien trahir de mon enquête ni de mes suspicions intimes, j'ai dit qu'il me fallait parler au commandant FitzRoy. Frances jugea la chose malaisée, étant donné que ce monsieur venait de quitter South Kensington pour Upper Norwood, dans le sud de Londres, et qu'il ne fallait pas compter y être invitée. Mais alors lui vint une idée. Elle tenait de bonne source que FitzRoy, qui travaillait désormais à la Météorologie nationale, allait bientôt *recevoir Matthew Maury, son alter ego dans la marine américaine. Mon oncle Ras pouvait sans doute en connaître la date et organiser une rencontre sous des dehors inopinés.*

Comme je la remerciais d'une accolade, Frances me mit en garde : elle s'était laissé dire que le chagrin et l'infortune avaient eu raison de FitzRoy. Elle me raconta les malheurs du commandant, qui semblaient en effet légion, ainsi que toutes ses ambitions frustrées. Le voyage d'étude du Beagle ne lui ayant pas valu la reconnaissance espérée, il s'était orienté vers la politique. Il emporta un siège vacant à Durham, mais fut entraîné dans une âpre rivalité avec un autre candidat tory, laquelle finit en bagarre devant son club du Mall. Le scandale entacha sa réputation, ce qui le poussa à accepter le poste de gouverneur de Nouvelle-Zélande. Là-bas il buta sur un violent conflit territorial entre colons et Maoris, et fut rappelé en Angleterre. Peu après son retour, sa femme Mary mourut, le laissant seul avec quatre enfants. Puis ce fut au tour de sa fille aînée. Quant à sa fortune, elle avait peu à peu été réduite à néant.

Conscients de son dénuement, ses collègues – «dont ton papa», précisa Frances – le firent élire à la Royal Society, qui le recommanda au Board of Trade pour le poste de statisticien météorologiste, une place sans prestige mais intéressante pour un homme de science. FitzRoy se remaria et s'efforça de tirer le meilleur de ses nouvelles fonctions, exploitant ce nouvel instrument appelé «baromètre», et rassemblant toutes sortes d'informations destinées non seulement à enregistrer les données observées, mais aussi à prévoir celles à venir. Il parlait de «prévisions météorologiques», et pensait que cette méthode permettrait de sauver des navires en mer. Pourtant, malgré des débuts encourageants, l'idée se révéla inopérante. Ses pronostics erronés le couvrirent de ridicule, et le Times les supprima de ses colonnes.

— En outre, ajouta Frances, il faut savoir qu'il n'est guère ami avec ton cher père.

— Je l'avais bien compris, répondis-je. Papa me dit que FitzRoy l'a attaqué dans des revues sous le pseudonyme de Senex, avec des arguments d'un autre âge.

– *Sa ferveur religieuse s'est incontestablement accrue. Mon mari médite souvent sur ce coup du sort qui fit du* Beagle *le berceau d'une foi et le cercueil d'une autre.*

*Frances conclut en disant que, de toutes les tragédies endurées par FitzRoy, la plus déchirante fut la nouvelle du massacre de l'équipage de l'*Allen Gardiner, *vraisemblablement fomenté par Jemmy Button en personne. Elle allait me narrer cette monstrueuse histoire quand les autres nous ont rejointes, alors nous avons changé de sujet.*

12 avril 1865

Je séjourne chez l'oncle Ras, que mon intérêt pour le passé de papa amuse beaucoup, et qui a eu la bonté d'inviter FitzRoy la semaine prochaine. Il m'a promis que cette affaire resterait « notre petit secret ». Lui aussi m'a prévenue contre le commandant, dont l'esprit serait la proie des « diables bleus ».

Pour passer le temps, j'ai décidé d'en savoir plus sur le massacre en Terre de Feu. Je me suis donc rendue chez William Parker Snow, le commandant qui retrouva Jemmy Button vingt-deux ans après son retour à la vie sauvage. M. Snow, qui travaillait alors pour la Patagonian Missionary Society et qui est aujourd'hui son plus vif détracteur, avait fait de ce massacre et de l'implication de Jemmy Button un argument de sa campagne pour la fermeture de l'institution.

Il m'accueillit avec grâce dans son bureau du deuxième étage sur Harley Street et se dit honoré de « rencontrer la fille du professeur Darwin ». Je précisai aussitôt que, en fait de professeur, mon père n'était qu'un simple naturaliste amateur, mais M. Snow répondit :

– Si tous les amateurs avaient sa carrure, nous serions bien chanceux.

Sur ces propos frivoles, je lui ai demandé de me raconter le massacre. Alors son front s'est plissé, et il m'a confié ce qu'il savait :

– Sitôt rentré en Terre de Feu, Jemmy a disparu pour de longues années. Je l'ai retrouvé en novembre 1855, et je fus frappé par sa transformation. Ce jour-là, nous étions engagés sur le canal de Yahgashaga et nous avions aperçu des flambées sur une

petite île. Quand je hissai le pavillon, deux canots s'approchèrent, dont l'un était manœuvré par un gros Indien nu et crasseux qui se leva en criant : "Où est l'échelle ?". Nous le recueillîmes à bord, et c'est là que je reconnus Jemmy Button. Il était redevenu un parfait primitif, sinon qu'il parlait anglais. Autre détail curieux : il refusait de répondre au nom de Jemmy et exigeait d'être appelé Orundellico. J'ignorais d'où cela sortait.

« Nous nous sentions un peu gênés, et Jemmy n'était guère avenant. Il réclama des vêtements ; je lui donnai un de mes pantalons et une chemise, mais ils étaient trop étriqués. Il voulut ensuite de la viande, mais une fois sous le pont il ne put rien avaler. Quand je lui demandai s'il souhaitait rejoindre la nouvelle mission aux Malouines, il refusa tout net. Je lui laissai quelques cadeaux, dont une boîte à musique qui l'émerveillait, en promettant que d'autres présents l'attendraient le lendemain matin.

« Au lever du jour, plusieurs canots nous encerclaient. Jemmy monta à bord avec ses frères et d'autres hommes, et l'atmosphère devint hostile. J'offris à Jemmy plus de biens qu'il n'en pouvait porter. Les sauvages ne cessaient de crier "Yammerschooner", ce qui signifie "Donne", et il suffit d'entendre ce mot une fois pour s'en souvenir toute sa vie. Les Indiens me bousculaient en criant : "Anglais viens, Anglais donne, Anglais beaucoup", et Jemmy refusait de les calmer. Alors j'ai ordonné de hisser les voiles, ce qui leur fit accroire que nous partions, et de peur d'être enlevés ils se ruèrent vers leurs canots. Ce fut ma dernière image de Jemmy : lui et sa femme dans un canot, repoussant les autres pour protéger leur butin.

M. Snow me conta la suite. Un nouveau chef missionnaire arriva, le révérend G. Pakenham Despard, qui s'était mis en tête que Jemmy serait le fer de lance d'une conversion de masse. Il engagea son propre commandant, renvoya le navire en Terre de Feu, et parvint à emmener Jemmy et sa famille dans la station de Keppel, aux Malouines. Là-bas, les sauvages n'apprirent ni ne firent grand-chose, et ne restèrent que quelques mois. Pour rentrer chez eux, ils devaient promettre de se faire remplacer par d'autres, et l'échange avait lieu lors du voyage suivant. Jemmy regagna donc son île, et neuf nouveaux Indiens arrivèrent à la mission. Ce groupe parut s'y plaire : il apprit des cantiques et se fit baptiser. Mais son retour s'engagea sous de mauvais auspices.

Persuadé que ces sauvages avaient dérobé des effets au personnel de la mission, Despard ordonna une fouille. Les Indiens s'indignèrent d'être traités de voleurs et jetèrent rageusement leurs ballots sur le pont. Lorsqu'on y retrouva les objets disparus, leur colère redoubla.

La longue traversée ne suffit pas à les calmer. Lorsque l'Allen Gardiner jeta l'ancre et que les Indiens de l'île s'approchèrent en canot, les indigènes du bateau firent un esclandre. On en appela à Jemmy pour apaiser les esprits, mais celui-ci prit fait et cause pour sa tribu et réclama de nouveaux cadeaux, à titre de compensation. Hélas! il n'y avait plus rien à céder. Sur ces entrefaites, un marin se plaignit d'avoir perdu des affaires, et la nouvelle fouille qui s'ensuivit déchaîna une émeute: les Indiens arrachèrent leurs habits, lancèrent au loin les bibles et autres oripeaux de la civilisation, puis descendirent dans les canots.

Leurs cris s'élevèrent du rivage jusqu'à la tombée de la nuit, suivis de panaches de fumée dans le ciel noir.

Plusieurs jours durant, le vaisseau se balança doucement dans la baie, tandis que l'équipage construisait une mission rudimentaire en retrait de la grève et que des canots d'Indiens convergeaient de toutes parts. Le dimanche, le pasteur décida de célébrer un service dans la nouvelle maison. À l'exception du cuisinier, tous les marins du navire passèrent une chemise propre, ramèrent jusqu'à la plage et se frayèrent un chemin à travers la foule de sauvages. Le cuisinier suivit la scène depuis le bateau. Une fois le commandant et ses hommes à l'intérieur de la mission, les Indiens éloignèrent la chaloupe du rivage. On entendit monter un chant religieux, puis des protestations, puis des cris, et soudain les Blancs ressortirent au soleil, pourchassés par des sauvages munis de bâtons et de pierres! Un marin atteignit la mer et s'y enfonça jusqu'à la poitrine, avant de recevoir un galet dans la tempe. La plage était baignée de sang. Le cuisinier terrifié mit un youyou à l'eau, gagna la côte en hâte et se terra dans les bois. Des mois plus tard, le navire venu s'enquérir de la situation le retrouva à moitié fou, nu et couvert de brûlures, la barbe et les sourcils arrachés par les Indiens. Il leur livra un récit d'épouvante. Le vaisseau qui le ramena aux Malouines transportait aussi Jemmy Button.

— *Vous aurez sans doute lu la suite dans les journaux,* soupira M. Snow, *et c'était bien le cas.*

Une enquête officielle fut ouverte. Du fait de témoignages confus et d'une opinion publique hostile à la Patagonian Missionary Society, Jemmy ne fut pas déclaré coupable, nonobstant les déclarations du cuisinier : M. Button était monté sur le navire juste après le massacre pour passer la nuit dans les quartiers du commandant.

— *Quelle tristesse !* fit M. Snow. *Mais je savais, en mon for intérieur, qu'un drame de ce type était inévitable. Ce fut une longue succession d'événements, née de la rencontre du premier Anglais et du premier Indien. Elle avait été écrite d'avance, au moment où FitzRoy arracha un bouton de son uniforme pour acheter ce jeune garçon.*

J'approuvai d'un hochement de tête.

— *Comme je m'y attendais,* reprit M. Snow, *cela s'est mal terminé pour les Indiens. Aux dernières nouvelles, les épidémies ont décimé leurs rangs. Tenez, regardez ceci…*

Il me remit un exemplaire de Voice of Pity, *le journal de la mission en question. J'y avisai un article annonçant une « bien triste nouvelle » : la mort de Jemmy Button.* M. Snow me laissa lire avant de reprendre :

— *Je savais que derrière les sourires et les courbettes, Jemmy n'avait pas grand respect pour les merveilles de la culture occidentale. Ce tout premier soir à bord, quand je l'ai retrouvé après sa longue disparition, il m'a dit une chose que je n'oublierai jamais : "La science anglaise est pour le diable." J'ai mis du temps à comprendre ce qu'il entendait par là, à savoir que notre science ne répondait guère à ses attentes. Et avec quel mépris il avait prononcé ces mots !*

M. Snow me regarda droit dans les yeux.

— *N'est-ce pas étrange de dire cela à la propre fille de Darwin ?*

28 avril 1865

Mon entrevue avec le commandant FitzRoy s'est très mal déroulée. J'en suis ressortie fort secouée, et je doute qu'elle lui ait davantage profité – bien au contraire, je crains d'avoir *aggravé son état, dont je puis désormais affirmer le caractère piteux.*

Sur les conseils de l'oncle Ras, je me suis présentée dans l'antichambre du Bureau météorologique, sans rendez-vous, mais informée que FitzRoy devait y rencontrer M. Maury. Devant ma requête, un secrétaire leva un sourcil et eut un rictus décon-certant, comme si je n'avais pas bien conscience de l'endroit où je me trouvais, puis il parut se demander s'il fallait ou non m'an-noncer. Il me fit patienter debout, en tapotant une règle dans·sa paume, le temps de prendre une décision. Jamais je n'avais reçu un accueil aussi grossier! Lorsqu'il accéda enfin à ma requête, il quitta la salle en me laissant comprendre qu'il ne reviendrait pas, et je fus remplis d'appréhension à l'idée de rester seule avec un homme sans doute pas très sain d'esprit.

La pièce en elle-même était oppressante, et n'aurait pas juré dans un livre de notre Dickens national. Elle était sombre, voilée d'épais rideaux, éclairée en son centre par une seule lampe à gaz. De vieux classeurs en bois recouvraient les murs à mi-hauteur, sous des cartes jaunies et de tristes images de bateaux dans des cadres penchés. La poussière recouvrait tout, même les encriers et les fauteuils en velours vert délavé. Un tapis râpé venait parfaire le tableau de ce qui ressemblait moins à un bureau administratif qu'à une morgue.

Je méditai sur cette désolation lorsque j'entendis dévaler l'es-calier du hall. Surgit alors un commandant FitzRoy méconnais-sable. Il avait perdu son allure martiale : le dos voûté, la tête légèrement penchée sur le côté, les yeux écarquillés au point d'en être globuleux. Mal peigné, la barbe hirsute. On devinait que la route avait été longue et difficile depuis l'époque où il comman-dait un vaisseau de sa majesté.

Il parut stupéfait de me voir, mais par quelque vestige de poli-tesse il me tendit la main, fit une timide révérence et se mit à bafouiller : «Commandant Robert FitzRoy... Que me vaut... À qui donc ai-je... Quel est l'objet... Mmmm...», et ainsi de suite. Il dégageait une énergie intimidante, tel un ressort serré à fond dans un jouet d'enfant. Ses mains remuaient verticalement, ses genoux horizontalement, et cette agitation m'empêchait de me concentrer. Rassemblant mon courage, je le conduisis jusqu'aux fauteuils et parvins à le faire asseoir. Je n'avais d'autre choix que d'aller droit au but.

— Commandant FitzRoy, commençai-je, je m'en veux de faire irruption dans vos locaux, et j'espère que vous ne me jugerez pas discourtoise, mais je souhaite ardemment vous poser certaines questions relatives au Beagle et à son voyage.

— Mais certainement… certainement…

Lorsque j'ai fait mention de l'Amérique du Sud et de la Terre de Feu, il m'a paru encore plus troublé. « Tierra del Fuego… Tierra del Fuego… », prononça-t-il avant de me noyer sous une avalanche de mots. Il me parla de lointains explorateurs qui avaient choisi ce nom en référence aux feux que les indigènes allumaient sur la côte et dans lesquels les marins croyaient voir le visage même d'Hadès – ce qui n'était, glissa-t-il d'un ton aigre, pas si loin de la vérité.

Ce furent à peu près ses seules paroles cohérentes. Quand je l'interrogeai sur une certaine « nuit de feu », il me regarda bizarrement avant de prononcer des phrases inachevées – un pur salmigondis ! Il secouait la tête sans relâche, répétant : « Non… non… pas la Terre de Feu, les Galápagos… les îles enchantées, ha !… C'est là que tout arriva… ». Enfin, il me fixa pour réitérer sa sinistre mélopée : « Alors c'est comme ça, monsieur Darwin, hein ? », avant d'émettre un rire sépulcral, diabolique.

J'allais repartir lorsque sa main s'abattit sur mon bras.

— Sept plaies, voilà ce qu'ils ont trouvé. Sept plaies… comme notre Sauveur… les plaies du Christ… voilà ce que c'est, la vie de commandant… la solitude… le sel dans les poumons… ma fortune engloutie… dans l'Adventure… l'Amirauté grouille d'ennemis et d'ingrats, j'étais prévenu… méfiance, disaient-ils… Sulivan, mon propre sous-lieutenant, fait chevalier, chevalier !… Et moi, que suis-je ?

Sa véhémence me fit bondir de mon fauteuil. Sans lâcher mon bras, FitzRoy jaillit à son tour, son visage tendu vers le mien, refusant de se taire. Mon front reçut des postillons, et mon cœur palpitait.

— Darwin est un hérétique, un infidèle… l'agent du diable… les galets de la plage ne mentent pas, ils sont arrondis… l'action du Déluge… le Déluge fut tel que le décrit la Bible, croyez-moi… la porte de l'arche était trop petite pour le mastodonte…

L'hérésie est un péché, violer les Commandements aussi, hein, monsieur Darwin ? Alors c'est comme ça, hein ? ».

Je libérai enfin mon bras.

– Jemmy Button ! grinça FitzRoy. Jemmy Button n'a rien fait ! Ils ont voulu le crucifier... comme ils me crucifient moi !

– Veuillez me laisser partir ! criai-je.

– Vous Anglais connais moins l'avis, hurla-t-il avec un drôle d'accent, comme s'il imitait le jeune Indien.

J'empoignai ma jupe à deux mains et passai la porte sans me retourner. Me suivirent un flot d'invectives, une dernière salve d'incohérences, et cet effroyable rire rauque.

Ressortant à toute allure, je hélai un phaéton. Il est rare qu'ils s'arrêtent, mais le cocher aura peut-être eu pitié de ma mine ébouriffée. Je rentrai directement chez l'oncle Ras, et je mis du temps à me remettre de mes émotions – même après plusieurs tasses de thé fumant.

Cette nuit-là, comme je cherchais en vain le sommeil, les grotesques paroles de FitzRoy résonnèrent dans ma tête, en particulier cette curieuse phrase finale : « Vous Anglais connais moins l'avis. »

30 avril 1865

Horreur ! Horreur ! On m'apprend à l'instant que le commandant FitzRoy a mis fin à ses jours. C'est à peine croyable ! Moi qui l'ai vu avant-hier...

C'est l'oncle Ras qui me l'a annoncé, et tout à son excitation il ne m'a épargné aucun détail. Le récit de la pauvre Mme FitzRoy a fait le tour de l'Athenæum [1]. La veille de sa mort, le commandant ne tenait plus en place ; il se levait brusquement, faisait les cent pas, commençait à parler, se rasseyait. Il voulut se rendre au bureau, puis rebroussa chemin, passa l'après-midi à Londres et rentra très contrarié, en marmonnant des incohérences. Il lui fallait soi-disant revoir M. Maury, bien que le lendemain fût un dimanche et qu'ils se fussent déjà dit au revoir.

Il ne dormit pas bien cette nuit-là. Au matin, quand son épouse émergea du sommeil, il avait déjà les yeux ouverts. Il demanda

---

1. Club privé de Londres. (*N.d.T.*)

pourquoi la bonne ne les avait pas réveillés, et s'entendit répondre qu'on était dimanche. Il resta couché auprès de sa femme pendant une demi-heure, puis se leva sans bruit, pénétra dans la chambre voisine et embrassa sa fille Laura. Après quoi il s'enferma dans la salle de bains. Une minute plus tard, l'épouse l'entendit chuter. Elle appela les domestiques à l'aide, qui enfoncèrent la porte et le trouvèrent gisant dans une mare de sang. À l'aide d'un rasoir, et peut-être même face au miroir, il avait abrégé sa misère d'un trait franc dans la gorge.

Quelle horreur ! Le pauvre diable… Je me demande sans cesse si je n'ai pas eu une part infime – voire importante – dans cette folie. Mais si c'est le cas, comment pourrai-je vivre avec ce poids ? Je ne connaîtrai pourtant jamais la réponse. Ah ! je tremble rien que d'y penser ! Assez d'espionnage et de furetage, d'investigations puériles ! J'en ai assez fait. Je vais devenir une nouvelle personne, meilleure, loin de la Lizzie soupçonneuse et arrogante que je fus toutes ces années.

Pauvre commandant FitzRoy. Comment Dieu peut-il admettre tant de malheur dans ce monde ? Et comment nous autres, pauvres humains, pouvons-nous l'endurer ?

CHAPITRE 14

Hugh termina son petit déjeuner écossais – des flocons d'avoine bouillants sous un centimètre de crème fraîche, servis avec une cuiller en bois – puis sirota son café devant le bleu profond du loch Laggan. Dans le soleil du matin, la route longeant la rive paraissait calme et virginale, tel un joli collier ourlant un miroir. Mais la veille au soir, quand Hugh avait traversé les montagnes depuis Inverness et dû chercher dans le brouillard les réflecteurs de la chaussée, elle s'était révélée autrement plus retorse.

Hugh savait que ce long voyage ne serait peut-être qu'un coup d'épée dans l'eau.

Il rejoignit sa chambre, boucla son sac et l'emporta dans le vestibule de la vieille auberge, en baissant la tête pour ne pas se cogner aux linteaux. Il régla sa note et demanda comment se rendre chez le propriétaire des lieux. La réceptionniste parut surprise que FitzRoy MacLeod daigne le recevoir.

– N'allez pas nous le fatiguer, prévint-elle avec un fort accent local. Il est robuste, mais assez vieux pour être votre grand-père. Vous lui voulez quoi, d'abord?

– Un simple bonjour.

La femme se pencha vers lui en écartant un coude, comme pour le lui fourrer dans les côtes.

– Ah! ces Yankees…

L'air pur du dehors mordait les bronches par sa fraîcheur. Hugh jeta son sac dans le coffre de la voiture de location, boutonna son manteau et s'engagea à pied sur le chemin de terre qui partait de l'auberge. Le sentier traversait un bois, puis grimpait

158

une colline jusqu'à un croisement. Hugh prit à droite, et tomba au bout d'un quart d'heure sur un pré verdoyant. Des moutons gris et laineux relevèrent la tête pour le fixer d'un regard vide.

Il avait hâte de voir ce MacLeod. Remonter jusqu'à lui avait été assez simple : Nora Barlow, la petite-fille de Charles Darwin, avait écrit quelque chose au sujet d'une rencontre à Londres en 1934 avec Laura FitzRoy, celle que le commandant avait embrassée quelques instants avant de se supprimer. De là, Hugh avait déniché la notice nécrologique de Laura et pisté les autres membres de la famille FitzRoy. À quatre-vingt-dix ans passés, MacLeod était célèbre dans les milieux de Whitehall, comme stratège politique et comme héros de guerre, pour avoir pris un bunker allemand à lui seul.

Hugh arriva au pied d'un bouquet d'arbres à feuillage persistant. Ils se dressaient devant lui à la manière d'une muraille, mais une muraille percée d'une porte : la bouche du sentier. Hugh s'y engouffra, et découvrit une vue époustouflante : des collines, un petit lac de montagne et une vieille gentilhommière. Celle-ci gardait une certaine majesté, malgré ses tuiles affaissées et ses fenêtres tordues. Le sentier se rétrécit, et la rosée des herbes hautes mouilla le bas de son pantalon.

Dès que Hugh eut posé le pied sur les marches, la porte s'ouvrit, et il comprit qu'on l'avait guetté. Une frêle octogénaire se cramponnait à la poignée, ses mouvements vifs comme ceux d'un oiseau. Hugh se présenta. Elle fit de même : Mme MacLeod.

– Il vous attend, dit-elle tout en indiquant un escalier en bois qui s'élevait en carré.

La rampe brunie avait l'épaisseur d'un python. Hugh remercia la vieille femme et foula le tapis rouge retenu par des tringles de cuivre. Arrivé au premier palier, il se figea devant un grand buste de marbre aux traits familiers : les yeux en amande, la bouche sensuelle, le nez aquilin, le large front et les cheveux ramenés en avant façon Napoléon. FitzRoy lui-même.

MacLeod le reçut dans une vaste pièce, sous un haut plafond de vieux plâtre et de poutres raboteuses. Il était assis dans le contre-jour d'une fenêtre ensoleillée, les jambes sous une couverture, un homme tassé par les ans mais qui se tenait encore droit. Il fit signe à Hugh de s'installer à côté de lui. MacLeod avait de longs cheveux blancs qui bouclaient aux oreilles, un nez sillonné de veinules rouges, des yeux roses et humides.

Il proposa un scotch ; Hugh déclina, tout en repérant sur un guéridon un verre à moitié plein. Il consulta discrètement sa montre : 10 heures du matin.

Après quelques politesses d'usage, MacLeod s'offrit une bonne rasade, claqua son verre sur la table et demanda l'objet de cette visite. Comme plus tôt au téléphone, Hugh expliqua qu'il s'intéressait au commandant FitzRoy, qu'il envisageait de lui consacrer un livre et cherchait des lettres ou autres notes susceptibles de le renseigner.

– Ah ! le pauvre homme, soupira MacLeod. C'était un être brillant, vous savez. Le premier à risquer des prévisions météorologiques – c'est à lui qu'on doit ces fichus machins. Et le premier à se servir de baromètres. Ses cartes topographiques sont encore utilisées, vous savez.

Il s'exprimait avec feu, comme s'il parlait de son propre fils.

– Ils l'ont acculé à la mort – les banquiers, les hommes d'affaires, les whigs. Il avait des ennemis partout et ils ont eu sa peau. Aucune loyauté, aucune reconnaissance... Toutes ces années qu'il a passées à cartographier les côtes les plus coriaces : le détroit de Magellan, le cap Horn, la Terre de Feu... C'est avec son propre argent qu'il a affrété l'*Adventure*. Il a dû tout payer de sa poche, mais au moins il a bouclé le travail. Et vous croyez que l'Amirauté l'aurait félicité ? Rien du tout, pas même un merci.

Hugh hocha la tête avec compassion.

– Il a pris la mer à l'âge de quatorze ans, poursuivit MacLeod. S'est vu confier un navire à vingt-trois. Mais quelle solitude que d'être commandant dans la flotte de Sa Majesté... Comment s'appelait-il, déjà, celui qui s'est brûlé la cervelle sur le *Beagle* ?

– Pringle Stokes.

– Voilà. Il est resté terré dans sa cabine, au large de ces cailloux perdus, des semaines et des semaines d'affilée, sous une tempête incessante, sans jamais voir le soleil... FitzRoy était intarissable sur le bonhomme... Il parlait de sept plaies, de sept mystérieuses plaies... Oh oui, quelle solitude... Personne pour vous aider, personne vers qui se tourner.

Réflexion faite, Hugh voulait bien un scotch. MacLeod aboya quelques mots, et sa femme monta un verre dans l'instant.

– Quant à ce Darwin, reprit le vieil homme, on ne peut pas dire qu'il l'ait beaucoup aidé. Lui et le fameux Huxley… Ils l'ont fait admettre à la Royal Society, comme météorologue. Un petit poste sans avenir, payé au lance-pierres. Et on s'étonne qu'il ait mis fin à ses jours ? Mon aïeul permet au naturaliste d'accéder à la gloire – un hérétique, par-dessus le marché – et que reçoit-il en retour ? Un salaire de misère !

L'évocation de Darwin amena une digression sur l'inconstance de l'histoire, laquelle permit à Hugh de réitérer sa requête.

MacLeod vida son verre.

– Il n'y a plus rien, tout est parti, plus une miette. Il aurait fallu venir quelques années plus tôt.

Mais Hugh prenait plaisir à écouter le vieil homme, et de fil en aiguille il resta toute la journée. Quand MacLeod eut envie de se promener, Hugh le poussa en fauteuil roulant sur des allées pierreuses, puis ils déjeunèrent de perdrix arrosée d'un délicieux merlot, et passèrent au petit salon pour fumer un cigare. En reposant son briquet, MacLeod dévisagea Hugh et glissa d'un ton nonchalant :

– Ah si, j'ai gardé un papier qui pourrait éventuellement vous intéresser.

Hugh leva les sourcils.

– Il ne venait pas du commandant, expliqua l'Écossais, mais de Bessie, c'est-à-dire la fille de Darwin, celle qui ne s'est jamais mariée. D'aucuns l'appelaient aussi Lizzie. Elle tenait ce papier de son père, mais avait toujours estimé qu'il revenait de droit au commandant. Elle l'a remis à la fille de ce dernier, Laura, longtemps après qu'elles eurent chacune perdu leur père. C'est dans la famille depuis.

MacLeod donna des instructions à son épouse. Elle reparut au bout d'un certain temps, les manches couvertes de poussière, munie d'une serviette en cuir racorni qu'elle posa sur les genoux de son mari.

– J'avais pensé vendre cette pièce sur e-Bay, confia MacLeod, sauf que je n'arrive pas à m'en défaire. Allez comprendre… Vous pouvez regarder, mais je vous préviens : le document à manier avec précaution.

Sur ces mots, il remit à Hugh une feuille jaunie qui se désagrégeait à force de manipulations. Hugh l'examina. L'écriture était enfantine.

Moi vu vos bateau. Moi vu vos ville. Moi vu vos église. Moi parlé à votre Reine. Pourtant vous Anglais connais moins la vie que nous pauvre Yamana.

— Je parie que vous vous demandez qui a pu écrire ça.
— Pari tenu, répondit Hugh. Jemmy Button.
MacLeod fut impressionné.
— Exact. À l'intention de Darwin, selon toute vraisemblance. Button a envoyé ce billet à FitzRoy depuis les Malouines, au moment de l'enquête sur le massacre, puis FitzRoy l'a transmis à Darwin.
Hugh lui rendit le document.
— Ce serait dommage de s'en débarrasser, dit-il.
— Eh oui, c'est une pièce de valeur. La sentence d'un Indien traumatisé par son voyage d'un monde à l'autre…
Quand le soleil commença de décliner, Hugh dut prendre congé. Il repartit vers l'auberge avec la satisfaction du détective ayant déniché un indice. Lizzie s'était méprise sur la phrase crachée par FitzRoy : il ne fallait pas comprendre « l'avis » mais « la vie ». *Vous Anglais connais moins la vie…*
C'était donc ça : un message de désillusion à l'intention des Anglais et de la civilisation qu'ils incarnaient. Malgré toutes leurs connaissances et toutes leurs réalisations, les suzerains en savaient moins sur la vraie vie que Jemmy Button et ses semblables.
Hugh avait toujours été fasciné par le destin de ce jeune Indien capturé sur un canot, exhibé dans tout Londres, puis renvoyé dans son élément naturel. Et il s'était beaucoup interrogé sur son rôle dans le massacre de l'*Allen Gardiner*, puisque l'histoire restait évasive sur ce point. Si Jemmy Button avait été officiellement disculpé de cette barbarie, il n'existait aucune preuve de son innocence. Or la déposition du cuisinier, qui affirmait avoir vu le sauvage se coucher dans la cabine du commandant alors que sa tribu dépeçait et rôtissait les Blancs sur la plage, avait toute l'apparence de la vérité. Hugh essayait parfois de s'imaginer dans

la peau de l'Indien, tiraillé entre deux mondes antagonistes, avec ce que cela supposait de confusion, de rage et de haine de soi.

Ce bout de papier était un cri venu de la tombe. À défaut de résoudre le mystère d'une existence schizophrénique, il suggérait que Jemmy Button avait surmonté l'épreuve. Contre la puissance et la complexité d'une Europe industrielle, il avait choisi son propre peuple et son propre mode de vie, primitif mais essentiel, à l'extrême pointe sud du continent américain.

Le lendemain matin, dopé par son succès, Hugh décida de faire un saut à l'ancien laboratoire de Cal pour se renseigner sur son hypothétique démission. Il s'engagea dans l'allée de l'Oxford Institute, qui avait pour mérite de se situer à vingt kilomètres du centre-ville, ce qui éviterait de croiser des fantômes dans chaque cour et derrière chaque porte de High Street.

Les lieux en eux-mêmes étaient plus décevants. D'après les discours élogieux de Cal, Hugh s'était imaginé un vaste campus, quatre ou cinq bâtiments nichés dans les collines. Il s'était figuré des chercheurs en blouse blanche – dont une flopée de jolies filles – fourmillant dans les couloirs, prenant leur pause sur quelque terrasse d'ardoise, un mug à la main, angoissés par leurs expériences en cours. Au lieu de quoi il trouva, au centre d'un parking goudronné, un unique bâtiment de brique trapu et hideux, avec une entrée peu engageante formée d'une porte tambour et d'une plaque criarde.

Un vigile repéra son nom sur une liste et leva la barrière du parking. Hugh devait rencontrer un assistant administratif du nom de Henry Jencks, qui lui avait laissé entendre au téléphone qu'il perdait son temps. Hugh lui avait néanmoins arraché un rendez-vous en le harcelant à l'américaine.

Une hôtesse d'accueil lui sourit de toutes ses dents et le pria de patienter, tout en indiquant les chaises de métal et de vinyle près des distributeurs de boissons.

Hugh ne pouvait imaginer Cal dans ces couloirs blafards recouverts de lino. Cet endroit n'avait rien d'un labo high-tech, mais tout d'une compagnie d'assurance.

– *Et si tu grandissais un peu, Hugh ? Si tu passais aux choses sérieuses ? Combien de fois as-tu traversé le pays ? Sept ? Huit ? Et combien as-tu essayé de jobs différents ? Barman, ramasseur de pommes, maçon, postier… vendeur de souvenirs à l'Empire State Building !*

– C'étaient des boulots d'été. J'étais étudiant.

– Mais tu ne l'es plus, et il est temps de faire quelque chose de ta vie. Tu veux finir comme papa, en avocat décrépit ? Courir tous les soirs pour le train de 18 h 15, siffler un godet à Grand Central, te ruer à la maison pour t'envoyer le suivant puis vider toute la bouteille ? Moi, à ton âge, je savais déjà ce que je voulais faire.

– Tu parles comme un type de cinquante balais. Tu n'en as que vingt-sept.

– On ne se décide jamais trop tôt.

– Eh bien, tu as de la chance. Tu as trouvé un domaine qui te passionne. Moi, je cherche encore.

– Tu ferais bien de te dépêcher, Hugh. Parfois, je me dis que tu pousses le trip bohème un peu trop loin. Comme si tu accumulais les jobs pourris.

Hugh avait beaucoup parlé de Cal à Beth. Cette fille savait écouter. Elle posait quelques questions, toujours les bonnes, et repérait vite les fausses notes dans les récits enjolivés. La veille, quand Hugh avait raconté son expulsion d'Andover, le rôle de Cal l'avait surprise :

– Tu veux dire qu'il est monté de Cambridge en voiture pour fêter ton admission à Harvard, et que le résultat fut le rejet de ton dossier ? Tu as bien réfléchi à ça ?

Plus tard dans la soirée, il s'était remémoré un séjour londonien, quand Cal et lui avaient assisté à une représentation catastrophique d'*Un long voyage dans la nuit* au National Theatre. Le quatrième acte de cette pièce montrait une grande explication entre deux frères : la langue déliée par l'alcool, l'aîné Jamie jurait à Edmund qu'il l'aimait, avant de l'exhorter à se méfier de lui. « Je n'ai jamais souhaité que tu réussisses, avouait-il, de peur d'être minable en comparaison. J'ai toujours voulu ton échec, toi, le bébé à sa maman, le chouchou à son papa. » À ce moment, Hugh avait discrètement tourné la tête vers Cal, et leurs regards s'étaient croisés.

– Monsieur Kellem ? En quoi puis-je vous aider ?

C'était une voix fluette, déjà sur la défensive. Hugh suivit Henry Jencks jusqu'à son bureau, s'assit en face de lui et expliqua qu'il venait se renseigner sur le travail de son frère décédé.

— Je crains de ne pas vous être d'une grande aide, s'entendit-il répondre. Ces informations restent confidentielles, pour des raisons que vous imaginerez aisément.

Ils s'observèrent un instant.

— Un simple détail, reprit Hugh. A-t-il réellement démissionné ou s'agissait-il d'un congé quelconque ?

Un silence.

— J'ai vérifié son dossier. Il ne travaillait plus ici depuis le 10 juin. C'est tout ce que je peux vous dire.

— Il a donc démissionné ?

— Je ne peux rien dire.

— Et quel genre de recherches menait-il ?

— Là non plus, je ne crois pas être autorisé à vous répondre.

Hugh regagna Cambridge en roulant comme un chauffard.

Cet après-midi-là, assis dans son coin de bibliothèque préféré, il se sentait dans une impasse. Qu'allait-il pouvoir tirer du journal de Lizzie ? Il y avait bien cette histoire de carnets remaniés par Darwin, mais aucun exemple n'était fourni. En cherchant les originaux, Hugh avait constaté que plusieurs volumes manquaient à l'appel, mais cela ne révélait en soi aucune espèce de méfait. À part cela, il restait cette mystérieuse « nuit de feu », dont on ne savait pour ainsi dire rien, et quelques lignes poignantes sur le suicide de FitzRoy.

Ses doutes augmentaient quant à la sincérité de Lizzie. Et si, par-delà son attachement maladif envers son père, son sens exacerbé du complot et ses émotions refoulées, Lizzie s'était amusée à semer de petites bombes à retardement ?

C'est alors qu'arriva Roland :

— Tu en fais une tête, aujourd'hui.

— Tu connais l'expression « deux pas en avant, un pas en arrière » ? Avec moi, c'est l'inverse.

— Je peux t'aider ?

Hugh secoua la tête. Roland s'éloigna, avant d'être rappelé :

— Si, je pense à un truc. Connaîtrais-tu un poème intitulé *Goblin Market* ?

Il s'attira un regard bizarre.

— On s'éloigne, là. Oui, je connais. Pourquoi ?

— Par simple curiosité. Ça raconte quoi ?

— C'est un livre de Christina Rossetti, qui a fait un malheur en son temps. Il relate les aventures de deux sœurs. L'une est la pureté même, l'autre s'abandonne aux tentations de la chair. Très victorien dans l'esprit : spiritualité et concupiscence marchant bras dessus bras dessous...

— *Concupiscence* ?

— Absolument. Ce poème fut écrit pour les prostituées de la prison de Highgate, où officiait Rossetti. Elle avait voulu écrire un éloge de l'abnégation, mais je pense plutôt que ces professionnelles en furent tout émoustillées. Ce truc transpire l'érotisme.

— Je vois, fit Hugh avant de se rappeler que Lizzie avait elle-même travaillé auprès des détenues de Highgate en tant que lectrice bénévole.

— Pourquoi t'y intéresses-tu à ce point ?

— Ce livre avait une signification particulière pour Lizzie.

Soudain, les sourcils de Roland se relevèrent :

— Mais j'y pense... Ne bouge pas d'ici, c'est un ordre !

Il revint au bout de cinq minutes, un rictus aux lèvres. Il brandit un volume très fin.

— Non seulement je te rapporte son poème préféré, mais c'est son exemplaire personnel.

Hugh n'en revenait pas.

— Mais comment... ?

— Notre fonds Darwin est énorme. Elizabeth – Lizzie, si tu préfères – a vécu ses dernières années à Cambridge, dans une petite maison de West Road. À sa mort, nous avons hérité de ses affaires, donc de sa bibliothèque.

Il donna le livre à Hugh.

— Tu n'imagines pas tout ce qu'on possède en magasin. Les archives de Darwin remplissent à elles seules seize cartons. Traités contre l'acide, pour l'anecdote.

Hugh soupesa l'ouvrage. Malgré la reliure en tissu, il était extrêmement léger.

— Tu disais pourtant que tout avait été épluché...

– Les affaires de Darwin, pas celles de Lizzie. En fait, tu es la première personne à demander ce livre – du moins depuis 1978, année de l'informatisation.

Roland parti, Hugh se plongea dans *Goblin Market*. Les deux sœurs du poème s'appelaient Laura et Lizzie.

Lizzie… Pas étonnant que la jeune fille s'y soit reconnue.

Cachées dans les joncs d'un ruisseau forestier, ces deux sœurs entendent d'affreux gobelins croasser leur annonce tentatrice : «Venez acheter nos bons fruits du verger, venez acheter, venez…» Lizzie, la vertueuse, se bouche les oreilles et s'enfuit, mais Laura est irrésistiblement attirée et paie les gobelins d'une mèche dorée.

> *Elle suça, suça, suça sans répit*
> *Les doux fruits de ce verger inouï*
> *Tant que ses lèvres en furent endolories.*

Laura regagne le domicile droguée aux fruits, et le manque devient si fort qu'elle tombe malade et se retrouve à l'article de la mort. Lizzie doit impérativement sauver sa sœur. Elle glisse donc une pièce de monnaie dans son sac et se rend chez les gobelins. Quand elle refuse de festoyer avec eux et demande à être remboursée des fruits qu'elle vient d'acheter, les lutins tentent de les lui faire manger de force. Mais elle serre les lèvres et «rit en son cœur de sentir le filet de jus oindre son visage et se loger dans les replis de son menton».

À son retour, elle appelle Laura :

> *T'ai-je manqué ?*
> *Viens m'embrasser,*
> *Fais fi de mes plaies,*
> *Serre-moi, bise-moi, suce mes jus*
> *Que pressés les fruits gobelins ont rendus.*

Laura s'exécute, s'agrippe à Lizzie et la couvre de baisers jusqu'à perdre connaissance. Le lendemain, elle se réveille guérie. Des années plus tard, devenues épouses et mères, les deux sœurs réunissent leurs enfants pour leur parler des gobelins et de la façon dont l'une a sauvé l'autre.

Car il n'est de meilleure amie qu'une sœur,
Par temps clément, comme par ciel grondeur,
Pour épauler celle abattue,
Pour rattraper celle perdue.

Hugh reposa le livre en pensant à Lizzie – celle de Darwin. Le poème l'avait dans doute conquise d'un charme hypnotique, comme Laura l'avait été par les fruits des lutins. *Venez acheter mes fruits, venez, venez…*

Un rayon de soleil illumina la table. Hugh reprit l'ouvrage, et comme les pages s'ébrouaient dans la lumière dorée, une feuille volante s'échappa vers le sol. Il se pencha pour la ramasser. C'était une lettre, écrite sur un papier épais – ou plus exactement une demi-lettre sur une demi-feuille. Le début manquait, comme si on l'avait arraché.

Il supposa que la missive s'adressait à Lizzie, et pensa reconnaître l'écriture épaisse et ramassée d'Emma Darwin, la mère. Mais le trait était plus irrégulier qu'à l'ordinaire, comme sous l'effet d'une vive émotion.

Même si tu n'as rien dit à ton papa, ton péché ne sera bientôt que trop visible, et il en aura le cœur brisé. Je ne sais quel conseil te donner, sinon de prier pour qu'il te pardonne, et pour que le Seigneur te pardonne. Prépare-toi au pire, et soumets-toi d'un cœur repentant à la punition que tu recevras, car elle sera méritée. Nous allons devoir t'éloigner. Comment as-tu pu, ma fille ? Comment as-tu pu te montrer si légère et si cruelle ? Est-ce donc là toute l'affection que tu portes à ta famille ? As-tu seulement pensé combien tes actes allaient rejaillir sur nous tous ? Songe un instant à la honte que tu répands sur notre malheureux foyer. Voilà ce qu'il en coûte de se détourner de Dieu et de Notre Sauveur Jésus-Christ. Dès l'instant où tu as refusé la religion, j'ai su que tu prenais le mauvais chemin, mais jamais je n'aurais cru qu'il te mènerait aussi loin. Mais qu'allons-nous faire ? Comment allons-nous relever la tête ?
Je suis au comble du désespoir.
Ta mère qui t'aime malgré tout,

Emma

Hugh mit la lettre dans sa poche, traversa la salle de lecture, photocopia le document, puis le replaça dans le livre et reposa l'ensemble sur le comptoir.

Roland avait disparu.

Hugh vérifia sa montre ; Beth devait l'attendre au Prince Regent. Il descendit les marches du perron en palpant la photocopie dans sa veste.

« Mon Dieu, se dit-il. Elle est enceinte. C'est à peine croyable. Mais que va-t-elle devenir ? »

L'exercice était peu commun : reconstituer une existence cent cinquante ans après les faits, pour tenter de donner un sens aux événements. Parfois les pièces s'emboîtent, parfois elles résistent. Et parfois l'historien en connaît plus que son sujet. En l'espèce, Hugh savait que Lizzie allait attendre l'enfant d'un homme qu'elle n'épouserait jamais. Et que son entourage en serait anéanti. Savoir cela, alors que l'intéressée en était encore à croquer les visiteurs de Down House et à raconter ses malices dans son journal de jeune fille, était très inconfortable. Comme de regarder filer un bolide en sachant qu'il va s'écraser. Posséder ce savoir, c'était être un peu Dieu.

CHAPITRE 15

Le *Beagle* tossait à la lame dans une mer démontée. Se tenant fermement à la rambarde du pont, Charles tressaillit en décelant dans le brouillard la côte déchiquetée. Jamais il n'avait vu terre plus inhospitalière. Des pierres anguleuses s'avançaient dans les flots ; le sol était nappé d'une brume lugubre, avec pour seule végétation de tristes hêtres. Des montagnes se découpaient au loin, telles des coquilles d'huîtres dressées, moins majestueuses qu'inquiétantes. Les pluies abreuvaient à la ronde une immuable tourbière. Tout était gris et désolé.

Jemmy Button vint le rejoindre. Ces dernières semaines, depuis l'arrivée d'un froid glacial et d'une odeur de sol humide, les trois Fuégiens se conduisaient bizarrement. Fuegia Basket, dont la taille s'arrondissait (Charles la devinait grosse), montait rarement sur le pont et s'exprimait très peu. York Minster se montrait de plus en plus jaloux, et se renfrognait chaque fois qu'un autre s'asseyait à côté d'elle. Jemmy, lui, avait perdu son air jovial et paraissait tendu. À mesure qu'approchait sa destination, il semblait osciller entre impatience et anxiété.

Présentement, la brume fonçait son visage, lui donnait une couleur d'ébène polie. Ses gants blancs refermés sur le garde-fou, son col impeccable voletant dans le vent mouillé, il devenait presque comique en dépit de son air abattu.

Charles voulut le secouer :

– Allons, mon gaillard. Tu seras bientôt chez toi. FitzRoy s'est donné beaucoup de mal pour te ramener parmi les tiens : il mérite un peu d'entrain !

– Mais eux pas mon peuple. Eux Onas. Très terribles.

– Certes, mais toi, tu as vécu en Angleterre. Tu as même rencontré le roi. Tu leur es supérieur. L'armure de la civilisation te protège.

– Mon peuple est civilisé, aussi. Toi venir voir mon peuple, voir grand homme. Pas diable, là-bas. Promis.

– Je n'ai pas oublié, Jemmy, et je t'ai donné ma parole. J'irai rencontrer ton peuple et ton grand chef.

Jemmy se remit à scruter l'inquiétant littoral. Dans de tels moments, Charles avait l'impression d'essuyer les caprices d'un garçon de six ans. À vrai dire, les trois Fuégiens se comportaient ainsi : comme des enfants.

Charles soupira. Il pensait depuis longtemps que les êtres humains étaient fondamentalement les mêmes, et que seul différait le degré d'avancement des sociétés. L'humanité était une échelle de progression vers la rationalité et la moralité, avec les tribus primitives en bas, et les Anglais et quelques nations européennes en haut. La vitesse avec laquelle ces sauvages avaient adopté les codes civilisés accréditait cette théorie, mais maintenant qu'ils se rapprochaient de leur terre natale, Charles se demandait s'ils ne désapprenaient pas aussi vite qu'ils avaient appris.

Jemmy prit congé, et Charles sentit une autre présence dans son dos. Il devina laquelle sans même se retourner.

– On admire la vue ? demanda McCormick.

– Si l'on veut.

– À propos, Jemmy t'a-t-il parlé de visiter son village ?

– Oui, pourquoi ?

– Il revient sans cesse à la charge. Il veut nous emmener dans l'intérieur pour rencontrer sa famille et son chef tribal. Un gars du nom d'Okanicutt.

– Je lui ai dit oui.

– Moi aussi, mais je commence à le regretter. Il y aura bien une journée de marche jusque là-bas... As-tu remarqué que ces gens ne semblent avoir aucun mot pour dire « non » ? Peut-être ignorent-ils cette notion. Le fait est que je ne les ai jamais vus renoncer à quoi que soit.

Charles ne répondit rien. En fait, il ignorait comment fonctionnait l'esprit de Jemmy et ne pouvait imaginer à quoi ressemblait son univers mental. Son mode de pensée semblait tellement opaque, tellement différent, tellement éloigné des notions habituelles de temps, d'espace… C'était un système magique, pétri de superstition et d'animisme. Une chose n'était pas forcément l'une ou l'autre, mais pouvait être les deux à la fois, et les réalités découlaient les unes des autres selon une logique insaisissable. C'était une sorte de vision organique de la vie, où le bouton devient une fleur qui devient un fruit, mais ici le bouton, la fleur et le fruit n'avaient aucun rapport entre eux.

McCormick l'arracha à ses songes :

– Au fait, sais-tu qu'il est question d'affréter un deuxième navire ?

– Un deuxième navire ? Pourquoi diable ?

– Le commandant FitzRoy souhaiterait des renforts pour mener à bien l'étude. Faute de temps pour contacter l'Amirauté, il est prêt à payer de sa poche, contre un remboursement ultérieur.

– Quoi ? Mais c'est folie de prendre une telle initiative sans leur aval. Et s'ils refusaient ?

– Oh, cela m'étonnerait fort. Il a d'excellentes relations, tu sais.

Charles nourrissait quelques doutes, mais il n'eut pas le temps de les exposer : au détour d'un promontoire un trou s'ouvrit dans le brouillard, et ce que virent les deux hommes leur coupa le souffle.

À quarante pieds de distance se trouvaient une dizaine de sauvages, vêtus de simples peaux crasseuses jetées sur leurs épaules. Leurs longs cheveux mêlés pendaient jusqu'à la poitrine, et leurs visages étaient striés de peintures rouges et blanches. Ils sautaient en agitant les bras, avec des cris monstrueux, puis voulurent suivre le navire en courant sur les rochers. Bientôt certains se mirent à baver et à saigner du nez, souillant de salive et de sang leurs corps bruns et graisseux.

– Dieu du ciel, exhala McCormick, je n'ai jamais vu chose pareille. Crois-tu qu'ils soient dangereux ?

Charles l'ignorait. Il lui semblait découvrir des esprits d'un autre monde, dignes de l'opéra de Weber qu'il avait vu lors de ses études, *Le Freischütz*.

Le navire passa la pointe suivante. Disséminées sur les îlots rocheux comme sur les plateaux des contreforts, de grandes flambées joignaient leur fumée à la brume – ces mêmes flambées qu'avait aperçues Magellan, et qui lui avaient inspiré le nom de

Terre de Feu. Servaient-elles à attirer le bateau ou à avertir les autres indigènes ?

Quelques jours plus tard, le *Beagle* mouilla dans la baie de la Réussite et l'on descendit les chaloupes. Charles et FitzRoy prirent la baleinière. Beau comme un prince avec sa veste bleue et ses hauts-de-chausses blancs, Jemmy resta blotti à l'arrière, transi de peur. Des dizaines de sauvages s'étaient rassemblés sur le rivage, arpentant les rochers en poussant des cris sonores, pendant que d'autres restaient perchés sur les hauteurs.

– Ce sont des Onas, déclara FitzRoy.

Et le commandant d'expliquer que, contrairement au peuple de Jemmy Button, ces Indiens vivaient dans les forêts, n'utilisaient pas le canot et chassaient à l'arc. Ils étaient grands, six pieds en moyenne. La présence de termes espagnols dans leur vocabulaire – désignant généralement des biens très prisés, comme *cuchillos* pour « couteaux » – attestait de précédents contacts étrangers.

Sitôt arrivées, les embarcations furent cernées d'Indiens alléchés par les objets à bord. Les hommes d'équipage leur offrirent toutes sortes de présents, qu'ils s'empressèrent de mettre en lieu sûr. Ils assenèrent une grande tape sur le torse de Charles et d'un ou deux autres Anglais, lesquels retournèrent le geste. Il s'agissait sans doute d'un salut amical, même si aucun sourire ne venait le confirmer. Les sauvages cernèrent Jemmy Button et le touchèrent tour à tour, en se concertant d'un air médusé. Il ne parlait pas leur langue, et ses yeux suaient la peur.

– Eux pas mon peuple, dit-il, au bord des larmes.

Les Anglais sortirent violon et cornemuses, et leur musique suscita l'hilarité parmi les sauvages. L'un d'eux se colla dos à dos contre le marin le plus imposant ; déclaré plus grand d'un demi-pouce, il s'éloigna sur la plage en hurlant comme un damné et en agitant son gourdin. Un autre matelot suggéra un tournoi de lutte, mais devant l'afflux continu d'indigènes depuis les collines, FitzRoy jugea l'idée par trop téméraire et ordonna à l'équipage de regagner les embarcations.

Les Indiens les suivirent dans l'eau, barbotant le long des bateaux, tirant sur les ceintures et les chemises des marins. Alors un aspirant lança par-dessus bord des boîtes de rubans, et la plupart des sauvages lâchèrent prise. Le dernier qui retenait la chaloupe de Charles reçut un coup de rame sur les doigts.

Comme l'équipage repartait vers le *Beagle*, Charles remarqua l'étrange posture de Jemmy : affaissé au fond du bateau, les jambes fermement serrées. Une tache jaune gâtait les cuisses de sa culotte blanche. De retour sur le navire, le jeune homme courut à sa cabine pour cacher sa honte, et on ne le revit plus du reste de la journée.

Ce soir-là, lors du dîner en tête à tête, Charles trouva FitzRoy fort morose et déclara :

– J'avoue que cet épisode sur la grève fut un brin déconcertant, mais ce n'était qu'un premier contact. J'imagine que la situation s'améliorera ces prochains jours.

Le commandant fixa la table comme s'il n'avait rien entendu.

À la réflexion, la diffusion du christianisme dans cette région arriérée s'engageait assez mal. Avant ce jour, à force de voir FitzRoy en parler avec feu et se lever de table pour brandir la Bible, Charles s'était presque attendu à être reçu à bras ouverts.

Le commandant faisait face à un choix délicat : où déposer sa cargaison humaine ?

Il décida que Jemmy Button et le jeune Richard Matthews débarqueraient là où le jeune sauvage avait été enlevé deux ans plus tôt. L'endroit se situait vers le milieu du canal Beagle, qui traversait le bas de la Terre de Feu et que FitzRoy avait ainsi baptisé lors de sa précédente venue. En revanche, York Minster et Fuegia Basket, qui venaient d'une tribu établie plus à l'ouest, seraient libérés près de l'embouchure pacifique du canal. Cela obligeait à doubler le cap Horn, le passage le plus dangereux au monde.

Ce furent vingt-quatre jours de tempêtes indicibles. Le *Beagle* manqua d'être englouti sous un mur d'eau que Charles, malade comme une bête, estima culminer à deux cents pieds. Malgré l'arrivée de l'été, censé radoucir le temps, FitzRoy fut contraint de repartir vers le nord pour aborder le canal par l'est. Protégé des deux côtés, le *Beagle* atteignit ainsi les eaux calmes du détroit de Ponsonby sous les assauts continus des Indiens en canots, qui cognaient la coque en répétant « *yammerschooner* ». FitzRoy expliqua qu'il s'agissait de Yamanas, une grande tribu divisée en nombreux clans. Ils vivaient dans des wigwams de fortune, se nourrissaient de coquillages et de phoques, et levaient le camp tous les quatre ou cinq jours. Quasi nus, ils n'étaient protégés du froid que par une fine couche de graisse animale. Les trois Fuégiens appartenaient à cette tribu, mais à des clans très différents. Celui de Jemmy était le plus évolué, comme le prouvait son refus du cannibalisme.

Après deux jours de navigation, le *Beagle* toucha Woollya, une anse abritée de l'île de Navarino. Par chance, l'après-midi était ensoleillé. La terre s'élevait doucement le long d'une baie en demi-lune. Après la plage se succédaient un sol herbeux d'aspect fertile, des bosquets touffus et de modestes collines, l'ensemble sillonné de ruisseaux d'eau douce. FitzRoy jugea le site idéal.

L'équipage s'attela sans délai à la construction de la mission. On éleva trois huttes en bois, une pour le missionnaire Matthews, une deuxième pour Jemmy, et la dernière pour les deux autres Fuégiens. On planta deux potagers, on dressa une clôture et l'on creusa un fossé pour délimiter le terrain. Les hommes purent alors décharger les nombreuses caisses de la London Missionary Society, dont le contenu dénotait une grande méconnaissance de ces contrées austères : soupières, plateaux à thé, beurriers, verres à vin, chapeaux de castor, du linge blanc de qualité, un nécessaire de toilette en acajou, et deux pots de chambre en porcelaine qui firent s'esclaffer les marins.

Les Yamanas locaux suivaient la scène, fascinés. D'autres arrivaient en canot ou à pied, attirés par les promesses de cadeaux. Ils furent bientôt trois cents à se masser autour des hommes au travail pour les accabler de « *yammerschooner* » doucereux, et ils s'enhardirent de jour en jour, dérobant des ceintures et des chemises, des clous et des haches – tout ce qui restait un instant sans surveillance. Malgré l'instauration de rondes de nuit, les marins ne purent empêcher les larcins.

Charles observa l'attitude de Jemmy sur cette côte. Curieusement, le sauvage avait perdu sa langue natale. Il s'adressait à ses congénères en anglais, avant de tenter quelques mots d'espagnol. Il refusait de s'essayer aux grognements gutturaux des Yamanas et ne paraissait même plus les comprendre. York Minster, lui, semblait saisir quelques mots, même s'il restait résolument muet. Fuegia Basket, couverte pour la circonstance d'un chapeau de printemps, observait le même silence. Elle avait l'air choquée par la nudité des sauvages.

L'attitude du missionnaire Matthews n'était pas moins étrange. Il passait le plus clair de son temps sur le navire, sans montrer d'intérêt pour la construction de sa maison, et cultivait un étrange sourire distant. Comme si, commenta Charles devant King, toute cette entreprise ne le concernait en rien.

Le cinquième jour, survint un fâcheux incident, quand un marin poussa un vieil Indien hors du périmètre interdit. Pris de colère, ce dernier cracha au visage du Blanc avant d'accomplir une sinistre pantomime en feignant de lui manger la peau. Charles se souvint alors des mises en garde de Jemmy. FitzRoy ordonna aussitôt des exercices de tir sur la plage, pour montrer aux sauvages le pouvoir des mousquets anglais. Les détonations effrayèrent les indigènes, qui se replièrent dans les collines par petits groupes hagards, puis ils reparurent le lendemain matin comme s'il ne s'était rien passé.

En dépit de la tension, FitzRoy s'en tint à ses plans et laissa Matthews sur place. Il lui présenta la chose comme un essai, en précisant que le *Beagle* allait explorer le bras occidental du canal pendant une semaine avant de revenir aux nouvelles. On lui servit un dernier et copieux repas à bord, auquel il toucha à peine, puis on le mena au rivage avec un entrain quelque peu forcé. Assis la tête haute à l'arrière de la chaloupe, il arborait son sourire impénétrable tandis que les matelots chantaient avec cœur. Jemmy et les deux autres Fuégiens débarquèrent d'un bateau séparé.

Depuis la mer, les hommes d'équipage regardèrent le jeune missionnaire et ses trois compagnons traverser la grève jusqu'à leurs nouvelles demeures. Une foule de Yamanas s'ouvrit devant eux, puis elle se referma et on ne les vit plus. Sitôt les chaloupes rentrées, le *Beagle* appareilla.

Neuf nuits plus tard, le trois-mâts était de retour, et le littoral offrait un spectacle de mauvais augure : les Indiens arboraient des morceaux de tissu écossais ou de lin blanc qui ne pouvaient provenir que du campement, et Charles craignit qu'ils n'eussent attaqué le missionnaire. Lorsque le navire atteignit Woollya, des dizaines de canots s'alignaient sur la plage, où attendaient une centaine de Fuégiens couverts de peintures rouges et blanches, des lanières d'étoffe nouées autour du cou, des cheveux et des poignets.

Dévoré d'anxiété, FitzRoy se posta à l'avant de la baleinière, qui fut vite assiégée de « *yammerschooner* » et de mains exigeantes. Mais au grand soulagement du commandant, Matthews reparut. Il accourut vers la chaloupe, et dès qu'il s'y fut jeté, il fit de grands gestes frénétiques pour être ramené sur le *Beagle*.

Là, le missionnaire fit un récit d'horreur. Ses trois premières nuits s'étaient déroulées sans encombre, avant que ne surgît un groupe d'Indiens plus agressifs. Ils envahirent sa hutte pour l'importuner, le déposséder, l'intimider. Ils lui volaient ses affaires, et prenaient la mouche s'il s'avisait de leur résister. Par deux fois ils apportèrent de grosses pierres et menacèrent de lui briser le crâne. Le dernier soir, ils l'immobilisèrent au sol et lui arrachèrent la barbe à l'aide de valves de moules. Le renvoyer là-bas, jurait-il, c'était le livrer à la mort.

Escorté par ses hommes, FitzRoy remonta la plage jusqu'à la mission, où il revit les trois Fuégiens. Jemmy avait lui aussi été dépouillé et maltraité. Il avait perdu ses beaux habits et son corps était couvert d'ecchymoses. York Minster, homme fort et plein d'autorité, s'était mieux défendu en repoussant ceux qui le menaçaient, lui ou Fuegia Basket. Malgré l'insistance de FitzRoy, aucun ne voulut repartir pour l'Angleterre.

FitzRoy distribua un dernier lot de cadeaux – les ultimes provisions de Matthews – dans l'espoir d'apaiser les ennemis de Jemmy ou de susciter quelque bienveillance à l'égard de futurs naufragés anglais. Matthews demanda qu'on le gardât jusqu'en Nouvelle-Zélande, où son frère exerçait également comme missionnaire, et FitzRoy accepta.

Comme le *Beagle* repartait de Woollya, Charles trouva le commandant fort abattu. En l'espace d'une journée, cet homme avait vu mourir le rêve qui le tenait en haleine depuis trois ans – répandre la Parole de Dieu parmi des indigènes ignorants.

– Je crois toujours, soupira FitzRoy ce soir-là, que nous sommes tous les enfants d'Adam et Ève. Même si d'aucuns se sont davantage éloignés de l'Éden, au point d'en avoir tout perdu...

Au terme d'une nouvelle semaine d'études, le navire rebroussa chemin pour s'enquérir des trois Fuégiens. Des femmes pêchaient en canot dans la baie, et les quelques hommes du rivage semblaient indifférents au retour des Anglais. Les huttes étaient réparées, et la potager piétiné présentait quelques pousses.

Des trois Fuégiens, seul Jemmy émit des doléances. Il invita FitzRoy, Charles et McCormick dans sa hutte pour dire qu'il souffrait de n'avoir pu leur montrer son village :

— Vous dire vous venez dans mon pays, mais vous pas dire vrai. Vous pas rencontré ma famille. Vous pas rencontré mon grand chef.

À ces mots, FitzRoy redevint le commandant d'autrefois. Était-ce le soulagement de les savoir vivants, ou le vague espoir que la graine pût encore germer ? Se levant d'un bond, il prit les mains de Jemmy, ferma les yeux, leva le menton, et déclara d'un ton de prêcheur :

— Nous avons beaucoup de travail, mais devant Dieu je te fais le serment que nous reviendrons, et alors nous irons avec toi visiter ton village, rencontrer ton peuple et discuter avec ton grand chef.

Le *Beagle* repartit plein est, vers l'Atlantique. Charles pensa que FitzRoy avait recouvré un semblant d'espoir, même s'il parlait très peu de son projet civilisateur — comme s'il craignait de contrarier le sort.

Il fallut près d'une année au commandant pour honorer sa promesse. Entre-temps, le navire remonta jusqu'à Montevideo afin de relever la côte est, ainsi que celles des Malouines. Pour satisfaire à sa mission, et sur les conseils de Sulivan, FitzRoy déboursa 1 300 livres pour l'acquisition d'un second navire, un chasseur de phoques américain rebaptisé l'*Adventure* et destiné à relever les hauts-fonds et les criques. Il fut confié à Sulivan, qui prit McCormick avec lui.

Ce travail exigeant pâtit de nombreux contretemps. Le secrétaire de FitzRoy périt lors d'une partie de chasse. Plusieurs marins désertèrent. Augustus Earle, l'artiste auquel Charles s'était attaché, tomba malade et dut céder sa place à Conrad Martens, un bohémien de passage qui s'habitua vite à la vie en mer.

Charles avait acquis du prestige sur le navire. Son caractère autonome, énergique et enthousiaste s'était révélé dans l'épreuve, et plus d'une fois il s'était conduit en héros. Un jour qu'ils exploraient les terres arides de Patagonie, FitzRoy et son équipe furent stoppés par la soif et l'épuisement, mais Charles poursuivit seul pour chercher du secours. Une autre fois, un groupe de marins fut si émerveillé par l'éboulement d'un glacier qu'il en oublia les dangers ; Charles eut la présence d'esprit d'abriter la baleinière avant que l'onde de choc ne fracasse la coque. En signe de gratitude, FitzRoy donna son nom à un bras de mer puis à un promontoire – le détroit de Darwin et le mont Darwin –, ce qui raviva la jalousie de McCormick, et le médecin de se plaindre à Sulivan : le commandant renommait des sites « à la moindre occasion, faisant ainsi insulte à ceux qui le méritaient vraiment ».

Dans l'ensemble, lorsque les bateaux jetaient l'ancre et que les équipages se retrouvaient, McCormick cachait ses sentiments sous un masque d'indifférence. Étant l'un des rares cavaliers de l'effectif (la plupart des marins ne valaient rien sur la terre ferme), il se joignait parfois à Charles pour chasser du gibier ou des spécimens. Il en ramassa un certain nombre, que Charles ajouta gracieusement à ses envois.

Les mois que Charles passa à terre furent des plus enrichissants et il aima s'endurcir. Dans le sud, sur la côte gelée, il apprit à traquer et à tirer le phoque. Il dormit dans des tentes de fortune, endossa un gros manteau de fourrure, et sa barbe noire devint si longue qu'il ne pouvait l'enserrer qu'à deux mains. Dans le nord, où le climat était moins dur, il fit des expéditions de plus en plus longues, pour retrouver le *Beagle* des centaines de milles plus haut. À contrecœur, FitzRoy le laissa même entreprendre un voyage du río Negro jusqu'à Buenos Aires, ce qui le conduirait dans de nombreuses zones de combats entre Espagnols et Indiens.

Charles fut aux anges. Pistolet à la ceinture, il se fit escorter par un groupe de gauchos. Séduit par leur bravoure et même par leur cruauté, il se mit à revendiquer l'épithète de *banditi*. Il maîtrisa enfin les *bolas*. Il chassa l'autruche, amusé par la façon dont elles déployaient leurs ailes en détalant. La nuit, il lisait *Le Paradis perdu* à la lumière du feu. Comme il connaissait le texte pratiquement par cœur, il lâchait le livre pour le laisser s'ouvrir sur un passage au hasard. Il s'endormait sous les étoiles, la tête calée sur sa selle, en écoutant bruisser des bêtes nocturnes inconnues.

Sa route traversa une région contrôlée par le célèbre général Juan Manuel de Rosas, qui tenait d'une main de fer sa propre armée, et dont la stratégie face aux Indiens consistait à cerner les villages pour tuer jusqu'au dernier habitant – qu'il soit homme, femme ou enfant. On le disait dangereux, surtout lorsqu'il riait. Ayant eu vent du passage d'un Anglais, il invita Charles dans ses quartiers et le reçut avec les honneurs. Charles fut impressionné par le talent de cet homme, capable de sauter d'une corniche, d'atterrir sur le dos d'un poulain sauvage et de l'épuiser au galop. Rosas lui délivra un laissez-passer et ne rit pas une seule fois.

Charles assouvissait enfin sa faim d'aventure. Il goûtait à la vraie vie. Il se voyait en personnage romanesque, errant dans la pampa, découvrant des paysages et des animaux qu'aucun Anglais n'avait encore approchés. Le Shropshire semblait tellement étriqué en comparaison, et la vie là-bas si monotone…

Lorsqu'il parvint enfin à l'orée de Buenos Aires, il se heurta aux barrages de rebelles armés. Le général Rosas s'était emparé de la capitale. Charles réussit à franchir le blocus en lâchant le nom de son ami et en montrant son laissez-passer, pour découvrir que le *Beagle* n'était plus là ! Se croyant abandonné, il commença à paniquer.

Il s'avéra que le navire stationnait à Montevideo, sur l'estuaire de Rio de la Plata. De barrage en barrage et de pot-de-vin en pot-de-vin, Charles parvint à le rejoindre.

Le soir au dîner, comme il régalait FitzRoy de ses exploits, le commandant lui confia qu'un certain marin avait proposé de repartir sans lui.

– M'est avis que vous devinerez à qui je fais allusion, dit-il dans un sourire.

Charles n'eut pas besoin de deviner, et ne fut point amusé.

Cette nuit-là, *Le Paradis perdu* s'ouvrit sur un passage désarmant tant il semblait écrit pour Charles. Un Satan rongé d'envie traque l'homme ; pour se faire guider jusqu'à lui par l'archange Uriel, il se déguise en chérubin :

Car ni l'homme ni l'ange ne peuvent discerner l'hypocrisie : c'est le seul mal qui dans le ciel et sur la terre marche invisible, excepté à Dieu…

Deux semaines plus tard, ils reprenaient le canal Beagle jusqu'à Woollya, impatients de savoir ce qu'il était advenu des trois Fuégiens. Dès le large, ils aperçurent un campement dévasté. Deux huttes étaient démolies, réduites en deux carcasses nues, et le potager avait disparu.

La dernière cabane semblait toutefois préservée, celle dont émergea Jemmy Button. Il sortit en canot avec sa nouvelle épouse, et Charles mit du temps à le reconnaître. Les cheveux emmêlés, le visage peint, il portait un simple pagne et on lui voyait les côtes. Il fit signe aux visiteurs de le rejoindre sur la plage, mais avant de s'asseoir avec eux il disparut dans sa hutte pour passer un joli pantalon, une chemise blanche et une veste devenue trop large. Sa femme resta à l'intérieur, par timidité.

Jemmy expliqua que York Minster et Fuegia Basket étaient partis depuis longtemps. La plupart de ses effets avaient été pillés, mais il était plutôt content de son sort.

– Maintenant la promesse, dit-il. Moi beaucoup attendu. Maintenant vous visiter mon pays.

– Oui, répondit Charles. Nous sommes prêts.

FitzRoy préféra rester sur le navire, car l'équipage abhorrait cet endroit, et certains propos rapportés laissaient craindre une mutinerie. Charles partit donc vers le village en compagnie de McCormick et de Matthews. Jemmy les guida le long d'une crête puis à travers la forêt, jubilant d'avoir obtenu la rencontre tant attendue.

Au-dessus de leurs têtes s'amoncelaient de gros nuages noirs. Quelques éclairs les rayaient de l'intérieur, mais si lointains qu'on entendait à peine le tonnerre.

CHAPITRE 16

Dans un demi-sommeil, Hugh entendit la logeuse se traîner jusqu'à la porte et frapper trois petits coups. Téléphone. Il se couvrit en vitesse, sortit et trouva le récepteur suspendu à l'appareil du couloir. Il regarda l'horloge en porcelaine sur une étagère de livres : 7 h 30. Depuis quand les Anglais étaient-ils aussi matinaux ?

– Hugh ? Bridget à l'appareil.

– Ah, salut.

– Je ne te réveille pas, dis-moi ?

Sa voix sonnait comme un reproche. Il fallait toujours qu'elle lui cherche noise.

– En fait, si.

– Peu importe, il était temps de se lever. Je veux que tu viennes dîner ce soir, 20 heures.

– Tu m'as arrangé une rencontre ?

– En effet. Mais j'ose espérer que tu serais venu de toute façon.

– Donne-moi ton adresse.

– Prends le train de 18 h 02 et Erik viendra te chercher. À la réflexion, je viendrai aussi. Il ne connaît pas ton visage.

– Laisse-moi l'adresse et je me débrouillerai.

Elle la lui dicta.

– Désolée de t'avoir tiré du lit. Tu m'as l'air un peu... mal fichu.

– Non, non. J'ai juste ma voix du matin. Je vais très bien.

Et cela n'avait rien d'un mensonge.

Hugh regagna sa chambre à pas feutrés et se pencha sur Beth. Elle lui tournait le dos, abritée derrière l'arrondi de son épaule. Sa jambe droite dépassait du drap, révélant le creux du genou et les minuscules veines menant à la cuisse.

Après hésitation, il choisit de la laisser dormir. Il finit de s'habiller, exhuma ses chaussettes du coin où elles avaient atterri et rassembla les vêtements de Beth sur une chaise, en plaçant la culotte – de dentelle – au sommet de la pile.

Il laissa un mot pour lui rappeler qu'il devait partir de bonne heure. Il voulut ajouter une phrase spirituelle, mais se contenta d'informations pratiques : le fonctionnement de la cafetière, l'emplacement de la salle de bains, comment éviter cette harpie de tenancière. Il signa d'un triple X.

Accueilli dans la capitale par un beau soleil, Hugh atteignit le musée national de la Marine en remontant la Tamise sur une navette touristique. Il embarqua au pied du Parlement, au moment où Big Ben sonnait onze coups, et s'assit à l'avant pour profiter de la brise. Sa fatigue avait un côté agréable, le prix d'une longue nuit de discussions et de câlins.

Le laïus du guide le fit sourire. Le fleuve était haut, ce qui atténuait l'odeur. On dépassa Saint-Paul, le Globe Theatre, la Tate Modern et l'austère digue de la Tour.

Une fois à quai, Hugh gravit la butte de l'Observatoire et prit à gauche pour pénétrer dans un bâtiment oblong, que des murs épais et un sol en marbre baignaient de fraîcheur. La jeune fille de l'accueil lui indiqua la salle de recherche, où il se présenta devant l'archiviste en chef, un homme filiforme.

Hugh exposa sa requête : il souhaitait consulter les pièces issues du *Beagle*, notamment le journal du commandant, et la liste de l'équipage et des passagers. Il voulait connaître les noms de ceux qui, pour une raison ou pour une autre, avaient quitté l'expédition avant son terme, ainsi que d'éventuels incidents non mentionnés par FitzRoy.

L'archiviste secoua la tête d'un air poliment sceptique et le pria de patienter. Il reparut quelques minutes plus tard pour poser sur le comptoir une photocopie défraîchie. Hormis quelques obscures inscriptions griffonnées par FitzRoy, la page était vide et trouée en son centre.

— Je suis navré de vous décevoir, dit l'archiviste. C'est bien ce que je craignais. Le *Beagle*, voyez-vous… Nous avons tant de visiteurs, ils manipulent et reproduisent les documents… À l'époque, nous étions moins regardants en matière de conservation. C'est tout ce que nous possédons, hélas. Je n'ai aucune trace d'un quelconque journal. L'Amirauté non plus, du reste. Je conçois que cela ne vous avance guère…

La maison de Bridget sur Elgin Crescent était telle qu'il l'imaginait : pittoresque et onéreuse, une bâtisse de brique de trois étages avec des bow-windows, une allée dallée et un if près de l'entrée.

Avant de sonner, Hugh colla son front contre le carreau teinté. Il discerna une table basse moderne garnie de livres d'art, une paire de jambes féminines, et le dos sombre d'un homme en train de servir un verre. Leurs pépiements lui parvenaient sous forme de murmure, et soudain il se sentit seul.

La porte s'ouvrit si brusquement qu'il sentit le souffle dans ses cheveux. Devant lui se tenait Bridget, en pull de cachemire et jupe noire moulante, débordante d'enthousiasme et de baisers.

— Hugh ! fit-elle en l'entraînant à l'intérieur. Je suis ravie que tu aies trouvé.

Il lui tendit une bouteille de vin. Elle la sortit du sachet, considéra l'étiquette d'un air dubitatif et la posa sur une console. Erik accourut pour le saluer. Il était grand, d'une élégance aristocratique très anglaise, avec une frange qui lui tombait dans les yeux. Il eut un balancement ravi lorsque Bridget fit les présentations, et en lui serrant la main Hugh sentit flancher son envie de le détester.

Les présentations au salon furent des plus habile, assez fournies pour susciter des conversations. Hugh était ainsi « un vieil ami, un très vieil ami des States, le frère de Cal – son frère cadet, n'est-ce pas, Hugh ? ». Mais le ton de Bridget la trahissait : il comprit qu'elle leur avait déjà parlé de lui.

Un dénommé Neville, jeune homme rougeaud noyé dans un pull cramoisi, le fixait d'un air méfiant.

Avant de passer à table, Hugh coinça Bridget dans la cuisine, et elle lui expliqua que ce Neville était un ancien collègue de Cal.

– En fait, j'avais d'abord invité un certain Simon, l'ancien coturne de Cal à Oxford. Mais il a eu un empêchement de dernière minute. Pas de chance… Comment va ton père ?

– Je ne sais pas trop. Bien, sans doute.

Hugh avait reçu deux lettres de son père, et même un coup de fil, mais il n'avait ni répondu ni décroché.

– Je te trouve dur avec lui. Ce n'est pas un monstre, tu sais.

Apparut alors Erik, les sourcils relevés comme deux points d'interrogation.

– Tout le monde s'installe, chérie. (Il fit un sourire gêné à Hugh avant de se tourner vers sa femme.) Tout va bien, mon cœur ?

Le repas fut relativement agréable. Bridget et Erik remplissaient les verres et relançaient la discussion, qui rebondissait sur les sujets habituels – la dernière provocation des conservateurs, les ragots du moment. Ayant appris que Hugh s'intéressait à Darwin, une voisine voulut l'entreprendre sur l'essor du créationnisme aux États-Unis. Puis un type lança, depuis l'autre côté de la table :

– Bridget m'a dit que vous faisiez plus ou moins des recherches sur Darwin.

– C'est exact.

– Un homme fascinant, n'est-ce pas ? Quand on pense qu'il a caché ses travaux pendant des années parce qu'il voulait proposer une théorie parfaite ! Des années passées à étudier des bernaches, des pigeons, que sais-je encore…

– Eh oui.

– Un génie, je vous dis. Mais pas comme Newton ou Einstein. Bien plus sympathique, je trouve. Les autres étaient vraiment au-dessus de la mêlée, mais lui c'était un gars comme vous et moi. Disons qu'il était juste plus bûcheur que la moyenne.

Hugh hocha la tête. Il sentait sur lui le regard de Neville à travers la lueur de la bougie. Le type insista :

– Et alors la beauté de cette théorie, sa simplicité ! Elle paraît tellement évidente, avec le recul. Que disait Huxley là-dessus ? « Comme je suis stupide de ne pas y avoir pensé ! » Ça, par contre, c'était brillant.

– Oui, fit Hugh.

– En revanche, je me suis toujours demandé pourquoi Darwin n'avait jamais rien écrit sur l'inobservable. Je veux dire, pour un type qui a étudié de si près la nature humaine, il a quand même fait beaucoup d'impasses.

– Dans quel sens ?

– L'esprit, par exemple. Les mécanismes de la pensée, la question de la conscience, la question du remords. Il ne s'y est jamais intéressé, faute d'éléments palpables, peut-être. Ou bien parce que c'était tabou. Car il était bourré de complexes.

– Absolument, opina Hugh. Et dévoré de culpabilité. Mais il a continué malgré tout. Cet homme était le courage incarné.

– Voilà. C'est tout à fait ça.

Peu après, comme on repartait vers le salon pour le café et le cognac, Hugh se décida à aborder Neville. Il lui proposa de « prendre l'air » d'une façon qui tenait plutôt de l'ordre que de la suggestion. Leur fugue risquait d'étonner, de la part de deux hommes qui venaient à peine de se rencontrer, mais Hugh n'y songea même pas.

Ils traversèrent le jardin et franchirent le portail menant à l'esplanade communale, un champ de gazon et d'ormes caché entre deux rangées de pavillons. Neville n'avait pas l'air très à l'aise.

Hugh parla enfin :

– Bridget m'a dit que tu connaissais mon frère.

Neville répondit dans l'instant, comme s'il avait attendu cette question :

– Oui, c'est vrai. On était assez proches. On se voyait tous les jours au labo.

– Et sur quoi planchiez-vous, dans ce labo ?

La réponse le surprit :

– Attends un peu. Pour moi aussi, c'est difficile, tu sais. Bridget m'a dit que tu souhaitais évoquer Calvin, mais franchement, c'est un sujet très délicat.

– Qu'entends-tu par là ?

– Je me doute que ça t'a bouleversé. Bridget m'a expliqué que vous étiez très proches. Mais nous avons tous été bouleversés d'apprendre sa mort. Et je ne suis pas sûr de vouloir en parler.

– Je comprends, mais ce ne sont pas quelques questions anodines qui…

– Aucune question n'est anodine dans de telles circonstances. Une mort soudaine… On se sent toujours perdu quand ça vous tombe dessus. On se surprend à remuer le passé, à tout remettre en question. J'ai besoin de temps pour réfléchir.

Hugh en resta sans voix.

— On ferait mieux de rentrer, reprit Neville. Écoute, je ne cherche pas à être grossier. J'ai bien compris que tu poursuivais une sorte de… quête. Alors je vais cogiter sérieusement, et je t'appelle d'ici deux ou trois jours pour te donner une réponse.

— Ça me va, fit Hugh en lui tendant la main pour sceller leur accord.

Lorsqu'ils rentrèrent, la petite assemblée était sur le départ. Hugh resta en retrait tandis que Bridget saluait ses invités sur le perron, dans un festival de baisers et d'exclamations. Puis elle ferma la porte et lui fit face.

— Alors ?

— Il a refusé toutes mes questions. Il veut réfléchir. On aurait cru que je lui avais tendu un piège.

— Je le reconnais bien là. Je n'ai jamais apprécié ce garçon.

— Sais-tu ce qui s'est passé au laboratoire ?

— Non. Je comptais sur toi pour le découvrir.

— Au fait, Bridget, cet autre type dont tu parlais, Simon, tu aurais son téléphone ?

— Je te donne ça.

Elle inscrivit le numéro sur un bout de papier, le glissa dans la poche de Hugh et le raccompagna à la porte.

— Merci d'être venu, et merci pour le vin. Surtout n'oublie pas : il faut que tu apprennes à mieux connaître ton frère. De cette façon, tu sauras que c'était un être humain comme les autres.

— Merci, je suis au courant.

— Ah oui ?

— Oui, fit-il sans grande conviction.

Au lieu de l'embrasser, elle scruta son visage quelques instants puis tourna les talons, tira sur sa jupe et regagna son intérieur.

Il commençait à pleuvoir lorsque Hugh retrouva le Twenty Windows. Il appela chez Simon et laissa un message sur son répondeur, après quoi il chercha dans la chambre un éventuel message de Beth. Sans résultat. Il sourit en voyant qu'elle avait fait le lit et regonflé les oreillers. Puis son regard accrocha le bas de la bibliothèque, où il rangeait le journal de Lizzie. Le cahier était bien à sa place, mais avec la reliure apparente. Ce n'était pas ainsi qu'il l'avait disposé. Sa stupeur devint colère. Elle l'avait lu !

Il sortit dans la rue et héla un taxi qui ne s'arrêta pas. Alors il courut, et arriva trempé.

La porte de derrière s'ouvrit sur une jeune femme qui se présenta comme Alice et le situa rapidement – ce que Hugh, malgré sa rage, jugea plutôt bon signe. Il entra, inondant de pluie le sol de la cuisine.

– Elle est là-haut. Première chambre à gauche. Mais…

Alice ouvrit un tiroir et lui lança un torchon. Il se frotta les cheveux et le lui relança.

La chambre était ouverte. Beth était assise derrière un bureau, en pleine lecture. Elle ne parut guère surprise de le voir, et resta placide lorsqu'il s'avança dans la pièce.

– Comment as-tu pu me faire ça ?

– Lire le journal ?

Une lueur indéfinissable traversa le regard de Beth – plus incertaine que coupable.

– Oui, lire le journal. Je peux savoir à quoi tu joues ?

Elle se leva. Elle portait un jean noir et un tee-shirt qui l'amincissaient.

Elle se mit à arpenter la chambre, les mains coincées dans ses poches arrière.

– Je jetais un œil autour de moi. Je n'avais aucune intention de fouiner, mais… concrètement, ça revenait au même. Je voulais en savoir un peu plus sur toi. Se retrouver seul dans la chambre d'une personne qui vous est chère, ça me gêne de l'avouer, mais c'est une chance à saisir. Qui résisterait ? (Hugh parut atterré.) Peut-être toi, d'accord. Mais moi, j'en suis incapable. Donc, je furetais au hasard quand je suis tombée sur ce journal. Dès la première page, je ne pouvais plus le lâcher. Tu penses, une telle pépite ! Mais d'où est-ce que ça sort ?

– Continue.

– Je l'ai lu en entier. Et c'est fascinant. Désolée, je sais que je n'aurais pas dû. Je m'intéressais seulement à… au contenu de ta chambre. Histoire de mieux te connaître. Jamais je n'aurais cru trouver quoi que ce soit sur Lizzie.

Hugh se sentait mollir.

– Alors tu l'as reposé en pensant que je ne verrais rien ?

– Pas vraiment. Je l'ai retourné exprès pour que tu le remarques. J'ai bien pensé à te laisser un petit mot, mais va expliquer tout ça sur papier…

La contrariété de Hugh s'effaçait au profit d'une forme d'angoisse : son secret était percé à jour, et qu'allait en faire Beth ? En même temps, il appréciait de pouvoir en parler à quelqu'un.

– Il te suffisait de me demander.

– Te demander quoi ? J'ignorais l'existence de cette chose !

– Me demander sur quoi portaient mes recherches.

– Toi aussi, tu aurais pu me poser la question.

Elle marquait un point.

– Toi aussi, tu enquêtes sur Lizzie ?

– Vrai, admit-elle.

– Et pourquoi ?

– Parce que… Parce que c'est mon arrière-arrière-grand-mère, si j'ai bien compté les générations.

Bouche bée, Hugh se laissa choir sur le lit.

– Sérieux ?

– Eh oui ! Je le sais depuis peu. Ma mère m'a toujours dit que nous étions de lointains parents des Darwin. Mais je n'y avais jamais prêté attention. J'y voyais une de ces rumeurs familiales idiotes, comme de s'imaginer de sang royal.

– Et comment as-tu été fixée ?

– À la mort de ma mère. L'information faisait partie de la succession. Je vais te montrer.

Elle sortit une feuille du tiroir du bureau. Il s'agissait d'une lettre de l'étude notariale Spenser, Jenkins et Hutchinson, datée du 20 mai 1982 et adressée à Dorothy Dulcimer, résidant à Minneapolis.

– Ma mère, dit Beth en anticipant la question de Hugh.

Il continua sa lecture. La lettre expliquait que l'étude avait reçu ces «documents» en dépôt en 1882 pour le compte de Charles Loring Brace, le fondateur de la Children's Aid Society, avec une clause de «secret et confidentialité» d'une période de cent ans. Ils avaient été déposés par Elizabeth Darwin, la fille du célèbre naturaliste, après la mort de son père, et l'on pensait qu'ils renfermaient des informations «importantes au regard de l'Histoire mais qui eussent blessé les personnes concernées ou leurs descendants immédiats».

La lettre poursuivait :

« Après consultation de nos dossiers et des archives existantes, nous sommes portés à croire que vous êtes le parent vivant le plus proche de la personne au nom de laquelle ces documents furent déposés – la dénommée Emma Elizabeth Darwin, née hors des liens du mariage le 1er mai 1872, et adoptée le même mois par l'entremise de la Children's Aid Society. Merci de vérifier les éléments ci-joints pour vous assurer de vos droits sur les pièces précitées. Si vous souhaitez faire valoir ces droits, nous vous invitons à vous présenter à nos bureaux… »

Suivait une adresse proche du tribunal d'Old Bailey.

– C'est incroyable, commenta Hugh. Hallucinant. « Importantes au regard de l'Histoire mais qui eussent blessé les personnes concernées » : de quoi peut-il bien s'agir ?

– D'une chose que Lizzie aura découverte. Ou écrite. Son journal montre bien qu'elle fouillait dans la vie de son père.

– Alors ta mère n'a jamais réclamé ces papiers ?

– Non, elle m'a tout laissé.

– Nigel m'avait dit que tu étais liée aux Darwin. Mais tu as nié quand je t'ai posé la question.

– Non, j'ai dit mot pour mot : « Ne crois pas tout ce que tu entends. » C'était un conseil d'ordre général.

Il sourit.

– Je savais que Lizzie était tombée enceinte, mais je n'aurais jamais fait le rapprochement avec toi.

– Normal.

– Mais qui est ce Charles Loring Brace ?

– Un réformateur social du milieu du XIXe siècle. Il a créé la Children's Aid Society pour secourir les gamins des rues de New York. Il est à l'origine des « Trains d'orphelins » qui les emmenè-rent dans l'Ouest – pas moins de 250 000 gamins.

– Et il connaissait Darwin ?

– Oui. Darwin l'admirait. À l'été 1872, il a invité Brace et son épouse à Down House, et ils sont devenus amis.

Beth produisit trois autres pièces. La première était un acte de naissance où le nom du père était remplacé par la mention « non reconnu ». La deuxième regroupait les formulaires d'adoption, signés d'une main tremblante par Lizzie. La troisième était une lettre écrite à Brace par une bénévole de la Société, qui avait accompagné un convoi de soixante-huit orphelins new-yorkais vers le Midwest, en septembre 1872 :

« Vous serez heureux d'apprendre que j'ai remis sans encombre la petite Emma à la famille de Minneapolis, conformément à l'adoption conclue par vos soins, ce jour même à Detroit. Ses nouveaux parents pensent l'appeler Filipa. » Un peu plus loin, l'auteur de la missive exprimait sa « joie de voir nos fardeaux innocents trouver les bras d'une famille ». Et d'expliquer : « Ils ont été pris malgré leur état ; après l'épouvante traversée du lac Érié, qui les rendit tous malades, sans parler des excréments d'animaux sur le pont et du long voyage en train jusqu'à Detroit, ils n'étaient guère à leur avantage. Disons même qu'il sentaient très mauvais. » À chaque arrêt, « les familles se rassemblaient dans les églises et les temples pour choisir parmi les enfants réunis en cercle ; certains futurs parents étaient émus aux larmes par leur misère, d'autres se montraient plus aguerris, qui leur pressaient les muscles ou leur ouvraient la bouche pour examiner leurs dents. À ce point, seule une dizaine d'enfants parmi les moins présentables cherchent encore une famille ».

Hugh rendit les papiers à Beth.

— Aucune idée quant à l'identité du père ?

— Aucune. Je ne sais même pas si les parents de Lizzie l'ont jamais connu.

— Oh si, crois-moi. Sa mère savait, en tout cas. J'ai trouvé un mot où elle sermonne Lizzie dans des termes tout à fait clairs.

— Mais où trouves-tu toutes ces choses ?

— J'ai eu de la chance. La lettre était cachée dans l'un des livres de Lizzie. Et le journal que tu as lu croupissait chez l'éditeur de Darwin. Tu auras remarqué l'astucieux camouflage…

— Absolument. Et je la trouve convaincante quand elle parle de son père. Même si nous ne savons par de quoi elle le soupçonne.

Hugh ne peut s'empêcher de noter le « nous ».

— Au fait, que cherchais-tu à la bibliothèque ?

— La même chose que toi. Tout ce qu'ils possédaient sur Lizzie.

— Et ces papiers t'attendent toujours chez le notaire ? Ou les as-tu déjà récupérés ?

— Pas encore. Je me suis rendue là-bas, à Londres, mais j'ai dû leur fournir un tas d'attestations pour prouver que je suis bien celle que je prétends. Depuis, j'attends. Les juristes britanniques sont de vrais maniaques, mais ils ont promis que ce ne serait plus très long. Tu voudras les voir, ces documents ?

– Et comment !

– Bon… Que dois-je en déduire ?

– À propos de quoi ? demanda Hugh.

– À propos de nous deux. On bosse ensemble ? On fait équipe ?

– Qu'en penses-tu, toi ?

– Je suis pour.

– Alors d'accord, on fait équipe.

Les sentiments de Hugh peinaient à suivre le rythme. Mais il était content de voir cesser la compétition, tomber le mur invisible. Il allait partager l'aventure avec quelqu'un, et qui de mieux pour ce rôle qu'une descendante de Darwin ? Avec un peu de chance, les documents de la succession révéleraient même quelques secrets sur le maître…

– J'ai pensé à quelque chose, dit soudain Beth. Tu as vu que le journal portait le chiffre 1, entouré d'un cercle ?

– Oui.

– Pourquoi y aurait-il un numéro 1 s'il n'y a pas de numéro 2 ?

– Tu veux dire qu'il y aurait un second tome quelque part ?

– C'est fort probable.

– Mais s'il n'est pas chez l'éditeur, on a toutes les chances de le trouver dans la vaste collection de la bibliothèque ! (Il prit Beth dans ses bras.) Tu es géniale !

– C'est de famille, minauda-t-elle en brandissant l'acte de naissance.

Ce soir-là, par respect pour Alice, qui dormait à côté, Beth et Hugh firent l'amour en silence, mais la passion n'en fut que plus forte.

Le lendemain matin, Roland bâillait comme après une nuit d'excès. Beth et Hugh s'approchèrent ensemble.

– Je vois que vous avez uni vos forces, sourit le bibliothécaire. Je savais que c'était une simple question de temps.

– On a besoin de ton aide, dit Hugh. Allons prendre un thé.

À la cafétéria, ils se mirent à le questionner sur le fonds Darwin, et comme d'habitude Roland se révéla un puits de science :

– Son épouse Emma est morte à la fin du XIXᵉ siècle. Leur fils Francis s'intéressait à l'histoire familiale, et il a amassé pas mal de documents. Ida Farrer, la femme de Horace, le benjamin, a récupéré des lettres, et l'ensemble du trésor a été légué à la bibliothèque en 1942.

Hugh le fixa droit dans les yeux.

– Tu pourrais me rendre un service, Roland ?

– Je ne fais que ça depuis le premier jour.

– Je pourrais voir les archives ? Retourner dans les rayons et les regarder ?

– Les regarder dans le sens de regarder, ou les regarder dans le sens de regarder dedans ?

– La deuxième solution.

– Dis-moi que tu plaisantes.

– Pas du tout.

– C'est illégal, tu sais. L'accès est restreint. Ça pourrait me coûter mon boulot. Et mon collègue conservateur risque de te voir.

– Pas si Beth l'occupe…

L'intéressée sourit à Roland.

– Vous alors, soupira-t-il. Vous aimez enfreindre les règles, hein ?

Dix minutes plus tard, dans une salle des manuscrits quasi déserte, Beth alla soumettre une requête au collègue conservateur. Pendant qu'ils se penchaient sur un ouvrage, Roland admit Hugh derrière le comptoir, passa sa carte dans un lecteur électronique et l'introduisit dans la réserve.

Il régnait un grand silence, hormis le bruissement des climatiseurs. Devant eux, de grandes étagères métalliques soutenaient de petites piles de manuscrits lardés de fiches, réservés par des lecteurs pour un usage prolongé. Ils tournèrent à droite et dépassèrent d'innombrables rayonnages pour s'enfoncer dans les entrailles du bâtiment, jusqu'à la case 20, le secteur des manuscrits occidentaux. Ils remontèrent les rangées jusqu'à la 137.

– Tu y es, fit Roland. Si tu as besoin de toucher un truc, replace-le à l'identique. Il te reste une heure avant le retour du directeur. Et par pitié, si mon collègue se pointe, tu te planques !

Hugh considéra les allées. Chacune se divisait en dix segments de cinq étagères, sur une quarantaine de mètres. Trois de ces allées étaient consacrées à Darwin, et la plupart des matériaux étaient confinés dans des boîtes marron et bleu. Certaines portaient une étiquette : *Maison, Down House, Botanique...*

Il commença par les archives d'ordre familial. La plupart étaient des courriers pliés dans de petites enveloppes brunes, qu'il choisit d'ignorer. Après vingt minutes de recherches, il tomba sur un grand carton intitulé *Comptes*. Il y trouva des piles de factures et de registres, dont certains remplis de la main même de Darwin. Vers le fond de la boîte, il mit la main sur ce qu'il cherchait – un petit livre de comptes portant le numéro 2. Il l'ouvrit, feuilleta les dernières pages.

La voilà ! L'écriture de Lizzie !

Il nota la cote – DA/acct3566 –, rangea le livre dans la boîte puis la boîte sur l'étagère, et repartit sans un bruit vers la porte bleue. La voie étant libre, il regagna ni vu ni connu la salle de lecture.

– L'allée du milieu, aux trois quarts du côté droit, murmura-t-il à Roland en lui remettant son formulaire.

CHAPITRE 17

10 juin 1871

Étrange sensation que de reprendre mon journal après tout ce temps : cela fait presque six ans que je l'ai délaissé (et que de misères et de désillusions m'auront réservées ces années !). De fait, je ne m'y risquerais point, surtout après l'avoir juré, n'eût été le tourbillon d'émotions qui me dévore. La joie le dispute au martyre d'un seul et même mouvement. Parfois j'ai l'impression que mon cœur va éclater et que je vais m'effondrer sur le sol, et alors tous se demanderont quel mal pouvait bien miner la pauvre jeune fille pour l'emporter ainsi dans la fleur de l'âge. J'éprouve l'impérieux besoin de me confier, de m'alléger d'un poids, de dire mes songes et mes désirs les plus ardents. Mais hélas ! il n'y a personne, absolument personne, pour me servir de confesseur, aucune oreille à laquelle murmurer mon cuisant secret.

Je suis amoureuse. Dieu sait si je le suis. Je ne pense qu'à lui. Je ne veux voir que lui. Je rêve de lui. Où que j'aille, je vois sa silhouette gracile, son visage délicat, ses beaux yeux marron. J'entends sa douce voix et je sens son regard sur moi, ce qui me fait rougir jusqu'aux oreilles. Je passerais avec lui ma vie entière. S'il savait combien je me consume d'adoration…

Voilà ! Je l'ai reconnu. J'ai couché mon secret sur le papier. C'est déjà un grand pas – à défaut d'être un grand soulagement. Même en écrivant ces lignes, je dois rester vigilante et prendre garde à ne pas dévoiler le nom de mon bien-aimé, ni révéler son identité de quelque façon que ce soit. Les circonstances nous ont poussés l'un vers l'autre, comme les amants d'un des romans de Mme Gaskell. J'aimerais consigner son nom, ou du moins ses initiales, pour les lire et les relire et les relire encore, mais je n'ose, de peur que ces pages tombent entre des mains étrangères. Je l'appellerai donc X. Cher X. Tendre X. Je t'aime de tout mon cœur et de toute mon âme. Que ces mots semblent banals une fois sur la feuille! Comme le langage est terne face aux élans du cœur…

Mais trêve d'effusions. Elles ne font qu'accroître le supplice. J'ai lâché mon secret, et je m'en tiendrai là.

Même si le fardeau ne s'en trouve point allégé.

12 juin 1871

Ma vie, vue de l'extérieur, ressemble fort à ce qu'elle était lorsque j'avais clos ce journal. J'ai aujourd'hui vingt-deux ans. La terrible scène au Bureau météorologique et la mort grotesque de FitzRoy m'ont profondément marquée. Je n'ai pu m'empêcher de me sentir responsable, pour avoir jeté le commandant hors de ses gonds lors de notre entretien, et ces remords ont porté un coup sévère à ma santé. Je me suis évanouie, je me suis tordue de convulsions, et cela s'est répété pendant des semaines. J'ai perdu l'appétit, je suis devenue pâle et maigre, si maigre que je pouvais me passer de corset (même si je n'avais aucune envie de sortir et que je restais le plus souvent cloîtrée dans ma chambre.)

Je me suis également détournée de l'Église en devenant incroyante, ce qui a plongé maman dans un immense désarroi. Elle me pressait sans cesse d'assister à l'office, me suppliait de suivre « la lumière et la grâce du Seigneur ». Notre première dispute à ce sujet lui mit les larmes aux yeux : je venais d'annoncer que je refusais de faire ma confirmation, et quand elle m'a demandé mes raisons je me suis emportée, criant que je ne croyais ni à la Sainte Trinité, ni au baptême, ni même en Dieu! Elle en est restée sans voix, puis a tourné les talons pour aller pleurer sur son lit. Elle devait songer que notre foyer abritait désormais deux incrédules – l'autre étant bien entendu papa.

Je pouvais difficilement lui avouer que ma conversion à l'athéisme venait en partie de mes sentiments vis-à-vis de mon père. Car mon hypothèse d'un drame survenu pendant le voyage du Beagle – peut-être lors de cette fameuse nuit de feu – m'a confortée dans la conviction que papa avait lui-même commis quelque méfait, et cette impression est d'autant plus pénible qu'elle dénote un caractère aux antipodes de l'image dont il jouit dans le monde. Mes doutes se sont renforcés devant la réaction de papa à la mort de FitzRoy : loin de l'attrister, elle parut lui ôter un poids ! Peu après l'enterrement, j'ai vu M. Huxley lui taper sur l'épaule en disant : « Eh bien, voilà qui met un terme à cette lamentable histoire ; je n'aurai plus à rétribuer le météorologue. » J'ai trouvé cette remarque d'une cruauté sans nom.

Pendant toute une période, je suis devenue muette. Inquiétés par mon comportement et par ce que le Dr Chapman appelait ma « lassitude mentale », mes parents m'ont expédiée en Europe dans l'espoir que le dépaysement m'aiderait à guérir. Il est vrai qu'à l'époque j'étais au plus mal, même si, encore une fois, je ne pouvais révéler à quiconque la vraie cause de ma pathologie, à savoir que mon père n'était peut-être pas celui qu'il prétendait. J'ai visité l'Allemagne, avant de séjourner à Baden Baden, où l'air frais de la montagne et les sources curatives ont peu à peu apaisé mon esprit. J'y suis restée près de trois mois, puis l'on chargea mon frère George de me ramener à Down House. Mon retour fut fort fêté, du moins en apparence (Parslow manqua de pleurer tant il était ému), et je fis mine de me prêter aux réjouissances. Mon séjour à l'étranger m'avait inspiré une grande décision, que je m'empressai d'exposer : afin de prendre un nouveau départ, je souhaitais renoncer au prénom de Lizzie pour celui de Bessie. Ma famille resta perplexe, et il lui fallut du temps pour se conformer à mon souhait. Les domestiques furent les premiers à prendre le pli, suivis par maman et mes frères. Etty et papa furent les plus rétifs.

John Darnton

15 juin 1871

La santé de papa ne s'est guère améliorée. Sur les conseils de John Chapman, qui préconise l'application de glace sur la colonne vertébrale, il s'attache plusieurs fois par jour des sacs d'eau froide dans les reins, ce qui le fait claquer des dents. Il faut le voir arpenter la maison tel un gros ours pataud, ou l'entendre grogner sur son lit ! Mais ce sont beaucoup de souffrances pour de bien piètres résultats.

Une chose est sûre : ses affections ne sont pas le fruit de l'opprobre, car loin de le réduire en paria, ces dernières années l'ont hissé sur un piédestal. Sa renommée a pris une ampleur inédite et sa théorie de la sélection naturelle (que certains appellent maintenant « évolution ») est de mieux en mieux acceptée – pour preuve, les attaques de l'Église semblent de plus en plus rares. Voici un an, Oxford lui a décerné son titre honorifique le plus élevé, et chaque jour le facteur lui remet des sacs entiers de lettres venues des quatre coins du monde. En bref, il est reconnu comme un grand novateur, et même ses opposants l'estiment. Peut-être parce qu'il a atteint l'âge vénérable de soixante-deux ans, ou parce que lui et son cercle de fidèles ont mené une campagne efficace. Quoi qu'il en soit, il est presque devenu une institution nationale.

Papa distille ses vues avec une ruse redoutable, en n'affrontant jamais l'adversaire de face : il laisse ses alliés livrer bataille, pendant que lui-même se cantonne sur le terrain du bon sens. C'est un excellent prosélyte, qui manie la langue avec brio. Ainsi cette métaphore qu'il utilise souvent pour dépassionner le débat : quand un contradicteur tourne en dérision l'idée que nos aïeux étaient des singes, il répond qu'il n'a jamais dit cela mais seulement parlé d'un ancêtre commun. Il décrit alors ce qu'il appelle l'« arbre de la vie » : en se transformant, les espèces se détachent les unes des autres pour former leurs propres branches et ainsi de suite, de sorte que les plus dissemblables sont aussi les plus éloignées, avec les plus simples en bas et les plus complexes en haut. Et soudain, son argumentation semble couler de source.

L'Origine des espèces *en sera bientôt à sa sixième édition, à la grande joie de John Murray. Elle a été traduite dans quasiment* toutes les langues européennes, mais papa n'apprécie pas la version française, qu'il juge teintée de lamarckisme. Ces deux dernières années, il s'est consacré à son « livre sur l'humain » : dans La Filiation de l'homme, *qui a paru le mois dernier, il explicite le rapport d'évolution entre les humains et les animaux, ce qu'il n'avait encore jamais osé faire. Etty l'a aidé en relisant le manuscrit et en griffonnant des suggestions dans les marges. Comme toujours, ses corrections ont atténué ses conclusions et supprimé les impropriétés. Ma sœur pense et agit comme une vieille fille...*

Moi aussi, j'ai lu le manuscrit, bien que personne ne me l'eût proposé. La théorie de papa sur la « sélection sexuelle » est stupéfiante ; elle explique la persistance de certains traits déterminant le choix des partenaires chez les humains comme chez les animaux, ainsi que les différences entre les races ou encore les raisons pour lesquelles nous autres Européens sommes les plus avancés. Il affirme aussi que les hommes sont supérieurs aux femmes sur le plan intellectuel. Mais un point me dérange dans cet ouvrage : l'idée que, dans les sociétés les plus civilisées, ce sont les hommes qui choisissent les femmes, et non l'inverse. Cela m'agace, car c'est nous prendre pour des réceptacles dépourvus d'esprit et de discernement. Or j'ai surpris de trop nombreuses discussions entre femmes pour adhérer à ce principe, et mon avis s'est vu conforté lors d'une conversation avec Mary Ann Evans, qui est devenue mon amie. Si papa pouvait seulement lire dans mon cœur et voir quelle tempête amoureuse s'y lève dès que X pénètre dans une pièce où je me trouve aussi (et rarement par accident), il réviserait sans doute son jugement.

25 juin 1871

X est venu cet après-midi à 15 h 15, directement de Londres. Comme nous avions déjà de la visite (Mme Livington, la reine des casse-pieds), il s'est contenté de laisser sa carte. Elle était posée sur la table du couloir, et quand j'ai réussi à y jeter un œil, mon cœur a fait un bond. À ma grande joie, il avait corné un coin, ce qui signifiait qu'il ne venait pas juste pour maman, mais également pour ses filles. J'étais à la fois dépitée de l'avoir raté, et heureuse qu'il n'eût pas eu le front de déloger Mme Livington.

199

27 juin 1871

Ô jour béni ! J'ai passé l'essentiel de ce dimanche en compagnie de X. Il avait organisé pour le Working's Men College une excursion à la campagne près du village de Kidlington, et il nous a proposé d'en être, Etty et moi. Ce fut une matinée enchanteresse, à marcher dans les prés et sur des sentiers, suivie d'un joyeux déjeuner dans le jardin d'une auberge. Dans le train du retour, nous avons entonné chant sur chant – X possède une profonde voix de baryton – et nous avons ri comme des petits fous. L'un des hommes imitait fort bien les hululements d'oiseaux en joignant ses mains et en soufflant entre ses pouces, ce qui était très amusant.

Cela fera bientôt un mois que X est entré dans ma vie, depuis qu'Etty l'a rencontré chez les Wedgwood et l'a convié à Down House. Nous avons tant de points communs, lui et moi ! Une même vision de la nature humaine, les mêmes convictions progressistes. Comme lui, j'approuve le Reform Act, car j'estime que l'élargissement du corps électoral est le seul moyen de développer la démocratie et de réduire les inégalités entre les classes. Je partage son idéal d'un futur utopique, et je pourrais l'écouter en parler pendant des heures. Je ne connais pas tous les auteurs qu'il affectionne – comme Thomas Hughes ou Vernon Lushington –, mais j'ai lu certains ouvrages de John Ruskin, qui est son ami. X a des opinions plus radicales que les miennes, mais je suis certaine que je pourrais me hisser à son niveau avec un peu plus d'instruction. Un jour, il a exprimé sa sympathie pour les événements qui viennent d'agiter la France : tout en admettant que la Commune de Paris avait dégénéré jusqu'à mourir d'une tragique « semaine sanglante », il reconnaît une certaine pertinence à l'idée de révolte ouvrière. Et moi je le trouve très brillant.

La Conspiration Darwin

Je ne puis dire si mes sentiments pour X sont partagés. Parfois j'ose penser qu'il m'apprécie. Nous l'avons reçu hier soir, et après le dîner nous sommes passés au salon. Il a joué du piano pendant que je lui tournais les pages. Ce faisant, j'ai eu l'impression qu'il m'épiait du coin de l'œil, puis sa façon de me sourire m'a mis le feu aux joues. Mon cœur battait si fort que j'eus peur qu'il me trahît, que les autres l'entendissent une fois la musique finie ! Il a joué comme un possédé ; je voyais les muscles de ses doigts puissants saillir chaque fois qu'ils pressaient les touches. Puis il a pris son concertina et chanté un madrigal, accompagné au piano par Etty.

La musique terminée, lui et papa ont parlé de la « sélection sexuelle ». X a dit une chose qui a paru exciter papa : il avait souvent pensé que les animaux recouraient au chant pour séduire leurs partenaires. Je vis que papa rangeait l'idée dans un coin de sa tête pour l'approfondir ultérieurement. Puis X ajouta que les humains faisaient peu ou prou la même chose, et j'aurais juré qu'il me regardait en déclarant cela.

Au moment de prendre congé, il m'a effleurée dans l'entrée. Était-ce accidentel ou délibéré, je n'en sais rien, mais j'ai senti sa main toucher l'intérieur de mon bras, et la sensation m'a fait l'effet d'une décharge. Je suis sûre qu'il aura vu mon trouble, car mes joues me brûlaient. Promettant de revenir tantôt, il a baisé ma main puis celle d'Etty, et à cet instant j'ai vu maman esquisser un sourire entendu.

Après son départ, Etty et moi étions comme transportées. Nous avons parlé de lui, et elle a loué sa grosse barbe brune, estimant en riant que X ressemblait à papa de bien des façons, à commencer par son dévouement à son travail et à ses idéaux. Je n'ai pour ma part presque rien dit, de peur d'être trahie par mes chevrotements.

La nuit, je dors mal. Je m'agite dans mon lit et me réveille souvent. Parfois je rouvre les yeux, en nage, à cause de l'air chaud du jardin. J'ai de curieuses pensées, que je répugne à confesser, et des rêves des plus saisissant. Dernièrement, j'ai pris l'habitude de lire Goblin Market *juste avant de me coucher. Ce livre éveille en moi des sentiments que je serais en peine d'expliquer. Le refrain de ces affreux petits lutins —*

« *Venez acheter nos fruits, venez acheter, venez…* » – *résonne dans mon sommeil, sur des visions d'oranges, de fraises et de pêches ruisselantes de jus.*

La seule personne à qui je pourrais avouer mon amour est Mary Ann Evans, mais cela fait, hélas ! plusieurs mois que je ne l'ai vue. Et même à elle, je tairais l'identité de X.

2 août 1871

Malgré mes vœux en ce sens, je n'ai pas abandonné tout effort pour élucider les péripéties du Beagle *et la cause profonde des souffrances de papa. Je ne remue pas ciel et terre pour dénicher des indices, mais je les examine quand ils me tombent entre les mains. La vie est ainsi faite : c'est souvent lorsqu'on cesse de s'acharner que l'on touche au but. Il en fut ainsi de mon furetage.*

Depuis des années, j'entends parler d'un cercle secret institué par M. Huxley et surnommé le « X Club » (ces temps-ci, dès qu'on y fait allusion, je pense à mon propre X !). Ce club réunit une poignée de grands savants et des activistes tels que Messieurs [1] *Hooker, Spencer, Lubbock et Busk. D'après ce que j'ai compris, son objectif premier est d'infiltrer les sociétés royales et toute l'institution scientifique pour en faire les avant-postes des idées de papa. Hier, quatre de ses membres se sont établis à Down House pour le week-end, et, en écoutant la conversation d'après-dîner, je fus choquée d'entendre qu'ils venaient entre autres pour collecter de l'argent destiné à ce pauvre Alfred Wallace, qui est sans cesse en butte à des soucis financiers. Je savais déjà que le club pressait le gouvernement d'allouer à M. Wallace une pension de quelque deux cents livres ; j'apprends aujourd'hui que M. Wallace exige lui-même cette somme !*

– Il s'est montré on ne peut plus clair, déclara M. Huxley. Pour le résumer crûment : s'il n'obtient pas satisfaction, il révèle tout.

---

1. En français dans le texte. (*N.d.T.*)

Cela m'a aussitôt rappelé un précédent échange au sujet de M. Wallace, voilà déjà plusieurs années. Que pouvait-il bien savoir – et menacer de dévoiler – pour que son silence valût si cher?

Les cinq hommes acceptèrent le marché. Papa dit qu'il en informerait Wallace et lui enjoindrait, avec des mots soigneusement codés mais sans équivoque, de ne pas « tuer notre bébé ».

Un peu plus tard, j'ai consulté son livre de comptes et découvert qu'il avait inscrit ce montant mensuel sous la rubrique « Dépenses ménagères diverses », titre qu'en temps normal il rechigne à utiliser.

6 août 1871

Quelle coïncidence! Avant-hier j'écris dans mon journal que les indices aiment poindre de manière inopinée, et cet après-midi je découvre le plus crucial de tous!

Je compulsais une pile d'archives dans le bureau de papa – avec son accord cette fois-ci, puisqu'il souhaite que je l'aide à préparer une autobiographie. Il était d'ailleurs présent, assis dans son fauteuil de cuir à l'autre bout de la pièce. À un moment donné, une feuille me glissa des mains. Il s'agissait d'un croquis d'artiste sur l'expédition du Beagle, *signé de Conrad Martens, qui fut à une période le dessinateur du navire. En le ramassant, je remarquai un détail anormal, qui en un éclair mit à bas les dires de papa sur ce funeste voyage.*

Je coulai un regard vers lui, mais il ne vit pas mon émoi, trop absorbé dans ses notes pour son livre sur les expressions faciales chez les humains et les animaux. J'observai de nouveau le croquis. Il représentait mon père et un autre homme – un certain McCormick, indiquait la légende – postés de part et d'autre d'un arbre. Sitôt saisie, la signification de cette image devenait inéluctable. Brandie dans un procès, elle eût démoli l'alibi de l'accusé et assuré un verdict de culpabilité.

Sans un bruit, j'ai placé l'esquisse entre deux feuilles vierges avant de les glisser dans un livre. Puis j'ai dit à papa qu'il me fallait faire une pause – il ne le refuse jamais – et j'ai filé dans ma chambre. J'ai poussé le livre sous le lit, mais ce n'est pas une cachette idéale, car la bonne ne manquera pas de le trouver...

Je sais. Comme pour mon journal, je vais recourir au principe de la dissimulation au grand jour – qui m'a tant servi lors de nos parties de cache-cache – en le remisant dans la partie centrale de la maison. J'y ai mon coin secret, une planche lâche que je suis la seule à connaître.

8 août 1871

Le croquis a ravivé ma curiosité, ce qui m'a poussée à reprendre mon enquête. J'ai conçu un plan hardi pour débrouiller une bonne fois le mystère, et par miracle les choses semblent prendre tournure. Je veux croire que la chance est de mon côté, que les dieux ont décidé de faire la lumière sur les injustices d'il y a quarante ans.

Notre famille projette un séjour dans le Lake District, où nous avons réservé un cottage. Je me suis arrangée avec Hope Wedgwood pour m'y rendre avec cinq jours d'avance, sous prétexte d'aider à préparer les lieux. Nous ne serons que deux, avec quelques domestiques ; je n'aurai sans doute aucun mal à m'éclipser un matin pour me rendre dans le nord chez la famille de R. M., car je suis convaincue que ce dernier est la clef du passé. J'ai entendu prononcer son nom la semaine dernière seulement, lors d'une discussion sur M. Wallace (celle-là même qui m'apprit ses manœuvres d'extorsion). J'ai trouvé l'adresse dans les vieux papiers de papa, et j'ai déjà écrit pour solliciter une brève entrevue – sans rien révéler de mes intentions, bien sûr, et en priant ces gens de me répondre au cottage de Grasmere. Je me souviens du jour où papa m'a traitée d'« espionne » ; il ne soupçonne pas l'étendue de mon savoir-faire.

Hope et moi partons demain.

10 août 1871

Enfin la victoire ! Pourtant je ne savoure point mon triomphe, et n'éprouve qu'un grand sentiment de vacuité. L'explication est assez simple : maintenant que je connais les dessous de la fameuse nuit de feu, je sais que papa est de l'engeance des imposteurs et qu'il n'a rien à m'envier en matière de duplicité. Quelle honte ! Je comprends mieux, à présent, pourquoi sa mauvaise conscience lui a tant pourri la santé.

D'où me vient cet abattement, puisque les faits ont validé mes présomptions ? C'est que, certainement, j'eusse préféré qu'ils me démentissent. Je devais espérer, en mon for intérieur, que papa s'avérerait le grand homme que le monde entier voit en lui, et non ce filou, cet aigrefin qui a bâti sa renommée sur des sables mouvants. Honni soit-il ! Je ne sais si je pourrai le regarder en face sans éprouver du dégoût – et ce mot n'est pas trop fort pour exprimer ce que je ressens.

L'énigme n'avait rien d'insoluble, en fin de compte. La famille de R. M. m'a répondu que j'étais la bienvenue, non sans s'avouer intriguée par ma démarche. Il ne m'a fallu que deux bonnes heures pour arriver là-bas, moyennant une correspondance à Kendal. Ces gens vivent dans une petite maison en centre-ville. La femme est morte voilà deux ans, à l'âge de soixante-quinze ans, et comme R. M. n'est jamais rentré au pays, la maison a été reprise par un ou deux cousins. Je n'ai pas bien saisi leurs liens mutuels, ni du reste ceux avec R. M., en dépit du fait qu'ils portent tous le même nom. Ils m'ont reçue de manière fort cordiale, avec du thé et des gâteaux, et lorsque j'ai présenté mes motifs – je m'intéressais à leur parent et me demandais s'il leur avait laissé des archives ou des souvenirs – ils se sont réjouis. Alors l'homme a fouillé le grenier, pour reparaître au bout d'une demi-heure avec une pochette de lettres jaunies fermée par un ruban bleu. Il m'expliqua que la famille de R. M. avait conservé ses lettres de voyage, écrites voilà de nombreuses décennies, et c'est avec joie qu'il me laissa les lire. Ces cousins ne témoignèrent eux-mêmes aucun intérêt pour les aventures de R. M. sur le Beagle. *Il m'a semblé qu'ils n'avaient jamais lu ces lettres, et que cet homme leur était pour ainsi dire étranger. Ils paraissent en outre peu au fait des travaux de mon père, car ils ne m'ont posé aucune question sur lui – ce qui, je m'en rends compte, est assez inhabituel. Ils ignoraient sans doute que ces lettres recélaient une information de la plus haute importance, et je me suis bien gardée de leur montrer ma surprise. Je leur ai rendu la missive comme s'il s'agissait d'une feuille blanche, avant de regarder l'homme fermer la pochette et renouer le ruban.*

J'ai passé le trajet du retour dans une profonde hébétude. Que suis-je censée faire ? Oserai-je dire à mon père que j'ai découvert sa traîtrise ?

11 août 1871

Comme la vie est insondable, et comme le sort se joue de nous !

Quelle ne fut pas ma surprise ce matin, lorsque, me promenant seule dans une magnifique prairie inondée de soleil, j'ai avisé un homme près d'un bouquet d'arbres, perdu dans ses pensées. Je me suis rapprochée, et son visage m'a paru familier, puis mon cœur a bondi dans ma gorge quand je l'ai reconnu : ce n'était autre que mon X ! Il m'a vue à l'instant même et sa stupeur semblait égale à la mienne. J'oserai même noter un certain ravissement de sa part. Il m'a rejointe aussitôt, et comme nous marchions côte à côte, j'ai compris que sa présence ici n'avait rien de fortuit : ayant appris que nous venions séjourner à Grasmere, il avait loué un cottage dans les environs. J'ai cru à ces mots que j'allais mourir de bonheur, mais j'ai pris soin de cacher ma joie. Les yeux baissés, il s'est enquis des autres et j'ai répondu qu'ils arrivaient le surlendemain. Alors il a levé les yeux au ciel, qui était d'un bleu éclatant, et il a respiré, à la limite du soupir.

Je n'en croyais pas ma bonne étoile. Sauf ces circonstances, nous n'aurions jamais pu être tranquilles tous les deux. Me trouver avec lui était mon rêve le plus cher, et pour autant j'étais innocente de toute manœuvre en l'espèce. Je n'avais rien fait d'autre que de sortir le matin, et seule la chance avait guidé nos pas respectifs. Mon ange gardien était allé jusqu'à retenir Hope au cottage ! Mais malgré ces pensées, je savais que ma place n'était pas là. J'aurais dû rentrer après de brèves civilités, et savoir cela rendait cette rencontre encore plus palpitante.

Bientôt nous partions dans les bois. Puisque les arbres ombrageaient le sentier, X a demandé si j'avais froid. Je me suis entendue mentir en répondant oui. Alors il a ôté sa veste pour en couvrir mes épaules, qu'il a touchées au passage. J'ai senti mon pouls s'affoler. Nous nous sommes enfoncés dans la futaie, et, bien que celle-ci se composât de grands chênes, j'ai pensé à des arbres fruitiers et à l'appel des gobelins : *venez acheter nos bons fruits du verger, venez acheter, venez...*

Une branche gisait en travers du chemin. Elle n'empêchait guère le passage, mais X préféra la franchir le premier avant de me tenir la main. La force de ses doigts autour des miens me laissa subjuguée. Puis il reprit son bras pour le passer autour de ma taille et me serrer contre lui, de sorte que nous marchions cuisse contre cuisse. Tout ceci sans prononcer un mot, et de manière si spontanée que rien ne semblait plus naturel. Je n'étais toutefois pas dans mon état normal. J'avais le cœur serré, et je respirais à grand-peine.

Il proposa de faire une halte, à quoi je pus tout juste opiner du chef. Alors, curieusement, il quitta le sentier pour suivre son propre itinéraire, en me reprenant par la main. Il me restait si peu de volonté que je l'aurais suivi n'importe où. Nous nous courbâmes sous les branchages, et une douzaine de pas nous menèrent à une clairière large comme une maison et entièrement cernée d'arbres. X reprit sa veste pour l'étendre sur l'herbe ensoleillée. Il m'y fit asseoir, me rejoignit aussitôt, et avant que je comprisse ce qui m'arrivait, il me prit dans ses bras et m'embrassa avec fougue. Je crus que j'allais défaillir. Je tentai de le repousser mais sans guère d'énergie, et il aura compris que ma résistance était feinte. Car en vérité, je ne voulais pas qu'il s'arrête. C'est alors qu'un souvenir saugrenu jaillit dans mon esprit : le baiser avec le fils Lubbock dans notre vieux tronc creux. Mon sang ne bouillait pas moins aujourd'hui qu'à l'époque.

X ne se refréna pas. Il m'embrassa de plus belle, et cette fois je soutins son ardeur, plaçant mes paumes derrière sa nuque pour le garder contre ma bouche. Puis je sentis ses doigts sur mon corps, et je ne sus quoi faire. Le troisième baiser m'étourdit tant il fut prolongé. Ses mains revinrent à la charge, plus insistantes. Quand je parvins enfin à le repousser, il eut une drôle d'expression, presque fâchée – un visage que je n'aurais pas reconnu en le croisant par hasard. Il me suggéra de m'allonger pour me reposer, mais je refusai. Après un instant de silence, nous avons bavardé de choses et d'autres – je ne saurais dire lesquelles, tant ma tête était pleine de confusion – et nous avons fait comme s'il ne s'était rien passé d'extraordinaire.

C'était pourtant le cas. Je sens que je ne serai plus jamais la même. J'ai bu l'eau d'un puits profond que je ne connaissais qu'en songe.

Quand nous repartîmes vers le chemin, ma main se sentit chez elle dans la sienne. X parlait avec entrain et m'appela son « ange ». J'aimais le son de ce mot, même s'il me semblait incongru, car présentement j'étais tout sauf un ange.

Au moment de nous séparer, X me donna rendez-vous le lendemain au même endroit, pour une nouvelle « promenade », et son regard ne laissait aucun doute quant à ses intentions. J'acceptai sans hésiter. Alors il me fixa droit dans les yeux, d'une manière qui me fit rougir. Je ne saurais décrire son regard suivant, si ce n'est qu'il n'avait rien d'affectueux – en fait, à mon grand désarroi, il exprimait tout le contraire.

Il fait nuit, et j'écris ces lignes dans mon lit. J'ai passé la journée dans un mélange de confusion et d'excitation. Je sais que je l'aime et je crois qu'il m'aime aussi. Je ne puis dire avec certitude ce qu'il adviendra demain, mais je suis sûre d'une chose : quoi qu'il arrive, et quoi que me dictent mes émotions, je ne devrai rien faire que je serais amenée à regretter.

CHAPITRE 18

Dans le train de Preston, Hugh berçait entre ses bras une Beth assoupie, tout en observant les Midlands de Manchester et de Birmingham. Il imagina ces paysages lunaires à l'époque victorienne : les houillères et les terrils, les puits fumants et les cheminées cracheuses, les « moulins sataniques » de Blake. L'essentiel était aujourd'hui à l'abandon, usé, pompé jusqu'à l'os, un champ de bataille calciné. Il pensa alors à la porcelainerie de Josiah Wedgwood sur le canal de Mersey, et à ses immenses profits qui permirent à Darwin de jouer avec des scarabées, des fougères et des coquillages. La force de l'Angleterre industrielle, pourvoyeuse de loisirs, de puissance et d'autorité, avait connu le même sort que la statue d'Ozymandias...

Le second cahier de Lizzie était un cadeau du ciel. Hugh et Beth en avaient parlé jusque tard dans le nuit, et de la façon dont le puzzle prenait forme.

Déjà, résuma Hugh, ils savaient comment Lizzie était devenue athée et pourquoi elle avait opté pour le surnom de Bessie.

— Le traumatisme engendré par le suicide de FitzRoy, acquiesça Beth. Elle culpabilisait, et elle a voulu repartir de zéro. Elle a renoncé à l'espionnage et refermé son journal.

— Mais pourquoi le rouvrir six ans plus tard ?

— Parce qu'elle était amoureuse. Comme elle l'explique, une femme éprise a besoin de se confier, même à un cahier. Et puis l'amour peut avoir des vertus curatives, même lorsqu'il se porte sur un salopard.

209

Le grand choc fut de saisir l'identité de X. C'était un progressiste, un ami de Ruskin affilié au Working Men's College, et il était proche des Darwin… Beth fut la première à prononcer son nom :

– Litchfield ! Mon Dieu, c'est Litchfield, le fiancé d'Etty !

Hugh approuva sa déduction, et fut saisi d'un sombre pressentiment. En analysant la correspondance de Lizzie, Beth avait remarqué deux longues périodes de silence : la première à partir d'avril 1865, lorsque FitzRoy était mort et que Lizzie avait refermé son journal pour partir en Allemagne ; la seconde vers la fin 1871, ce qui correspondait aussi à l'arrêt du second tome. Or Hugh connaissait les événements de cette période : Etty avait épousé Richard Litchfield et Lizzie était repartie pour l'étranger, cette fois pour la Suisse.

– Il faut voir les choses en face, Beth. Si Lizzie est ton arrière-arrière-grand-mère, Litchfield est ton arrière-arrière-grand-père.

– Le fumier ! fut sa seule réponse.

Paradoxalement, chaque nouvelle pièce rendait le puzzle un peu plus frustrant :

– Quand je pense qu'elle a su le fin mot de cette maudite « nuit de feu », gémit Hugh. Si seulement elle l'avait écrit…

– L'important, c'est qu'on progresse. Nous savons qui est « R. M. ». Et que la clef du mystère réside dans une certaine lettre de Robert McCormick à sa famille.

– Et que les révélations qu'elle contenait étaient assez dérangeantes pour braquer Lizzie contre son cher papa. (Hugh quitta le lit, sortit les photocopies du journal intime et rechercha le passage en question.) J'y suis : elle le traite d'imposteur et se dit pleine de dégoût. Des mots très forts.

– Mais la véritable ordure reste Litchfield, qui s'est permis de la « déflorer », comme on disait si joliment à l'époque. Les dernières phrases du journal sont terrifiantes. Lizzie se prépare à un rendez-vous secret sans savoir jusqu'où sa passion l'emportera.

Il réfléchit au croquis de Martens représentant Darwin en compagnie de McCormick. Cette pièce était assez probante pour que Lizzie la subtilise, mais que montrait-elle au juste ? Une preuve de culpabilité, prétendait la jeune fille. Mais quelle preuve ? Et quel était le crime ? Elle avait ensuite caché le dessin dans un endroit « central ». Comment était-ce formulé, déjà ?

«Au grand jour», et «dans la partie centrale de la maison». Débrouillez-vous avec ça…

— Et que penses-tu de cette histoire de pension réclamée par Wallace ? demanda-t-il à Beth. Lizzie parle d'extorsion…

— Là, j'en sais un peu plus. J'ai vérifié. Ce fameux X Club lui a effectivement obtenu une pension, en forçant la main du gouvernement. C'est Gladstone en personne qui l'a accordée – deux cents livres par an. Pas de quoi devenir riche, mais assez pour vivre. D'autre part, Darwin a légué par testament de l'argent à Hooker, à Huxley et à bien d'autres, mais rien à Wallace. Comme s'il le giflait depuis la tombe.

Ces faits avérés renforçaient la crédibilité de Lizzie. Mais elle avait pu mal interpréter les raisons de ces versements – ou encore les travestir à dessein.

— Je sais ce que tu penses, reprit Beth. Tu te demandes si elle ne s'est pas monté la tête. Mais je ne crois pas. Les propos qu'elle rapporte respirent l'authenticité, et sa colère est sincère. Elle a appris quelque chose sur son père.

Hugh aurait aimé y croire, mais soudain cette affaire lui parut extravagante. Darwin était un grand homme, l'un des plus grands de l'histoire humaine, et ils étaient là à l'accuser de… de quoi, d'ailleurs ? Ils cherchaient les preuves d'une faute qu'ils ne savaient même pas nommer, puis ils se plaignaient de ne rien trouver !

Le tangage du train était réconfortant. La tête de Beth roulait imperceptiblement sur l'épaule de Hugh, et sa main reposait sur la banquette, la paume vers le ciel comme celle d'une enfant.

Hugh se remémora un autre voyage en train : l'interminable retour d'Andover jusqu'à New Haven. Cal l'avait rejoint à Boston pour qu'ils bravent le vieux ensemble – un front uni, avait-il dit au téléphone. Lors de ce trajet, Cal lui avait révélé quelques secrets familiaux, certaines disputes qu'il avait surprises entre leur mère et leur père.

— Tu étais trop jeune pour saisir la situation. Je me planquais dans l'escalier pour les écouter dans la cuisine – c'est toujours là qu'ils s'engueulaient. Maman lavait ses casseroles et ses poêles, puis soudain arrivait la voix profonde de papa, hautaine et cassante. Elle lui lançait des piques et il répliquait, les casseroles s'entrechoquaient, puis elle lui sortait un truc du style : "J'ai vu les dépenses sur ton American Express", ou bien "Tu devrais vider tes poches : j'ai trouvé sa boucle d'oreille." Tu savais qu'il la trompait, quand même ?

Non, Hugh n'était pas au courant. Et cette nouvelle lui fit l'effet d'une bombe. Il avait toujours mis ce divorce sur le dos de sa mère, et voilà qu'il devait réviser son jugement, après toutes ces années ! Il admirait son frère d'avoir tenu sa langue, mais aussi d'avoir choisi ce moment pour l'informer.

Un jour, près de la rivière, Cal, Hugh et leur bande d'amis s'amusaient à jeter des cailloux sur une bouée métallique rouge et blanc, en poussant des cris chaque fois qu'ils faisaient mouche. Soudain, un homme avait surgi des buissons, rouge de colère, et dévalé la berge pour attraper une pierre de la taille d'une balle de base-ball. Il toucha Hugh à la cuisse, violemment. Au début, les autres ne s'aperçurent de rien, car le type était en train de leur passer un savon, mais quand Cal vit que Hugh pleurait, il se mit à hurler : « Tu as blessé mon frère, sale fils de pute ! ». Alors, sous leurs yeux incrédules, l'homme se décomposa, bafouilla des excuses et se volatilisa. Hugh ne s'était jamais senti aussi protégé et aimé que cet après-midi-là.

Une heure après l'arrivée du train, Hugh et Beth se tenaient sur le perron d'une maison, dans une rue étroite du centre de Preston. Hugh considéra le heurtoir, une patte de cuivre soutenant une balle légèrement décentrée.

L'endroit ne payait pas de mine. Le toit s'affaissait, les pierres de la façade étaient crasseuses et les rebords des fenêtres perdaient leur peinture bleu vif. La rue décrivait une courbe et ne semblait en croiser aucune autre. Les pavillons identiques s'alignaient telles les lattes d'un tonneau, ce qui faisait l'effet d'un décor de théâtre.

Hugh tâcha d'imaginer les lieux du temps de McCormick. Il s'était renseigné sur le personnage en lisant le peu de littérature qui lui était consacré. McCormick devait être fier de posséder sa propre maison. Né dans une famille pauvre d'Écosse, il avait réussi à la force du poignet, et choisi la médecine dans une perspective de promotion sociale. Multipliant les engagements de médecin de bord, il avait embarqué en 1827 sur le *Hecla* pour accompagner Edward Perry dans sa quête malheureuse du pôle

212

Nord. Tout portait à croire qu'il n'était jamais rentré de l'expédition du *Beagle*, mais on ne savait pas bien ce qu'il avait fait après son débarquement à Rio. Ses pérégrinations l'avaient peut-être conduit en Extrême-Orient. Ou alors la conservatrice du centre Darwin disait vrai, et il avait péri dans un naufrage.

La réputation de McCormick était peu reluisante – il passait pour mesquin, ambitieux et suffisant –, mais maintenant qu'il se trouvait devant son logis, qui même cent cinquante ans plus tôt devait incarner le rêve petit-bourgeois, Hugh se sentait plus indulgent.

Ils avaient trouvé l'adresse sans difficulté. Grâce à des notes conservées par Syms Covington, l'aide de Darwin sur le *Beagle*, Hugh avait appris que McCormick vivait à Preston, au sud-est du Lake District, ce qui cadrait avec les deux heures de train mentionnées par Lizzie. Il avait ensuite resserré les recherches grâce à d'autres témoignages – dont celui de Bartholomew Sulivan, le sous-lieutenant du *Beagle*. Enfin, en confrontant l'adresse obtenue aux données généalogiques de divers sites Internet, il était parvenu à isoler un descendant vivant. La piste gardait néanmoins quelques pointillés, car il n'avait pas pu identifier les « cousins » évoqués par Lizzie.

Ils avaient téléphoné de bonne heure, et le jeune homme qui leur répondit sans entrain consentit à les recevoir, en laissant entendre qu'un peu d'argent mettrait de l'huile dans les rouages.

– Prête à ne rien apprendre ? dit Hugh en actionnant le heurtoir.

Ils avaient hâte de voir à quoi ressemblait le maître des lieux, et ils furent vite fixés. Un type d'une bonne trentaine d'années entrouvrit la porte et les scruta d'un œil soupçonneux. Hugh et Beth se présentèrent, et il les fit entrer sans un mot. Vêtu d'un tee-shirt et d'un pantalon de cuir noir, il avait le drapeau anglais tatoué sur le bras droit et une petite queue-de-cheval dans la nuque. Il était pâle et courtaud – comme McCormick, pensa Hugh.

– Moi c'est Harry, grogna-t-il d'une voix de fumeur tout en les conduisant vers une pièce assombrie par d'épais rideaux et un mobilier chargé.

Hugh et Beth s'assirent sur des chaises en bois tandis que le type s'enfonçait dans un vieux fauteuil mauve. Un match de foot hurlait dans le téléviseur.

Hugh essaya de l'appâter par un autre biais que l'argent, en expliquant qu'ils cherchaient les lettres de M. McCormick dans le cadre d'un travail susceptible de redorer le blason de cet aïeul. Mais leur hôte gardait les yeux rivés sur l'écran, par-dessus l'épaule de Hugh.

Beth prit la parole :

– Il y a d'autres gens illustres dans votre famille ?

– Mon oncle était contremaître à la mine. Mais il a perdu son boulot.

Soudain, les supporters se déchaînèrent avant d'entonner un hymne. Harry se dressa tout au bord de son siège.

Beth se tourna vers Hugh.

– Manchester United, expliqua-t-elle.

Ils regardèrent ensemble les dernières minutes de jeu. Quelques secondes avant la fin, l'arbitre siffla un penalty. Le ballon s'envola vers la lucarne gauche pour s'écraser dans le filet, soulevant une explosion de vivats et de drapeaux. Trois à deux pour Manchester.

– J'ai parié cinq billets sur le match, déclara Beth.

Harry s'illumina.

– Z'étiez pour Chelsea ?

– Vous m'avez bien regardée ?

– Cool, fit Harry. Venez, on va se taper une pinte.

Ils se rendirent au pub du coin, et au bout de deux Guinness Harry devint loquace. Il leur raconta sa vie, qui était d'une remarquable platitude. Il n'avait jamais vu Londres ; le garage qui l'employait comme soudeur avait fait faillite, et depuis il était au chômage. Ses parents retraités étaient partis à Malaga pour les vacances d'été, et sa sœur vivait aux États-Unis – il ne l'avait pas vue depuis des lustres.

Harry but une longue rasade et s'essuya d'un revers de main.

En effet, se rappelait-il, on lui avait déjà parlé de son ancêtre McCormick, l'aventurier qui avait côtoyé Darwin sur le *Beagle* et n'était jamais rentré.

– C'était mon arrière-arrière-quelque-chose, précisa-t-il.

En revanche, il n'avait jamais vu de quelconques papiers, et pensait pouvoir dire que sa famille non plus. Il proposa de faire visiter son grenier pour dix livres, mais une troisième Guinness le rendit généreux, et il finit par leur montrer ses combles gratis.

Lesquels combles se révélèrent entièrement vides, hormis un vieil emballage de stores vénitiens et un ventilateur poussiéreux.

Hugh remercia Harry, et Beth lui serra la main sur le perron. Il lui rendit un sourire forcé. Puis elle confia qu'un détail la tourmentait :

— Je croyais que M. McCormick n'avait pas eu d'enfants. Vous devez être une sorte d'arrière-cousin, non ?

Mais si, d'après Harry, McCormick avait bien été papa :

— Je ne vous garantis rien, mais je crois me souvenir de deux fils. Nés avant ce dernier voyage avec Darwin. En tout cas, vous êtes les premiers à me parler de cousins.

Dans le train du retour, la copie du journal ouverte sur ses genoux, Hugh désespérait de jamais retrouver cette lettre.

— Allez, l'encouragea Beth. C'est trop tôt pour s'avouer vaincu.

— Je ne sais plus par où continuer.

— J'ai peut-être une piste. En parcourant le courrier de Lizzie, j'ai trouvé une lettre de Mary Ann Evans.

Hugh dressa l'oreille.

— Elle disait quelque chose ?

— En soi, non. Mais elle faisait référence à un précédent courrier de Lizzie. Autrement dit, les deux femmes entretenaient une correspondance.

— Intéressant. Il faudrait consulter les archives de George Eliot, où qu'elles se trouvent.

— Dans le Warwickshire, à Nuneaton. Et devine d'où lui écrivait Lizzie ? De Zurich.

— La ville de son accouchement !

Hugh prit la main de Beth pour y poser un baiser.

— Vous êtes brillante, mademoiselle. Mais je ne vous aurais jamais crue fan de Manchester United.

— Oh, seulement dans les Midlands.

— Au fait, tu as remarqué le nom du pub ?

— Non.

— Le Chercheur d'Or.

215

Neville décrocha enfin. Hugh lui avait déjà laissé deux messages, et la voix au bout du fil ne débordait pas d'enthousiasme.

– Je suis l'ami de Bridget. On s'est rencontrés l'autre soir chez elle.

– J'aurais difficilement pu l'oublier.

– Bien, murmura Hugh. J'aurais aimé te revoir et… reprendre la discussion qu'on avait, disons… commencée.

Il y eut un long silence. Quand Neville rouvrit la bouche, il sembla que sa décision était prise depuis longtemps.

– Je ne vois pas ce qui s'y oppose, soupira-t-il. J'espère seulement que je peux te faire confiance.

– Je te le promets. J'apprécie beaucoup ton geste.

Ils se donnèrent rendez-vous le lendemain après-midi à l'entrée du Royal National Theatre. Un lieu parfait, pensa Hugh : ils pourraient marcher le long de la Tamise, voire traverser le pont de Waterloo. Puis Neville ajouta :

– Il faut bien comprendre que tout ce que je pourrai te dire – et ne t'attends pas à des montagnes de scoops – devra rester strictement confidentiel.

– Bien sûr.

Les attentes de Hugh se mêlèrent de crainte.

– Je n'insiste pas sans raison. On nous fait signer des clauses de confidentialité, et les infractions sont passibles de sanctions.

– Je comprends.

Hugh raccrocha, perplexe. En entrant le nom du labo de Cal sur Internet, il avait été orienté vers divers programmes de recherches, dont certains pour le compte de l'État, mais rien n'avait paru excessivement « sensible ». Et Cal n'aurait jamais travaillé dans des domaines comme l'armement – il était bien trop idéaliste.

Neville ne faisait sans doute que sacrifier au goût des Britanniques pour le secret. Il n'empêche, Hugh avait peur.

Parler de Cal n'était jamais facile, *a fortiori* avec un inconnu disposant d'informations gênantes. Hugh avait conclu une trêve avec le passé : à défaut de l'enterrer, il le tenait à distance. Or depuis peu ce passé se rouvrait, comme pour se récrire, et les longues discussions avec Beth y étaient sans doute pour quelque chose.

De retour dans sa chambre, Hugh sortit d'un tiroir la photo qu'il emportait partout avec lui, un cliché en noir et blanc des deux frères sur le campus d'Andover, quand Hugh était en première année et Cal sur le point d'intégrer Harvard. La photo avait été prise en milieu de journée, ou bien la nuit à l'aide d'un flash puissant. Avec sa beauté ténébreuse de star de cinéma, Cal tenait une raquette et une paire de tennis reliées par les lacets. À son côté, plus petit d'une tête, Hugh ouvrait la bouche comme s'il allait parler.

Hugh ressortait régulièrement cette photo. La plupart du temps, elle ne suscitait que de l'angoisse, une détresse diffuse. Mais aujourd'hui apparaissaient de nouveaux détails : les vilains plis du blouson de Hugh ou sa façon de regarder Cal tandis que celui-ci fixait l'objectif, la mâchoire volontaire, prêt à conquérir le monde. Ce qu'il voyait là – et qui expliquait enfin son malaise perpétuel –, c'était un Cal distant et ambitieux, flanqué d'un frère en mal de reconnaissance et d'amour. L'image semblait capturer le moment précis où ils avaient quitté l'enfance pour emprunter des routes séparées.

En se rendant à Down House, Hugh fit un crochet par le cimetière ombragé de l'église St Mary. De vieilles stèles s'enfonçaient dans le sol, leurs épitaphes lisibles pour les seuls vers de terre. D'autres s'affaissaient à l'oblique, couvertes de mousse et de lichens, ou rabotées par les ans et blanches comme des coquillages.

Les vingt-cinq kilomètres depuis Londres furent vite parcourus. La gare d'Orpington était toujours en service, mais Hugh préféra prendre le train jusqu'à Bromley South puis le bus n° 146 – le tout en trente ou quarante minutes. C'était à se demander pourquoi Darwin avait autant souffert de ce trajet, en train puis en phaéton.

Le village de Downe était tel qu'il l'imaginait : paisible, tout en pierres, avec une pharmacie, une épicerie, une station-service et quelques autres boutiques. Du vivant de Darwin, les anciens avaient choisi d'ajouter un *e* final à leur toponyme – déjà la nostalgie pour l'*Englande* d'antan ? – mais le savant avait tenu bon : Down House il avait acheté, Down House il garderait.

Hugh trouva ce qu'il cherchait sous un grand if dans un coin du cimetière : la tombe d'Erasmus, le frère de Darwin, ainsi que les deux minuscules stèles des bébés Mary et Charles Waring – celles qu'Emma, Etty et Lizzie apercevaient le dimanche en allant à la messe.

217

Il franchit la grille en fer et remonta Luxted Road en pensant à Beth. Depuis son réveil, il avait l'impression de respirer son parfum. Il se souvint d'une phrase du *Paradis perdu*, qu'il lisait en ce moment :

Ainsi passait, en se tenant par la main, le plus beau couple qui depuis s'unit jamais dans les embrassements de l'amour…

Puis de ces mots de la Bible :

Entre ses pieds il s'écroule, il tombe, il est couché…

Après un long virage Hugh atteignit Down House, une bâtisse cubique XVIIIe avec un toit d'ardoise et des murs blancs tapissés de lierre. La première fois qu'il l'avait vue, Darwin l'avait jugée « vieillotte et laide », mais il avait vite été conquis par ses atouts. Elle était confortable et extensible, puisqu'on pouvait l'agrandir comme on ajoute des wagons à un train. C'était un univers à mille lieues de Londres, baigné des senteurs et des bruits de la campagne – la paille fraîche dans les prés, le grincement de la roue du puits, le bourdonnement des abeilles dans les tilleuls – et il y avait des parterres de phlox, de muguet et de pieds-d'alouette. Tout ceci avait dû lui rappeler son enfance à The Mount.

Hugh entra dans l'inévitable boutique de souvenirs et paya son billet. On était mardi, ce qui limitait l'affluence. Il pénétra au rez-de-chaussée à la suite d'un groupe scolaire surveillé par une institutrice aux aguets. La visite était commentée par une guide grisonnante en tailleur de tweed.

On commença par le salon. Hugh admira le piano à queue d'Emma, la cheminée en marbre, la grande bibliothèque, le coffret de backgammon maquillé en livre sur l'histoire de l'Amérique du Nord. Dans le couloir, il remarqua l'énorme pendule, la table murale avec la tabatière de Charles et des lithographies d'inspiration chrétienne accrochées par Emma. Puis on passa dans la salle de billard, avec sa table nappée de feutre brun clair et trois boules prêtes à s'entrechoquer. Dans un coin, une bouteille de porto et deux verres attendaient sur un plateau – l'un des deux pour Parslow, peut-être ?

La salle à manger donnait sur le jardin par trois bow-windows. La table Regency en acajou était dressée pour douze, et le buffet soutenait les soupières «nénuphar» commandées par la mère de Darwin. Des portraits austères surplombaient la pièce. Les écoliers s'ennuyaient ferme.

Vint enfin le fameux bureau. Le regard de Hugh fut immédiatement attiré par l'imposant fauteuil sombre monté sur roulettes. C'était là que Darwin avait écrit les pages qui changèrent la face du monde, appuyé sur une tablette recouverte de tissu qu'il calait sur les accoudoirs. Avec cette canne appuyée contre la tranche du dossier, on s'attendait presque à voir surgir le vieux naturaliste. Derrière le siège, dans un recoin aussi étroit qu'une cabine de bateau, dormait un petit bureau truffé de minces tiroirs dûment étiquetés. La bibliothèque grimpait jusqu'au plafond. Au-dessus de la cheminée, un miroir au cadre doré noircissait comme un lac de la Nouvelle-Angleterre, et au-dessus s'alignaient les portraits de Joseph Hooker, de Charles Lyell et de Josiah Wedgwood.

Au centre da la pièce trônait une table à volets parsemée d'objets du quotidien : une cloche en verre, une paire de ciseaux, un microscope rudimentaire, trois verres retournés, une boîte en bois, un crâne de singe, une plume, divers papiers, une bobine de ficelle et une demi-douzaine de livres. L'un de ces derniers était une deuxième édition du *Capital* dédicacée par Marx en personne («À M. Charles Darwin, de la part d'un admirateur sincère…»). Un écolier voulut le toucher, mais l'institutrice lui tapota le poignet.

– C'est quoi ? demanda une fillette en montrant le coin gauche du fond.

Là, derrière la demi-cloison, une épaisse cuvette en porcelaine était encastrée dans un caisson. Une robe de chambre pendait à une patère, frôlant les pichets et les serviettes posés sur un guéridon.

– Ceci, les enfants, fut construit spécialement pour M. Darwin, qui tombait parfois malade à force de travailler si dur. N'oubliez pas qu'il avait fait le tour de monde et contracté de nombreuses maladies.

– À quoi ça sert ? insista la fillette.

– Ça suffit, Beatrice, intervint la maîtresse. Tu as entendu ce que disait Mme Bingham : il s'en servait lorsqu'il était malade.

– Mais il s'en servait comment ?

– Il dégobillait, répondit un de ses camarades, ce qui fit pouffer tous les autres.

Hugh s'approcha du fauteuil et regarda par la fenêtre. Le miroir qu'avait fait installer Darwin n'était plus là.

La visite se poursuivait dans le couloir central.

– Et maintenant, je vais vous montrer une chose qui va vous fasciner. Les Darwin formaient une famille joyeuse et soudée, où l'on aimait beaucoup jouer. (La guide se posta au pied du grand escalier à vis.) Voici l'une des distractions favorites des enfants : s'asseoir sur une planche et dévaler les marches comme avec une luge. Comme vous l'imaginez, c'était un sport dangereux. Mais ils y prenaient grand plaisir.

Les enfants fixèrent l'escalier avec de grands yeux.

La guide désigna le placard niché en dessous.

– Et c'est ici qu'ils rangeaient la plupart des jeux d'extérieur : maillets de croquet, raquettes, patins… À une époque, Darwin y avait même conservé la trame de son célèbre livre. (Elle tira sur le porte d'un coup sec.) L'un des enfants appelait ce placard l'« endroit où se concentrait l'essence même de la maison ».

Hugh réagit :

– Excusez-moi, madame, mais sauriez-vous qui a prononcé ces paroles ? Elizabeth, peut-être ?

– Oh, cela m'étonnerait. Je ne saurais vous dire de qui il s'agit précisément, mais nous savons que Lizzie, comme on la surnommait, était un peu limitée sur le plan intellectuel. Je doute qu'elle nous ait laissé de grandes chroniques familiales.

Les garçons en tête, la classe sortit pour découvrir les jardins et le Sandwalk, et un nouveau groupe investit le couloir. Il monta pour voir l'exposition sur la vie de Darwin.

L'étage était désert. Hugh scruta les vitrines, contempla les illustrations. Près d'un tableau de Robert, le père de Charles, assis dans un fauteuil avec son allure massive et sévère, était encadrée une citation, la célèbre semonce qui choquait Hugh depuis toujours : « Tu n'as d'yeux que pour la chasse, les chiens, et tu poursuis les rats. Tu y perdras ton honneur, et celui de toute ta famille. »

Il songea subitement à son père, et s'en voulut de ne pas avoir répondu à ses lettres.

Il se tourna ensuite vers un portrait du jeune FitzRoy, élégant et raffiné avec ses cheveux de jais, ses favoris, son nez retroussé et sa bouche délicate, puis il passa en revue toutes sortes d'objets : un plan du *Beagle*, des accessoires en acajou, des bocaux, un clinomètre, des instruments de dissection, un pistolet de poche, un croquis du visage rond de Jemmy Button, un compas dans son coffret, un dessin du « rasage » de Darwin lors du passage de l'équateur, un microscope Bancks doté d'un oculaire de cuivre réglable…

Hugh vit encore des *bolas* dans une vitrine à part, puis, dans celle d'à côté, le fameux gourdin de Darwin, celui que Lizzie avait eu le malheur de déplacer. C'était un câble métallique d'une trentaine de centimètres fermé à chaque extrémité, dangereux comme arme mais inoffensif au toucher. Hugh l'examina religieusement quelques instants.

Des citations du savant agrémentaient les collections. Près d'une caisse d'ossements expédiés à Henslow après la Terre de Feu, Hugh lut : « Jamais je n'aurais pensé que la différence entre un homme sauvage et un homme civilisé pût être aussi grande. » Et dans une lettre encadrée de Darwin à Hooker, cette note de désespoir : « Un aumônier du diable ferait un livre prodigieux des œuvres de la nature, tant elles sont maladroites, gaspilleuses, stériles, basses et cruelles ! »

En vis-à-vis de ce document était illustré l'« arbre de la vie » : ses branches aboutissaient à des dessins d'animaux, enfermés dans des bulles pareilles à des boules de Noël. Les hydres et les poissons figuraient en bas, les tigres et les singes en haut ; l'homme tenait la cime.

Hugh redescendit au rez-de-chaussée. Le couloir central était de nouveau vide. On entendait des pas à l'étage, des voix dans la boutique de souvenirs, les bruits de vaisselle au salon de thé. Hugh gagna le placard de l'escalier, ouvrit discrètement la porte, glissa la tête à l'intérieur. L'espace vide s'enfonçait sur la gauche et s'élevait sous les marches jusqu'à une hauteur d'environ un mètre vingt. Les parois étaient couvertes de planches raboteuses de sept ou huit centimètres de large, et en dessous couraient des plinthes. Celle du fond semblait plus récente que les autres et bâillait légèrement de chaque côté. Hugh tendit le bras pour la toucher. Elle bougeait. Il tira dessus et elle céda facilement, révélant une cavité et un petit paquet. Il glissa celui-ci sous sa veste, replaça la plinthe, referma le placard et regagna la boutique. Il traversa les rayonnages d'un trait, en souriant à la vendeuse.

Dans le train du retour, le cœur battant la chamade, Hugh détacha le ruban, ouvrit le ballot et découvrit son gain : le dessin décrit par Lizzie ! Il était un peu froissé, jauni et corné aux coins, mais les traits demeuraient nets. Il l'étudia de près. On y voyait deux personnages, désignés en légende comme MM. Darwin et McCormick, postés de part et d'autre d'un arbre, et c'était signé d'un simple C. M.

Hugh se gratta le front. Pourquoi Lizzie avait-elle tressailli devant cette chose ? Le lieu n'était pas spécifié. L'arbre n'était sûrement pas le baobab de Santiago, mais une espèce ordinaire et indéfinie. Les quelques pierres en arrière-plan n'apprenaient rien de plus. D'où venait cette scène ? Que signifiait-elle ?

Hugh ressortit plusieurs fois le croquis pendant le voyage. Mais rien n'y fit : il séchait sur toute la ligne.

Beth dormit à l'hôtel George Eliot. Elle prit son café sur la grand-place, à quelques mètres de la statue montrant la romancière en robe victorienne bouffante, le regard de côté – comme pressée de fuir, pensa Beth. On trouvait aussi une galerie d'art George Eliot, un pub George Eliot, et même un hôpital George Eliot. Celle qui avait dû se cacher derrière un nom d'homme faisait aujourd'hui la fortune de la ville.

La directrice de la bibliothèque de Nuneaton avait une trentaine d'années, un teint d'albâtre et des cheveux très blonds, l'archétype de la « rose anglaise ». Elle réserva un accueil charmant à Beth et l'invita dans la salle principale, d'environ quinze mètres sur quinze, pourvue de jolies fenêtres et de tables en chêne massif.

Ici se trouvait le plus grand fonds George Eliot du pays, souligna la directrice, même si la quasi-totalité de ses lettres avait été publiée en huit ou neuf volumes, grâce notamment à un professeur anglais de Yale qui avait entrepris de les rassembler en 1920.

Beth précisa qu'elle s'intéressait aux lettres non pas écrites mais reçues, en particulier celles dont l'auteur n'avait pas été identifié.

– Ah, cela change tout.

La directrice revint une dizaine de minutes plus tard, talonnée par un jeune homme mal fagoté qui poussait un chariot. Dessus s'empilaient d'épais dossiers remplis de feuilles libres.

– Cela sort droit de notre coffre. William devra rester avec vous pendant que vous consulterez ces archives. On n'est jamais trop prudent, vous comprenez. Vous n'avez pas l'air d'une voleuse, mais on est parfois surpris. L'autre jour, une petite vieille avait roulé une gravure dans son parapluie !

– Je comprends, répondit Beth.

William s'assit près d'elle, visiblement ravi de cette pause forcée, et elle attaqua une première pile.

Deux heures plus tard, elle glapit.

William releva les yeux. Beth avait le doigt sur une page bordée d'un liseré rouge et frappée en haut des trois mots «Dieu vous garde».

– C'est fou ! lâcha-t-elle. Elle utilise le papier à lettres de sa défunte sœur Annie…

Le courrier venait de Suisse.

CHAPITRE 19

Étrangement, ce fut dans les eaux calmes du Pacifique que le commandant FizRoy perdit la tête. Penché sur le pauvre homme, Charles essayait d'en comprendre la raison. Les démons de l'esprit attendaient-ils que le pire fût passé et que la proie eût baissé la garde pour attaquer ?

Traverser le détroit de Magellan avait été une gageure. Un mois durant, le navire essuya de gros vents d'hiver avec un gréement gelé et un pont couvert de neige. Il se faufila entre des canyons de glace bleue qui régulièrement se morcelaient, s'écroulant avec fracas et soulevant des vagues géantes.

En général, les hommes qui n'étaient pas à la manœuvre s'abritaient sous le pont. Charles était soulagé de ne plus côtoyer McCormick, qui voguait désormais sur l'*Adventure*. Quand les deux ennemis se retrouvaient ensemble à terre, ils manifestaient un embarras réciproque.

Charles commençait à voir le monde d'un œil nouveau et il remplissait des carnets entiers. L'univers s'ouvrait à lui. Tout semblait d'un coup visible et palpable – le nuage de papillons qui s'abattait sur le bateau telle une averse de neige, la lumière argentée des longues traînées de phosphore, le champ électrique qui crépita autour des mâts par une nuit de pleine lune... Finis les phénomènes fantasmagoriques, il n'existait plus que le réel, la nature dévoilée dans toute sa splendeur. Charles se sentait capable d'expliquer n'importe quel fait, de percer tout mystère séance tenante, avec la fulgurance d'un éclair dans un désert noir.

Avant d'affronter le détroit, on répara la coque du *Beagle* à l'embouchure de Santa Cruz, tandis que l'*Adventure* mouillait tout près. Pour la première fois depuis Woollya, Charles et McCormick furent réunis, et ils prirent soin de s'éviter. Leur antagonisme était devenu un gouffre infranchissable. Un jour, afin de tuer l'ennui, ils posèrent ensemble pour Conrad Martens, mais séparés par un arbre, sans échanger un regard.

Enfin les deux navires atteignirent le Pacifique et larguèrent les amarres dans le pittoresque port de Valparaíso, sur la côte chilienne. Charles brûlait d'impatience d'explorer les Andes. Il parvint à se faire héberger en ville, chez un ancien camarade de classe, puis il partit pour la cordillère. Il erra pendant six semaines, enjambant des ravins où la moindre chute eût été mortelle, et passa ses nuits blotti contre ses deux guides paysans pour se réchauffer. Il captura des oiseaux des montagnes, trouva des minéraux, découvrit des sédiments marins, et rentra triomphant, en tirant des mulets chargés de spécimens. Il rapportait en particulier des blocs entiers de fossiles marins, de quoi prouver plus avant que cette chaîne était une ancienne côte soulevée par des forces géologiques.

En apercevant le navire dans le port, il comprit que quelque chose n'allait pas. Le *Beagle* paraissait moribond, et l'équipage livré à lui-même. Le lieutenant Wickham faisait les cent pas sur le quai lorsqu'il reconnut Charles.

— Le commandant est devenu fou, dit-il en accourant. Il démissionne et demande à être invalidé pour rentrer en Angleterre. Va lui parler, Philos. Tu sauras peut-être le raisonner.

— Que s'est-il donc passé ?

— L'Amirauté l'a informé qu'elle désapprouvait l'achat de l'*Adventure* et refusait de le défrayer. Il a été contraint de le revendre, et ça l'a achevé. Je me sens partiellement responsable.

— Pourquoi ?

— Sulivan l'a assiégé durant des semaines pour qu'il achète l'*Adventure*, au prétexte que le succès de la mission en dépendait. J'aurais dû intervenir.

Charles trouva FitzRoy couché dans la pénombre de sa cabine, la tunique ouverte, un bras sur le front et l'autre pendant vers le sol. Il était blême, les yeux enfoncés dans les orbites. Charles lui tendit un verre d'eau.

D'abord muet, le commandant se mit à parler de plus en plus vite, et son torrent d'imprécations alarma Charles. Il en voulait à l'Amirauté, à la marine, aux whigs, à tout le gouvernement. Alerté par ses éclats de voix, Wickham surgit dans la cabine. Charles et lui restèrent plusieurs heures auprès de FitzRoy, s'employant à le convaincre qu'il n'était pas besoin de repartir en Terre de Feu, que l'étude était quasiment terminée, et qu'il restait juste à procéder aux mesures chronométriques.

Ils recommencèrent le lendemain, et le lendemain encore. Charles était impressionné par l'attitude de Wickham : cet homme était en passe de devenir commandant, de la même façon que FitzRoy avait naguère succédé à Pringle Stokes, et pourtant la santé de son chef le souciait plus que sa propre carrière.

Le troisième jour, leurs propos rassurants semblèrent porter. FitzRoy se leva, se rasa, s'habilla et décida de sortir. Charles vint l'aider. Avant de s'aventurer sur le pont, le commandant scruta l'intérieur de la cabine comme s'il s'éveillait d'un rêve.

— Vous êtes-vous jamais demandé pourquoi j'avais dépensé une fortune pour restaurer le *Beagle* à Plymouth ?

Charles répondit que non.

— Pour déplacer les quartiers du commandant. Je refusais de vivre dans la cabine de mon prédécesseur, de peur que son fantôme vînt me hanter. Ce pauvre Pringle Stokes…

— Je comprends. La solitude du commandement l'aura détruit…

FitzRoy dévisagea son jeune ami :

— Ils ont pratiqué une autopsie. Ils ont trouvé une balle dans sa cervelle, mais ce n'est pas tout. Qu'ont-ils découvert en ouvrant sa chemise ? Sept plaies, sept plaies de couteau, presque cicatrisées. Presque ! Cela faisait des semaines que le bougre essayait de se supprimer ! Il n'avait personne pour l'aider, personne vers qui se tourner. Il était seul.

Sur ces mots, FitzRoy posa le pied sur le pont. Il gonfla ses poumons et annonça qu'il reprenait la direction du navire.

Un vent favorable se levait. Comme l'on mettait à la voile, Charles aperçut McCormick sur le gaillard d'arrière, regagnant sac à l'épaule son ancienne cabine. Il refit surface au bout de cinq minutes et vint toiser Charles.

– Je vois que nous sommes à nouveau compagnons, monsieur Darwin.

– C'est un fait, répliqua Charles.

Ils allaient remonter la côte puis gouverner plein ouest sur six cents milles, vers le célèbre archipel qui portait le nom de ses tortues.

Charles se trouvait aux côtés de FitzRoy quand apparut la première île, et quelle surprise ! Il se faisait une joie de visiter ce lieu que la légende disait édenique, mais qu'y avait-il de paradisiaque dans ce monticule de lave noire où ne vivaient que des oiseaux ?

– Quel est donc cet endroit ? s'enquit-il.

– Cette île, répondit le commandant, est une plaisanterie d'espagnol. Elle est tellement insignifiante qu'elle ne mérite même pas de nom – d'où cette mention sur la carte : Sin Nombre. Ne vous méprenez pas sur le sens des « îles enchantées ». En espagnol, *encantadas* signifie plutôt « ensorcelées », et cela fait référence aux courants insidieux qui en réduisent l'accès. N'étant jamais au contact de l'homme, les bêtes et les volatiles se laissent approcher avec une placide indifférence. Mais croyez-moi, cet endroit est un pandémonium en puissance.

On jeta l'ancre à l'île suivante. Les matelots déroulèrent leurs lignes et bientôt le pont grouilla de poissons-perroquets et d'anges de mer, se tortillant dans un luxe de couleurs tropicales. Charles et huit marins prirent la baleinière jusqu'à la côte ; la plage noire était si brûlante que l'on sentait la chaleur à travers les semelles des bottes.

Le rivage abondait de vie. Camouflés par leur peau sombre et tachée, de répugnants lézards marins peuplaient la roche basaltique. Avec leur crête d'écailles, leurs yeux froids, leur goître flasque et leur longue queue recourbée, ils ressemblaient à des dragons maléfiques, mais ils n'étaient que lents et inoffensifs. Charles en saisit un par la queue et le lança dans l'eau.

Au détour d'une pointe, ils se retrouvèrent encerclés d'oiseaux : des fous à pieds rouges perchés dans les arbres ; des fous masqués surveillant leur nid au sol ; et des armées de fous à pieds bleus recouvrant chaque arête rocheuse, certains se balançant d'un pied sur l'autre dans une curieuse danse nuptiale. Ils ne prêtèrent aucune attention à leurs visiteurs. Charles dirigea son pistolet vers un faucon, mais comme il ne bougeait pas, il le chassa de la branche du bout du canon.

Secondé par Covington, Charles s'enfonça dans l'île par un sentier et rencontra enfin l'illustre habitante des ces îles, la tortue géante. Deux spécimens mâchaient nonchalamment des figues de Barbarie. En voyant les hommes elles sifflèrent et rentrèrent la tête, mais la ressortirent bientôt pour continuer leur repas. Charles mesura la circonférence d'une des deux carapaces : pas moins de sept pieds.

Un peu plus loin, ils furent arrêtés par un spectacle saisissant : un large sentier sur lequel se croisaient des colonnes entières de tortues. Ils suivirent cette manière de route jusqu'au sommet d'une colline, où une foule d'entre elles se baignaient dans un lac. Certains s'enfonçaient jusqu'aux yeux dans l'eau pure et glacée pour en avaler d'énormes gorgées, tandis que d'autres se vautraient dans la boue. Charles était subjugué. Il avait l'impression de surprendre un rite clandestin, une scène antédiluvienne où les bêtes ôtaient leur masque sauvage pour montrer leur vraie nature.

Comme les deux Anglais rebroussaient chemin parmi les tortues, Charles eut l'idée de s'asseoir sur une carapace. Covington l'imita, et ils redescendirent ainsi, hilares, cramponnés à l'animal pour lutter contre le tangage. Mais leur gaieté s'envola dès le pied de la colline, lorsqu'ils virent leurs camarades massacrer ces mêmes *galápagos* en les éventrant d'un coup de lame. Des dizaines gisaient sur le dos, remuant les pattes dans le vide, prêtes pour la cale du navire. La plage était jonchée de carapaces.

Les marins furent tout aussi médusés :

– Vous feriez mieux de descendre, cria l'un d'eux, ou vous allez finir en soupe de tortue !

Ce soir-là sur le *Beagle*, Charles bouillait d'émotions. Poissons, lézards, oiseaux, tortues… Le vivant lui apparaissait sous un jour nouveau. Il était le témoin de la nature primordiale et de ses mécanismes, de sa beauté et de sa férocité. Il avait le sentiment de la comprendre, comme s'il surprenait un moment de la création. Il écrivit dans son carnet : « Ici, dans l'espace comme dans le temps, nous semblons toucher à ce grand fait – ce mystère des mystères – qu'est l'apparition de nouveaux êtres sur cette terre. »

Le lendemain, le *Beagle* appareilla pour l'île Charles, qui hébergeait une colonie pénitentiaire de deux cents exilés. Le vice-gouverneur anglais Nicholas Lawson convia une partie de l'équipage à déjeuner dans sa véranda au milieu d'un champ de plantain. Il leur raconta des histoires de naufragés et de pirates, autour de steaks de tortue et de grog.

Au hasard d'un commentaire sur la nourriture, il se dit capable de déterminer l'île d'origine de chaque tortue d'après sa seule carapace. Cela prouvait, selon lui, que la différence d'habitat avait engendré des variations biologiques.

Si FitzRoy et les autres prêtèrent peu d'attention à cette remarque, Charles la trouva intéressante. En promenant furtivement son regard autour de la table, il rencontra celui de McCormick. Lui aussi avait réagi.

Après le repas, le groupe rama jusqu'à l'île James, où Charles souhaitait enrichir sa collection d'oiseaux. Eux aussi semblaient appuyer la théorie du vice-gouverneur : ils présentaient d'infimes différences d'une île à l'autre, comme pour s'adapter au mieux à leur environnement. À chaque étape, Charles abattit plusieurs volatiles – surtout des pinsons –, pour les étiqueter, les empailler et les enregistrer dans ses carnets.

Cet après-midi-là, Covington et lui s'éloignèrent dans l'île sous un soleil assommant, et arrivèrent à un fourré rabougri survolé de dizaines de pinsons et d'oiseaux moqueurs. Les armes étaient inutiles, car il suffisait de tendre une branche et d'émettre un son chuintant pour que le pinson vînt s'y poser. Comme il courait après un oiseau d'un jaune singulier, Charles trébucha sur un obstacle. Il baissa les yeux et tressaillit. Émergeant d'un lit de feuilles, un crâne humain brillait au soleil.

Pris de nausée, il s'appuya quelques instants contre un arbre, puis ramassa l'objet et le fit tourner dans sa main. Il était à la fois repoussant et fascinant, avec sa calotte blanchie, ses tempes fissurées, le triangle sombre du nez, ses dents pourries, son sourire macabre, et une colonie de vers à la place de la langue.

Le malaise de Charles s'aggrava, amplifié par la chape du soleil. En tendant l'oreille, il n'entendait plus le silence mais un ronflement, le bourdonnement de milliers d'insectes voletant, bruissant, se frottant les ailes, dévorant les feuilles ; il entendait les oiseaux plonger dans la mer, les iguanes mâchonner les algues, et pour la première fois de sa vie il connut la panique. Les pierres brûlantes, les affreux lézards, les tortues lacérées, le crâne, les vers… Un insoutenable cycle de vie et de mort, qui se répétait sans fin ni finalité, et dont il était l'otage. La nature était un dieu vorace, vil et monstrueux.

Soudain apparut McCormick. Il regarda Charles et le crâne qu'il tenait.

– Ce doit être le commandant de vaisseau dont nous a parlé le gouverneur, devina le médecin. Son équipage se serait mutiné et l'aurait assassiné sur cette île.

Covington les rejoignit.

– Que veux-tu en faire ? demanda-t-il à Charles. Le garder comme spécimen ?

Il fut outré d'un telle suggestion. Il somma Covington de creuser un trou pour offrir à cette tête une digne sépulture chrétienne.

À la nuit tombée, il écrivit une lettre à Hooker. Il n'évoqua pas l'incident, mais conclut par ce cri du cœur : « Un aumônier du diable ferait un livre prodigieux des œuvres de la nature, tant elles sont maladroites, gaspilleuses, stériles, basses et cruelles ! ».

Trois jours plus tard, le navire aborda l'île de Santa Cruz. Une légère brise d'ouest rendait le temps propice aux sorties, et Charles voulait recueillir des spécimens marins. Redevenu charmant, McCormick exprima le même désir. Les deux hommes s'embarquèrent en chaloupe avec le sous-lieutenant Sulivan et Phillip Gidley King.

Ils jetèrent l'ancre dans un endroit abrité et plongèrent plusieurs heures d'affilée. Comme aucun n'était un excellent nageur, ils se relayèrent pour maintenir en permanence un homme à bord, dans le rôle du sauveteur. À midi, ils avaient remonté toutes sortes de poissons, de crabes, d'algues et de coraux, et ils allèrent se restaurer sur le rivage. La plage était peuplée d'otaries étendues au soleil, qui n'eurent pas un regard pour ces bipèdes. Charles sortit ses allumettes pour faire du feu, et ils grillèrent des poissons qu'ils accompagnèrent de vin blanc. Après le repas, King et Sulivan s'installèrent pour la sieste, tandis que Charles et McCormick retournaient explorer les fonds marins.

Ils longèrent la côte en bateau jusqu'à une lagune entourée de roseaux. McCormick jugea l'endroit parfait et s'offrit de rester à bord. Charles plongea une demi-douzaine de fois et glana toutes sortes de trésors. À chaque remontée, McCormick l'incitait à s'aventurer un peu plus loin. Flottant comme une planche, Charles scrutait l'océan lorsqu'il vit passer une ombre sous lui. Il distingua le mouvement furtif d'une queue, puis un autre, et un autre encore. Des formes noires ondulaient dans l'eau. Il releva la tête, reprit sa respiration et se coucha de plus belle. Il les voyait mieux à présent : cinq ou six pieds de longs, de couleur argentée, avec des taches blanches au bout des nageoires et de la queue. Quatre ou cinq requins en maraude, décrivant des cercles indolents. Charles nagea rapidement vers la chaloupe, tout en évitant les mouvements trop brusques. McCormick le hissa à bord avant de bredouiller :

– Dieu merci, tu es rentré à temps. Je t'ai prévenu, j'ai crié, mais tu n'entendais pas !

– Allons-nous-en, répondit Charles en grelottant.

Laissant McCormick manœuvrer la chaloupe, il regarda s'éloigner le funeste plan d'eau. Il lui semblait voir flotter de minuscules morceaux de poisson – sans doute les dernières miettes du festin.

CHAPITRE 20

Clinique Sonnenberg
Zuriberg
Zurich, Suisse

Le 10 mai 1872

Ma chère Mary Ann,

Tu as la gentillesse de me demander comment je me porte. Ma réponse tiendrait en un seul mot : mal ! Seule au monde, méprisée par les miens, trahie par l'homme que j'aimais – voilà pour mon opprobre, le prix sans doute suffisant du péché qui m'a noirci l'âme. Mais devoir endurer cet ultime châtiment, le chagrin suprême pour toute femme... c'est insoutenable. Je n'exagère point, Mary Ann, quand je crains que mon esprit ne le supporte pas.

Même aujourd'hui, assise sous la verrière de cette clinique, je succombe au désespoir. Le charme de cet endroit, les fleurs qui frémissent dans la prairie, le lac bleu, les Alpes enneigées, rien n'y fait. Ce spectacle ne m'atteint pas, car j'ai touché le fond de la douleur. Et de penser que je l'ai moi-même précipitée la rend plus cuisante encore.

Si je me risque à conter ma triste histoire dans une lettre, c'est avec l'espoir que la confession agira comme un baume. Tu en connais déjà un bout, à savoir mon béguin – que dis-je, mon amour pour X.

232

Ce que tu ignores, c'est qu'au cours de notre séjour familial dans le Lake District, j'ai réussi à retrouver X dans les bois, et pas seulement une ou deux fois, mais à cinq reprises. Ce furent des rencontres amoureuses. Chacune me semblait plus intense que la précédente, et je ne pouvais résister. La passion occultait les conséquences de mes actes ; je ne pensais qu'à lui, ne désirais que son étreinte.

Imagine alors ma détresse quand je l'ai senti s'éloigner de moi. C'était comme si chaque rendez-vous assouvissait mes ardeurs mais refroidissait les siennes. Au début, après l'intimité, il me prenait dans ses bras et louait mes qualités, ce qui allégeait mon remords d'avoir cédé à ses instances. Mais bien vite il sembla se croire des droits sur ma personne, c'est-à-dire sur mon corps, et il se mit à me manquer de respect. J'avais l'impression d'être captive d'un roman à sensation, mais dont l'enjeu dramatique eût été ma vie même.

Ses venues à notre cottage furent d'abord excitantes. Je guettais toute la matinée le galop de son cheval jusqu'au portail de l'écurie, et je retardais le moment de me montrer, pour le seul plaisir de l'attente. Devant les autres, je me plaisais à cacher mon effervescence derrière un masque d'insouciance. J'excellais à promener mes yeux dans la pièce sans lui accorder plus d'attention qu'à un visiteur ordinaire. Il y avait aussi les moments illicites : un regard furtif, un frôlement sous la table à la fin du dîner… Tout cela attisait mon désir d'une manière indicible.

Mais bientôt ses visites s'espacèrent. Il sautait un jour, puis deux, puis trois. Folle d'angoisse, je poussai l'imprudence jusqu'à lui faire porter un billet, mais je n'obtins aucune réponse. Un soir, après l'avoir regardé fixement jouer en quatuor, je le coinçai dans l'entrée afin de savoir pourquoi il me traitait de la sorte – des mots fort différents de ceux que j'avais répétés – et il fit mine de ne pas comprendre. Puis il libéra son bras et s'échappa.

Je sombrai alors dans la mélancolie, que je dissimulai en feignant d'être souffrante. Une question me taraudait : s'il ne voulait plus de moi, pourquoi persistait-il à nous rendre visite ? Fallait-il y voir une ultime lueur d'espoir ? Le matin, je reprenais le chemin de nos promenades, mais je ne l'y croisais jamais. Quand nous fûmes à nouveau seuls quelques instants, j'émis l'idée d'un rendez-vous, et m'abaissai jusqu'à regarder le sol d'un air coquet, mais il déclina en prétextant une vague partie de chasse. Il s'en alla d'un pas vif, comme délivré.

Quand nous rentrâmes à Down House, mon malheur me rendit malade. Je manquai ainsi plusieurs fêtes au salon, mortifiée par la musique et les rires s'élevant dans l'escalier.

Puis un soir, papa nous réunit pour faire une annonce importante. Tenant haut la main d'Etty dont les joues s'empourpraient, il déclara, rayonnant de joie, que sa fille allait devenir Mme Richard Litchfield. Maman fondit en larmes, mes frères firent de l'esprit, et je faillis perdre connaissance. Incapable de me contenir, je m'enfuis en pleurs. Seule ma mère le remarqua dans le tumulte.

Les dispositions furent aussitôt prises pour un mariage à la fin août, soit trois mois à peine après que Richard fut entré dans nos vies. George régla la question de la dot ; je vis dans les comptes de papa qu'elle s'élevait à cinq mille livres, avec une rente mensuelle de quatre cents livres. Ainsi, comme l'expliqua papa à George, le couple vivrait dans l'aisance, bien que Litchfield eût accepté un poste à la Commission ecclésiastique. Et papa d'ajouter que Litchfield n'avait rien d'un « croqueur de fortune ».

Je parvins à lui arracher un tout dernier échange, en reprenant, pour la première fois depuis des années, le chemin de l'église St Mary. À la sortie, nous nous sommes laissé distancer par le reste de la famille, et je lui ai demandé des explications. Il eut au moins l'élégance de paraître gêné. Il me confia qu'il avait de longue date soumis à papa l'idée de courtiser l'une de ses filles, et que papa lui avait consenti la main d'Etty au motif qu'elle était l'aînée. Lors de notre rencontre inopinée à Grasmere, l'émotion l'avait égaré, mais il s'était vite senti méprisable et honteux, d'où son choix de cesser nos rencontres. Il conclut en promettant de m'aimer comme une sœur.

Je n'ai pas assisté au mariage, car dès la mi-août j'avais pris conscience de mon état. J'en informai maman, qui refusa de me croire capable d'une telle chose, avant d'entrer dans une rage sans précédent. Elle m'assena quelques gifles, mais je gardai mon calme. Elle savait qui était le fautif, mais il n'en fallait rien dire à personne, insistait-elle, et surtout pas à mon père. Elle inventa une histoire impliquant le fils d'un propriétaire terrien du Lake District et me fit promettre de m'y tenir.

Papa fut anéanti. Il m'appela dans son bureau. Assis dans son fauteuil en cuir, il s'abstint de me frapper, mais me montra un visage vieux et défait, comme s'il avait lui-même reçu un coup fatal, et je m'en sentis trois fois plus mauvaise. Il ne chercha pas à connaître le nom du père, un détail inutile puisque maman lui avait parlé d'un homme marié. Il me promit que j'aurais du mal à recouvrer son respect, quels que fussent mes efforts de repentance, et que j'étais maintenant condamnée à mourir vieille fille. Il n'accepterait jamais de me pourvoir de la moindre dot, même s'il s'interdisait de me chasser de la maison.

Je ne pouvais toutefois garder l'enfant. Pour préserver la réputation de la famille, papa écrirait à son ami Charles Loring Brace, l'Américain qui dirigeait la Children's Aid Society. Une semaine plus tard, sur les recommandations de ce dernier, et avant que mon état ne devînt par trop voyant, on m'envoya ici, à Zurich, où j'ai passé les neuf derniers mois.

Ce fut une fille. Je n'eus guère le temps d'en découvrir davantage. Ils m'ont laissée la cajoler quelques minutes à peine, le temps de couper le cordon et de l'examiner, puis ils l'ont emmenée. Ils me disent qu'elle restera à Zurich jusqu'à ce qu'elle soit en âge de voyager, après quoi elle sera placée dans une bonne famille.

J'ai parfois l'impression de l'avoir encore dans mon ventre, même dix jours après son départ, et je me rappelle la sensation de ce petit être dans mes bras. Sa frimousse rose et fripée, sa peau enduite d'une douce substance, son petit crâne couvert de cheveux noirs… Le médecin a dit que c'était une belle petite fille bien portante.

Je rentre à la maison demain. Papa aura alors reçu ma lettre de la semaine dernière, dans laquelle je lui dis combien je regrette ce que j'ai fait, tout en observant que nous commettons tous de graves erreurs. Et qu'il lui sied mal de me donner des leçons de morale. Je lui dis qu'il n'est pas le grand homme que l'on prétend, car je sais ce qu'il a fait voilà trente ans lors de son voyage en Amérique du Sud.

Sous cette verrière où je reste assise chaque jour pendant des heures, sans autre distraction que mes idées noires, on me sert de la limonade, comme si mon problème se résumait à une gorge sèche.

S'il te plaît, ma tendre Mary Ann, ne me juge pas d'un œil trop sévère, et prie pour que je puisse un jour trouver la paix.

Avec mon souvenir obligé,

Bessie

Le 20 mai 1872

Ma chère Mary Ann,

Ta lettre m'est parvenue quelques instants à peine avant mon départ de Zurich. Je t'en remercie, infiniment. Sans ton soutien ni tes mots consolants, je ne sais comment j'aurais survécu.

Tu m'as demandé de te relater mon retour. Ce fut moins pénible que je ne le craignais. Parslow m'accueillit en personne à Orpington et me donna les dernières nouvelles. Il se désola que je n'eusse pas assisté au mariage de ma sœur, mais son ton détaché montrait qu'il en ignorait la raison. J'ai justifié ma retraite en Suisse par mes ennuis de santé, et il m'apprit alors que celle de papa n'avait guère été meilleure, au point qu'il avait failli ne pas pouvoir conduire sa fille à l'autel. La cérémonie fut brève et les festivités réduites, malgré la présence d'un groupe d'hommes que Parslow n'avait jamais vus – et qui s'avérèrent des amis du Working Men's College.

Papa n'est pas descendu de sa chambre quand je suis arrivée. Il y passa tout l'après-midi, n'en sortant que pour le dîner, et j'eus droit pour tout salut à un simple hochement de tête. Le repas eût été fort silencieux si Horace n'était rentré tout juste du Trinity College. Lui au moins était d'humeur bavarde. Lorsque je m'enquis d'Etty (ce qui me valut un regard noir de maman), Horace me confia que les jeunes mariés étaient tombés malades lors de leur lune de miel en Europe, avant de lancer à maman : « Dis-lui ce qu'Etty nous a écrit de Cannes ! ». De mauvais gré, ma mère me récita un extrait : ma sœur et son époux se sentaient très mariés, alités ensemble comme s'il étaient unis depuis trente ans, exactement comme maman et papa. Mes oreilles en sifflèrent.

Deux jours se sont écoulés depuis mon retour, et papa n'a fait aucune allusion à ma lettre de Zurich. Pour l'aider à franchir le pas, j'ai proposé de me joindre à lui alors qu'il se préparait pour sa promenade sur le Sandwalk. Quoique surpris, il accepta ma compagnie. Mais après quelques propos sur la pluie et le beau temps, ce fut une marche muette. Je compris que papa n'avait aucune envie d'aborder le sujet auquel nous pensions l'un comme l'autre. J'ai donc évité, comme on dit, de réveiller le chat qui dort.

Vivre avec mes parents me replonge dans une lassitude étouffante. À force d'être à leur disposition, j'ai l'impression de me dissoudre, de perdre pied, de devenir aussi vaporeuse que la brume du matin. Ma condition me rappelle un passage de Middlemarch, où tu décris un personnage qui me ressemble beaucoup : « Lasse et morne comme le sont volontiers ces femmes célibataires qui vivent dans la soumission permanente à leurs aînés. »

Tu me manques énormément, Mary Ann, et j'ai envie de te revoir. Tu es la seule à comprendre l'abîme de ma misère.

Avec mon éternelle amitié,

Bessie

Le 1er janvier 1873

Ma chère Mary Ann,

Je profite du jour de l'an pour t'écrire et te donner de mes nouvelles. Comment croire qu'une demi-année se soit écoulée depuis mon infortune ? Je me suis promis d'embrasser avec cœur ma nouvelle vie d'enfant dévouée et de « vieille fille » de vingt-sept ans – bien que je déteste cette expression. Nous menons une existence paisible à Down House. Tous mes frères ont quitté la maison – William pour la banque à Southamptom, George pour le barreau, Francis pour étudier la médecine et ses chères plantes, Leonard pour les Royal Engineers, et Horace pour poursuivre ses études. Maman, papa et moi vivons à trois dans une routine imperturbable.

237

Papa ne joue plus au billard avec Parslow, mais tous les soirs il affronte ma mère au backgammon. Il tient le registre de leurs parties depuis des années, et chaque fois qu'il doit lui ajouter des points, il tonne : « Sois pendue, vilaine ! » ou encore « Femme de malheur ! ». Puis il s'allonge sur le canapé pour qu'elle lui lise un roman.

Comme tu le sais, il a terminé son livre sur les expressions humaines et animales, et nous sommes enfin débarrassés de ces monstrueuses photographies de visages grimaçants et d'animaux montrant les dents. À présent il s'affaire dans la serre avec des orchidées, des gesses et ses droseras carnivores. Il parle aussi d'écrire son autobiographie – d'abord pour amuser ses petits-enfants, affirme-t-il, et accessoirement pour instruire les autres.

Je m'efforce de ne pas penser à mon bébé, et je parviens parfois, par ma seule volonté, à contenir ce souvenir plusieurs jours d'affilée. Dès que je vois son ombre poindre dans ma tête, je la repousse en allant parler à quelqu'un, ou en trouvant une lecture. Hélas ! le stratagème est faillible, surtout lorsque je croise dehors un enfant du même âge. Alors les digues cèdent, et je me noie malgré moi dans une foule de questions. Quelle taille a-t-elle atteinte ? De quelle couleur sont ses cheveux ? Tient-elle plus de son père ou de sa mère ? Est-elle vive comme moi ou lente comme Horace ? Après m'être ainsi torturée, je sombre dans une mélancolie qui se prolonge pendant des semaines.

Ta fidèle obligée,

Bessie

La Conspiration Darwin

Le 6 juillet 1873

Ma chère Mary Ann,

Aujourd'hui je suis en joie et j'aimerais t'y associer. En ce dimanche estival, nous avons reçu une nuée d'invités, soit quelque soixante-dix hommes et femmes du Working Men's College, auxquels s'ajoutèrent la famille Huxley ainsi que quelques villageois. Le soleil était de la partie, et les roses épanouies. Nous avions disposé de longues tables au jardin pour le thé et les fraises. Les gens dansaient sur la pelouse et se prélassaient à l'ombre de la nouvelle véranda. Les enfants se roulaient dans le foin frais et jouaient aux Peaux-Rouges sur le Sandwalk, avec des branches de noisetier provenant de la cabane du jardinier.

D'ordinaire, les apparitions de Richard me sont très douloureuses. Quelques heures avant qu'il n'arrive, mon cœur se met à marteler mes côtes et mon souffle devient si court que j'ai peur de défaillir. La première fois que j'ai revu Richard, il m'a ignorée comme on ignore un vieux meuble. Etty, en revanche, m'a serrée longuement dans ses bras avant de me prendre la main pour une promenade au jardin. Cela m'a grandement rassérénée, car je craignais que Richard n'eût ressenti le besoin de lui avouer notre faute. Comme je le connaissais mal ! Néanmoins, de temps à autre, je crois déceler chez ma sœur une note de jalousie. Elle m'épie du coin de l'œil, comme pour s'insinuer dans mon secret. Un jour que je m'étais assise par mégarde à côté de Richard, elle le vit changer brusquement de place, et son visage eut un frisson aussi visible qu'un nuage.

Mais cette journée fut différente. Tout le monde a pris du bon temps. Les hommes se sont rassemblés sous les tilleuls pour former une chorale, et Richard a empoigné son concertina. À un moment, j'ai entendu dominer sa puissante voix de basse et je l'ai observé. Il semble que M. X ait pris un peu de poids. J'ai revu le temps où lui et moi emmenions les hommes gambader dans la campagne. Ce furent les plus beaux jours de ma vie, et malgré la nostalgie qu'ils m'inspirent, je suis heureuse de les avoir vécus. En regardant Richard chanter, le corps droit et la nuque renversée, je me suis aperçue que mes sentiments avaient changé, que la passion avait reflué, ou qu'elle s'était muée en une chose tranquille et nullement douloureuse. Un souvenir, peut-être.

C'est aujourd'hui, je crois, que commence ma guérison.

Ta fidèle obligée,

Bessie

Le 10 janvier 1874

Ma chère Mary Ann,

Tu voulais connaître mon point de vue sur la séance de spiritisme de l'autre soir chez l'oncle Ras, afin de le comparer au tien. Comme tu l'ignores peut-être, papa ne s'y est rendu que sur l'insistance de mon cousin Hensleigh, car en général ces pratiques mystiques ne trouvent aucune grâce à ses yeux.

Tu le soulignais toi-même : le mesmérisme, les médiums, les tourneurs de guéridons et les photographes d'esprits sont très en vogue à Londres. Dans des milliers d'arrière-salles obscures, des gens se réunissent autour d'une table pour communier avec les morts ou simplement se divertir. Papa n'y voit qu'une sombre farce, soutenu en cela par l'indéfectible M. Huxley.

La « manifestation » fut organisée par George, qui choisit Charles Williams pour médium. Outre mes parents, je fus stupéfaite de reconnaître une ribambelle de visages, dont Etty et Richard, Fanny et Hensleigh ou encore Francis Galton. Et ce fut un immense bonheur de vous y rencontrer, toi et M. Lewes, car ta présence me rassure toujours. As-tu remarqué l'homme qui nous a rejoints au dernier moment ? Je suis persuadée qu'il s'agissait dudit Huxley, venu en incognito, sans doute pour se draper d'un parfum de mystère.

Les préparatifs m'ont beaucoup plu. J'ai ri lorsqu'on a fermé les portes, tiré les tentures, et que George et Hensleigh ont attaché les mains et les pieds de M. Williams. Le spectacle pouvait commencer ! L'atmosphère devint vite oppressante, et dans ce noir d'encre mon imagination me fit voir toutes sortes de formes et de figures. Les bruits et les respirations donnaient la chair de

poule, car on ne savait jamais à qui les imputer. Et comme il fai-
sait chaud! Puis un tintement de cloche sonna le vrai départ, et
nous entendîmes le vent s'engouffrer dans la pièce. Aussitôt,
quelqu'un s'exclama et renversa sa chaise en se levant d'un
bond. On ralluma les lumières, et quelle ne fut pas ma surprise
– comme la tienne certainement – de découvrir qu'il s'agissait de
papa! Il respirait à grand-peine, et demanda à s'allonger. On le
conduisit dans une chambre du haut. Puis la séance reprit; il y
eut de nouveaux bruits, des jets d'étincelles, et la table s'envola
au-dessus de nos têtes.

Quand ce fut terminé, la plupart des participants semblaient
conquis. Papa se rétablit et parla d'un «tissu d'inepties». Il
n'empêche qu'il me parut fort ébranlé. Quand George, qui
croit au monde des esprits, le vit redescendre l'escalier, il me
chuchota à l'oreille: «Si je ne connaissais pas mieux ton père,
je dirais que cet homme doit redouter certaines rencontres
dans l'au-delà.»

Tu m'as émue, Mary Ann, lorsque tu as serré mes mains en
évoquant mon «enfantement». Je me souviens encore de tes
paroles: «Ma douce, ce sont nous, les femmes, qui portons la
souffrance du monde, et ce depuis la nuit et jusqu'à la fin des
temps. Mais notre consolation, c'est que si les hommes se lavent
dans nos pleurs, nous autres buvons à la source de la vie.» Sur
ces derniers mots, une larme a couru sur ta joue, et quand tu t'es
penchée pour me saluer d'un baiser, je l'ai sentie mouiller la
mienne. M'est revenu le souvenir lointain de Goblin Market, *et*
de cette sœur au visage noyé de jus.

Je n'oublierai jamais combien tu m'as soutenue dans mes tri-
bulations.

Ton obligée,

Bessie

John Darnton

Ma chère Mary Ann,

Bientôt quatre années sans se voir ! Tant de choses se sont produites, et si peu à la fois. Comme tu le sais, nous avons recueilli Bernard, le fils de Francis, suite à la mort en couches de la pauvre Amy. Bien que je me désole de ce drame, je dois avouer que la présence d'un nourrisson d'un an insuffle de la vie à cette vieille maison. Ses braillements semblent épousseter la charpente et secouer le mûrier devant la nursery ! Je prévois que d'ici peu nos anciens jouets seront cassés, y compris la planche à dévaler les escaliers... Maman trouve à Bernard l'air solennel d'un Grand Lama, et moi, je goûte l'amère douceur de tenir à nouveau un bébé dans mes bras. Il arrive que mes yeux se mouillent, mais de joie ou de chagrin, je ne saurais le dire.

Papa se passionne pour les vers de terre, ce que M. Huxley juge logique pour un « esprit obnubilé par la tombe ». Il a couché une meule dans le jardin, reliée à un instrument qui mesure son enfoncement, afin d'évaluer l'activité souterraine de ces créatures. Convaincu de leur grande intelligence, il installe maman au Broadwood et Francis au basson pour observer leur réaction à la musique, en dépit du fait, souligné par maman, que les vers n'ont pas d'oreilles...

Parslow a pris sa retraite voilà deux ans ; il occupe le cottage au fond de la propriété et c'est devenu un excellent jardinier, qui vient de remporter deux fois de suite le prix de la pomme de terre du village.

Il n'aura pu t'échapper que la gloire de papa continue de grandir. Hier, Cambridge lui a décerné le titre de Doctor of Laws. Maman craignait qu'il ne tînt pas jusqu'au bout de la cérémonie, mais il y est parvenu. La maison du Conseil était pleine à craquer, avec des étudiants chahuteurs perchés aux fenêtres et sur les statues. Quelques instants avant que papa n'apparût dans sa toge rouge, un singe en peluche portant robe et toque tomba de la tribune, retenu par un fil. Il fut confisqué par un surveillant, au grand dam de la foule, mais les garçons récidivèrent en suspendant au-dessus du crâne de papa un objet censé repré-

senter le « chaînon manquant ». Je crois qu'il n'a rien remarqué. L'assistance se partagea entre vivats et huées, mais le climat resta bon enfant. Le discours en latin fut incompréhensible, hormis la conclusion de l'orateur : les hommes et les singes sont moralement différents.

Je ne pus m'empêcher d'être fière. Il y a beaucoup de choses que je n'ai confiées à personne, pas même à toi. Mais en fin de compte, même si ses travaux et ses écrits procèdent d'un événement condamnable que nous sommes très peu à connaître, peut-être papa possède-t-il une part de vraie grandeur. Ne serait-ce qu'en se faisant le messager d'une grande idée. Cela me console de l'envisager comme l'ange Gabriel des sciences naturelles.

Maintenant que je sais le pire sur cet homme, la voie est ouverte au pardon.

Ton obligée,

Bessie

CHAPITRE 21

Adossé à la rambarde du quai près de l'entrée du Royal National Theatre, Hugh consulta sa montre. Neville avait quarante minutes de retard – quarante-deux, pour être exact –, et Hugh craignait d'être venu pour rien.

Il arpenta la berge sud, en augmentant progressivement la longueur de ses allers-retours. Parvenu à une centaine de mètres du point de rendez-vous, il avisa Neville sur un banc, plongé dans le *Financial Times*. Le jeune homme eut un léger sursaut. Il froissa son journal et se leva en tendant la main, comme s'il s'agissait d'une rencontre fortuite.

– Je craignais de t'avoir loupé.

– Je t'attendais là-bas, répondit Hugh en indiquant le théâtre.

– Ah, d'accord. Il y a une entrée de ce côté-ci. Désolé, j'ai dû me planter.

– Peu importe. L'essentiel, c'est qu'on se soit retrouvés.

Ils se mirent en marche. Vêtu du même pull que la fois précédente, Neville regardait le sol. Hugh le devinait tendu, mais il l'était aussi.

– J'ai toujours rêvé de monter là-dessus, sourit Hugh en montrant la grande roue baptisée London Eye. Ça te branche ?

À sa grande surprise, Neville acquiesça. Hugh acheta deux tickets, et quelques minutes plus tard ils commençaient à s'élever dans les airs, dans un léger balancement.

Hugh prit sa respiration et se lança :

– Écoute, je conçois que ce ne soit pas facile pour toi...

– C'est le moins qu'on puisse dire.

244

– Mais j'espère que tu pourras éclairer ma lanterne. J'ai l'impression qu'on me cache des trucs. Bridget sous-entend que je ne savais pas tout sur mon frère. Et toi... toi aussi, on dirait que tu dissimules certaines informations.

– C'est ce que tu as retenu de notre conversation ?

– Tu disais que sa mort t'avait bouleversé...

– Normal, non ?

– Et tu laissais entendre qu'il s'était passé quelque chose. Tu parlais de remuer la passé, de tout remettre en question. Explique-moi, s'il te plaît.

La nacelle poursuivait son ascension. La Tamise révélait ses ponts, et Westminster ses flèches.

Comme Neville gardait le silence, Hugh tenta une approche plus douce :

– Que faisiez-vous dans ce labo ? Vous planchiez sur quoi ?

Neville se tourna vers la vitre, essuya la buée avec son pull. Puis il osa enfin regarder Hugh en face.

– Allez, je vais te dire ce que je sais, mais considère ça comme strictement confidentiel.

– C'est promis.

Les yeux de Neville s'étrécirent.

– Tu as entendu parler de l'encéphalopathie spongiforme bovine ?

– La maladie de la vache folle ?

– Exact.

– On a connu ça aux États-Unis. Une vache du Canada, je crois bien.

– On a établi un lien avec une forme de la maladie de Creutzfeldt-Jakob chez les humains. Des protéines atypiques te bouffent le cerveau, te le réduisent en emmental. Tu deviens dingue, tu dégénères et tu meurs dans d'atroces souffrances. Bref, une belle saloperie.

– Votre labo travaillait là-dessus ?

– Nous étions à la pointe de la recherche. La grande question était de savoir si la pathologie pouvait franchir la barrière des espèces, et nous avons compris que c'était déjà fait : des vaches avaient été contaminées en mangeant des abats de moutons atteints de tremblante. Or, sachant de quelle façon les abattoirs respectent la réglementation, des bouts de cervelle et de moelle épinière passaient dans nos steaks.

« Tu te souviens peut-être que l'annonce de cette transmission, en 1996, a soulevé un vent d'hystérie. L'Union européenne a boycotté le bœuf anglais ; Wimpy's, Burger King et McDonald's l'ont viré de leurs menus, et même British Airways ! C'était une vraie tuile pour John Major, car le gouvernement conservateur menait une campagne de communication depuis des années sur le sujet. Je vois encore un de ses ministres filer un hamburger à sa fille devant les caméras – Cordelia, elle s'appelait. Le genre de truc qui ne s'oublie pas.

– Sûrement. Mais pourquoi m'expliquer tout cela ?

– Pour te donner une idée de la pression que nous subissions. On abattait les troupeaux à tour de bras. L'industrie du bœuf pèse 6,5 millions de dollars, et les ventes dégringolaient. Les éleveurs hurlaient, il y avait des manifestations. Un vrai bordel.

– Et pourquoi vous mettait-on la pression ? Pour trouver un remède ?

– Nous en étions très loin. Non, nous tâchions simplement de déterminer si la viande de bœuf pouvait contaminer l'homme. Politiquement, c'était ultrasensible.

– Vous avez su le prouver, non ?

– Certes, mais dans notre domaine rien n'est jamais tout noir ou tout blanc. Il faut interpréter, analyser les statistiques, tenir compte de nombreuses variables. Cela facilite certaines manœuvres.

La roue s'immobilisa alors qu'ils étaient au sommet. Londres s'étalait sous leurs yeux, ses jardins formant d'étranges motifs verts. Hugh revint à Neville.

– Qu'essaies-tu de me dire ? Que mon frère a manqué à son éthique ?

Neville confirma en fronçant les sourcils.

– Et qu'a-t-il fait ? Il a cédé au gouvernement ?

– Au contraire. Tu le connaissais mieux que personne : il était plutôt du genre rebelle, à lutter contre les multinationales. C'est justement ce qu'il a fait. Il a laissé ses opinions interférer avec son travail.

– Comment cela ?

– Il menait une étude sur des souris. Elles étaient génétiquement modifiées de façon à imiter la réaction humaine face à la vache folle. Et ses résultats furent… impressionnants. Ils montraient clairement que l'homme était vulnérable.

– Et… ?

– Ils étaient un peu *trop* impressionnants. Personne ne parvenait à les reproduire. Ils ont éveillé les soupçons du chef du labo – une vraie tête de mule, par ailleurs – qui a ordonné une contre-expertise avant toute publication. Il en est ressorti que certains relevés avaient été modifiés. En clair, ton frère avait bidouillé ses résultats.

Hugh n'en croyait pas ses oreilles. Neville reprit :

– J'ai cherché à comprendre ses motifs, et j'y suis presque arrivé. Nous pensions tous que les humains couraient un grand danger. Le temps d'incubation était supérieur à dix ans. Combien d'individus en seraient porteurs ? Des milliers ? Des millions ? Le désastre pouvait être gigantesque, mais le gouvernement campait sur une position proche du déni – il bottait en touche, comme disait ton frère. Pour lui, les politiques jouaient avec la vie des gens, et il ne pouvait pas rester les bras croisés.

– Mais de là à falsifier… Quelles preuves as-tu ?

– C'est incontestable. Les rectifications sur papier étaient flagrantes. Ce n'était pas très bien fait. En plus, il l'a reconnu. Heureusement, nous n'avions encore rien publié.

La grande roue amorçait sa descente.

– Bref, conclut Neville, la seule solution était de le laisser partir.

– Le *laisser partir* ! Il a été viré ?

– Pour être franc, oui, il a été viré. N'importe quel labo aurait vu dans son geste une grave faute déontologique. Le motif était…

Hugh n'écouta pas le couplet de Neville sur l'intégrité de la recherche scientifique. Il essayait d'imaginer comment Cal avait pu vivre son renvoi, lui qui était si fier de son travail et de sa jeune carrière.

– À quand remonte cet épisode ? demanda-t-il.

– Environ deux mois avant son retour aux États-Unis. Peut-être trois.

Sa révolution accomplie, la nacelle s'ouvrit. Ils repartirent vers le banc avant de se serrer la main.

– C'est gentil de m'avoir raconté cette affaire. Ce fut très… instructif.

– Ne sois pas trop dur avec ton frère. Tu n'imagines pas ce que c'est que d'être harcelé par un ministre qui flippe. C'est une pression de tous les instants. Et s'il te plaît, tu vas penser que je radote, mais…

– C'est confidentiel, je sais. Tu peux dormir tranquille.

Neville n'avait pas démérité, et pourtant Hugh ne pouvait se résoudre à le remercier. En fait, il commençait à trouver le bonhomme antipathique, et avait hâte de s'en aller. Mais Neville lui tenait la jambe :

– Tu sais, dans ce genre de situation – une mort soudaine –, le moindre élément nouveau peut bouleverser ton jugement. C'est comme pour tout : prends du recul, et tu auras une vision d'ensemble.

Hugh hocha poliment la tête.

– Comme pour ton Darwin. C'était ça, son truc : la vision d'ensemble.

– Je dois vraiment filer, répondit Hugh en s'éloignant.

À cet instant, Hugh se fichait pas mal de Darwin, de Lizzie, ou des petits secrets du *Beagle*. Il ne pensait qu'au supplice de Cal – à ce supplice qu'il avait dû endurer seul.

Plus tard, dans le train qui le ramenait à Cambridge, ses idées se remirent en place. Neville avait simplement voulu l'aider. Il avait même pris des risques – dans son esprit, tout du moins – en révélant ce qu'il savait. Bridget aussi s'efforçait de le soutenir, même si elle ne pouvait s'appuyer que sur ses propres intuitions. Il restait encore à joindre Simon, le colocataire de Cal, pour d'éventuelles et ultimes révélations.

Hugh pensa à Beth, qui était devenue son guide tant sur le terrain familial que dans l'énigme darwinienne. Beth était le point de jonction, celle par qui les deux quêtes n'en formaient plus qu'une. Il sourit en la revoyant rentrer de Nuneaton excitée comme une puce, avec sous le bras la copie des lettres de George Eliot. Elle l'avait emmené pique-niquer à Parker's Piece pour lui lire ces textes à voix haute, un verre de vin à portée de main, en jouant machinalement avec ses cheveux. Elle avait toutefois laissé de côté la dernière missive, à ses yeux trop déchirante, préférant que Hugh la lise lui-même un peu plus tard.

De retour dans sa chambre, Hugh eut une soudaine bouffée d'admiration pour Darwin, cette même admiration qui lui avait permis de tenir des mois dans l'enfer des Galápagos. Neville ne mentait pas : le don, le génie de Darwin n'était pas juste une affaire de ténacité. C'était cette aptitude à prendre du recul pour embrasser la vue la plus large possible, et ainsi déceler des corrélations que les autres ne voyaient pas. C'était un homme de déductions : comment naissaient les montagnes, comment évoluait le vivant, le temps qu'il avait fallu pour aboutir à ce monde-ci. Darwin avait une longueur d'avance sur son époque. Mais comment son système lui était-il apparu, aussi net et complet qu'une image rétinienne ?

Son génie résidait peut-être ailleurs, dans le travail en tant que tel, ou dans l'obsession du détail. Sans cela, comment expliquer qu'un homme consacre huit années de sa vie à des crustacés alors que mûrit en lui une théorie propre à ébranler le monde ? Ce labeur lui apprenait des choses, et Roland disait vrai : les anatifes qui captivèrent autant Darwin étaient bien hermaphrodites. Il en avait déduit que l'identité sexuelle était le fruit d'une longue évolution et n'était pas fixée, contrairement à ce qu'affirmait l'Église. Avant de relier les points de son schéma, Darwin avait su les voir.

Hugh ouvrit un tiroir du bureau pour regarder les images du *Beagle* trouvées sur Internet. Il y avait aussi des portraits de membres d'équipage désormais familiers : le commandant FitzRoy, fier et hagard, le lieutenant Wickham, fringant sous son bonnet de marin, Philip Gidley King, dans une pose byronienne, Jemmy Button, la figure aussi poupine qu'énigmatique, et le jeune missionnaire Matthews, un visage lunaire coiffé de long cheveux fins. S'y ajoutaient deux aquarelles de Conrad Martens, la première montrant le *Beagle* à Papeete, une minuscule tache brune dans un port tranquille entouré de palmiers, la seconde représentant une grappe de navires mouillant à la pointe de Dawes, à Sydney.

Hugh comprit soudain. L'esquisse de Darwin et de McCormick autour d'un arbre – voilà pourquoi Lizzie avait bondi ! Comment n'y avait-il pas pensé plus tôt ?

Il sortit du tiroir le dessin en question. La clef n'était pas le lieu de la scène, mais son auteur. Conrad Martens, et non Augustus Earle. Or Martens n'avait rejoint l'expédition qu'à mi-voyage, à Montevideo.

C'était donc ça ! La preuve irréfutable que McCormick ne s'était pas arrêté à Rio. Le rival jaloux était resté à bord, et Darwin avait donc menti. Mais dans quel but ?

CHAPITRE 22

Pour Charles et FitzRoy, le dernier jour aux Galápagos reste-rait l'instant fatidique du voyage. Mais personne parmi l'équi-page n'en saurait jamais le fin mot.

Ce matin-là, Charles, FitzRoy et McCormick partirent pour Albemarle, la plus grande île de l'archipel, afin d'explorer les volcans dont ils avaient admiré les jets de lave et les fumées culminantes. Le Wolf, le plus haut des cinq, était toujours en acti-vité ; il grondait depuis plusieurs jours, et venait de cracher un nuage blanc qui bouillonna jusqu'à dix mille mètres d'altitude avant de s'affaisser à la manière d'une tente, recouvrant le navire d'une fine couche de cendres.

Charles voulait s'approcher du cratère pour glaner d'autres pierres que les banals tufs jonchant la base des cônes. Amoindri depuis son attaque de nerfs, FitzRoy cherchait un exploit pour recouvrer son crédit. Quant à McCormick, il n'avait pas l'inten-tion de laisser Charles se distinguer sans lui.

Les quatre matelots qui les transportèrent en chaloupe eurent l'ordre d'attendre sur la plage, même s'ils paraissaient pressés de repartir – la façon dont l'eau se ridait, comme si elle aussi allait jaillir en vapeur, n'était pas pour les rassurer.

À peine débarqué, Charles flaira une anomalie, mais il ne comprit qu'en atteignant les arbres. Il n'avait pas vu d'otaries sur la plage, ni du reste aucune autre forme de vie animale, pas même d'oiseaux. Il régnait un silence de mort, hormis le murmure inter-mittent du volcan.

Cherchant une voie vers le sommet, les trois hommes optèrent pour le lit asséché d'une rivière. Les éboulis de pierres se dérobaient sous les pieds, mais au moins n'était-on pas bloqué par des branches ou des vignes. Au bout d'une heure de marche environ, le chemin se couvrait de fougères et de lantanas aux fleurs blanches brûlées par le soleil. FitzRoy menait le trio d'un pas soutenu. Charles le talonnait, chargé de son attirail habituel : un microscope de poche, une boussole, un marteau de géologue, et son gourdin à la ceinture. Lesté du déjeuner, McCormick fermait la marche en respirant avec bruit. Ils atteignirent une trouée dans la végétation. Tout en bas, on apercevait une lagune fermée par une coulée de lave noire. Derrière s'étalait la mer, où flottait la silhouette minuscule du *Beagle*. Charles affirma que cette lagune était elle-même un ancien cône.

– Regardez, dit-il ensuite en posant sa boussole sur un rocher. L'aiguille tremblait et tournoyait dans tous les sens.

– Le volcan brouille le champ magnétique, expliqua-t-il.

– Et tu sens les vibrations ? demanda McCormick d'une voix anxieuse, assis par terre, les paumes au sol.

S'asseyant à son tour, Charles éprouva les tremblements, et comprit qu'ils ne provenaient pas seulement des entrailles de la montagne, mais se répandaient dans l'air même. Il avait lu quelque part que de telles perturbations annonçaient une éruption volcanique. FitzRoy sortit du sac de McCormick une épaisse pièce de bœuf salé, la trancha à l'aide de son couteau de chasse et la fit circuler avec une miche. Puis il remplit des verres de vin en déclamant :

– Ceci pour le courage !

Repus et fatigués, ils prolongèrent la pause. FitzRoy leur resservit à boire, et quand les deux bouteilles furent vides, il cala sa tête contre une souche, le chapeau baissé sur ses yeux.

Charles fut le premier à émerger de la sieste. Les tremblements semblaient plus forts, et il percevait l'odeur de soufre en combustion. Il s'éloigna vers une coulée de lave durcie, et mit au jour avec son marteau une veine d'obsidienne noire et lisse. Il en brisa un morceau qu'il rangea dans sa poche. À son retour, McCormick était réveillé. Ils échangèrent un regard ; Charles hocha le tête en direction du sommet, et ils repartirent en laissant FitzRoy à son sommeil. Tout autour d'eux, les vibrations s'amplifiaient.

Ils atteignirent le bord du cratère en une heure. La chaleur montait par vagues trémulantes, qui leur rougissaient le visage et saccadaient leur souffle. Hébétés, ils contemplèrent les fumeroles sulfureuses et le profond bassin en forme de coupelle. Une croûte noire et brillante ondulait à sa lisière, et au centre bouillonnait une mare de lave rouge et jaune. La colonne de vapeur accompagnait un puissant grondement.

Vingt pieds en contrebas, Charles distingua sur une corniche des pierres insolites : de l'andésite noire, le même type de roche que les anciens avaient dû trouver au Vésuve. La paroi du cratère n'étant pas très raide, et l'on pouvait sans doute y accéder en s'aidant des mains.

Quel explorateur avait osé cet exploit ?

Sur la plage, l'angoisse des marins avait tourné à l'ennui. Ils avaient flâné au bord de l'eau, puis improvisé des jeux dont un concours de javelot avec de longs bâtons de bois mort. Enfin, ils étaient retournés s'allonger à l'ombre.

Le premier coup les fit tressauter. On aurait dit un tir de canon, mais plus sonore et plus proche. Ils cherchèrent le *Beagle* à l'horizon, mais le vaisseau n'avait pas bougé, toujours ancré au large de la baie.

Ils perçurent alors les vibrations, éprouvant l'inquiétante sensation que la terre allait rompre sous leurs pieds. Un second craquement retentit, suivi d'un jet de fumée. Le volcan cracha sur la plage une pluie de pierre ponce, puis un nuage de cendres floconneuses.

Les marins se concertèrent. Ils refusaient d'abandonner le commandant, mais préparèrent le départ en remettant la chaloupe à l'eau. Trois hommes s'y installèrent tandis que le dernier restait sur la plage.

L'attente fut longue, avant de voir deux silhouettes dévaler la pente en zigzag et courir jusqu'à la mer : le commandant et Philos.

Ils atteignirent la chaloupe alors qu'un nouveau fracas annonçait l'éruption suivante. Pantelant d'effroi, FitzRoy aboya :

– Ramez ! Ramez !

Ils étaient à mi-distance du *Beagle* lorsqu'un marin osa demander :

– Qu'est devenu McCormick ?

Ils tendirent l'oreille vers Charles, dont la voix blanche se noya dans le tonnerre du volcan :

– Il est mort.

Le dîner chez le commandant fut des plus silencieux, et Charles ne put rien avaler. Jetant sa serviette sur la table, il déclara, faussement calme :

– Je pense que personne n'a intérêt à ce que nous relations ce qui s'est produit aujourd'hui. Cet homme a péri dans des circonstances atroces, et sa famille serait horrifiée si elle en savait les détails – je pense notamment au moment où nous devrons narrer notre voyage. N'êtes-vous pas de cet avis ?

FitzRoy l'observait en silence.

– Au fond, poursuivit Charles, cela mérite à peine une note en bas de page. Bien entendu, il faut prévenir l'Amirauté. Mais vous pourriez le faire de manière… judicieuse.

FiztRoy resta muet. Il décelait chez son ami une autorité nouvelle.

– Vous leur aurez sans doute dit qu'on l'avait invalidé à Rio.

– En effet.

– Puis que l'ordre fut annulé.

– Oui.

– Quelle fin tragique… Je ne puis m'empêcher de me sentir responsable.

– Non, vous n'avez rien à vous reprocher, répondit le commandant. Je suis sûr que vous avez fait tout ce que vous pouviez.

Le *Beagle* reprit la mer au lever du jour, filant plein ouest à la vitesse de cent cinquante milles par jour. Le reste du périple se déroula sans incident.

Finalement, par un dimanche pluvieux, le navire atteignit le port anglais de Falmouth. FitzRoy célébra un dernier service pour rendre grâces au ciel de ce retour heureux. La messe se déroula sous le pont en raison de la pluie, qui martela les planches juste au-dessus des crânes. Le commandant lut des extraits de la Genèse, dont celui où Dieu, découvrant le péché d'Adam et Ève, crie à cette dernière : « Qu'as-tu fait là ? ».

Nous étions le 2 octobre 1836.

CHAPITRE 23

Le 30 mai 1878

Ma chère Mary Ann,

Il y a une éternité que je ne t'ai écrit, et je te prie de me pardonner. Je n'ai pas d'excuse – et sûrement pas celle de journées surchargées. Au contraire, j'ai parfois du mal à m'occuper. J'ai cessé mes lectures auprès des femmes de Highgate, et je ne m'éloigne guère de Down House. Mes parents et moi observons un rythme immuable, qui a pour effet paradoxal de ralentir le temps en même temps qu'il l'accélère. Lever à 7 heures, déjeuner à midi. Tous les soirs à 22 h 30, après deux parties de backgammon et une prise de tabac, papa se mouche – on pourrait régler sa montre sur ce geste – puis il monte lentement et chacun part se coucher. Je n'ai pas goût à grand-chose, et je reste des heures entières perdue dans mes pensées. Laisse-moi te donner un exemple.

Aujourd'hui, j'ai accompagné papa lors de sa promenade sur le Sandwalk, ce qui ne m'était pas arrivé depuis longtemps. Comme toujours, nous avons traversé le jardin jusqu'au fond de la propriété, franchi la porte qui perce la grande haie sur la gauche, puis emprunté le sentier. Pour une raison quelconque, j'étais d'humeur nostalgique, et je me suis mise à repenser aux jours anciens, peut-être à cause de la façon dont jouait la lumière.

Le chemin était le même que dans mes souvenirs d'enfance. La première portion longeait les bois tout en surplombant la vallée. La prairie avait un peu d'avance sur la saison, déjà tapissée de campanules et de marguerites. Tout au bout, nous arrivâmes au pavillon d'été où nous jouions autrefois pendant des heures et des heures, un royaume imaginaire où nous devenions de vaillants princes et de splendides damoiselles. Il me semblait presque revoir nos dragons dessinés à la craie. Puis papa et moi amorçâmes le retour, sous les épaisses frondaisons sombres comme un tunnel. Jadis cette obscurité nous terrifiait, et quand il m'arrivait de la traverser au crépuscule, j'imaginais les arbres se transformer en monstres – le frêne creux en ogre, le marula au gros moignon en géant bossu. Je les dépassais en courant, le cœur battant la chamade, et faisais un crochet pour éviter que leurs branches ne m'attrapent les cheveux.

La boucle achevée, nous décidâmes d'en effectuer une seconde. Mes souvenirs défilèrent dans l'ordre qu'ils voulurent. Me revint le vagissement des agneaux du printemps, et le bruit des faux qu'on aiguise au mois d'août. Je me revis vendant de porte en porte des rameaux de cerisier pour la fête du 1er mai, ou me cachant dans les charrettes pendant les moissons. Je me suis souvenue des boules de croquet se choquant sur le gazon, et du grésillement des patates rôtissant dans les braises. Puis du jour où papa m'avait emmenée dans une salle d'exposition de Regent Street. Nous avions vu une cloche à plongeur et je m'étais pesée sur une nouvelle machine. Un souffleur de verre m'avait même offert un magnifique cheval cristallin, mais une jambe s'était cassée lors du retour en phaéton. Papa eut beau me prendre dans ses bras, j'étais inconsolable. Je me rappelai aussi l'avoir suivi au studio de daguerréotype, affublée d'une robe blanche à col en dentelle et d'un serre-tête en velours noir qui me pinçait le crâne ; nous étions montés sur le toit, et il fallait rester immobile le temps que l'image s'imprimât sur la plaque. Je me remémorai maman nous lisant un livre de John Bunyan, quand nous nous pressions contre les plis de sa jupe pour rêver de cette Ville sainte où les rues étaient pavées d'or et où des hommes couronnés portaient des lyres pour chanter les louanges de Dieu.

Je me rappelai nos parties de cache-cache, quand je gagnais toujours. Et les heures passées derrière le billard à espionner les conversations d'adultes. Et la fois où je surpris Horace au lit avec Camilla, notre institutrice allemande – elle se redressa, rouge de honte, et me fit promettre de ne rien dire à personne. Je me souvins du baiser du fils Lubock dans le noyer creux. Et des jours de maladie : maman penchée sur moi, avec son merveilleux parfum, et papa planté devant le lit, les sourcils froncés par l'inquiétude.

Tout en marchant, je surveillais papa du coin de l'œil. Il semblait absorbé dans ses propres pensées. À l'approche d'un petit tas de silex, je me suis rappelé l'époque où il écrivait sa théorie : il frappait ces cailloux avec sa canne, à raison d'un par tour de circuit, pour ne pas perdre le compte. Mais cette sympathique manie appartient au passé, et en regardant papa traverser le boqueteau d'un pas faible, je ne vis plus qu'un vieillard triste, si voûté que sa barbe blanche touchait sa poitrine et que sa cape flottait sur ses épaules. Les tapements de sa canne devenaient le bruit du temps qui passe, comme le tic-tac de l'horloge du couloir, comptant les jours qui nous séparent de la Faucheuse.

Quand nous étions enfants, il nous envoyait chercher des scarabées. Nous nous égaillions dans les prés et dans la boue tels des éclaireurs indiens. Nous retournions les pierres et les troncs pourris, et je lui rapportais toujours les plus belles prises. Alors il m'appelait Diane, la chasseresse au pied léger.

Mais je rougis de te raconter tout cela et de m'appesantir ainsi sur ma personne.

Ton obligée,

Bessie

CHAPITRE 24

Beth perça enfin les défenses de l'étude notariale pour accéder au saint des saints : le bureau lambrissé de feu Alfred P. Jenkins. Là, présenté sur deux paumes à la manière d'un joyau, lui fut remis le pli consigné par Lizzie en 1882.

Elle souhaitait partager cette récompense avec Hugh – la dernière pièce du puzzle, annonça-t-elle au téléphone.

– Retrouve-moi dans une heure au Christ's College.

Et lorsqu'il demanda pourquoi, elle répondit en riant :

– Une bonne chasse au trésor exige une bonne ligne d'arrivée.

Hugh descendit Hobson Street et prit le passage voûté sous les deux tours pentagonales. Il déboucha sur une pelouse verdoyante entourée de galets. De tous côtés s'élevaient de veilles façades de deux étages, possédant chacune quatre entrées et des rangées de fenêtres aux proportions parfaites. Des fleurs blanches et roses pendaient aux jardinières.

Sur l'un des murs figurait un blason accompagné d'une devise : « Souvent Me Souvient » [1]. Pleine d'à-propos, Beth s'était postée juste en dessous, un panier à la main. Elle lui sourit avec malice et lui attrapa le bras.

– Suis-moi.

Elle le conduisit de l'autre côté du jardin, jusqu'à une certaine entrée G. Ils montèrent au premier par un escalier tout bleu, puis Beth sortit une clef, ouvrit une porte sur la droite et s'écarta pour laisser entrer Hugh.

---

1. En français dans le texte. (*N.d.T.*)

– Tu reconnais ?

– Je n'ai jamais mis les pieds ici, Beth.

– Et moi qui te prenais pour un spécialiste de Darwin…

– J'y suis : sa chambre d'étudiant !

Hugh scruta la pièce. Un mélange de miteux et d'élégant, comme dans la plupart des résidences cambridgiennes. Il y avait une cheminée de brique coiffée d'une tablette en marbre, une vieille banquette sous la fenêtre et des boiseries d'acajou rayées. Un petit lustre à pendeloques, entre deux poutres apparentes. Et un parquet en chêne, solide comme de l'acier. Savoir que le jeune Darwin avait passé des années ici modifiait sensiblement le regard.

– Elle n'est pas occupée ?

– Son prochain locataire arrive sous peu.

– Comment as-tu obtenu la clef ?

– Le concierge. Les gens veulent sans cesse visiter, alors il se contente de laisser la clef. Et le pourboire est redescendu à cinq livres.

Ils s'assirent sur un canapé défoncé. Beth sortit de son panier deux bouteilles de Dom Pérignon et deux flûtes.

– C'est pour plus tard, précisa-t-elle.

Puis elle attrapa une serviette, tira sur la glissière et produisit une enveloppe brune ficelée serré.

– Tu ne l'as pas encore ouverte ? s'écria Hugh. Toi qui aimes tant lire les journaux des autres…

– Eh non, mon grand. Je préférais qu'on le fasse ensemble. J'ai seulement lu la lettre qui l'accompagnait.

Sur ces mots, elle sortit d'un classeur un joli papier à lettre rempli d'une écriture délicate.

– C'est de Lizzie à sa fille. Installe-toi bien et écoute.

Beth commença la lecture d'un ton légèrement théâtral, mais elle retrouva vite son sérieux, à mesure que la voix de Lizzie s'infiltrait dans la sienne.

Down House,
Downe, Kent
Angleterre

Le 26 avril 1882

Mon Emma chérie,

Je t'écris comme celle qui t'a mise au monde, celle qui, sans une suite de calamités trop douloureuses à rappeler, serait demeurée la personne la plus chère à tes yeux. Tu m'as été retirée à la naissance, quand tu n'avais pas même un jour, pour le motif que tu fus conçue dans le feu d'une passion que personne ne saurait nier, et que tu vis le jour hors des liens du mariage, ce que je ne puis reprocher qu'à moi-même. Pour ces malheureuses circonstances, comme pour tous leurs tristes effets, j'implore ton pardon. Je puis juste prier que, ton caractère portant fatalement quelque trace du mien, tu jugeras ma faute avec compassion, et qu'avec le temps tu seras capable, à défaut de me comprendre, tout du moins de m'envisager autrement qu'avec horreur.

Rien ne m'assure que cette lettre te parviendra. Je te l'adresse par le biais de la Children's Aid Society, l'organisation qui a pourvu à ton placement. Bien que celle-ci semble avoir pour politique d'empêcher les contacts entre les enfants et les mères qui revendiquent des droits sur eux – précaution nécessaire, dit-on, pour permettre aux petits de grandir libres des entraves du passé –, j'espère que l'amitié unissant M. Charles Loring à mon père me vaudra une exception et permettra à cette lettre d'aboutir entre tes mains. Au cas où la Society refuserait de te la transmettre, elle restera par-devers ses notaires, qui en disposeront à leur guise.

Mon dessein est de t'éclairer sur ta prestigieuse ascendance et de te léguer un document exceptionnel. Tu en comprendras la portée sitôt que tu sauras qui l'a rédigé et dans quelles conditions. J'ai longtemps hésité entre deux solutions – le rendre public ou le faire disparaître –, et chacune avait des avantages comme des inconvénients. Mon conseil sera de le conserver pendant une assez longue période. Puis, quand le temps aura émoussé les passions et la mémoire des personnes concernées, et *avec le recul d'un jeune continent et d'une époque nouvelle, tu seras peut-être en mesure de décider de son sort. En somme, mon cadeau se double d'une lourde responsabilité.*

Tu viens d'une famille distinguée par mes parents – ton grand-père et ta grand-mère – qui étaient cousins germains. Les Darwin sont médecins et universitaires depuis des générations, et les Wedgwood furent d'importants porcelainiers. Le grand-père de ton grand-père, Erasmus Darwin, était poète et philosophe ; il fut l'un des premiers savants à ébaucher ce que l'on appelle aujourd'hui la théorie de l'évolution, bien qu'il fût incapable d'en expliquer le mécanisme. Cet apport décisif sera l'œuvre de ton grand-père à toi, Charles Darwin, le célèbre naturaliste. Comme tu le sais sans doute, on lui attribue l'hypothèse selon laquelle, parmi une variété de créatures aux différences souvent minimes, la nature retient celles qui sont les plus aptes à la survie, et façonne ainsi l'apparition de nouvelles espèces. Cette idée lui attira une notoriété considérable, puisqu'elle contrevenait au dogme d'un Dieu créateur d'espèces immuables. Peu à peu, à mesure que sa théorie gagnait en reconnaissance, avec l'aide d'une poignée de talentueux zélateurs, mon père devint une figure nationale.

Ce jour même, papa a été porté en terre à l'abbaye de Westminster, ce qui explique mon besoin pressant de t'écrire. Avoir sa tombe là-bas est un grand honneur, surtout pour un libre-penseur (une amie chère à mon cœur, Mary Ann Evans, que tu connais sous le nom de George Eliot, s'est d'ailleurs vu refuser ce privilège voici à peine deux ans). Papa voulait être inhumé à St Mary, dans notre village de Downe, dans le Kent. Mais cette volonté fut contrecarrée à sa mort par une coterie d'admirateurs, dont le champion de toujours, Thomas Henry Huxley. Pour celui-ci, Westminster était une juste récompense, et puis cela servait l'image de la science. Ces hommes menèrent une intense campagne, envoyant notamment des personnalités de premier plan intercéder auprès de l'Église, et leur demande reçut l'approbation des deux Chambres.

Laisse-moi te décrire la cérémonie d'aujourd'hui, et puisse le respect qu'elle t'inspirera résister aux révélations subséquentes. Tu dois d'abord savoir que mon père était très admiré. Hier, sous un affreux crachin, quatre chevaux tirèrent le corbillard de

Downe jusqu'à Westminster, et tout le long du chemin les passants lui rendirent hommage en ôtant leur chapeau. Une garde d'honneur veilla le cercueil toute la nuit dans la sombre chapelle St Faith, et ce matin les gens affluèrent dans l'abbaye. La reine ne vint pas, ni M. Gladstone, mais maints autres dignitaires remplirent le transept : des juges en habit de deuil, des parlementaires, de nombreux ambassadeurs, des représentants de sociétés savantes et bien d'autres encore. La famille était présente, à l'exception de maman, retenue à la maison par son immense chagrin. Je fus heureuse de voir toute une foule de visages connus – dont celui de notre ancien majordome Parslow –, massés de part et d'autre de la nef et jusque sur les marches de l'entrée. À midi, tandis que sonnait le glas, les personnalités défilèrent devant le cercueil, qui était drapé de velours noir sous une gerbe de fleurs blanches. Le chœur entonna un chant tiré du Livre des Proverbes qui commence ainsi : « Heureux l'homme qui a trouvé la sagesse et l'homme qui obtient l'intelligence ! » Le service ne fut pas bien long ni excessivement religieux, ce que papa aurait apprécié. Puis les porteurs du cercueil, au nombre desquels Alfred Russel Wallace, connu comme le coïnventeur de la théorie (et que M. Huxley ne pensa à inviter qu'au tout dernier moment), gagnèrent le coin nord-est de la nef, où papa fut enseveli sous le monument dédié à sir Isaac Newton.

J'aimerais, si ton indulgence le permet, te conter le détail de son trépas, ce qui pourra t'aider à mieux le cerner. Sache d'abord que ton grand-père déclinait depuis quelques années. En fait, il n'a jamais eu de santé depuis son retour du Beagle, comme en témoignent les volumineuses notes qu'il tenait au quotidien. Il a vécu ses dernières années dans le plus parfait train-train, même si, comme tu le découvriras, cela n'empêchait point le tourment.

Voici huit mois, il reçut un coup terrible en perdant Erasmus, son grand frère bien-aimé, et il sombra dès lors dans un abîme de désespoir, persuadé d'être condamné lui aussi. Le mois dernier, le 7 mars exactement, il eut une attaque alors qu'il se promenait sur son sentier de prédilection, au fond de la propriété. Il parvint de justesse à rejoindre la maison, et passa les jours suivants cloué sur un canapé. Quand un jeune médecin le convainquit que son cœur n'avait pas lâché, il recouvra quelques forces et reprit même le chemin du jardin. Ta tante

Henrietta passa plusieurs semaines parmi nous, et pas moins de quatre Drs firent la ronde au chevet de papa, offrant des remèdes et des pronostics chaque fois différents.

Mardi dernier, le 18 avril, papa se mit à défaillir. Peu avant minuit, une douleur violente jaillit dans son cœur. Réveillée par le bruit, maman accourut dans sa chambre. Elle partit aussitôt chercher l'amyle, mais la panique la désorienta et elle m'appela à l'aide. Lorsque nous revînmes du bureau avec le breuvage, papa gisait sur le lit, au bord de l'agonie. Maman cria, ameutant les domestiques. Nous réussîmes à lui administrer ses capsules, puis les bonnes essayèrent de lui faire avaler du cognac. Le liquide coula dans sa barbe et sur sa chemise de nuit, mais il revint à lui. Ses yeux s'ouvrirent soudain, et il vomit dans une bassine. Malgré ses spasmes, il parvint à parler, et fit une chose impensable pour un si fervent athée : attirant maman à lui, il réclama un prêtre. Ma mère bondit avec une énergie qui me fendit le cœur, car il s'agissait en fait d'une ruse pour l'éloigner. Mais le mobile n'était pas méchant : papa souhaitait révéler des choses que moi seule pouvais entendre.

J'ouvre ici une parenthèse pour te dire que mes rapports avec papa furent longtemps houleux – dès même mon enfance. Cela tient sans doute à nos différences de caractère (que je n'aborderai pas ici), mais aussi à mes découvertes concernant son travail. Plusieurs indices m'ont en effet appris qu'un événement grave avait entaché ses cinq années sur le Beagle. Il n'est pas utile de te les énumérer ; retiens simplement que, peu avant ta naissance, j'ai eu la preuve que mon père n'était pas l'immense penseur que l'on croyait.

Je lui ai fait part de mes déductions dans une lettre écrite depuis la clinique de Zurich où je dus t'abandonner, mais ensuite nous n'en avons jamais reparlé – jusqu'à la nuit de sa mort, donc. Ma mère partie quérir le prêtre et les bonnes chassées de la chambre, papa m'attira vers lui, comme maman l'instant d'avant, et m'expliqua d'une voix râpeuse que, malgré son incroyance, il éprouvait l'impérieux besoin de confesser une faute, et que j'étais la seule personne à pouvoir l'en soulager, puisque la seule à connaître son secret. Sauf que, murmura-t-il – et là mon sang se figea –, il y avait davantage. Il agrippa ma chemise de nuit avec une poigne prodigieuse. « Tu sais que depuis quelques années je travaille sur ma biographie », dit-il. Je hochai la tête, et comme il gardait un air interrogateur, je confirmai à voix haute : « Oui, papa. Je sais. »

Il me lâcha, retomba sur l'oreiller et poursuivit d'une plainte : « Ce que tu ignores, c'est que j'ai omis un chapitre – ou plutôt, je l'ai caché pour que personne ne le trouve. Je pensais que l'écrire allégerait ma conscience, mais il n'en fut rien. » Je le fixai, interdite. Il se tut quelques minutes, les yeux au plafond, comme s'il hésitait encore. Puis, dans un soupir, il me demanda de lui apporter quelque chose. Il voulait son gourdin !

Je m'exécutai, et il serra l'objet dans son poing. Alors, dans un quasi-sanglot, il m'engagea, après sa mort, à ouvrir le coffre situé sous son bureau, dont la clef se trouvait dans le premier tiroir. Je traversai la pièce pour le vérifier, et dénichai en effet une épaisse clef de coffre-fort. Perplexe, je revins au chevet de papa ; il demeurait agrippé à son satané gourdin. Je n'oublierai jamais ce qu'il me dit alors : « Il n'y a que toi qui me connaisses réellement. » Puis il ferma les yeux et replongea dans une torpeur blafarde.

Quand maman reparut et fit monter le prêtre, je lui dis que c'était inutile. Elle ignora ma remarque et s'étonna de voir le gourdin entre les doigts de papa. N'estimant pas nécessaire de lui répondre, je quittai la chambre sans me retourner. Le médecin arriva à 2 heures du matin et appliqua un sinapisme sur le torse de papa, ce qui le fit vomir. Il aurait alors grogné : « Je veux mourir », avant de cracher du sang. Sa peau vira au gris. On lui administra des cuillerées de whisky ; il oscilla entre somnolence et douleur jusqu'au lendemain après-midi, puis perdit connaissance, râla et s'éteignit, le mercredi 19 avril 1882.

*J'ai respecté ma promesse, en n'ouvrant le coffre qu'après sa mort, c'est-à-dire aujourd'hui au retour de l'abbaye. M'y attendait une épaisse enveloppe scellée, sur laquelle papa avait reporté une citation d'un livre qu'il lisait jadis, *Le Paradis perdu*. Plutôt que d'ouvrir ce pli – après tout, je connais le secret de papa depuis quelque temps déjà –, j'ai préféré le joindre à la présente lettre, pour te laisser la primeur du chapitre manquant de sa vie. Fais-en ce que tu veux ; je suis sûre que tu sauras lui choisir le meilleur sort.*

Il faut que tu saches, mon Emma, qu'il n'est pas un jour sans que je me punisse de t'avoir perdue, ou me demande ce que nous serions devenues, toi et moi, me serais-je montrée plus sage ou plus vertueuse. J'aurais pu te serrer dans mes bras, non pour un unique instant furtif, mais chaque fois que l'envie m'en eût prise. Rares aussi, les jours où je n'essaie pas d'imaginer ton visage, ton esprit, tes habitudes. Tu as presque dix ans – plus que quatre jours avant cet anniversaire marquant. Je vois en esprit une fille robuste et pleine de santé, comme je l'étais à ton âge, mais infiniment plus belle.

J'ignore tout de ta situation, sinon que tu grandis dans une « bonne famille » du Midwest américain, une terre que j'ai vue dans des livres et qui m'évoque des images d'Indiens déchaînés. J'en conçois de l'inquiétude, naturellement, mais c'est sans doute à tort. Je développe un appétit sans fin pour tout ce qui a trait à l'Amérique. J'ai même envisagé de m'y rendre un jour, malgré la crainte d'y être obsédée par toi, et de me mettre à te chercher partout, même en sachant d'avance que l'entreprise serait vaine.

Tu seras toujours mienne dans mon cœur.

Ta mère qui t'aime,

Lizzie

Sa lecture terminée, Beth rangea la lettre dans la pochette de plastique et considéra Hugh.

– Voilà qui prouve, si besoin était, combien les victoriens pouvaient être cruels avec leur fichue morale puritaine.

– Que veux-tu, c'était l'époque où même les pieds de piano devaient porter une jupe. Mais dis-moi, cette lettre est restée pendant toutes ces années dans un bureau ? Emma ne l'a jamais lue ?

– Non, jamais. Et elle ne s'appelait plus Emma, mais Filipa. J'ai vérifié l'arbre généalogique : il s'agissait de mon arrière-grand-mère. Une femme de tempérament, paraît-il.

– Aucun homme dans la lignée ?

– Un seul. Son fils Benjamin. C'est-à-dire le père de ma mère. Comme tu le sais, maman fut la première à entendre parler de ses liens avec Darwin.

– C'est pour cette raison qu'elle t'a prénommée Elizabeth ?

– Non, c'est une coïncidence. Je suis née avant qu'elle soit contactée par les notaires. Tu veux que je te montre un truc poignant ? Regarde un peu. (Elle tendit le classeur à Hugh.) Tu vois la signature ?

– *Lizzie*. Elle se faisait pourtant appeler Bessie depuis… combien, deux décennies ? Que faut-il en déduire ?

– Je ne sais pas. Mais je pense qu'elle avait un dossier psychologique chargé. Cela n'a rien d'étonnant vu sa famille – un père célèbre qui se révèle un imposteur, une mère qui ne jure que par son mari, et une sainte nitouche de sœur au centre de toutes les attentions.

– Sans oublier le futur beau-frère qui la séduit puis la laisse sur le carreau.

– Exactement.

Hugh regarda l'enveloppe brune, puis la prit pour lire les mots de Milton inscrits de la main de Darwin, dans une encre noire effritée par le temps.

N'accuse point la nature, elle a rempli sa tâche.
À toi de remplir la tienne.

Il soupesa le pli. Ce n'était pas bien lourd.

– Qu'en dis-tu, Beth ? On l'ouvre ?

CHAPITRE 25

Down House

La mort d'Erasmus, mon frère aîné, m'a beaucoup affecté. Lorsque j'étais enfant, je l'admirais et le prenais pour modèle ; je regrette de ne pas avoir gardé cette attitude, car c'était un homme bon, et il le resta jusqu'à la fin de ses jours. Il n'était pas marié, n'avait pas fondé de famille, et n'obtint jamais la reconnaissance que méritaient ses aptitudes et ses talents innés, mais il put, en se retournant sur sa vie au soir de celle-ci, estimer qu'elle avait été honorable. Hélas ! je n'en puis dire autant de la mienne. Voilà cinquante ans que je suis incapable de voyager, de dormir d'un trait, de passer une semaine sans être malade. Le fond de l'affaire, c'est que la majeure partie de mon existence reposa sur deux piliers jumeaux que sont la lâcheté et la tromperie. Ce sont les Charybde et Scylla entre lesquels j'ai navigué durant toutes ces années, dans mon voyage vers la gloire et la fortune. J'ai gagné tout cela, et davantage encore – des sages du monde entier me consultent et prennent mon avis pour parole d'évangile –, mais pour autant mon âme n'a pas atteint la paix. Car de toute l'estime et des honneurs qui me revinrent, rien ne fut mérité. Je suis un coquin, une canaille, et pire encore. Ma vie est tombée en pourriture. Croirais-je au ciel et à l'enfer, je sais que, tel Lucifer, je passerais l'éternité dans l'endroit le plus sombre.

Comme je ne souhaite pas m'étendre sur le détail de ma honte, mon récit sera bref. Parmi mes compagnons d'équipage du Beagle *se trouvait un certain Robert McCormick, le médecin du*

266

navire, qui depuis le début du voyage me disputait l'apanage des spécimens. À un certain point, nous découvrîmes la théorie de la sélection naturelle et de la transmutation des espèces. Soudain, dans un éclair de beauté, celle-ci donnait sens à la splendide variété de la nature et expliquait l'existence d'espèces disparates sans recourir à l'idée d'un être suprême. Je compris que M. McCormick avait saisi comme moi l'essentiel de cette théorie, et que le premier à la soumettre au monde civilisé accéderait à la consécration scientifique.

J'ai toutefois réprimé mon hostilité envers M. McCormick et je n'ai jamais tenté de lui nuire, malgré plusieurs incidents montrant que lui n'hésitait pas à me mettre en péril. Ainsi, aux Galápagos, me fit-il nager au milieu des requins. Par chance, la faune de ces îles reculées est trop inaccoutumée aux humains pour avoir l'instinct de les tuer. Quoi qu'il en soit, je compris vite que, si je ne prenais pas garde, M. McCormick risquait de se débarrasser de moi tout de bon.

Mais bientôt le sort se joua de nous, lors d'une excursion à trois en compagnie de FitzRoy, sur un volcan en pleine activité. Au terme d'une montée laborieuse, nous fîmes halte pour déjeuner, et bûmes deux bouteilles de vin qui nous endormirent. Je me réveillai assez vite, ainsi que M. McCormick ; comme le sommeil du commandant semblait encore profond, nous décidâmes de continuer sans lui. Une fois au sommet, je suggérai de pénétrer dans le cône du volcan. Nous y parvînmes sans grande difficulté, en descendant le long d'une corde fixée à un rocher. La chaleur était suffocante, l'odeur de gaz sulfureux nous accablait, et les bulles de lave produisaient un bruit angoissant, mais nous étions excités à l'idée d'étudier un phénomène naturel encore inconnu de tous. Une dizaine de pieds en contrebas de la crête, nous atteignîmes une saillie offrant un parfait point d'observation. Quelques minutes plus tard, je m'attelai à prélever des morceaux de roche, le dos tourné à M. McCormick, quand ce dernier poussa un cri. Virevoltant, je vis qu'il indiquait le centre de la cuvette. Elle vomissait de la fumée, et une mer de magma rouge et jaune montait à gros bouillons. Devant l'ampleur des secousses, nous comprîmes que l'éruption était imminente. Nous courûmes aussitôt jusqu'à la corde, pour découvrir avec horreur que la chaleur l'avait détruite.

Par-dessus les grondements, McCormick chercha une issue à ce piège infernal. Un jet de feu et de fumée jaillit sous nos yeux, et sous l'effet de la peur nous nous serrâmes l'un contre l'autre. C'est alors que j'aperçus une corniche, à hauteur de nos têtes, mais à une trentaine de pieds sur le côté. Le dos collé à la paroi, nous nous en approchâmes lentement, mais nous étions loin d'être sauvés, car elle nous dominait d'environ huit pieds. Comme il était nettement plus petit que moi, je criai à McCormick de me faire la courte échelle. Sans hésiter une seconde, il joignit ses mains. J'y posai le pied, agrippai son épaule, et poussai de tout mon poids. Ma main libre s'accrocha à la pierre et, la peur de mourir aidant, je me soulevai avec une force que je ne me connaissais pas. J'atterris sur la corniche, hors d'haleine mais en vie.

C'était à mon tour d'aider M. McCormick. Je l'entendais hurler, m'exhortant à faire vite. Je courus chercher le débris de corde, mais il n'en restait presque rien. Je regagnai donc le surplomb, m'allongeai sur le ventre, plantai mes pieds dans la roche et me penchai par-dessus le rebord. En me voyant reparaître, McCormick reprit espoir. La terre tremblait de plus en plus fort et je voyais la lave s'élever tel un chaudron en ébullition. Je détachai mon gourdin de ma ceinture et l'abaissai de mon mieux, tout en me retenant avec l'autre main. M. McCormick l'attrapa en sautant, mais ensuite ses pieds pendirent dans le vide et il ne put se hisser. Il eût fallu que je descende le gourdin de cinq ou six pouces encore, mais c'était au risque de chuter.

Il me regardait d'un air perplexe. Il grimaçait et transpirait abondamment, ses dix doigts refermés sur le gourdin. Je lui concédai un ou deux pouces supplémentaires, et il se mit à donner des coups de pied dans le mur, mais ses semelles glissaient sans grand résultat. Puis j'entendis quelque chose derrière moi, et j'aperçus le commandant FitzRoy. Il se trouvait trop loin pour nous secourir ou pour embrasser toute la scène, mais il nous entendait. Ce qui se passa ensuite reste assez confus. Une immense colonne de fumée jaillit du ventre du volcan. Je tirai sur le gourdin. McCormick y était toujours agrippé. Peut-être fallait-il l'abaisser de nouveau ? Je pouvais sans doute me le permettre, mais plus je m'étirais, plus je menaçais de basculer. Quand je regardai de nouveau mon compagnon en détresse, ses mains commençaient de glisser sous l'effet de la sueur, et ses yeux me dardaient un regard noir. D'une voix faible mais distincte, il articula ces mots que je n'oublierai jamais : «Alors c'est comme ça, monsieur Darwin, hein ? La survie des plus aptes ! ». Puis il lâcha prise, ou bien c'est moi qui tirai d'un coup trop sec – toujours est-il que je le vis culbuter en arrière, et plonger vers la mer de bulles en tournant lentement sur lui-même. Il hurla jusqu'en bas.

Je ne sais comment je suis ressorti – probablement avec l'aide du commandant. Nous avons dévalé la montagne jusqu'à la chaloupe où nous attendaient nos hommes. Nous sommes rentrés au navire, et nous avons levé l'ancre.

J'ai souvent considéré cet après-midi comme l'événement décisif de ma vie. En suivant une certaine voie – ou en me la voyant imposer –, j'ai rendu la suite inévitable. Je suis devenu un faussaire, et nombre de mes actes me font rougir de honte, moins par ce qu'ils sont que par le soin que j'y ai mis. Rien n'était assez petit ni assez grand pour échapper à ma vigilance de falsificateur. J'ai ainsi prétendu que M. McCormick avait quitté le Beagle *lors d'une précédente escale, et j'ai même étranglé son perroquet pour l'ajouter à mes spécimens. Au départ des Galápagos, j'ai délibérément mélangé les pinsons recueillis sur les différentes îles, pour accréditer l'idée que cette théorie me serait apparue plus tard. J'ai repris mes carnets, modifiant et censurant plusieurs passages afin de les rendre conformes à ma nouvelle version. Et pour expliquer les innombrables affections qui me frappèrent tel un châtiment depuis le drame, j'ai allégué une morsure de vinchuca. J'ai acheté le silence de FitzRoy, qui jusqu'au bout se sera demandé si j'avais vraiment tenté de sauver McCormick. Le pauvre homme s'est tourné vers la religion avec un zèle fanatique, que je crois directement lié à cette tragique journée.*

Quelques personnes auront deviné que le mal premier qui me ronge est la culpabilité, mais une seule personne a percé mon secret : ma fille Elizabeth, qui a hérité de ma fourberie. Nous n'en avons jamais parlé. Je n'ai pas été très juste avec elle, mais ce n'est rien au regard du reste de mes actes. Combien de fois ai-je revu en esprit l'accident du volcan, en cherchant ce que j'au-

rais pu faire pour secourir le malheureux... Je le redoute encore, fût-il mort. J'ai même fui d'une séance de spiritisme, un soir, de peur de rencontrer son spectre.

De temps à autre, lorsque j'emprunte le Sandwalk avec ma fille Elizabeth, je songe combien ce sentier ressemble à mon existence. Il commence au grand jour et au soleil, plein de promesses et d'espoir, avant de plonger dans un long tunnel sans lumière. C'est le Beagle qui me fit prendre ce tournant fatal. J'aspirais seulement à réussir quelque chose et à contenter mon père. Tout est perdu à présent. Comme Faust, j'ai conclu un pacte avec le diable, et je n'ai plus qu'à attendre, au soir présent de ma vie, qu'il vienne réclamer son dû.

Charles Darwin
Écrit de sa main en ce jour
Le 30 août 1881

CHAPITRE 26

Le champagne commençait à perdre ses bulles.

Ils l'avaient entamé goulûment, déjà grisés par leur fabuleuse découverte.

– C'est une pièce historique inestimable, commenta Beth en retrouvant son sérieux. Rends-toi compte : une telle confession, surgie après tant d'années… Darwin et McCormick, ennemis jurés, essayant de se sauver l'un l'autre dans la gueule d'un volcan…

– Ou n'essayant pas vraiment. Pourquoi Darwin aurait-il culpabilisé jusqu'à la fin de ses jours ?

– Parce que malgré tous ses efforts, il n'avait pas réussi à secourir son rival. Parce que, au fond, c'était un brave homme. Et parce que, même athée, il était pétri de moralité chrétienne. Non, la mort de McCormick était un accident.

– Tu as sans doute raison.

– Quelle histoire invraisemblable… Heureusement qu'elle est rédigée de la propre main de Darwin ! Personne n'y croirait, sinon.

– Le plus crucial, à mes yeux, c'est qu'il avoue que McCormick avait compris la théorie de l'évolution. En d'autre termes, McCormick aurait pu entrer dans l'Histoire, lui aussi, au lieu de mourir en parfait inconnu.

Beth et Hugh levèrent leurs verres au passé ainsi qu'à toute la bande : FitzRoy, McCormick, Jemmy Button, et bien sûr la pauvre Lizzie.

– Les faits lui auront finalement donné raison, dit Hugh au sujet de cette dernière. Son père a la grâce de reconnaître qu'elle fut la seule à percer son secret.

– Tu parles d'une consolation ! Pour moi, la vie de cette femme fut un immense gâchis.

– Je me demande pourquoi elle n'a pas souhaité lire cet ultime chapitre. Elle qui était si curieuse… Avait-elle peur de ce qu'elle découvrirait ?

– Peut-être. En même temps, elle connaissait déjà l'essentiel. Elle se sera dit que son père se contentait de révéler son rôle dans la mort de McCormick, et qu'elle n'avait pas besoin de le lire. En même temps, elle ne pouvait se résoudre à détruire ces pages – son papa était trop célèbre pour ça –, et elle ne voulait pas être celle qui les exposerait au grand jour. D'où sa décision de les transmettre à sa fille dans le Nouveau Monde.

– Sans doute, répondit Hugh.

– Tu n'as pas l'air convaincu.

– Non, c'est vrai.

Beth lui prit les épaules et le serra contre elle.

– Une chose me turlupine, expliqua Hugh. As-tu remarqué le vocabulaire qu'emploie Darwin ? Il dit, à un moment, que sa vie est tombée en pourriture. Et un peu plus loin, que sa gloire et sa fortune furent imméritées. Ce sont des mots très forts, non ? Surtout s'il n'a rien à se reprocher. Car, quoi qu'en dise ton aïeul, on lui doit quand même une sacrée théorie !

– La culpabilité, encore une fois. Les hommes bons sont plus durs avec eux-mêmes que les hommes mauvais. Peut-être savait-il, en son for intérieur, qu'il avait effectivement souhaité la mort de McCormick. N'oublie pas que ce type avait essayé de le tuer.

– Il y a une minute, tu disais que Darwin avait tout fait pour le sauver !

– C'est peut-être moins net, en effet. Dans l'esprit de Darwin, en tout cas. Il pensait peut-être avoir laissé faire la mort – un péché par omission, en somme, plus qu'un péché par action.

Hugh remplit de nouveau les flûtes, et se souvint d'une réflexion entendue chez Bridget, selon laquelle Darwin s'était toujours refusé à explorer l'esprit humain. D'où lui venait cette impression que l'énigme bougeait encore ?

— Tu noteras, reprit-il, qu'à aucun moment il n'explique comment la théorie lui est apparue. De la façon dont il le raconte, c'est un peu comme si McCormick et lui étaient tombés dessus par hasard.

— Il a toujours été évasif à ce propos, dans tous ses écrits. Cela montre simplement qu'il en a eu l'idée très tôt.

— Pourquoi en cacher à tout prix le moment exact ? Pourquoi mélanger ses spécimens ? Pourquoi prétexter une fausse blessure d'insecte ?

— Je reconnais que c'est curieux.

— Un peu, oui ! Pense aussi à tous ces gens qui veulent le faire chanter. Et à la protection active de Huxley et des autres.

— C'est surtout la théorie qu'ils protégeaient. Elle était trop précieuse pour qu'on la laisse pâtir des errements d'un seul homme.

— Mais comment savaient-ils ce qu'avait fait Darwin ? Qui leur avait parlé de la mort de McCormick ?

— FitzRoy, pardi.

— Sauf que FitzRoy n'a pas bien vu la scène du volcan. Il avait seulement des soupçons.

— Darwin lui aura peut-être tout avoué…

— Il dit que Lizzie était la seule à connaître son secret.

— La seule à le *découvrir*, rectifia Beth, mais sans grande conviction.

La perplexité de Hugh devenait contagieuse.

— Et Wallace, continua-t-il. Il se trouvait alors à l'autre bout du monde. Ne me dis pas que Darwin lui a raconté sa vie !

— Wallace a fini par rentrer à Londres. Il aura peut-être reçu les confidences d'un homme du premier cercle.

— Mais il avait déjà fabriqué la théorie de son côté. Aurait-il accepté de passer au second plan s'il suspectait Darwin d'être un meurtrier ?

— Il avait peut-être besoin d'argent.

— Possible. Mais s'il avait dénoncé Darwin, il aurait raflé la gloire et l'argent. En outre, si l'on range Wallace parmi les « conspirateurs », le cercle devient drôlement large.

Elle reprit son bras.

— Rends-toi à l'évidence, Beth. Ça ne colle pas. Il y a trop d'incohérences.

273

– J'admets que tu soulèves de vraies questions.

Hugh se leva d'un bond.

– Je viens de penser à un truc. (Il reposa son verre sur la table.) Mais qu'on est bêtes !

– Quoi ?

– Imaginons que tu aies raison : Lizzie s'est braquée contre son père à cause de l'épisode du volcan.

– C'est le cas.

– Et elle en a pris connaissance grâce à une lettre de McCormick à ses vieux.

– Exact.

– Comment aurait-il pu l'écrire ? Il était mort.

– Laisse-moi te demander quelque chose, lança Hugh alors que se fermaient les portes de la bibliothèque. Toi qui es un puits de science…

– Merci, répondit Roland. La flatterie te mènera loin.

– L'expression « nuit de feu » t'évoque-t-elle quelque chose ?

Le trio s'engagea sur Burrel's Walk, en direction de Garret Hostel Lane.

– Cela m'inspire des tas d'images, que je ne saurais évoquer en galante compagnie.

– Sérieusement.

– Je peux savoir le sens de cette requête ?

– Cela concerne nos recherches sur Darwin, expliqua Beth. On est dans l'impasse.

– Et j'imagine que vous ne me direz pas ce que vous mijotez. Bande d'ingrats…

– On te le dira quand on le saura nous-mêmes, promit Hugh. Jusqu'ici, on a juste remplacé un mystère par un autre. Et le second est encore plus corsé que le premier.

– Comme la Russie décrite par Churchill, commenta Beth. « Un mystère dans une énigme enveloppée dans une devinette. »

Roland grimaça.

– Tu veux dire : « Une devinette enveloppée dans un mystère à l'intérieur d'une énigme. »

– Peu importe, ça revient au même.

– Pas du tout. On ne peut rien envelopper dans une devinette.

– Parce qu'on le peut dans un mystère ?

— Sans vouloir pinailler, c'est bien le mystère qui a enveloppé la devinette.

— Vous avez fini ? soupira Hugh.

Ils traversèrent la Cam. Les cygnes étaient rentrés sous les saules pour la nuit.

— Darwin employait l'expression «nuit de feu», et nous cherchons ce qu'elle signifie, résuma Hugh.

Roland s'arrêta net.

— Je ne me souviens pas de ça.

— C'est dans le journal de Lizzie.

— Ah oui. Le document que tu as déniché dans la réserve.

— Exact, fit Beth. Nous pensions avoir compris la référence, mais ça ne cadre plus.

— La seule chose dont nous soyons sûrs, c'est qu'elle n'avait rien de nocturne.

— Mais qu'il y avait du feu à revendre, compléta Beth.

Ils atteignirent la ruelle à l'arrière du Trinity College.

— Un nom me vient à l'esprit, songea Roland. Lui aussi utilisait ces mots, mais c'était deux siècles plus tôt.

— Qui donc ? pressa Hugh.

— Blaise Pascal, le mathématicien et philosophe français. C'est en ces termes qu'il décrit une nuit d'exaltation mystique, lorsque Dieu lui apparut. Après quoi il entra chez les jansénistes.

— Et Darwin en aurait eu vent ? s'interrogea Hugh.

— Évidemment.

Beth était sceptique :

— Tu ne me feras pas croire que Darwin aura subitement trouvé la foi.

— Non, bien sûr, mais peut-être utilisait-il cette expression de manière générique. Personnellement, elle m'évoque l'idée de conversion ou de révélation, comme saint Paul à Damas ou Archimède dans son bain. Un éclair, une illumination, le moment où tout devient limpide…

— Je vois, murmura Hugh.

La cohue du soir investissait les commerces et trottoirs de Market Hill. Le trio se faufila entre les professeurs à vélos, les touristes rougeauds qui regagnaient leurs cars et les groupes d'étudiants convergeant vers les pubs. Puis Roland s'arrêta devant une librairie.

– Vous m'attendez ? Je reviens tout de suite.

Hugh se tourna vers Beth :

– La révélation est une chose. Le meurtre en est une autre. Si tu avais tué quelqu'un – ou pensais l'avoir fait –, tu ne parlerais pas de « nuit de feu ».

Pendant qu'ils patientaient, un adolescent sortit de la boutique, une pile de livres sous le bras. Avec ses joues glabres et ses longs cheveux blonds, il paraissait bien jeune pour un étudiant. Hugh le regarda s'éloigner.

– Qu'y a-t-il ? demanda Beth.

– Rien. Ce gamin me fait penser à quelqu'un – à un portrait que j'ai vu récemment. (Il se figea.) Mon Dieu, Beth. Mais oui !

– Quoi ?

– On s'est trompés de « R. M. ». Ce n'était pas Robert McCormick, mais le jeune missionnaire – Richard Matthews.

CHAPITRE 27

Deux heures plus tard, il reçut un coup de fil à la pension. De retour dans sa chambre, il dit à Beth qu'il ne pourrait pas l'aider à chercher les descendants de Matthews le lendemain, car il était attendu à Oxford.

Au petit matin, il gagna la capitale et prit le train pour la ville de ses angoisses. Londres ne recelait que quelques souvenirs, et Cambridge était un lieu sûr. Mais à Oxford se concentraient tous les fantômes, et lorsque Hugh traversa la vieille ville universitaire avec ses flèches et ses murs crénelés, lesdits fantômes furent tous au rendez-vous.

Il dépassa le coude de la Tamise où Cal et lui venaient faire de la barque. Le hangar à bateaux était toujours là, peint en blanc, de même que le dock flottant. Un jour, sa perche s'était coincée dans la boue, et il avait dû y grimper pour faire levier avec son poids, avant de retomber dans l'eau sous les yeux de son frère hilare. Sur High Street, il revit le pub où Cal avait admis lui avoir piqué sa petite amie, après quoi Hugh avait fait semblant de bouder pendant plusieurs jours ; et tout au bout de la rue se trouvait le cinéma où ils avaient vu *La Dolce Vita* par un dimanche pluvieux.

C'était tout le problème avec l'Angleterre : bateaux, pub, cinoche, les repères ne changeaient jamais.

Il passa devant All Souls, le collège choisi par Cal pour ses travaux postdoctoraux – parce qu'il n'avait pas à y dispenser de cours, et que la cave n'avait d'égale que celle de la reine. Il se souvint des dîners dans ces salons, où la gent érudite passait d'une pièce à l'autre pour déguster divers plats, jonglant avec les toges selon un rituel ancestral et incompréhensible. Dans une brume alcoolisée, Hugh avait trouvé les conversations profondes et instructives, mais dès le réveil il avait tout oublié.

Hugh allait rencontrer Simon, qui à l'instar de Neville avait plutôt traîné des pieds :

– Je ne vois pas trop l'intérêt de se rencontrer, commença-t-il d'une voix fluette.

Mais Hugh était déterminé :

– Tu habitais avec Cal. J'aimerais bien qu'on se parle. Bridget aussi – c'était même son idée.

– Et dans quel but ?

– J'essaie de débrouiller certaines choses.

– Bon, peut-être. D'accord.

Comme Simon partait en France le lendemain matin, ils convinrent de se retrouver à 13 heures dans la galerie du New College.

Avant de raccrocher, Simon ajouta :

– Au fait, sans vouloir te froisser, ta voix ressemble fort à celle de ton frère. C'est quasiment la même.

Le New College avait beau se trouver en plein centre, et à un jet de pierre de la vivante High Street, c'était un monde à part. Hugh enfila Queens Lane, une étroite rue pavée à peine plus large qu'un char à bœufs, qui serpentait le long d'anciennes murailles pour aboutir à la grille du collège. Après la loge du concierge, Hugh découvrit une cour médiévale carrée, avec une galerie sur la gauche. Ces arcades étouffaient jusqu'au dernier bruit de la ville, et les ombres qui tombaient sur la pelouse étaient les mêmes depuis le XIVe siècle.

Des planches recouvraient le plafond arqué de la galerie, à la manière d'une coque de navire renversée. Des plaques commémoratives émaillaient les murs, et les fenêtres à colonnes donnant sur le jardin étaient ornées de réseaux gothiques.

Il n'y avait personne en dehors de Simon, qui faisait les cent pas cramponné à sa sacoche. Apercevant Hugh, il fit un petit geste et vint au-devant de lui, la main tendue. Il était maigre, le visage osseux, avec des lunettes à monture métallique. Malgré la chaleur, il portait une veste en tweed épais. Sa cravate était nouée serrée, un peu de travers.

— Merci d'être venu malgré ton emploi du temps très rempli.

— Je t'en prie, répondit Simon. C'est le moins que je puisse faire.

À l'entendre, il avait accepté sur-le-champ…

— On marche un peu ? proposa Hugh.

Simon se mouvait comme un oiseau, avec des pas minuscules et en dodelinant de la tête.

— Je ne voulais pas te déranger, mais comme je suis en Angleterre pour des recherches, je me suis dit que…

— Tu travailles sur Darwin, c'est ça ?

— Comment le sais-tu ?

— Par Bridget. Elle m'a contacté peu après ton coup de fil – ton *premier* coup de fil.

Dans ce cas, pourquoi n'avait-il pas rappelé plus tôt ? se demanda Hugh. Et pourquoi avait-il feint de ne pas connaître ses intentions ? Mais il garda ces questions pour lui.

— Tu fais quoi dans la vie ?

— Question américaine typique !

Hugh s'agaça.

— Tu n'es pas obligé de répondre. J'essaie juste de briser la glace.

— Y a pas de souci.

Simon était agronome, et œuvrait pour l'attribution de terres aux paysans du tiers-monde, notamment en Afrique du Sud. Ce profil militant avait sans doute plu à Cal.

Ils tournèrent dans un segment de galerie plus ombragé.

— Et comment as-tu connu Cal ?

Simon le regarda avant de répondre.

— Lors d'une fête, il y a sept ans, à All Souls. Une sacrée nouba, d'ailleurs. On a fini complètement ronds. Le courant est tout de suite passé entre nous, et comme il y avait une place vacante dans ma piaule, je lui ai proposé de s'installer… C'est très délicat. Je ne sais pas trop par où commencer, mais Bridget voulait que je te dise certaines choses sur Cal.

Hugh eut la pénible impression que l'on manœuvrait dans son dos.

— Et quelles sont ces choses ?

— Ce n'était pas très clair. Sans compter qu'elle-même ne sait pas tout.

– Mais je veux tout savoir, moi. C'est la raison de cette entrevue.

– Pour commencer, nous étions très proches, Cal et moi. On avait de grandes discussions. Il parlait beaucoup de toi, du reste.

– Nous aussi, nous étions proches.

– Je n'en doute pas. Quoi qu'il en soit, à force de le côtoyer, je le connaissais très bien. On prenait nos repas ensemble, et on allait boire une bière à l'occasion. En un sens, c'était la personne avec qui j'étais le plus intime – en dehors de ma famille, bien sûr. Et des amis d'enfance, qu'on ne remplace jamais.

Il se tut de nouveau, plus longtemps.

– Si tu parlais franchement, Simon ?

– Tu as raison, inutile de tourner autour du pot. Retiens simplement qu'on s'entendait bien. On était devenus – ou on allait devenir – de vrais amis pour la vie. Et si j'insiste là-dessus, c'est pour que tu saches qu'on l'aimait, et qu'on a essayé de l'aider.

– De l'aider ? Comment ça ?

– J'imagine que Neville t'a parlé de cette affaire au labo ?

Mais ils s'étaient tous concertés ! C'était quoi, ce complot ?

Hugh confirma d'un hochement de tête.

– Ce fut un moment grave, extrêmement sérieux. Je ne l'ai pas tout de suite compris, mais il s'agissait d'un programme scientifique gouvernemental. Et ces gens-là ne plaisantent pas avec les protocoles.

– J'imagine, répondit Hugh.

– Même Bridget ne sait pas qu'il a été viré. Elle a dû croire à un congé quelconque. Bref, comme c'était à prévoir, Cal a fait une dépression. Sévère. Il est resté couché plusieurs jours. Il refusait de se lever, de manger, de faire quoi que ce soit. Et au bout du compte – je ne vois pas comment le formuler autrement – il ne voulait plus continuer.

– Continuer ?

– Continuer à vivre.

– Qu'est-ce que tu me chantes ?

– Je crois qu'il a essayé de se supprimer – à deux reprises, même. Avec des médicaments, puis avec sa voiture. La première fois, je l'ai retrouvé inconscient par terre et je l'ai emmené aux urgences. Ils lui ont fait un lavage d'estomac. La seconde fois, c'est plus flou. On l'a retrouvé près de Ring Road, dans une bagnole déchiquetée. Pas d'autre véhicule impliqué. La police n'était pas formelle, mais on pensait qu'il avait emplafonné un arbre – de manière intentionnelle. Étant donné sa première tentative, on était enclin à y croire.

– Et pourquoi penchait-on pour un acte intentionnel ?

– Plusieurs signes allaient dans ce sens. Il ne portait pas sa ceinture, contrairement à d'habitude. Il avait bu. Il n'y avait aucune trace de freinage. Ce genre de choses…

– Alors qu'avez-vous fait ?

– En a-t-on *assez* fait, tu veux dire ? J'espère que oui. Je le pense. On l'a soutenu, on l'a encouragé du mieux qu'on pouvait. On lui a trouvé un psy, qu'il allait voir trois ou quatre fois par semaine. Dépression nerveuse, a dit le toubib, et il lui a prescrit des cachets. Cal nous a confié qu'il avait déjà eu des crises de déprime, plus jeune.

Un silence.

– Je ne sais pas, avoua Hugh.

– En tout cas, reprit Simon, il a commencé à relever la tête, même s'il y avait encore des hauts et des bas. Puis il a décidé de rentrer dans le Connecticut, et cela nous a paru judicieux. Il avait trop de souvenirs douloureux à Oxford. Il fallait prendre un nouveau départ. Alors il est parti.

Les deux marcheurs bouclèrent un énième tour de galerie.

– Tu ne lui as jamais demandé ce qui n'allait pas ? interrogea Hugh. Puisque vous étiez si proches…

– Pas directement. Mais nous connaissions la cause de son tourment, du moins l'événement déclencheur : son renvoi du labo.

– Et pourquoi me raconter tout ça aujourd'hui ? Pourquoi ne m'a-t-on rien dit plus tôt ?

– On s'est calés sur la version de Bridget. Encore une fois, elle ignorait la moitié de l'histoire. Elle n'a jamais eu vent de la première TS, par exemple. Même si elle sentait que ça ne tournait pas rond. En tout cas, la première chose qui nous est venue à l'esprit, à moi et aux copains, en apprenant la mort de Cal, c'est qu'il s'était suicidé. Et les circonstances du drame nous ont confortés dans cette idée.

– Pourquoi ?

— Avoue que c'est curieux : il se promène au bord du vide, et il tombe pile à l'endroit où il est sûr de mourir ! La probabilité était très faible. D'accord, il a pu se casser la figure, mais il est fort probable qu'il a sauté.

Hugh n'en croyait pas ses oreilles.

— Il paraît que tu marchais devant lui, continua Simon. Tu ne l'as donc pas vu glisser ou déraper ?

— Non, répondit Hugh.

La séquence visuelle se rejoua dans sa tête : les rochers, la cascade, la chute du corps, le bain d'écume fatal.

— C'est ce que Bridget nous a dit. Sacrée bonne femme, hein ? Et elle tient beaucoup à toi. C'est pour cette raison qu'elle nous pousse à te parler. Elle pense que tu te sens coupable de la mort de Cal. Ces nouveaux éléments t'aideront peut-être.

Hugh grogna. Il éprouvait la même sensation que lors des retrouvailles avec Bridget : une soudaine envie de fuir. Il arrêta son pas.

— Je te remercie beaucoup.

— Ce n'est pas grand-chose, répondit Simon. Ou plutôt si, c'est important, et je regrette que tu n'aies rien su plus tôt. (Il ouvrit sa sacoche.) Tiens, j'ai un truc à te montrer.

Il tendit à Hugh une feuille de papier. En quelques lignes, Cal écrivait qu'il se sentait mieux, qu'il s'aérait l'esprit et tâchait de se détendre. Puis ils remerciait Simon pour tous ses efforts.

Hugh fut soulagé de ne pas y être cité.

Il rendit la lettre, serra la main de Simon, et le regarda s'éloigner à travers la pelouse comme un oiselet pressé, ballottant sa vieille sacoche.

Hugh erra dans High Street. Était-ce possible ? Se pouvait-il que la mort de Cal ne fût pas accidentelle ? Il fouilla dans ses souvenirs. Cal lui avait paru bizarre les dernières semaines, et dans la voiture pour Devil's Den il avait égrené tout un chapelet d'excuses : il regrettait de ne pas avoir associé Hugh à tous ses jeux quant ils étaient petits, il se reprochait de l'avoir parfois blessé, il demandait pardon de s'être taillé en Europe en le laissant seul avec le vieux.

En effet, Cal avait manifesté le besoin de parler. Il avait failli s'épancher une ou deux fois, mais Hugh s'était raidi, car ce n'était pas la relation qu'il connaissait. C'était Cal, le grand frère.

C'était lui qui donnait son avis et indiquait la marche à suivre. C'était Cal, la béquille, et Hugh, l'estropié. Comment les rôles pouvaient-ils s'inverser?

– Je t'offre une bière? lançait Cal, son manteau sur le dos.

– J'adorerais, mec. Mais je suis à la bourre. J'ai des tas de trucs à faire. Demain, peut-être.

– Pas de problème, répondait Cal en déboutonnant son manteau.

Sur le chemin de la cascade, Hugh avait rappelé le danger des remous. Mais Cal s'était presque moqué de lui:

– Tu crois que j'aurais pu oublier ce pauvre Billy Crowther? C'était le premier cadavre que je voyais, et j'entends encore sa mère hurler de douleur à l'enterrement. Souviens-toi, on jetait des bâtons et des rondins pour les regarder couler. Et la fois où on a balancé les baskets de Jimmy Stern! Il a chialé jusqu'à la maison. Un lieu mythique de notre adolescence, l'«antre du diable»!

Hugh décortiqua la scène une nouvelle fois. Il marchait en tête, impatient de se baigner, puis il s'était retourné. Qu'avait-il vu alors? Avait-il vu son frère perdre l'équilibre, ou l'avait-il vu sauter? Cal avait-il vraiment crié, ou était-il tombé sans bruit?

La mémoire vous joue parfois des tours, songea Hugh. Désormais, chaque fois qu'il se repassait la scène, les choses semblaient se préciser. Ce n'était pas un accident, n'est-ce pas?

Une nouvelle gamme de sentiments l'envahit. Il en voulait à Cal – d'avoir truqué l'enquête du labo, d'avoir disparu et laissé son frère sombrer dans le remords. Puis la colère fit place au chagrin. Personne n'avait pu sauver Cal, tant son désespoir et sa solitude étaient immenses. Mais plus Hugh y songeait, plus l'événement lui semblait distant, lointain.

La tristesse reflua elle aussi, au profit d'un grand calme, et soudain il se sentit léger – il n'y avait pas d'autre mot. Il descendait la rue d'un pas allègre, observant les passants, les vitrines et les voitures avec un intérêt nouveau.

C'était un bel après-midi, quoique fraîchissant. Le trottoir était bondé. Il irait à la gare en bus, puis à Londres il prendrait la correspondance pour Cambridge. Il retrouverait Beth, ils dîneraient en ville, et il lui raconterait ses découvertes. Mais avant tout, il allait joindre Bridget.

Il repéra une cabine et sortit sa carte de téléphone. Bridget décrocha tout de suite, à croire qu'elle avait guetté son coup de fil. Il lui confia ce qu'il avait appris – que Cal s'était sans doute suicidé. Bridget ne trahit aucune surprise; elle se tut quelques instants puis lui dit qu'elle l'aimait et raccrocha.

Il restait de nombreuses unités sur la carte, alors pourquoi pas? Hugh reprit le récepteur et composa un numéro qu'il connaissait par cœur. Soudain il brûlait d'entendre la voix de son père.

CHAPITRE 28

Dans l'ambiance feutrée d'un restaurant français – ils s'étaient accordé une folie –, Beth écouta Hugh lui relater sa journée.

– Pour la première fois de ma vie, j'ai un souvenir précis de ce foutu après-midi.

Puis il évoqua l'étrange quiétude qui l'avait saisi au sortir du New College.

– Cela me paraît naturel, analysa Beth. Tu assumes enfin ce que tu as vu, et ce que tu éprouves au plus profond. Tu fais la paix avec toi-même.

Hugh expliqua qu'il avait appelé son père et qu'ils avaient longuement parlé, avec une facilité sans précédent.

Ils commandèrent une deuxième bouteille de vin et changèrent de sujet. Beth était fière d'avoir débusqué les descendants de Matthews à Blackburn. Elle avait d'ores et déjà loué une voiture pour s'y rendre le lendemain, et prévoyait ensuite une virée dans le Lake District – dans l'hypothèse où ils auraient bel et bien quelque chose à fêter.

– Comment les as-tu retrouvés ? demanda Hugh.

– Ce n'était pas sorcier. Vu son jeune âge, Matthews ne pouvait être marié, et la lettre fut effectivement adressée à sa mère. Comme ni lui ni son frère aîné ne sont jamais rentrés au pays, la maison maternelle est revenue à des cousins, ainsi que Lizzie l'expliquait dans son journal. J'ai relu le passage sur son voyage dans le sud-est, quand elle change de train à Kendal et que le trajet dure deux heures. Cela m'a donné une petite idée de la région. Là-dessus, j'ai consulté ses dépenses – n'oublie pas

285

qu'elle planquait son journal dans un livre de comptes – et j'ai vu qu'elle avait déboursé ce jour-là une livre et un shilling. J'ai ensuite appelé le musée de British Rail, et par chance ils avaient conservé de vieux carnets d'horaires et de tarifs. Un type sympa les a consultés pour moi, et il est apparu que cette somme permettait d'aller jusqu'à Blackburn. Le temps de parcours concordait : environ deux heures. Alors j'ai concentré mes recherches sur cette ville, où vivent encore plusieurs Matthews. J'ai appelé cinq familles avant de trouver les descendants des cousins de Richard. Ils ont paru enchantés par ma démarche.

Une heure plus tard, Hugh raccompagna Beth chez Alice. Les lumières étaient éteintes, hormis celle du perron. Beth l'attira à l'intérieur, et ils montèrent sur la pointe des pieds. Comme Hugh commençait à la déshabiller, Beth prit son sourire malicieux et lui chuchota à l'oreille :

– Viens acheter mes fruits, viens, viens…

Après une nuit peu reposante, ils roulèrent d'une traite jusqu'à Blackburn. La maison Matthews ne payait pas de mine, mais l'intérieur était chaleureux – beaucoup de chintz, de tissus fleuris et de photos familiales.

Les propriétaires, un joyeux couple de septuagénaires, étaient ravis que l'on s'intéresse aux vieilles lettres de leur grenier. Ils proposèrent de prêter la collection complète – « Lisez-les, photocopiez celles qui vous intéressent et renvoyez-les par la poste » –, mais à condition que leurs invités acceptent de boire un café et d'admirer l'arbre généalogique. Beth et Hugh s'y soumirent de bon cœur.

Avant d'ouvrir la pochette, ils prirent un sandwich à la sortie de la ville, puis poussèrent au nord vers le Lake District.

Il était plus de 22 heures lorsqu'ils atteignirent leur gîte à Ambleside, mais ils étaient trop excités pour dormir. Beth ouvrit la porte-fenêtre et s'avança sur le minuscule balcon. En contrebas s'étalait à perte de vue un lac entouré de bois et de prés ; la pleine lune peignait une voie d'or sur l'eau dormante, et l'air était revigorant.

Comme ils avaient prévu de leur arrivée tardive, le propriétaire de l'Ambleside Lake Cottage leur avait laissé deux sandwiches au jambon et deux bières tièdes, qu'ils engloutirent comme des affamés.

Puis Hugh sortit le trésor de son sac à dos. La pochette était toujours maintenue par un vieux ruban bleu, peut-être le même qu'avait vu Lizzie. Hugh le dénoua, éparpilla les lettres sur le lit et les classa par dates pour les lire dans l'ordre.

Au bout de trois quarts d'heure, il déclara :

– J'ai un suspect.

Il tendit une liasse de feuilles à Beth, qui plissa les paupières. L'écriture était brouillonne, et les lignes s'affaissaient en bout de page, mais c'était déchiffrable.

La missive avait été rédigée dans la baie des Iles, en Nouvelle-Zélande, le jour de Noël 1835.

Son auteur disait combien, en cette journée particulière, sa mère et sa maison lui manquaient. Il avait néanmoins repris espoir, maintenant qu'il avait quitté le *Beagle* et s'apprêtait à rejoindre son frère auprès des Maoris de la côte sud. À défaut de décrire son calvaire parmi les Indiens de Terre de Feu – Beth en déduisit qu'il l'avait fait dans un précédent courrier –, il annonçait le récit d'une nuit extraordinaire dans le village de Jemmy Button, une nuit qui laissa une marque indélébile chez tous les Anglais présents, quand ils n'en furent pas tout bonnement transformés.

– On la tient ! jubila Beth. Je vais te la lire.

Nous nous sommes mis en route sous un ciel menaçant. Nous avancions quasiment plein nord, le long d'un sentier pelé, et après quelques heures de marche dans une végétation désolée, soudain le paysage devint luxuriant. Tout autour de nous poussaient des fougères géantes et de hautes herbes ; puis, et un peu plus loin, des buissons et même des arbres. À la fréquence de nos pauses pour reprendre des forces, j'ai deviné que nous gagnions de l'altitude, ce qui signifiait que nous nous rapprochions du soleil, d'où un climat plus chaud. Les yeux prenaient plaisir à tant de verdure.

Nous étions quatre – moi-même, M. Darwin (que nous appelions Philos), M. McCormick, le médecin de bord, et bien sûr Jemmy, dont je t'ai déjà parlé. J'avais évoqué M. Darwin dans mes précédentes lettres ; un homme distingué avec un accent pointu, mais il a su gagner le respect de mes compagnons par son courage et par son goût de l'aventure. Ce n'est un secret pour personne qu'une forte animosité l'opposait à McCormick, qui semblait nourrir quelques griefs (ce qui me semble assez fréquent chez les hommes de petite taille). Ces deux-là se disputaient sans cesse les faveurs du commandant FitzRoy ; or comme Philos prenait tous ses dîners avec celui-ci, il avait immanquablement le dessus. Je suis content que le commandant n'eût pas été présent, car cela aurait vite tourné au pugilat – d'autant qu'il est fort changeant, ces derniers temps : on ne sait jamais s'il va nous sourire ou nous aboyer dessus.

Tout en marchant, je gardais un œil vigilant sur notre guide, Jemmy Button, qui se rengorgeait comme un paon et semblait se prendre pour un rabatteur des parties de chasse du roi Guillaume ! Sa conduite était en effet bien singulière. Il sautillait comme un diable à ressort, courait loin devant puis revenait à notre niveau, galopant comme un garçonnet et répétant sans fin : « Mon pays, mon pays ». J'avais entendu M. Darwin expliquer que cette effervescence tenait à ce qu'il allait enfin pouvoir nous montrer son village et nous présenter aux anciens de sa tribu. Je t'ai déjà dit quel grand coquet il fait ; ce jour-là, il était encore plus pomponné que d'habitude, avec une queue-de-pie et tout le saint-frusquin, ce qui le faisait beaucoup transpirer et lui donnait l'air ridicule au milieu des bois.

Après trois heures éprouvantes, nous nous sommes arrêtés au bord d'un ruisseau pour un repas rapide. Le cadre était des plus pittoresque, avec ces innombrables buttes de terre ceinturées de ruisseaux. Mais à peine avions-nous fini de manger que le ciel se déchira et lâcha des paquets d'eau comme je n'en avais jamais vus. Puis ce fut un concert de craquements, d'éclairs et de coups de tonnerre, qui faisaient trembler jusqu'au sol. Nous courûmes nous abriter sous les feuillages, mais avant longtemps nous étions trempés jusqu'aux os, et il n'y eut d'autre solution que d'attendre que la pluie cesse. Loin d'adoucir notre humeur, cette situation raviva le conflit entre Philos et McCormick, qui se disputèrent pour savoir si les arbres protégeaient de la foudre, ou s'il fallait au contraire s'en éloigner le plus possible. Jemmy fut fort marri de ce contretemps. Mais la pluie finit par cesser, et que le crique me croque si le soleil ne reparut pas dans l'instant – le temps se permet tous les caprices dans cette partie du monde.

Nous repartîmes droit sur les montagnes. Jemmy caracolait devant comme un singe, bondissant sur les rochers, escaladant les fissures. *Nous peinions à soutenir l'allure, et dès que l'écart se creusait, le sauvage nous foudroyait du regard pour nous faire hâter le pas. Au bout d'une heure environ, le soleil avait séché les pierres et l'ascension fut plus aisée. Je m'aperçus alors que les saillies étaient traversées de sentiers, sans que je susse s'ils étaient l'œuvre de bêtes ou d'hommes. J'avais l'impression de pénétrer dans une zone habitée, et j'en eus vite la confirmation en découvrant une petite construction conique, entièrement faite de pierres empilées. « Pour nourriture », indiqua Jemmy. On y entrait par une porte d'à peine trois pieds de haut, sur laquelle étaient gravées des silhouettes humaines. Philos l'ouvrit, passa la tête à l'intérieur, et vit qu'elle était remplie de grain. « Bigre, dit-il, cette tribu est bien plus avancée que les autres. Elle pratique l'agriculture et stocke les récoltes. » Entendant ces mots, Jemmy répondit d'un air triomphant : « Comme Anglais. » Repartant vers le sommet, nous dépassâmes de minuscules terrasses délimitées par des cailloux et parsemées de pousses vertes qui devaient être des légumes.*

Nous commençâmes alors à voir des gens. Un petit garçon surgit de nulle part, nous scruta hardiment, puis détala dans la montagne. Il reparut peu après avec quelques congénères, qui nous examinèrent d'un œil curieux, mais sans peur apparente. Ils étaient mieux vêtus que les Indiens du Sud, avec des capes, des pagnes et des sandales rudimentaires. Jemmy était comme fou, sautant de joie et maniant une langue qui ne ressemblait guère à celle des sauvages précédents. Il salua ses amis en leur pressant les avant-bras, et ils lui retournèrent l'hommage dès qu'ils le reconnurent. Alors ils s'animèrent, le détaillèrent de la tête aux pieds, palpèrent ses vêtements et échangèrent des propos exaltés. Ils l'agrippèrent chaleureusement et l'entraînèrent vers les hauteurs, nous laissant derrière au milieu d'enfants toujours plus nombreux, qui nous regardaient passer avec de grands yeux ronds.

Encore quelques minutes et nous fûmes au sommet. C'est là qu'était perché le village, derrière une enceinte rocheuse. On y accédait par une étroite fissure, et une fois à l'intérieur, je compris que la montagne constituait une forteresse naturelle. Les dizaines de maisons étaient autrement élaborées que les huttes d'en bas. Leur matière était dure, un mélange d'herbe, de boue et de bois, et elles possédaient même des fenêtres. Beaucoup avaient un étage, auquel on accédait par une échelle, et le toit du rez-de-chaussée servait de balcon. C'était, en définitive, un lieu remarquable, merveilleusement adapté à la vie en communauté, et très bien protégé.

Les habitants s'étaient attroupés. On nous mena vers le centre du village, où reposait un lit de cendres et de pierres calcinées. Tout près se dressaient une demi-douzaine de maisons encore plus grandes, sans doute pour les anciens, et l'une dépassait toutes les autres. Je vis aussi, sur le côté, un immense arbre avec un tronc large comme un moteur à vapeur et des branches qui s'élevaient jusqu'au ciel.

Les anciens vinrent à notre rencontre. Ils se distinguaient des autres non seulement par la couleur de leur cape, d'un rouge profond, mais aussi par leur raffinement. La plupart avaient de longs cheveux blancs et soyeux, et contrairement aux autres sauvages de cette région du monde, ils ne portaient pas de barbe.

Jemmy répétait un mot que je ne pus saisir. M. McCormick m'expliqua qu'il réclamait le grand sage du village, un certain « Okanicutt » ou quelque chose d'approchant. C'était apparemment ce qu'on appelle ici un guérisseur, c'est-à-dire qu'il pratique la magie noire et ce genre de sottises. Mais ce chef ne se montra pas tout de suite.

McCormick semblait nerveux. Il me fit part d'une expérience inquiétante : à une vingtaine de pieds de là, il avait risqué un œil dans une hutte, et découvert un lit d'ossements. « Je frémis rien que d'imaginer leur provenance », murmura-t-il.

Rapidement, on apporta toutes sortes de mets, et l'on empila des bûches. Philos sortit ses allumettes chimiques pour faire le feu (un tour qu'il avait accompli plusieurs fois au cours du voyage), mais à son grand dépit elles étaient gorgées d'eau et refusèrent de s'enflammer. On se rabattit sur des tisons apportés par une fillette. Pendant ce temps, Jemmy s'affairait avec les siens, surtout avec une vieille femme et de jeunes hommes, sans doute sa mère et ses frères. Ils se payaient une pinte de bon sang, à bavarder, à se taper dans le dos et à se presser les avant-bras. Puis vint le grand moment. Comme en réponse à un signal, les sauvages se turent et s'assirent autour du feu. La porte de la plus grande maison s'ouvrit, et surgit un homme que je devinai être le grand chef en personne, Okanicutt.

À cet instant précis – crois-le ou non – le tonnerre gronda, ce qui rendit cette apparition plus saisissante encore. Je ne cacherai pas, maman, que le chef en imposait diantrement. Malgré son âge, il était grand et roide dans ses robes rouges, avec une barbe de neige qui lui arrivait à la poitrine. Il retrouva Jemmy avec une joie manifeste, puis vint nous saluer les uns après les autres. Il témoigna à Philos ce que l'on pourrait appeler, dans notre monde civilisé, de la déférence, lui tenant longuement les avantbras tout en baissant la tête. Quand ce fut mon tour, je vis ses yeux briller d'une telle intelligence que je faillis oublier que c'était un Indien. Pour autant, il n'était point affranchi des superstitions primitives communes à ces peuplades – il en était même le premier pourvoyeur, à en juger par l'aspect de son grand bâton couvert de symboles et de peaux de bêtes.

Imagine alors ma stupeur lorsqu'il s'adressa à nous en anglais ! Enfant, expliqua-t-il, il avait été enlevé par des pirates et avait passé plusieurs années en mer. Il glissa quelques mots d'espagnol, ou de portugais, mais aucun de nous ne les comprenait, alors il continua dans notre langue. Il nous raconta l'histoire de sa tribu, qui vivait jadis plus au nord, mais fut repoussée à travers la Patagonie jusqu'à cette terre inhospitalière. Je compris par là qu'ils avaient été chassés par des tribus ennemies, avant que Philos ne suggérât à mi-voix qu'il pouvait s'être agi des brigands du général Rosas…

S'ensuivit un festin. En guise de vaisselle, on nous distribua des bols creusés dans des courges. On nous servit toutes sortes d'aliments, dont peu m'étaient connus. Certains me surprirent par leur saveur, d'autres me répugnèrent par leur seule odeur. Le repas était copieusement arrosé d'un breuvage dont l'amertume se dissipait après quelques gorgées, et qui se révéla légèrement enivrant.

Jamais on n'avait vu pareilles agapes sur cette terre. Dans ses robes ondulantes, le chef Okanicutt trônait sur sa pierre, au milieu d'Anglais et d'indigènes, s'efforçant de communiquer par signes et par gestes, dans une atmosphère fantomatique de feu et de tonnerre.

291

Je n'entendais pas bien le chef, mais j'étais tout près de Jemmy, qui me montra le vieux sorcier en disant : « Lui mon père. » Il ajouta que son propre nom était Orundellico (je te l'écris comme cela se prononce), puis me confia une longue histoire dont je ne saisis pas tout le détail, mais qui disait en substance que la tribu se trouvait dans une grande détresse, que son nombre déclinait et qu'elle était menacée d'extinction. Aussi, après ses aventures dans la patrie de l'homme blanc, Jemmy comptait sur l'imagination occidentale pour les aider à trouver une solution. « Tu nous demandes de secourir ta tribu ? », demandai-je pour confirmation. Jemmy fit un grand sourire et hocha la tête avec vigueur.

Le repas terminé, les femmes débarrassèrent les plats. La nuit était tombée, et l'on attisa le feu pour que nous autres Anglais n'attrapassions pas froid. Nous nous rapprochâmes des flammes tandis que les Indiens en nage se reculaient. Le chef Okanicutt produisit alors une manière de cigares qu'il répartit parmi les hommes, puisque les femmes s'étaient déjà retirées (et McCormick de souligner toute la similitude avec les salons anglais). Mais cette fumée-ci nous fit un drôle d'effet : nous nous sentîmes légèrement étourdis, puis excessivement sérieux. Le tonnerre avait un son magnifique.

Okanicutt pria Jemmy de venir s'asseoir à ses pieds. On allait entrer dans le vif du sujet – à savoir un grand débat d'idées. Je crains de ne pas me rappeler le début de la discussion – la nourriture étrange et la fumée m'étaient montées au cerveau –, mais je revois nettement le chef ouvrir les bras comme pour nous étreindre tous, et nous demander d'exposer les principes fondateurs de notre civilisation – même si, bien entendu, il n'employa pas ces mots-là. Je regrette d'ailleurs de ne pas me souvenir des paroles exactes, tant elles m'avaient paru puissantes.

Cette requête somme toute simple enthousiasma Philos, qui entreprit séance tenante d'expliquer le christianisme. Il commença par l'Ancien Testament, dit que Dieu avait créé le ciel et la terre en six jours, avant de se reposer le dimanche. Plein de verve, il parla ensuite de la naissance d'Adam, et de celle d'Ève à partir d'une de ses côtes (comme le chef n'était pas sûr d'avoir compris de quelle partie du corps on parlait, Philos lui toucha le ventre, et le sorcier parut encore plus surpris). Puis on évoqua le jardin d'Éden et la tentation d'Ève par le serpent, qui entraîna la colère de Dieu et l'expulsion du paradis. Voyant le chef fasciné, Philos revint en arrière pour préciser que le serpent était l'agent du diable, avant de résumer le légende de Lucifer et des autres anges chassés eux aussi de l'Éden. Pour donner du lustre à son récit, Philos l'entrecoupa de citations de la grande épopée de Milton, mais dans quelles proportions, je ne saurais le dire.

Puis il aborda d'autres enseignements bibliques : le meurtre d'Abel par son frère Caïn, les tribulations de Job, Dieu ordonnant à Abraham de tuer son fils bien-aimé Isaac (je vis alors le chef passer un bras autour de Jemmy). Mais les épisodes les mieux contés furent l'arche de Noé, puis la séparation des eaux par Moïse pour guider le peuple élu hors d'Égypte – ce qui me sembla de nature à émouvoir le sorcier, eu égard à l'histoire de sa propre tribu.

Il était toutefois difficile d'apprécier la réaction du chef, dont les yeux semblaient s'écarquiller à mesure que la nuit avançait. À plusieurs reprises il posa des questions – pourquoi les animaux ne s'étaient pas entre-tués sur l'arche, par exemple – qui dénotaient une compréhension très littérale des choses. C'est alors qu'intervint M. McCormick, pour présenter le Nouveau Testament. Dieu avait eu un fils nommé Jésus, que l'on appelait aussi l'Agneau ; il était né des entrailles de Marie, qui l'avait porté sans avoir connu d'homme. Cela souleva de nouvelles interrogations, et je doute que le chef ait bien compris. M. McCormick précisa que Marie se savait enceinte de Dieu, car l'ange Gabriel était descendu le lui dire. Cela obligea le médecin à décrire les anges et leur rôle protecteur auprès des hommes. Le chef fut un peu désorienté, car il avait retenu que Lucifer était lui-même un ange.

M. McCormick reprit enfin le fil de sa narration : une étoile était apparue dans le ciel, et trois marchands d'épices l'avaient suivie jusqu'à Bethléem, où le nouveau-né dormait dans une étable, faute de chambres libres. Le médecin retraça ensuite quelques hauts faits du Christ, comme marcher sur l'eau, tirer du vin pour toute une foule en posant le doigt sur un verre d'eau, ou ramener un mort à la vie. L'on aboutit enfin à la Cène et à la Crucifixion. Leur signification profonde parut échapper au sorcier, mais, pour sa défense, il parut horrifié par l'image des clous dans les chairs de l'Agneau.

Quand M. McCormick ajouta que le Christ n'était pas vrai-ment mort – ou qu'il était mort mais s'était relevé après plusieurs jours d'enfermement dans un tombeau –, tu aurais dû voir la mine du chef! Il voulut savoir ce que cela signifiait concrètement – si le Christ pouvait de nouveau marcher, parler, etc. Sans se démonter, M. McCormick expliqua qu'Il était monté au paradis pour s'asseoir à la droite de Dieu. Puis il évoqua l'Apocalypse, les sept sceaux, et la bataille à venir entre le Christ et Satan, dont découleraient mille années de paix, mais l'air hébété du sorcier le découragea de poursuivre. Il se contenta donc d'observer que la mort du Christ était en fait une bonne chose, car elle prouvait que Dieu nous aimait si fort qu'Il était prêt à sacrifier son uni-que fils pour nous racheter du péché commis voilà bien long-temps. Mais de quel péché parlait-on? s'enquit le chef. Philos en profita pour reprendre la parole : le péché que commit Adam en mangeant la pomme, répondit-il. La confusion du chef fut à son comble, car Philos avait omis d'indiquer que la transgression originelle comportait l'ingestion d'un fruit. Mais au moins l'his-toire trouvait-elle sa conclusion.

Okanicutt se tut, puis demanda de but en blanc : « À quoi res-semble ce dieu ? ». Philos répondit que nul ne le savait, car nul ne l'avait jamais vu, mais que les enfants aimaient à imaginer un vieil homme à barbe blanche. À ces mots, le chef baissa les yeux sur sa propre barbe et eut un gros rire gras. De cet instant, son attention parut décliner.

Encore étourdi par la boisson et la fumée, je rêvais de me cou-cher. Mais les indigènes sortirent de nouveaux cigares.

– Tu te rends compte? s'exclama Beth en baissant la lettre. C'est le truc le plus dingue que j'aie jamais lu!
– Continue, lui enjoignit Hugh.

John Darnton

nature ! Il nous parle de la nature !

respirions de nouveau. Les propos du chef n'étaient pas
rs, au fond. McCormick revint à la charge :
is alors dites-moi, comment fonctionne-t-il, ce « ti-mau-

ne fonctionne pas. C'est l'ensemble de ce qui arrive. De
uses choses naissent, mais beaucoup d'entre elles meu-
maukl permet aux meilleures de vivre, et aux moins bon-
mourir. Celles qui vivent ont des enfants qui à leur tour
ent les meilleurs. Et cela se répète indéfiniment.

vers la nuit et la fumée, je vis M. McCormick se détourner
pour voir la réaction de Philos, mais ce bon vieux
vin s'était assoupi. De loin en loin, son menton piquait vers
se et il se redressait en sursaut, l'air perdu – sans doute
e ces puissants cigares. J'observai McCormick avec atten-
vais rarement vu tant d'émotion sur un visage. Comme
levait être offusqué par un tel tissu d'hérésies.
ouveaux éclairs déchiraient le ciel.

vez-vous, reprit le sorcier, que la tortue de mer pond ses
r le rivage ? Lorsque ceux-ci éclosent, des centaines de
ortues courent vers la mer. Beaucoup se font happer par
aux, et seuls les plus forts ont la vie sauve. Ce sont eux
neront naissance à la génération suivante. Voilà ce
emaukl.

je vous suis bien, répondit M. McCormick, chaque être
escend d'une version inférieure de son espèce. Et tous les
nt liés les uns aux autres. Le zèbre est lié au cheval. Le
lié au chien. Et nous autres humains sommes liés...
singes ! lançai-je, ne pouvant me retenir plus longtemps.
même, ajoutai-je, c'est un peu fort !

parlé d'instinct, sans préparation aucune, je promenai
x hagards autour du moi, et soudain j'avisai une échelle
à une maison. Je la désignai du doigt :
ez cet objet. Il représente le monde tel que Dieu l'a fait.
s espèces supérieures, et les espèces inférieures, et elles
es à jamais. Nous occupons le haut de l'échelle. Les sin-
ent plus bas, et vos moufettes et vos tortues et vos je ne
i siègent plus bas encore !

298

CHAPITRE 29

Assommé par ce mystérieux tabac, je venais de fermer les yeux
lorsqu'un violent coup de tonnerre faillit me renverser de ma pierre.

Je regardai le chef Okanicutt. Pour autant qu'il fût possible de
jauger un indigène, il paraissait maussade, avachi sur son siège,
le menton calé dans sa paume, les yeux perdus dans le lointain.
Ce doit être difficile d'être un souverain, même d'une petite tribu
dans un coin aussi désolé.

M. McCormick avait lui aussi remarqué le changement d'humeur de notre hôte, et lui-même ne rayonnait guère. Sans doute
déplorait-il le peu d'enthousiasme suscité par sa leçon de christianisme. Il avait, comme on dit, prêché dans le désert.
Néanmoins, il s'efforça de prolonger la conversation.

– Chef, articula-t-il à haute voix pour être mieux compris,
auriez-vous la gentillesse de nous confier à présent les croyances
de votre tribu ? Avez-vous, par exemple, des mythes intéressants ?
Croyez-vous en un dieu du feu, un dieu de la pluie, etc. ? Et pra-
tiquez-vous le culte des ancêtres ?

D'un signe, le sorcier réclama le cigare. Il aspira une grosse
bouffée, la retint dans ses poumons quelques instants, puis la
recracha tout en scrutant nos trois visages autour du feu. Fallait-
il donner suite aux questions du jeune homme ? semblait-il se
demander. Je comprenais sa réticence, après ce convaincant
exposé sur les gloires de l'Église anglicane. En fin de compte, il
se racla la gorge et se redressa sur son trône.

– Nous ne croyons pas en un dieu aussi puissant, dit-il avec
lenteur comme s'il pesait chacun de ses mot. Nos croyances sont

295

simples, et naissent de notre expérience. Comme je l'ai dit, notre tribu a été chassée de sa terre. Là-bas, nous avions de grands espaces cultivables et du soleil. Ici il fait froid, humide, et la survie est un combat de tous les jours.

Il s'interrompit et nous fixa d'un drôle d'air. Il devait s'étonner, tout comme moi, que trois Anglais se fussent aventurés au fin fond de ce continent pour entendre son histoire.

– Malgré tout, reprit-il, nous gardons le souvenir de jours meilleurs, quand la nourriture abondait et que nous pouvions nous reposer au soleil. Dès lors, ce que nous croyons reflète ce que nous savons – que la vie peut être belle et notre nombre augmenter, mais qu'elle peut aussi être dure et entraîner notre déclin.

– Oui, riche d'un côté et cruelle de l'autre ! s'exclama Philos. Un passé d'opulence, exactement comme dans la foi chrétienne. Il s'agit de l'Éden, parbleu, et nous vivons aujourd'hui dans un monde corrompu pour la raison que l'homme en fut chassé ! Ne voyez-vous pas que nos mythes s'accordent ?

– Peut-être, répondit le chef. Sauf que nous n'avons pas été expulsés par un dieu, mais par d'autres hommes.

– Car tel était le dessein de Dieu ! rétorqua M. McCormick. Vos ennemis obéissaient à la volonté divine.

– Pourquoi choisir une explication invisible quand il en existe une visible ? demanda le sorcier. Si un homme me jette une lance, je dis que la lance fut jetée par un homme… Nous ne croyons pas au type de dieu dont vous parlez. Nous ne croyons pas que le monde ait été créé en six jours. C'est trop court pour une si grande tâche. Pour nous, le monde s'est formé voilà très longtemps.

– Mais comment serait-il apparu sans l'action d'un dieu ? protesta Philos.

Cette interruption lui valut un regard mauvais.

– Cela, nous n'en savons rien, et comme nous n'en savons rien, la question ne se pose pas. C'est arrivé, voilà tout. Dans un temps très lointain. Tellement lointain qu'il défie l'imagination. Il permit à d'innombrables choses de voir le jour. Apparurent les mers. Apparurent les montagnes. Apparurent les îles. Apparut même cet endroit horrible, que nous appelons le bout du monde. Petit à petit, les grains de sable forment une plage..

À cet instant, ma chère maman, la f[...] nous que je faillis bondir jusqu'au cie[...] Tout-Puissant prenait ombrage de ces[...] sorcier demeurait impavide.

– Nous ne croyons pas que les plan[...] l'œuvre d'un dieu. Pas plus que l'homm[...] nous, tout commença de manière très [...] petite chose, dont procéda tout le reste.[...] marqué par de nombreuses altération[...] période, des tas de petites variations peu[...] bout à bout constituent un changement [...]

J'entendis alors M. McCormick mur[...] ques : « Erasmus Darwin ». Mais le che[...]

– Ainsi, la chose simple devint un [...] plexes. Puis chacune se modifia, devin[...] ainsi de suite. Il y eut d'abord de petits [...] dans les étangs. Puis de plus grosses b[...] voit sur terre. Apparurent les jambes. A[...] pourquoi tant d'animaux se ressemblent[...] sommes tous pareils. Nous venons tous [...]

– Mais comment ? interrompit [...] Comment serait-ce possible sans l'inte[...]

Le chef le considéra, ainsi que Phil[...] mir debout. Puis il assena : « Temaukl [...]

Comme tu l'imagines, cette répor[...] esprits s'animèrent. Accablé de quest[...] mots pour nous expliquer cette notion.[...] que le grand chef crût en un être supr[...] forme plus élémentaire. Car plus il e[...] semblait se réduire à un feu follet.

Finalement, d'un grand mouvement [...] village, la montagne, les nuages menaç[...] et dit :

– Temaukl est tout cela. C'est ce q[...] que nous ne voyons pas. C'est l'oiseau[...] seau, et le nid que fabrique l'oiseau et[...] les repose le nid.

Cela nous plongea dans un silence [...] commençaient à me plaire ; elles me rap[...] à la maison. Puis M. McCormick se cab[...]

Le chef eut un sourire, et je ne goûtai guère son air narquois. J'avais déjà noté qu'il s'adressait rarement à moi.

– Cette échelle fut fabriquée par l'homme, répondit-il.

Puis il indiqua l'immense arbre :

– Voilà, pour nous, l'image du monde. Chaque feuille est un animal, et chaque branche un groupe d'animaux. Voyez-vous comme elles se détachent les unes des autres, et comme elles poussent toutes d'un même tronc ?

Mais je tins ferme, soutenant que Dieu avait créé toutes les espèces de Sa main, et qu'elles étaient parfaitement immuables. J'ajoutai que je ne croyais guère aux accidents, ni qu'un rejeton pût à ce point différer de ses parents.

Alors le chef se leva et nous fit signe de le suivre. Philos s'était réveillé. Le sol glissait sous les pieds, mais le sorcier démontrait une belle agilité. Son bâton était en fait une simple canne, gainée de peaux par endroits pour une meilleure adhérence.

Il nous emmena dans une hutte – celle-là même dont le contenu avait ébranlé M. McCormick. Un garçonnet lui apporta une torche pour éclairer l'intérieur. S'y trouvait un tas d'os, une vraie mer d'ossements – vieux, blanchis et disposés selon des motifs impénétrables.

Brandissant ce qui ressemblait à un long fémur, le sorcier indiqua qu'il appartenait à un animal disparu. Je rétorquai que c'était l'évidence même. Mais non, corrigea-t-il, je l'avais mal compris : cet os provenait d'une créature qui avait jadis foulé cette terre mais qui n'existait plus de nos jours. Et le vieil homme d'expliquer que tous ces ossements venaient d'animaux disparus depuis longtemps.

Or comment était-ce possible, demanda-t-il, si, comme nous l'affirmions, toutes les espèces étaient l'œuvre immuable de Dieu ?

Je dois reconnaître que la question était ardue. Mais mon esprit restait engourdi par le cigare que j'avais fumé, et l'orage voisin m'effrayait assez. Je commençais à regretter d'être venu.

La suite restera à jamais gravée dans ma mémoire. Le chef nous conduisit dans une maison où plusieurs femmes surveillaient des enfants – une sorte de nursery collective, en somme. Dans l'une des pièces, assise sur une natte, une femme seule tenait un bébé dans ses bras. Nous parvînmes à nous entasser autour d'elle.

Le nourrisson était rouge et serrait les poings comme pour se retenir de pleurer. Le chef s'adressa à la femme, qui visiblement se braqua. Nous sûmes par Jemmy qu'il lui demandait de démailloter l'enfant.

La pluie était de retour, qui martelait le toit.

On dénuda l'enfant, et à l'instant où nous posâmes les yeux sur lui, un éclair jaillit dans la pièce, nous révélant toute l'horreur du spectacle. Philos expira bruyamment, et M. McCormick se retourna de dégoût. Je n'en croyais pas mes yeux. Même dans mes rêves les plus fous je n'aurais imaginé une telle chose. L'enfant portait les deux types d'organes génitaux – à la fois mâles et femelles !

— Temaukl travaille d'une manière que personne ne comprend, dit le chef alors que nous repartions sans bruit.

Cette nuit-là, entre tous ces événements et l'orage qui n'en finissait pas, notre sommeil fut agité. Le lendemain, nous repartîmes de bonne heure, sans dire au revoir au grand sage puisqu'il n'était pas sorti de chez lui. Peut-être dormait-il tard. De peur que l'on se perde, Jemmy nous raccompagna jusqu'au navire. Le trajet nous parut plus court qu'à l'aller, bien que très silencieux : Philos et McCormick restèrent muets d'un bout à l'autre. Quand nous atteignîmes le port et vîmes ce bon vieux Beagle au mouillage, je ne te cache pas que j'en ai été fort soulagé !

De son côté, Jemmy boudait ostensiblement, et son humeur s'aggrava d'heure en heure ; une fois dans la baie, il éclata de colère, arrachant ses habits de gentleman et criant qu'il n'était pas Jemmy Button. Ce serait désormais Orundellico, et il ne voulait plus entendre parler de nous.

Que dis-tu de ça ? Après tout ce que nous avions fait pour lui ! Décidément, je ne comprendrai jamais ces primitifs.

Un dernier détail mérite d'être mentionné. Ce soir-là, quand nous eûmes retrouvé la sécurité du Beagle, je surpris un échange entre M. McCormick et Philos au sujet de notre expédition. Le premier récapitulait avec feu les propos du grand sorcier, et ces fariboles comme quoi toutes les créatures venaient d'une forme de vie unique ; il décrivit même l'« arbre de la vie », comme il l'appelait.

— D'accord, répondit Philos. Mais quel en est le mécanisme ? La question n'est pas de savoir ce qui se produit, mais comment. Comment des espèces entièrement nouvelles peuvent-elles apparaître ?

M. McCormick s'enflamma plus encore, déclarant qu'il y avait réfléchi durant toute la soirée, et qu'il détenait la réponse – que je m'empressai de consigner afin de pouvoir la répéter :

— Dans l'âpre lutte pour l'existence, la nature favorise ceux dont les variations, même infimes, leur procurent un avantage.

Il affirma ensuite : « *Les animaux changent de manière à défendre leur position dans l'ordre des choses. S'ils n'évoluent pas, ils risquent de perdre pied et de finir comme ces fossiles que nous a montrés le chef.* » Et encore : « *La nature dresse parfois des obstacles, tels un désert ou un océan, en conséquence de quoi des animaux autrefois similaires deviennent dissemblables.* » Il cita à l'appui les deux espèces d'autruches sud-américaines : une grande dans le nord, et une plus petite au sud – celle-là même dont Philos avait recueilli des ossements.

Même si je n'en ai perçu que des bribes, j'avoue que cette thèse me paraît tout à fait grotesque. Pour prendre un seul exemple, un hémisphère entier me sépare de mon frère, comme tu le sais ; je n'ai cessé de grandir depuis notre séparation, et pourtant je suis sûr qu'au jour de nos retrouvailles je n'aurai pas tellement changé.

Philos sembla pourtant souscrire aux vues de M. McCormick, et lui aussi s'enfiévra, se frottant les mains nerveusement et faisant les cent pas sur le pont.

– Fichtre, mesures-tu seulement les implications de ceci ? demanda-t-il d'un ton grave.

– Oui, répondit M. McCormick avec la même solennité. Je viens d'abattre les fondements de l'Église.

– Pire que ça, répliqua Philos. Tu t'attaques au Créateur Lui-même.

– Blasphémateurs ! tonna soudain une nouvelle voix. Vous crucifiez notre Seigneur une deuxième fois, et vous le paierez d'un prix terrible !

Le commandant FitzRoy s'avança vers eux. Je crus comprendre qu'il avait épié toute leur conversation. Il les renvoya en bas, et ils obéirent tels deux enfants attrapés dans le garde-manger.

Honnêtement, je ne fus pas mécontent de cette intervention. Car, même si je n'avais pas bien saisi les idées du sorcier, cette affaire sentait mauvais. On ne gagne jamais rien à frayer avec des sauvages, je me le suis souvent dit.

Voilà, ma chère maman, ce que fut l'incroyable visite au village de Jemmy Button. J'ai parfois l'impression de l'avoir seulement rêvée – peut-être à cause de ces étranges cigares.

Ton fils qui t'aime,

Richard

CHAPITRE 30

Levés tard, Hugh et Beth descendirent sur la terrasse qui dominait le lac pour déguster un petit déjeuner anglais traditionnel – œufs, saucisse, bacon, tomates et haricots blancs. Hugh regarda Beth s'étirer au soleil à la manière d'un chat content. Lui aussi avait bien dormi, et il ne s'était pas senti aussi frais depuis une éternité, à la fois pleinement vivant et pleinement détendu.

Ils décidèrent de passer le reste de la matinée à sillonner le Lake District. La route montait et descendait, longeait des haies serpentines, les aspirait dans quelque vallée boisée pour aussitôt les éjecter au sommet d'une colline, sous laquelle s'étirait une plaine constellée de hameaux. Le ciel bleu roulait des nuages blancs.

S'ils s'étaient remis de la lettre de Matthews, ils prenaient à peine conscience du poids de leur découverte.

– Tu penses qu'on nous croira ? demanda Hugh.

– Et pourquoi pas ? On a les preuves. Même si ça fait beaucoup à avaler d'un coup.

Ils passèrent en revue les pièces du puzzle : le journal de Lizzie, le chapitre manquant de l'autobiographie de Darwin, la lettre de Matthews. Chacune des trois fournissait une partie de l'histoire et validait les deux autres.

Ils déjeunèrent sous les parasols d'un pub de Hawkshead, au bord de la route pavée qui traversait la ville.

302

Ils commandèrent l'«assiette du laboureur» – du pain et du fromage – et se partagèrent un hachis parmentier. Quand Hugh revint à table avec d'autres bières, il vit le regard vague de Beth.

– À quoi tu penses?

– À la pauvre Lizzie. Son père était pire qu'elle ne l'imaginait.

– Ce n'est rien de le dire. Non seulement il a réussi à se débarrasser de son rival, de manière intentionnelle ou non, mais il lui a piqué la théorie!

– Je trouve curieux que Darwin n'en ait jamais parlé, pas même dans son chapitre fantôme. Avait-il trop honte? Ou bien jugeait-il ce vol dérisoire comparé à la mort de McCormick?

– Il estimait probablement que McCormick était dans son bon droit en s'appropriant la théorie des Indiens, répondit Hugh. Les victoriens se croyaient tout permis, tu sais. C'étaient les Européens avancés, la race blanche supérieure. Si lord Elgin pouvait rafler les statues du Parthénon sans le moindre scrupule, et que Rhodes pouvait remplir des wagons entiers de diamants africains, McCormick pouvait bien grappiller quelques réflexions lâchées autour d'un feu de camp. Sauf que le chaman ne lui a pas fourni la théorie clefs en main. Ce qu'il racontait sur l'évolution – que chaque espèce découle d'une autre –, de nombreux Européens le disaient déjà. À commencer par Erasmus Darwin, le grand-père de Charles. Non, la nouveauté, ce fut l'explication du phénomène: la sélection naturelle. Et ce coup de génie, on le doit à McCormick. En d'autres termes, Darwin a bien piqué la théorie, mais à un Blanc, à un compatriote.

Beth soupira.

– À partir du moment où elle était formulée, chacun savait que le premier à la publier en Angleterre en recevrait tout le mérite. Décrocherait et l'argent et la gloire. On comprend que le *Beagle* soit devenu trop étroit pour les deux! Et que Darwin ait à ce point culpabilisé de la mort de McCormick. Plus ou moins consciemment, il souhaitait le voir plonger dans ce brasier. Résultat: il accède à la célébrité, mais en contrepartie il passe le reste de sa vie malade et parano. On en viendrait presque à le plaindre…

– Les derniers mots de McCormick ont dû le hanter. Darwin ne croyait peut-être pas en Dieu, mais je parie qu'il s'est mis à croire au diable.

– Celui qui me fait le plus de peine, dit-elle, c'est Jemmy Button.

– Il a connu deux mondes, et il aura vu le pire de chaque.

– Et le grand chef, alors ? Il espérait des idées lumineuses, et il n'a obtenu que des inepties d'Anglais patauds. Tu imagines sa déception ?

– En tout cas, cela explique un certain billet que j'ai trouvé en Écosse. J'ai oublié de t'en parler. Il s'agit d'un mot adressé par Jemmy à Darwin longtemps après le voyage. Il y est écrit : « Vous Anglais connais moins la vie que nous pauvre Yamana. »

– Et c'était bien vrai, jugea Beth. Tu crois que Jemmy était l'instigateur du massacre ?

– Franchement, oui.

– Et comment expliques-tu une telle haine ?

– Les Anglais tout-puissants n'ont pas pu sauver sa tribu, mais je doute que ce soit la raison première. À mon avis, il n'a pas supporté l'arrogance de ces hommes incapables de reconnaître que son chef était le plus éclairé. McCormick puis Darwin l'ont admis, eux, mais Jemmy l'ignorait.

– Tu sais ce qu'est devenue la tribu ?

– Anéantie.

Ils burent une longue gorgée.

– Une dernière chose, fit Beth. Darwin reconnaissait lui-même Alfred Russel Wallace comme codécouvreur de la théorie. Mais puisque Darwin n'a rien découvert, j'en déduis que Wallace était plus méritant.

– Faux.

– Explique-moi ça. Et tant qu'on y est, à quoi rimait ce racket auprès de Huxley et des autres ? Quel était l'objet du chantage ?

Hugh sortit un papier de sa poche.

– Voici une autre lettre écrite par Matthews. À son cousin, celle-là. Elle date de début 1858, bien après la mort de sa mère.

– Et de quoi parle-t-elle ?

– De ses voyages après le *Beagle*. Il a beaucoup bourlingué, il a perdu la foi, et en lisant entre les lignes on comprend qu'il est en quelque sorte devenu indigène. Il s'est établi sur la côte de Sarawak.

– Sarawak ?

– C'est un minuscule royaume niché au nord de Bornéo. À l'époque, il était dirigé par un Anglais excentrique, un rajah du nom de James Brooke. Ce type avait de nombreux amis, dont les Dayak, fameux coupeurs de têtes.

– Et donc ?

– Brooke était un homme généreux. Il accueillait tout le monde à bras ouverts – à condition, bien sûr, qu'ils soient blancs. Et donc, un jour, Matthews débarque. Il reste un certain temps, et qui voit-il arriver ?

– Ne me dis pas que…

– Eh si, Wallace. Qui collectionne les scarabées et mène la belle vie. Un soir, les deux larrons picolent, commencent à échanger des souvenirs de guerre, et Matthews lui décrit une certaine nuit dans les montagnes de Terre de Feu.

– Je ne peux pas le croire !

– Ce benêt de Matthews passe un chouette moment, sans penser une seule seconde qu'il vient de transmettre l'une des plus grandes avancées théoriques de tous les temps. Wallace est aussi bon menteur que les autres. Il s'invente une grande révélation lors d'une crise de malaria, puis il écrit à Darwin, qu'il sait détenir les mêmes informations que lui, mais qui, pour une raison quelconque, ne peut se résoudre à les coucher sur papier. Puis, quand il découvre que Darwin se présente comme le père de la théorie, il décide de soutirer un peu d'argent au X Club en menaçant de tout révéler. Lequel club devait aussi arroser FitzRoy, qui en avait suffisamment entendu pour faire du grabuge. Le reste, comme on dit, appartient à l'Histoire.

– Ainsi, le seul vrai découvreur est un petit Écossais inconnu au bataillon, qui fut inspiré par un chaman dont les os pourrissent quelque part au bout du monde !

– Exactement.

Beth se tut quelques instants.

– Mais qui va nous croire ?

– Tu le dis toi-même : on a les preuves.

Ils réglèrent l'addition et marchèrent dans Hawkshead, jusqu'à une vieille maison aux murs de stuc blanc et aux châssis en bois. Au-dessus de la porte se dressaient un cadran solaire et une plaque à la mémoire de l'archevêque d'York, fondateur de cette école qui ferma ses portes en 1909.

– On entre ? proposa Hugh.

La classe du rez-de-chaussée semblait figée depuis des générations. Des pupitres en bois étaient boulonnés au sol ; des tableaux noirs recouvraient les murs ; le plâtre jaunissait et se cloquait par endroits. Hugh trouva rapidement ce qu'il cherchait : un long bureau sur la droite de l'entrée, où sous une plaquette de verre était gravé le nom « W. Wordsworth ».

Un écriteau indiquait que le poète avait fréquenté ce lycée de 1778 à 1787, et citait quelques mots de *L'Abbaye de Tintern* :

Jamais la nature n'a trahi
Le cœur qui l'aimait.

Cette phrase fit sourire Hugh. De retour dans la rue, il prit Beth par le bras.

– Je ne suis pas sûr qu'il ait vu juste, dit-il.

Ils traversèrent la ville en sens inverse, remontèrent en voiture et repartirent vers le gîte. Hugh trouva une station de radio qui diffusait les Beatles. Il conduisit la vitre ouverte, et le vent lui piqua les yeux. Beth lui sourit. Le travail de rédaction attendrait le lendemain.

Composition : Compo-Méca s.a.r.l.
64990 – Monguerre

Impression réalisée sur CAMERON par

BRODARD & TAUPIN
GROUPE CPI
La Flèche

pour le compte des Éditions Michel Lafon
en octobre 2006

Imprimé en France
Dépôt légal : octobre 2006
N° d'impression : 37964
ISBN : 2-7499-0462-5
LAF : 802